HEYNE

D1874944

SCIENCE FICTION

Das Buch

Der bemannten amerikanischen Raumfahrt geht es schlecht. Um ihre Popularität zu fördern, lädt man Persönlichkeiten aus dem öffentlichen Leben, dem Showgeschäft und dem Sport zu Shuttleflügen ein und lässt sie aus dem Orbit von ihren Eindrücken berichten. Bei einem dieser Flüge geschieht jedoch ein tragisches Unglück: Das Shuttle kollidiert mit Weltraumschrott oder Mikrometeoriten - zwei Menschen an Bord finden den Tod. Die NASA muss daraufhin ihre bemannten Missionen komplett einstellen. Vielleicht für immer. Aber dann startet Pakistan in einer heißen Phase des Kaschmir-Konflikts eine Rakete mit Atomsprengkopf, um durch eine Nuklearexplosion außerhalb der Atmosphäre die Beobachtungssatelliten über seinem Land auszuschalten - mit dem verheerenden Ergebnis, dass der erdnahe Raum radioaktiv verseucht wird und sämtliche Satelliten ausfallen. Und die Mannschaft der ISS, der Internationalen Raumstation, sitzt schwer verstrahlt im Orbit fest. Nur ein NASA-Shuttle kann sie zur Erde zurückbringen ...

Ein rasanter SF-Thriller vom Autorenteam von ›Begegnung mit Tiber‹ über die ersten Schritte der Menschheit hin zu einer Zivilisation, die sich außerhalb ihres Heimatplaneten eine Existenz errichtet.

Die Autoren

Buzz Aldrin betrat 1969 nach Neil Armstrong als zweiter Mensch den Mond. Seit dem Ende seiner Karriere als Astronaut setzt er sich als Unternehmer und Buchautor für die Förderung der bemannten Raumfahrt ein.

John Barnes ist ein bekannter amerikanischer Science-Fiction-Autor. Sein ebenfalls mit Buzz Aldrin geschriebener Roman ›Begegnung mit Tiber‹ war ein großer Erfolg bei Presse und Publikum.

Eine Liste der im WILHELM HEYNE VERLAG erschienenen Bücher von Buzz Aldrin & John Barnes finden Sie am Ende des Bandes.

BUZZ ALDRIN
JOHN BARNES

Die Rückkehr

Roman

Aus dem Amerikanischen von
JÜRGEN LANGOWSKI

Deutsche Erstausgabe

WILHELM HEYNE VERLAG
MÜNCHEN

HEYNE SCIENCE FICTION & FANTASY
Band 06/8309

Titel der amerikanischen Originalausgabe
THE RETURN
Deutsche Übersetzung von Jürgen Langowski
Das Umschlagbild ist von der
BAVARIA Bildagentur/Getty Images

Umwelthinweis:
Dieses Buch wurde auf chlor- und
säurefreiem Papier gedruckt

Redaktion: Wolfgang Jeschke
Copyright © 2000 by Buzz Aldrin and John Barnes
Erstausgabe als A Forge Book
Published by Tom Doherty Associates LLC, New York
Copyright © 2002 der deutschen Ausgabe und der Übersetzung
by Wilhelm Heyne Verlag GmbH & Co. KG, München
http://www.heyne.de
Deutsche Erstausgabe 7/2002
Printed in Germany 5/2002
Umschlaggestaltung: Nele Schütz Design, München
Technische Betreuung: M. Spinola
Satz: Schaber, Satz- und Datentechnik, Wels
Druck und Bindung: Bercker, Kevelaer

ISBN 3-453-21363-7

Vorbemerkung

Die Personen in diesem Buch sind fiktiv. Es gibt viele Menschen in vergleichbaren Positionen, doch es wäre unzulässig, einzelne Personen in diesem Buch mit bestimmten realen Menschen in Verbindung zu bringen. Da Institutionen letztlich das widerspiegeln, was die dort tätigen Menschen einbringen, entsprechen auch die in diesem Buch genannten Firmen und Behörden nicht immer ihren Gegenstücken im wirklichen Leben. Wir haben uns entschlossen, viele bedeutende Einrichtungen der amerikanischen und ausländischen Raumfahrtprogramme umzubenennen. Die NASA existiert natürlich, doch als man in den neunziger Jahren begann, die meisten Startdienste zu privatisieren, wurde die Abwicklung an die USA (United Space Alliance) und nicht an die ASU (American Space Universal) übergeben. Die USA ist eine gemeinsame Tochter von Boeing und Lockheed-Martin und gehört nicht den fiktiven Firmen Curtiss Aerospace und Republic Wright. Wo wir fiktive Unternehmen eingeführt haben, wurden Namen gewählt, die aus historischen Gründen mit der Thematik zusammenhängen. Vielleicht hätten wir dies noch weiter treiben sollen, so dass Scott einen Nash fährt und die Bundesagenten für die OSS arbeiten, doch im Prinzip haben wir uns an die folgende Faustregel gehalten: Wo die fiktive Firma sich von ihrem realen Gegenstück deutlich unterscheidet, haben wir den Namen verändert, wo es sich lediglich um eine kurze Erwähnung handelt, haben wir den realen Namen beibehalten. Die einzige Ausnahme ist die NASA in unserem Buch, die nicht der heute existierenden NASA entspricht. In diesem Fall war der Name einfach zu bekannt, um auf ihn zu verzichten.

Danksagung

Dieses Mal gilt unser besonderer Dank:

Andrew Aldrin für ausgezeichnete technische Anmerkungen zu einer Vielzahl von Problemen.

John Blaha für seine Gedanken über den Betrieb des Shuttles und für die Geduld und den Humor, mit denen er viele dumme Fragen beantwortet hat.

Dan Tam für begeistertes Lesen und mehr Ideen, als in hundert Bücher passen würden.

Hu Davis für Anmerkungen vom Standpunkt des Ingenieurs und viele erstaunliche und nützliche Ideen und Einsichten.

Maureen Gaetano für ihren scharfen Blick für Übertriebenes.

Dr. Geoffrey Landis für einige sehr hilfreiche, spontan angebotene Berechnungen.

Erstes Kapitel

SCOTT:

»Wie wollen sie diese Mission noch überbieten? Wollen Sie beim nächsten Mal den Papst mitschicken?«

Die Reporter lachten. Natürlich war es keine ernst gemeinte Frage, doch sie gab mir die Gelegenheit, eine Bemerkung einzuflechten, die meine PR-Berater vorgeschlagen hatten. »Früher oder später werden wir jeden auf die Reise schicken. Aber, bitte, eins nach dem anderen.«

Draußen, es war Mittwoch und sieben Uhr morgens, begann einer jener angenehmen, klaren Oktobertage, an denen man an Fußball oder an eine lange Fahrt zu einem Ort denkt, wo sich die Blätter verfärben. Einer der Tage, die einem ins Ohr flüstern: »Viel zu schade, um ihn zu verschwenden.«

Der Raum, in dem die Pressekonferenz stattfand, unterschied sich in nichts von allen anderen vergleichbaren Räumen aller anderen Hotels in Washington. ›Kristallleuchter‹ aus Plastik, Stühle mit unbequemen Lehnen, vorne viel Platz für die Fotografen und Kameraleute, ein langer Tisch auf Klappgestellen, die Beine hinter Tischdecken verborgen, die an den Kanten mit Klettband befestigt waren. Ich saß an einem Ende des langen Tischs und beantwortete die einleitenden Fragen, bis die Hauptperson eintraf, der in erster Linie das Interesse der Reporter galt.

»Mr. Blackstone«, sagte der Reporter von CBS, »wir wissen alle, dass Sie eigentlich gehofft hatten, die zivilen, touristischen Flüge selbst als Pilot durchzuführen. Besteht irgendeine Aussicht, dass sich während der nächsten City Observer-Flüge eine Gelegenheit dazu ergibt?«

»Natürlich würde ich gern fliegen«, erklärte ich. »Aber es bedurfte schon einiger sehr großzügiger Angebote an die ASU, damit die freien Plätze überhaupt besetzt werden durften. Ich bin sicher, dass bis zu meinem nächsten Raumflug, ob als Pilot oder Passagier, noch einige Jahre ins Land gehen werden.«

»Würden Sie denn wieder eine Raumfähre fliegen, wenn die ASU Sie fragen würde?« Aus irgendeinem Grund wollte der Reporter nicht locker lassen. »Sie haben sich ja sehr bemüht, Ihre Qualifikation als Shuttle-Pilot nicht zu verlieren.«

»Ich erneuere auch meine zivile Pilotenlizenz«, erklärte ich ihm. »Sie sollten dem wirklich nicht so viel beimessen.«

Die folgenden Fragen waren weniger persönlich. Die Aufmerksamkeit störte mich im Grunde nicht, doch als CEO von ShareSpace war es mir natürlich lieber, wenn sie in erster Linie der Firma galt.

Dann kamen die üblichen rituellen Fragen. Die Reporter im Raum kannten die Antworten bereits, aber die Redaktionen brauchten wahrscheinlich Filmmaterial, auf dem zu sehen war, wie die Antworten tatsächlich ausgesprochen wurden.

»Was für eine Mission ist dies?«

»Sie ähnelt im Grunde den meisten heutigen *Columbia*-Flügen. Ein allgemeiner Einsatz mit gemischten Aufgaben – ein wenig Wissenschaft, etwas Technik, Geschäftskunden, etwas Promotion. Sie wissen, dass ich vertrauliche Informationen nicht weitergeben darf, aber bei manchen Flügen werden auch geheime Arbeiten für die Landesverteidigung oder die Spionageabwehr durchgeführt.«

»Wissen Sie, welche Faktoren die Pegasus Corporation bewogen haben, genau diese Crew auszusuchen?« Es war wieder der Kerl von NBC, der mich schon vorher gelöchert hatte.

»Ich glaube, sie wollten möglichst viel Publicity. Es ist ja schwer, einen noch berühmteren Menschen zu finden, der einen Bezug zu den Schuhen dieser Firma hat. Oder vielleicht stand der Papst gerade nicht zur Verfügung.« Bevor die nächste Frage gestellt wurde, hatte ich gerade noch Zeit, mich zu fragen, ob ich hier eine der unsichtbaren Grenzen überschritten hatte, vor denen mich meine PR-Leute ständig warnten. Der Reporter von der *Times* veranlasste mich zu einer Erklärung, dass die Sitzplätze, die ShareSpace verkaufte, nur deshalb verfügbar waren, weil die internationale Raumstation ISS in Zeitverzug war. Einige Shuttle-Flüge waren daher für andere Projekte freigegeben worden.

Dann scheuchte mich die große Mitarbeiterin von MSNBC durch eine detaillierte Schilderung der ersten beiden Citizen Observer-Flüge, falls irgendjemand, der jetzt zuschaute, all die Berichte im letzten Mai oder im Oktober des vergangenen Jahres verpasst hatte. Das schien angesichts der Teilnehmer dieser Veranstaltung besonders albern: »Nun ja, der Erste ist ja sogar hier im Raum«, sagte ich. »Erzählen Sie es doch am besten selbst, Fred.«

Fred Gernsback war seit fast zwei Jahrzehnten Anchorman beim Federal Broadcasting Network. Durch seine Begeisterung für das Raumfahrtprogramm wurde er mehr als jeder andere seit Walter Cronkite mit der Raumfahrt identifiziert. Er sah sich breit lächelnd im Raum um, und ich fragte mich, ob man es nicht irgendwann müde wird, im Mittelpunkt der Aufmerksamkeit zu stehen. »Nun, es ist eigentlich ganz einfach und im Grunde nicht einmal besonders interessant. ShareSpace ist eine privatwirtschaftliche Firma, einem Reisebüro nicht unähnlich. Nur dass Scott Blackstone höchstens zwei oder drei Tickets im Jahr verkauft. Seit die NASA sich vor einigen Jahren aus dem unmittelbaren Betrieb zurückgezogen hat, setzt die ASU Raumfahrzeuge ein, wie eine Fluglinie ihre Flugzeuge einsetzt. Die ASU hat die *Columbia* von der Regierung erworben und kann die übrigen drei Shuttles per Leasing in Anspruch nehmen. Das FBN hat also einfach mein Ticket bei ShareSpace gekauft und dadurch bekam ich meinen Platz auf einem Flug der *Columbia*, der von der ASU durchgeführt wurde. Das ist nichts anderes als eine Buchung beim Amex Travel Service, damit ich in eine 747 der United Airlines steigen kann. Langweilig wie ein Geschirrspüler.«

Die Anwesenden lachten und stöhnten. Freds Humor war heute sogar noch unbeholfener als sonst. Zehn Tage lang waren im letzten Oktober Millionen von Menschen zeitig nach Hause geeilt, um Gernsbacks Abendsendungen aus dem Orbit zu sehen. Die etwas blasierte Einstellung der amerikanischen Öffentlichkeit zur Raumfahrt – es sei eine Routinesache wie der Flugverkehr und so alt wie die Eisenbahn – hatte sich wieder in großäugige kindliche Begeisterung verwandelt, während man Gernsbacks fassungslose Freude über alles, was mit der Mission zu tun hatte, im Fernseher verfolgte.

»Beim nächsten Citizen Observer ist es nicht anders«, fuhr Gernsback fort. »Pegasus will für seine Schuhe Reklame machen, also mussten sie für Publicity für ihren Werbeträger sorgen. Man wendet sich an Scott, Scott verkauft ihnen ein Ticket, ASU übernimmt die Beförderung und heute Abend werden wir einen besonderen Rekord sehen – der größte Mann, der je in eine Umlaufbahn geschickt wurde. Eigentlich ist das ein ganz normales Geschäft.«

»Was muss eine Firma tun, um etwas im Shuttle mitzuschicken, Mr. Blackstone?« fragte eine große schlanke Frau. »Offiziell zur Veröffentlichung und auch für mich, weil Pacific States Network darüber nachdenkt, so etwas für mich zu arrangieren.«

Ich brauchte einen Augenblick, um sie zu erkennen – Nikki Earl, Korrespondentin einer kleinen Kette von Radiosendern, die eher links orientiert waren und sich um soziale Themen kümmerten. Normalerweise waren sie keine großen Anhänger des Raumfahrtprogramms. Wenn sie ihre Korrespondentin geschickt hatten, dann bedeutete dies, dass sie uns entweder aufs Korn nehmen wollten oder zu wenig andere Meldungen hatten. Ich antwortete entsprechend vorsichtig. »Ich hoffe, Ihr Sender kann es sich erlauben, Sie auf diese Reise zu schicken. Im Augenblick ist es ziemlich teuer. Es beginnt damit, dass die betreffende Firma eine Partnerschaft mit ShareSpace eingeht, die eine Million Dollar kostet. Oder sogar noch mehr, wenn Sie weiter oben auf der Liste stehen wollen. Für eine Million bekommen Sie eine hübsche Plakette im Shuttle plus die Möglichkeit, zu gegebener Zeit ein Ticket zu kaufen. Wenn Sie an der Reihe sind, berechnen wir fünf Millionen Dollar für den Flug. Wenn Sie die bezahlt haben, können Sie jeden mitschicken, der die medizinischen Untersuchungen und die Sicherheitsüberprüfung übersteht. Mahlzeiten und Kleidung sind in den fünf Millionen inbegriffen.« Ein paar Zuhörer kicherten. »Außerdem ist es erforderlich, dass mindestens acht Millionen Dollar für die Öffentlichkeitsarbeit ausgegeben werden. Vor allem natürlich für den Sponsor selbst, aber es muss eine unübersehbare Verbindung zu ShareSpace und den Flügen in den Orbit hergestellt werden. Damit liegt der niedrigste Preis für einen Raumflug bei etwa vierzehn Millionen. Wir hoffen in einem Jahrzehnt unter einer Million zu liegen.«

Nikki Earl nickte. »Warum kaufen die Firmen überhaupt Ihre Tickets? Ich kann verstehen, dass es sich für Fred gelohnt hat – jemand anders hat ihm das Ticket bezahlt, und er hat seinen Spaß gehabt, und ich selbst würde sofort mitfliegen, wenn PSN die Rechnung bezahlt, aber wie kann sich ein Ticket für vierzehn Millionen Dollar für die Sponsoren überhaupt rechnen?«

Sie fragte freundlich und sachlich, also dachte ich, dass sie vielleicht wirklich nur da war, weil sonst nichts los war und nicht weil PSN darauf aus war, ShareSpace zu attackieren. Sie hatte eine Frage gestellt, die ich am liebsten in einem längeren Interview beantwortet hätte, doch sie brauchte etwas, das nicht länger als eine Minute war.

Ich begann mit dem Offensichtlichen. »Nun, es ist das Geld von privatwirtschaftlich arbeitenden Firmen und die müssen ihren Anteilseignern erklären, was sie machen. Ich kann also nur annehmen, dass sie es für richtig halten und dass sie es deshalb tun. Dem Bäcker ist ja auch egal, wofür Sie sein Brot kaufen. Er will verkaufen, und bisher haben wir eine Warteschlange von achtzehn Kunden, also verkaufen wir offensichtlich etwas, das die Leute haben wollen. Aber wenn ich spekulieren soll ... ich würde meinen, dass die Sponsoren davon ausgehen, dass vor allem Kinder den Raumflug lieben. Für Pegasus und Avery ist es die beste Publicity, wenn sie mit dem Raumflug in Verbindung gebracht werden, weil sie hauptsächlich auf junge Kunden zielen. Es scheint so, als wäre alles, was mit dem Raumflug zu tun hat, heute viel populärer als zu irgendeiner anderen Zeit seit dem Ende der sechziger Jahre. Deshalb halten die Sponsoren es möglicherweise für eine gute Idee, sich mit der Raumfahrt in Verbindung zu bringen, und das macht sie ja nicht nur bei den Kindern bekannt. Am besten finden Sie das aber heraus, wenn Sie die Firmen selbst fragen.«

Sie nickte. »Das habe ich getan und sie haben in etwa das gesagt, was auch Sie gesagt haben. Darf ich noch eine Anschlussfrage stellen?«

»Sicher.«

»Als Mutter eines Zehnjährigen fällt mir natürlich auf, dass die Raumfahrt auf einmal wieder populär wird. Was glauben Sie, woher das kommt?«

»Äh ... ich habe selbst einen zehnjährigen Jungen, aber ich glaube nicht, dass ich das besser verstehe als Sie. Ich kann raten: vielleicht der Jahrtausendwechsel. Die Jahrestage so vieler Ereignisse, die mit der Raumfahrt zu tun haben. Die neuen privaten Unternehmen. Die neuen Bilder, die von der neuen Generation von Teleskopen geliefert werden. Ein paar erfolgreiche, realistisch gemachte Filme, bei denen die Special Effects stimmen, nachdem es lange Zeit lediglich reine Phantasieprodukte gab. Suchen Sie sich etwas aus. Wie klingt das?«

»Wie ein Bäcker, der nicht genau weiß, warum er auf einmal mehr verkauft, der aber sichtlich froh darüber ist, dass er es los wird«, sagte Nikki Earl grinsend. Es war kein aufgesetztes Fernsehlächeln, es war echt. Im Geiste merkte ich sie mir als mögliche Verbündete vor, falls ich irgendwann einmal eine Story verbreiten wollte. Im Augenblick bekam

ShareSpace eine Menge gute Publicity, weil wir die nach Jesus und dem Weihnachtsmann bekannteste Persönlichkeit Amerikas auf die nächste Mission schickten. Medienleute wie Nikki Earl durfte ich nicht vernachlässigen. Wenn ich mit ihr redete, konnte ich über ihren Sender möglicherweise Leute erreichen, die wir bisher nicht erreicht hatten, und wenn man im Rampenlicht der Öffentlichkeit steht, kann man gar nicht genug Freunde haben.

Bisher hatte ShareSpace eine Menge Freunde. Wir erreichten den Höhepunkt einer seit zwei Jahren anhaltenden Woge von Popularität. Fred Gernsback war nur der Anfang gewesen. Kaum dass er wieder auf der Erde war, machten wir den nächsten Schritt. Avery Filmworks, der dominierende Gigant in der Unterhaltungsindustrie, hatte im folgenden Mai bei ShareSpace einen Platz auf der *Columbia* gebucht und das Ereignis auf geradezu geniale Weise vermarktet. Sie hatten *Pyramid to Space* ins Programm genommen, eine Quizsendung im Avery Channel. Die Show drehte sich um Fragen, die mit der Raumfahrt zu tun hatten. Die meisten Fragen waren ziemlich absurd; jedenfalls konnte ich mir nicht vorstellen, dass ein Astronaut wirklich wissen musste, wie viel ein bestimmter Lebensmittelkonzern bezahlt hatte, damit seine Produkte in die ersten Raumfahrer-Rationen aufgenommen wurden. In den Weihnachtsferien wuchs die Begeisterung für die Quizsendung, denn der Sieger durfte, wenn er körperlich fit genug war, der nächste Citizen Observer werden.

Mitte Januar stand David Calderon, ein Automechaniker aus Brownsville, Texas, als Sieger fest. Er flog im Mai mit der *Columbia* in den Orbit und wenn das überhaupt möglich war, dann war er für uns sogar noch nützlicher als Fred Gernsback.

Auch die Agentur Central Casting hätte Davids Rolle nicht besser besetzen können. Ein gutaussehender fünfundzwanzigjähriger Mann, muskulös und schlank und in hervorragender Form, der nicht rauchte und so gut wie nicht trank und gelassen und selbstbewusst ein geradezu enzyklopädisches Wissen über den Weltraum und die Astronautik offenbarte. Als er in *Pyramid* gewonnen hatte, wurde er mit Glückwunsch-eMails, Anrufen und Briefen und einer Reihe von Heiratsanträgen förmlich überschüttet.

Zwischen seinem Sieg beim Quiz, der MTV-Serie, die ihn beim Training begleitete und seinem Flug war er etwa sechs Monate lang praktisch ständig im Fernsehen und die ganze Zeit über machte er begeistert Reklame für den Start, für Avery Filmworks, für *Pyramid to Space,* für ShareSpace, für das Raumfahrtprogramm und das Leben ganz allgemein. Er hatte eine Begabung dafür, in einfacher Sprache sein umfassendes, breit gefächertes Wissen über alles zu präsentieren, was mit Raumfahrt, Astronomie, Planetologie und Astronautik zu tun hatte – ein Wissen, das er im Laufe vieler Jahre aus wissenschaftlichen Zeitschriften und Dokumentarfilmen über die Raumfahrt gewonnen hatte. Diese Quellen standen jedermann offen und deshalb schien er sogar in dieser Hinsicht ein ganz normaler Mann von nebenan zu sein. Barbara Walters fand ihn charmant und Larry King lud ihn zweimal in seine Show ein. Mehrere Wochen lang tauchte er in praktisch jeder Talkshow auf, die ihn engagieren konnte.

Besonders gut machte er sich im Radio und im Fernsehen in Sendungen, bei denen die Hörer anrufen konnten. Die Anrufe unterschieden sich kaum voneinander. Meist waren es Leute, die ihm einfach nur sagen wollten, dass sie sich auch für *Pyramid to Space* beworben hätten, dass Freunde und Familie sich über sie lustig gemacht hätten und dass sie sich jetzt bestätigt fühlten. »Sie haben bewiesen, dass auch ganz normale Leute in den Weltraum fliegen können«, sagten sie, oder: »Genau das ist der Punkt, im Weltraum liegt die Zukunft der ganzen Menschheit.« Viele wünschten ihm Glück und meinten, falls er im letzten Augenblick abspringen sollte, würden sie gern seinen Platz einnehmen. Er reagierte stets humorvoll und freundlich, und jedes Mal, wenn David Calderon in einer Sendung auftauchte, stieg unsere Beliebtheit weiter und ein oder zwei neue Sponsoren klopften an und wollten beim Abenteuer mit von der Partie sein.

Auf dem Flug zeigte Dave sich begeistert, glücklich und mitteilsam. Er war ein ausgezeichneter Werbeträger für die Idee, dass der Weltraum allen Menschen offen stehen müsse. Wir hatten ihn auf unsere Gehaltsliste gesetzt, und jetzt fuhr er kreuz und quer durchs Land und traf sich mit Firmenchefs, die wir als Sponsoren gewinnen wollten, oder er hielt Vorträge in Grundschulen und bei Vereinen, sprach auf Highschool-Veranstaltungen und Pfadfindertreffs und machte so viel Reklame für uns, wie man es sich nur wünschen konnte.

Doch so wundervoll Gernsback und Calderon auch waren, was jetzt passieren sollte, würde die gesamte Publicity, die ShareSpace bisher bekommen hatte, in den Schatten stellen und all unsere früheren Triumphe in ein bloßes Vorgeplänkel verwandeln. Nachdem ich die Journalisten eine Weile beschäftigt hatte, wurde es Zeit für den nächsten Programmpunkt. »Ich glaube, jetzt sollten wir Ihnen die Crew vorstellen.« Ich nickte zur Tür hin, und Naomi, meine Sekretärin, nickte zurück und öffnete die Tür.

Sieben Personen betraten den Raum und gesellten sich zu mir aufs Podium, doch von jetzt an gab es nur noch einen Menschen im Raum, der von Interesse war – Michael James oder MJ, wie man ihn mehr oder weniger auf dem ganzen Planeten nannte.

Er war mehr als zwei Meter zehn groß und bewegte sich mit einer Eleganz, die auch bei einem Fremden, dem man zufällig begegnete, Aufmerksamkeit erregt hätte. Wenn man aber um seine Leistungen wusste, dann konnte man nur Ehrfurcht empfinden. Er hatte eine Ausstrahlung, die einem alten König oder einem legendären Helden zur Ehre gereicht hätte.

Vor zwei Jahren, als MJ nach mehr als einem Dutzend Jahren von seiner Position als wichtigster Center der NBA zurückgetreten war, hatte ihn jede Zeitschrift aufs Titelblatt gesetzt und *Time* hatte einen Vorwand gefunden, um es sogar zweimal zu tun.

Nach dem Erfolg des Journalisten im Weltraum und da

wir den zweiten Citizen Observer-Vertrag in der Tasche hatten, wurde es Zeit für ehrgeizigere Projekte. Ich setzte mich mit aller Kraft dafür ein, einen Vertrag mit MJ zu bekommen und Pegasus – den Hersteller der berühmtesten Sportschuhe auf der Welt, die hauptsächlich dank der Unterschrift ›MJ Michael James‹ so berühmt geworden waren – dafür zu gewinnen, MJ als dritten Citizen Observer auf die Reise zu schicken.

Er war nicht nur wegen seines Ruhms und weil jeder ihn sofort erkannte ein guter Kandidat. MJ war für viele amerikanische Kinder ein Vorbild, er wurde bewundert und war für seine Höflichkeit und Fairness bekannt und genoss in jeder Hinsicht einen ausgezeichneten Ruf. Er war klug, konnte reden und spontane Scherze machen, aber war auch nachdenklich und ernsthaft, wenn es nötig war. Vor allem war er aber schon als kleiner Junge von der Raumfahrt begeistert gewesen. Wir hatten einen wundervollen Film von seiner Mutter, AnnaBeth James, die sich daran erinnerte, wie ›Mikey‹ zehn Jahre alt und ausgesprochen unglücklich war, weil er schon damals wegen seiner Körpergröße nach den Regeln der NASA nicht als Astronaut akzeptiert werden konnte.

ShareSpace hatte den Flug mit MJ zehn Tage nach David Calderons Rückkehr aus dem Orbit angekündigt. Seitdem erbrachte alles, was MJ tat, immer neue Beweise dafür, dass diese Idee sogar noch brillanter war, als wir anfänglich geglaubt hatten. In den letzten vier Monaten waren seine Auftritte in Kindersendungen, in den Nachrichten und in Talkshows die beste Werbung gewesen, die wir uns alle nur wünschen konnten – für ihn selbst, für Pegasus, für ShareSpace, für ASU, die NASA, und natürlich auch für mich.

Es war eine zusätzliche Mühe, die Crew am Abend vorher von Canaveral herzufliegen und am nächsten Tag wieder zurück zum Kennedy Space Center zu transportieren, wo sie am Abend starten sollte, doch andererseits war es ein PR-Manöver, das sich meiner Ansicht nach bezahlt machen würde. Wenn man die großen Ereignisse in der Umgebung vom KSC steigen lässt, kommen zweitklassige Reporter und ältere Medienleute, die sich rasch mal einen Ausflug ins warme Florida gönnen. Doch wenn man die gleichen Veranstaltungen in einer Stadt durchführt, wo die wichtigsten Vertreter der Medien sitzen, dann sind es zwangsläufig genau diese Leute, die über einen berichten. Drei Städte kommen dafür vor allem in Frage: New York, Washington oder Los Angeles. Washington war Florida am nächsten, dort war auch der Firmensitz von ShareSpace, und vor allem war Washington die Stadt mit den berechenbarsten Nachrichtensendungen. In NY oder LA konnte man durch irgendein verrücktes lokales Ereignis jederzeit aus den Abendnachrichten verdrängt werden, doch in DC konnte einem nur ein Sexskandal oder ein Krieg die Schau stehlen.

MJ machte einige einleitende Bemerkungen, und die Leute entspannten sich und setzten sich bequem hin, als hätte sich die Pressekonferenz auf einmal in einen Freundeskreis verwandelt, der gemütlich im Wohnzimmer beisammen saß. »Lassen Sie mich auch die anderen Crewmitglieder vorstellen«, sagte MJ und breitete die Arme aus, als wollte er alle an sich drücken. »Ganz rechts neben mir, neben Scott Blackstone, sitzt Billy Kingston, der Kommandant. Während der Mission ist er derjenige, auf den alle hören müssen. Und falls jetzt Kinder zuschauen ...«

»Das wollen wir doch hoffen«, sagte Samantha Carter, die das Team von Nickelodeon leitete. Alle lachten.

»Also, wie ich schon sagte, falls jetzt Kinder zuschauen, dann solltet ihr ganz besonders gut aufpassen. Billy ist der Fachmann, er weiß, wie das Raumschiff funktioniert und so weiter. Er weiß es hundertmal besser als ich. Er hat das ganze Wissen und die Erfahrung. Genau wie eure Mom und euer Dad und die Lehrer mehr wissen als ihr. Wenn er also sagt, dass ich etwas tun soll, dann tue ich es und gebe keine Widerworte und mache es auf der Stelle. Wenn wir da oben im Weltraum sind, dann sind meine zehntausend Punkte aus all den Spielen nicht mehr als zehntausend Nullen im Vergleich zu seinem Wissen und seinen Fähigkeiten und seiner Erfahrung. Wenn ich auf ihn höre und seine Autorität respektiere, dann sorge ich damit gleichzeitig dafür, dass mir nichts passiert und dass ich keine Probleme bekomme. Und da oben kann man alle möglichen Probleme bekommen. Sogar MJ muss tun, was die Leute, die mehr wissen als er, ihm sagen. Genauso war es, als ich noch klein war und meine Mama etwas von mir wollte.«

Mit schleppendem Südstaatenakzent warf Kingston ein: »In diesem Fall befiehlt Ihnen Ihr Missionskommandant, die Vorstellungen umgehend zu erledigen, damit wir nach KSC zurückkehren können.«

»Jawohl, *Sir*. Seht ihr, wie ich das gemacht habe? Also, neben Major Kingston sitzt Wes Packard aus West Virginia, aus West Point. Er ist der Pilot, also derjenige, der die *Columbia* tatsächlich fliegt. Außerdem ist er der Vater von Katie und Mary Lou, die heute Morgen zuschauen, da gehe ich jede Wette ein. Der Mann neben mir ist Josh Pritkin, unser Spezialist für die Elektronik.« Er deutete auf einen großen, schmalen Mann, der in die Kameras nickte. »Außerdem spielt er einen ziemlich guten Ragtime am Klavier, oder wenigstens ist er gut genug, um einen Basketballspieler wie mich zu überzeugen. Lorena Charette hier«, er deutete auf die stämmige kleine Frau zu seiner Linken, »kommt aus Baltimore. Sie ist Ärztin und Majorin bei der Air Force und hatte ein viel aufregenderes Leben als ein Profisportler es je haben könnte. Wenn ihr Medienleute etwas Verstand hättet, dann würdet ihr viel eher sie als mich interviewen.«

Dank MJs sanftem Druck gab es tatsächlich einige Interviews und Sendungen mit Lorena, bis sie drauf und dran war, auch selbst eine kleine Berühmtheit zu werden.

»Der nervös wirkende Herr links neben Lorena, der sich jetzt wahrscheinlich fragt, welche peinlichen persönlichen Dinge ich über ihn verbreiten werde, heißt Marc Clement. Er ist auf unserer Mission der Spezialist für Astronomie und während des Trainings mein Zimmergefährte.« MJ blinzelte. »Bei einem so netten, gutaussehenden jungen Mann kann ich eigentlich nur das wiederholen, was seine Mutter immer sagt. Warum ist er eigentlich noch Junggeselle?« Clement errötete und alle lachten. MJ fuhr fort: »So, jetzt habe ich's allen gesagt, Mann, jetzt liegt es bei dir. Und schließlich, ganz außen auf der linken Seite, ist unser militärischer Frachtspezialist und Pokerkönig Damian Agustino.« Er nickte zum kleinen, vierschrötigen Mann hin. »Er ist neben mir der zweite Texaner auf unserem Flug, und mit zwei Texanern an Bord braucht man nichts und niemanden zu fürchten.«

MJ kam aus Dallas, was man spätestens zehn Minuten, nachdem man ihn kennen gelernt hatte, von ihm selbst erfuhr. Es gab eigentlich nichts, was man nicht sehr schnell über ihn erfuhr. Wir hatten ihn gründlich überprüft. Soweit wir es sagen konnten, war sein größtes Laster seine Vorliebe für Kriminalromane, und sein größtes Problem bestand darin, eine Frau zu finden, die ihn als Partner und nicht als Eroberung sah. Er war wirklich so nett, wie er im Fernsehen zu sein schien, und das machte die Detektive geradezu verrückt.

Die erste Frage kam von einem kleinen Mann mit schütterem Haar, der weit hinten stand. »Ich habe mich gefragt, ob Sie vielleicht die Tatsache kommentieren möchten, dass Sie gut verdienen und eine Firma vierzehn Millionen ausgibt, um Sie in den Orbit zu bringen, während gleichzeitig das Abgeordnetenhaus heute Morgen den Bildungsetat um zwanzig Millionen gekürzt hat.«

Mir blieb das Herz stehen. Michael war wirklich ein netter Kerl, aber er war manchmal aufbrausend und nicht daran gewöhnt, auf irgendeine Weise herausgefordert zu werden. Ich hatte mit ihm wegen verschiedener Dinge ein paar Konfrontationen gehabt.

Er starrte den Mann an. »Tja«, sagte MJ schließlich, »Sie wissen, dass Pegasus das Geld ausgibt, um mich in den Orbit zu schicken, aber die Firma verteilt auch Jahr für Jahr hundert Millionen an Schulen im ganzen Land. Das müssen sie, weil das Land zu geizig ist, seine eigenen Schulkinder gut zu versorgen.«

Wundervoll, dachte ich. Wir haben soeben zehn Freunde im Abgeordnetenhaus verloren.

»Natürlich fliege ich mit, sobald ich die Chance dazu bekomme. Das würde jeder Mensch tun, der auch nur ein bisschen Begeisterungsfähigkeit in sich hat. Deshalb sind Fragen wie Ihre ...« Er senkte den Blick und schüttelte den Kopf. »Mann, wie sind Sie nur auf so eine idiotische Frage gekommen? Glauben Sie wirklich, ich wüsste nicht, dass wir ein besseres und ein besser finanziertes Bildungssystem brauchen? Und Krankenhäuser und Essen für die Hungrigen und Häuser für die Obdachlosen? Glauben Sie denn, Sie haben Ihren Zuschauern damit etwas Neues gesagt? Glauben Sie denn, Sie könnten mich dazu bringen, dass ich mich meiner Herkunft schäme oder dass ich mich schäme, weil ich Erfolg hatte und reich geworden bin? Ich will Ihnen was sagen. Ich weiß ganz genau, dass ich ein sehr glücklicher Mann bin. Ich weiß, dass ich die Chancen, die ich im Leben bekommen habe, vielleicht nicht einmal verdient hatte. Aber ich kann Ihnen eines verraten. Als ich die Chancen bekommen habe, habe ich sie ergriffen, so ist das eben. Und wenn ich etwas erreiche, von dem andere Leute träumen, dann gebe ich ihnen die Kraft und das Recht, ebenfalls zu träumen. Kinder und auch Erwachsene ... jeder Mensch braucht diese Träume, wie man Sauerstoff, Essen und eine Unterkunft braucht. Sie sagen mir, manche Leute sind arm? Das ist eine Schande und das tut mir Leid, aber ich habe im letzten Jahr mehr für wohltätige Zwecke gespendet, als Sie in zehn Jahren verdienen. Sie sagen mir, mein Land, das beste Land der Erde, beraubt seine eigenen Kinder? Ich werde daran denken, wenn ich das nächste Mal zur Wahl gehe. Sie sagen mir, ich sollte den Kopf hängen lassen und mich im schönsten Augenblick meines Lebens mies fühlen? Mann, Sie können mich mal.«

Ein Teil von mir wollte ihn umarmen, ein anderer Teil wollte hinauslaufen und eine Pressemeldung herausgeben, dass er an diesem Tag nicht hier gewesen wäre. Zwischen den Impulsen hin und hergerissen, stand ich einen Augenblick unschlüssig herum, bis Naomi sich einschaltete. »He, der trägt ja gar kein Presseabzeichen.«

Die Sicherheitskräfte des Hotels näherten sich dem kleinen Mann, der sofort zur Tür hinaus und den Flur hinunterlief. Ich erfuhr nie, ob sie ihn erwischten oder nicht.

Danach kamen wieder Routinefragen. MJ gab mehr als die Hälfte der an ihn gerichteten Fragen an die anderen Crewmitglieder weiter und machte den Leuten klar, dass es außer ihm noch mehr Leute im Team gab, wobei er besonders die Bedeutung der normalen Astronauten hervorhob. Er kam immer wieder auf das eigentliche Anliegen der Mission zurück und zeichnete ein großes Bild, wohin die Erforschung des Weltraums führen konnte. »Wenn wir uns ihn leisten könnten«, sagte ich murmelnd zu Naomi, die gerade ein paar Papiere in meine sowieso schon überfüllte Aktentasche schob, »dann würde ich ihn zusammen mit Calderon auf die Gehaltsliste setzen. Zusammen würden die beiden dafür sorgen, dass wir im Handumdrehen eine Mars-Mission geplant und finanziert bekommen.«

»Vielleicht macht er es sogar umsonst«, sagte sie. »Vielleicht sollten Sie ihn fragen, wenn er wieder da ist.«

»... noch jemand, den Sie auf keinen Fall vergessen dürfen. Es ist der Mann, der erkannt hat, dass alle möglichen Leute und nicht nur Spezialisten in den Weltraum fliegen wollen«, sagte MJ gerade. »Es ist Scott Blackstone. Ich habe dieser Firma in gewisser Weise sehr viel zu verdanken, auch wenn Pegasus alles bezahlt.«

Ich winkte den Reportern. MJ hatte mir das Stichwort gegeben, um zu verkünden, dass wir jetzt schleunigst zurück nach Florida fliegen müssten. Die sieben Besatzungsmitglieder ließen sich noch einmal drei Minuten lang abfotografieren, dann scheuchte ich sie hinaus und ließ von Naomi Pressemappen verteilen, mit denen auch der verschlafenste Reporter noch einen sachlich richtigen Bericht schreiben konnte.

»Das ging hier erheblich leichter als auf den Pressekonferenzen, die ich für die Mannschaft geben musste«, erklärte

MJ, als wir uns in den Bus setzten, der uns zum Washingtoner Reagan Airport bringen sollte, wo die Chartermaschine wartete. »Auf den Pressekonferenzen vor den Spielen darf man nur zwei Dinge sagen: Dass man glaubt, man würde gewinnen, und dass man da sei, um Basketball zu spielen. Man muss eine Möglichkeit finden, immer das Gleiche eine ganze Stunde lang aufzusagen. Hier waren es nur zwanzig Minuten, und es gab wirklich ein Thema, über das man reden konnte.«

Er lehnte sich zurück. »Aber verdammt, dieser Clown, der gar kein richtiger Reporter war ... auf den bin ich echt sauer geworden.«

»Ich war auch nicht gerade froh darüber«, erklärte ich. »Es tut mir Leid, dass er durch die Absperrungen gekommen ist. Wir müssen das überprüfen und herausfinden, wie er es geschafft hat.«

»Ja, tun Sie das. Den Bericht würde ich gern sehen. Denn wenn ein unverschämter kleiner Kerl so einfach eindringen kann, dann kann der Nächste mit einer Kanone hereinspazieren. Das macht mich wütend und es macht mir Angst, und heute ist ein Tag, an dem ich mich nicht aufregen will.«

Marc Clement hatte sich herumgedreht und wollte eine Bemerkung machen. Die beiden hatten sich wirklich angefreundet, was für die Mission sehr vorteilhaft und für MJ selbst vielleicht sogar noch besser war.

»Das ist das Problem bei Hotels«, bemerkte Clement leise.

»Deshalb solltet ihr eigene Sicherheitskräfte einsetzen«, erklärte MJ, immer noch an mich gewandt. »Aber darauf habt ihr offenbar verzichtet.«

»Ja«, gab ich zu. »Wir haben unsere Sicherheitskräfte nicht mitgebracht, und das war ein Fehler. Es tut mir Leid.«

MJ blinzelte ein wenig, dann schüttelte er mir die Hand. »Schon gut, Scott. Ehrlich. Ich mache mehr daraus, als es die Sache wert ist. Entschuldigung.« Er stieg ein und setzte sich neben Marc Clement. So war Michael James eben. Er war aufbrausend, doch die schlechte Laune verflog im Nu, als wäre sie nie da gewesen.

Ich machte es mir hinten bequem, holte mein Handy heraus und wählte. Eigentlich sollte Amos frühestens in einer halben Stunde zur Schule fahren. Beim zweiten Klingeln wurde abgehoben. »Hallo?«

»Hallo, Thalia, hier ist Scott. Hat Amos noch einen Augenblick Zeit, um mir Hallo zu sagen?«

Meine Exfrau zögerte kurz, was mir verriet, dass sie meinen Anruf erwartet hatte und darüber nicht erfreut war. »Aber nur, wenn es nicht lange dauert. Ich muss ihn heute früher zur Schule bringen, deshalb kannst du nicht lange mit ihm reden. Aber er will sicher nicht gehen, ohne mit dir gesprochen zu haben. Du hättest ruhig etwas früher anrufen können.«

»Nein, das war nicht möglich«, widersprach ich.

»Wir müssen gleich weg«, wiederholte sie. »Ich kann es mir nicht leisten, heute zu spät zu kommen. Ich habe nur eine Stunde Zeit, um alles zu erledigen, bevor ich das Flugzeug erreichen muss.«

Ich wollte sie fragen, wie es sich anfühlte, immer zu irgendeinem Flugzeug zu hetzen, und mir lag sogar eine Bemerkung auf der Zunge, die sie über mich gemacht hatte, weil ich die Familie angeblich nicht wichtig genug nahm, doch wenn ich mich jetzt mit ihr stritt, würde sie nur auflegen, und ich wollte unbedingt mit Amos sprechen. Also sagte ich nur: »Tut mir Leid. Ich hatte da wirklich keine Wahl, aber es war natürlich gedankenlos.«

Ich hörte sie schnaufen und dachte, jetzt lässt sie sich etwas anderes einfallen, um dich abzuwimmeln, aber dann meldete sich Amos im Hintergrund. »Komm schon, Mom, lass mich mit Dad reden, ich warte schon so lange.« Ich hörte ein Rascheln und Klappern, als das Telefon weitergereicht wurde, dann das Klackern ihrer Absätze, als sie sich vom Telefon entfernte.

»Hallo, Dad?« sagte Amos schließlich.

Ich schluckte schwer und gab mir Mühe, unbefangen zu sprechen. »Hallo, Amos! Wir sind jetzt unterwegs zum Flughafen, weil wir heute Abend die Leute in den Orbit schießen wollen. Ich wollte dich nur rasch anrufen, um deine Stimme zu hören. Wie läuft es so?«

»In der Schule geht alles gut, im Winter gehe ich in einen Ringverein und das Computerprogramm, das ich geschrieben habe, läuft jetzt endlich«, erklärte er. Damit hatte er in einem einzigen Satz alle wichtigen Gesprächsthemen abgehakt. »Mom arbeitet viel zu viel, und sie ist oft nicht zu Hause. Ich freue mich schon, dich am übernächsten Wochenende zu sehen.«

»Hmm«, machte ich. »Das hätte ich doch jetzt sagen müssen.«

»Also, wir müssen jetzt gleich weg ...« warnte er mich. Es klang viel zu reif und verantwortungsbewusst für einen Zehnjährigen.

Vielleicht war es dieser Tonfall, der mich auf den Gedanken brachte, ich müsste ihm etwas ganz Besonderes anbieten. »Sollen wir am übernächsten Wochenende zum Strandhaus fahren?«

»Im Herbst?« Es klang, als hielte er mich für verrückt. »Was kann man denn da machen? Wird das nicht zu kalt?«

»Jawohl, im Herbst«, sagte ich nachdrücklich. »Das Strandhaus hat einen Holzofen, weißt du noch? Wir können einheizen, und dann haben wir es warm und gemütlich. Wir können nicht schwimmen und keine Souvenirs kaufen, aber sonst können wir alles machen wie im Sommer. Es wird eine Art Zelturlaub, nur bequemer. Wahrscheinlich sind wir ganz allein dort, nur du und ich. Sonst ist niemand am Strand. Wir können herumhängen und reden, du kannst mich beim Schachspielen schlagen, und wir können abends mit dem Treibholz ein Feuer machen und uns Gespenstergeschichten erzählen, bis wir beide vor Angst nicht mehr schlafen können. Im Herbst ist es schön da.« Um ihm die Idee besonders schmackhaft zu machen, brachte ich noch einen seiner Helden ins Spiel und erinnerte ihn an eine Zeit, die ihn besonders faszinierte. »Damals, als wir auf der Highschool und auf dem College waren, bin ich mit deinem Onkel Nick im

Herbst öfter zum Strand gefahren und habe gemacht, was große Jungs eben so machen.«

Das gab den Ausschlag. »Klasse, Dad. Dann machen wir es.«

»Also am übernächsten Wochenende. Was hast du an diesem Wochenende vor?«

»Mom kommt am Freitag erst spät aus Kalifornien zurück und sie sagt, sie wird wohl das ganze Wochenende fix und fertig sein und nur noch die Decke anstarren. Ich weiß nicht, vielleicht spiele ich mit meinen Freunden und sehe mir einen Film an.«

»Also, dann sage ihr doch, wenn sie in Kalifornien festsitzt und Mrs. Talbert dich kurzfristig nicht nehmen kann, dann kannst du auch zu mir kommen. Ich habe am Wochenende ein paar langweilige Sachen zu erledigen, ein paar Termine und Veranstaltungen, aber ich bin jedenfalls da.«

»Okay, das sage ich ihr.«

»Ich hab dich lieb, Amos.«

»Ich dich auch, Dad.« Ich wollte mich gerade verabschieden, als MJ sich neben mir auf den Sitz fallen ließ. »Wenn Ihr Sohn noch dran ist, würde ich gern mit ihm reden.«

»Amos?« sagte ich. »He, Amos ...«

»Dad?«

»Hier ist jemand, der mit dir reden will.« Ich gab MJ das Telefon.

Ein paar Wochen vorher hatte MJ mich zu Hause aufgesucht, um einige Papiere zu unterschreiben. Er kam mit einem Kleinbus, der ein Geschwader von Anwälten und Assistenten ausspuckte. Das Geschäftliche war rasch erledigt, doch gerade als MJ mit Gefolge wieder in den Bus steigen wollte, kam Thalia, um Amos übers Wochenende abzuliefern. Während meine Exfrau und ich eine kurze und nahezu zivilisierte Unterhaltung über Amos' Kleidung hatten, aus der er viel zu schnell herauswuchs, und über die hartnäckig schlechten Noten für seine Handschrift, brachte der bestbezahlte Spieler der NBA meinem Sohn die richtige Haltung und Wurftechnik bei. Danach ging Amos tagelang wie auf Wolken.

Jetzt neckte MJ ihn am Telefon. »Nach all der Mühe, die wir in deine Basketballtechnik gesteckt haben, willst du *ringen?* – Na gut, aber dann musst du auf jeden Fall der beste Ringer aller Zeiten werden, ist das klar? Hör mal, du musst immer machen, was dein Trainer dir sagt, und du musst alles zu hundert Prozent machen, weil du nur so weiterkommst. Wenn dein Dad mir erzählt, dass du nachlässt, dann komme ich vorbei und dribble dich ein paar Mal die Zufahrt rauf und runter, ehe ich dich durch den Korb schmeiße, okay? – Yeah ... also, weißt du, es gibt in jeder Sportart ein paar Grundregeln, und die muss man genau kennen und genau beherrschen. In den ersten beiden Jahren lernst du in jeder Sportart die Grundregeln, und da musst du einfach versuchen, der Beste zu sein. Versuche nie die schwierigen Sachen, solange du die Grundlagen nicht beherrschst ... Alles klar, mach das nur ... was? Nein, ich habe keine Angst. Oder höchstens ein bisschen. Aber nicht mehr als dein Dad, als er selbst in den Weltraum geflogen ist. Das wird schöner als alles, was ich jemals vorher gemacht habe ... yeah! – Alles klar, Amos, und bis bald!«

Er schaltete ab und gab mir das Telefon. »Sie haben wirklich einen netten Sohn.«

»Danke«, sagte ich. »Sie haben ihm eine große Freude gemacht.«

MJ grinste breit und boshaft und zeigte mir alle seine Zähne. »He, verstehen Sie eigentlich was vom Ringen?«

»Überhaupt nichts«, gab ich zu.

»Ich auch nicht. Mir fiel nichts ein, was ich ihm dazu sagen sollte. Deshalb habe ich ihm das mit den Grundlagen erzählt.«

Ich lachte. »Sie hätten ihm erzählen können, was Sie wollen, er wäre auf jeden Fall glücklich gewesen. Also muss ich mich jetzt wohl mit dem Ringen beschäftigen, damit ich wenigstens eine ungefähre Vorstellung habe, was mein Sohn macht.«

MJ lächelte. »So ist das eben, wenn man Kinder hat.«

Der Wagen fuhr durch eine Firmenzufahrt in den Flughafen. Ich schüttelte allen Crewmitgliedern die Hand und bedankte mich noch einmal bei allen. Dann stiegen sie in die Chartermaschine.

Wieder im Kleinbus sah ich auf die Uhr. Es war neun Uhr morgens, sie sollten um 21.30 Uhr starten. Ich hatte in den nächsten Stunden noch eine Menge zu tun, doch ich fühlte mich großartig. Ich setzte mich wieder nach hinten und wies den Fahrer an, mich zum Büro von ShareSpace in Silver Spring zu bringen.

Es war eine lange Reise gewesen, bis ich diesen Punkt in meinem Leben erreicht hatte. Jetzt winkte mir der Erfolg, doch ich hatte einen hohen Preis dafür bezahlt. In gewisser Weise hatte meine Familie schon Jahrzehnte vor meiner Geburt mit Bezahlen begonnen. Mein Urgroßvater, Peter Blackstone, der älteste von sechs Brüdern, war Bankier gewesen und hatte den Gebrüdern Wright und der Curtiss-Familie Geld geliehen und in jedes der aufstrebenden Unternehmen etwas Geld investiert. Sein jüngerer Bruder Henry flog mit einer Curtiss JNE die Post über die Appalachen – damals, als die beste Möglichkeit, einer allzu genauen Inspektion der Behörden zu entgehen, ganz wörtlich darin bestand, sich im Nachtflug zu bewegen. Seine anfänglich aus drei Flugzeugen bestehende Flotte sollte das Kernstück der ersten Gesellschaft werden, die später auf der gleichen Route Passagierflüge anbot.

Henrys ältester Sohn Stephen floh aus Stanford und bezahlte die Ausbildung zum Ingenieur aus eigener Tasche. Auf die ersten Düsentriebwerke hielt er mehrere Patente, und er war Mitbegründer der Firma Republic, die später von den Wrights aufgekauft wurde. Aus der Fusion entstand der große Luftfahrtkonzern Republic Wright, für den mein älterer Bruder Nick später arbeiten sollte. Der jüngste Bruder George, an den ich mich noch als ›Grandpa Blackstone‹ erinnern konnte, lief von zu Hause weg, bevor die Eltern ihn zwingen konnten, nach Yale zu gehen. Damit brachte er sie um die letzte Chance, doch noch einen Anwalt oder Politiker in der Familie zu haben. George ging in den zwanziger Jahren zum Army Air Corps, flog im Zweiten Weltkrieg für die AVG (die Flying Tigers), hatte am Ende seiner Laufbahn den Rang eines Colonels der Air Force und war Leiter der militärischen Testpilotenausbildung. Da von dort so viele Astronauten der ersten Generation kamen, brüstete Grandpa Blackstone sich gern damit, er hätte mehr zukünftige Astronauten angebrüllt, beleidigt und beschimpft als jeder andere Mensch auf Erden.

Als Dad, der ältere von Grandpa Blackstones zwei Söhnen, flügge wurde, wollte er nichts weiter als ein stilles, geregeltes Leben führen. Er wollte nicht alle paar Jahre umziehen müssen, er wollte weder Flugzeugabstürze noch Gebrüll. Er fand seinen Platz in der Welt, indem er bei Curtiss Aircraft – später sollte Curtiss Aerospace daraus werden – Modelle für Windkanäle baute. Ich war vier Jahre alt, als sein Bruder, mein Onkel Ted, unmittelbar nach seiner Berufung ins Astronautencorps bei einem T-38-Absturz ums Leben kam.

Nick und ich hielten uns an die Familientradition. Einer wurde ein erfolgreicher Geschäftsmann, der andere ein Irrer. Nick ging auf die Ingenieursschule und wechselte danach so schnell wie möglich ins Management. Er stieg bei Republic Wright rasch zum Vizepräsidenten auf. Er sagte Dad und mir immer, dass er Ingenieure und Piloten für prima Kerle hielt und sie sogar so sehr bewunderte, dass er möglichst viele davon um sich haben wollte.

Ich ging so schnell ich durfte von AFROTC zur Pilotenausbildung und von dort aus zum Astronautencorps. Unterwegs heiratete ich Thalia Pendergast, deren Familie seit Jahrzehnten mit meiner befreundet war. Thalia hat während meiner ersten Jahre bei der Air Force ihren Jura-Abschluss gemacht. Sie musste sich darauf einstellen, dass wir alle paar Monate umzogen, und schaffte es trotzdem, alle ihre Termine zu halten. Sie war im vierten Monat mit Amos schwanger, als sie das Angebot bekam, im Büro des

Vorsitzenden Richters des Florida Supreme Court zu arbeiten.

Danach wurde das Leben etwas ruhiger. Ich wurde Astronaut, und wir konnten uns in Orlando ein Haus kaufen. Was das Familienleben angeht, so unterscheidet sich der Astronautenjob nicht sehr von der Arbeit für eine Firma, für die man viel reisen muss. Thalia hatte einen guten Job im Büro des Generalstaatsanwalts von Florida bekommen, und Amos schien glücklich und zufrieden, auch wenn er die meiste Zeit in der Tagesstätte verbrachte.

Die Vernunft riet mir, möglichst lange beim Astronautencorps zu bleiben und meine Familie zusammenhalten, aber schließlich gewann dieser Juckreiz, ich müsste etwas ganz Besonderes machen, die Oberhand. Nachdem ich drei Shuttle-Missionen geflogen hatte, beschäftigte mich mehr und mehr ein ganz bestimmter Gedanke: Im Grunde hatten wir kein nennenswertes Raumfahrtprogramm mehr.

Natürlich waren die USA im Weltraum vertreten, und wir flogen ziemlich oft in erdnahe Umlaufbahnen. Ich war ja sogar selbst dreimal dort gewesen. Doch kein Amerikaner und auch sonst niemand war seit Dezember 1972 weiter als bis in den LEO* gekommen. Es gab viele Gründe, in den Weltraum zu fliegen: Geschäfte, Navigation, Kommunikation, Forschung, militärische Projekte. Doch ein echtes Raumfahrtprogramm hätte bedeutet, dass wir irgendwo hinflogen und Dinge taten, die wir noch nie getan hatten. Mir kam es dabei besonders darauf an, irgendwo hinzufliegen.

Ein echtes Raumfahrtprogramm hätte dafür gesorgt, dass regelmäßig erheblich mehr Leute den Planeten verließen als je zuvor. Etwa um 1985 kam der Gedanke auf, man müsse dies abwickeln können wie den regulären Flugverkehr. Das brachte mich wiederum auf die Idee, zunächst einmal herauszufinden, wie eine Fluggesellschaft überhaupt funktionierte.

* LEO = Low Earth Orbit: niedrige Erdumlaufbahn

Dies wiederum führte zu einem Wechsel des Arbeitgebers und des Wohnortes. Wenigstens war Amos noch nicht in der Schule, als wir umzogen. Noch günstiger war die Tatsache, dass Global Airways, mein neuer Arbeitgeber, in Washington DC saß. Dadurch konnte Thalia sich leicht auf den Wechsel einstellen. »Du beförderst mich ins Paradies der Anwälte«, sagte sie, als ich das Thema zur Sprache brachte.

Ich wollte nicht unbedingt sehr lange bei Global bleiben, doch es war eine gute Gelegenheit, um das Wissen und die Erfahrung zu bekommen, die ich brauchte. Es war eine Charterfluggesellschaft, die sich darauf spezialisiert hatte, finanzkräftige Touristen in ihren Abenteuerurlaub zu befördern. Ich war schon damals ziemlich sicher, dass der exklusive Abenteuerurlaub ein wichtiger Meilenstein auf dem Weg zum privatwirtschaftlich betriebenen Raumflug sein würde.

Der Weg für einen erfahrenen Piloten wie mich, um mir die nötigen Erfahrungen zu beschaffen, war recht einfach zu beschreiten. Ich bewarb mich bei Global als Pilot, leitender Angestellter und Tourführer. Ich karrte Flugzeuge voll reicher Kunden nach Australien, wo sie im Great Barrier Reef schnorcheln konnten, zu mindestens der Hälfte der Flughäfen in Ostafrika oder nach Südamerika, damit sie Safaris unternehmen, klettern oder Angeln konnten, oder auch zu Inseln im Südpazifik, deren Namen ich kaum aussprechen konnte. Ich lernte eine Menge darüber, was man tun muss, um Touristen glücklich zu machen und wie man es anstellt, mit anderen Firmen zurechtzukommen, denn die meisten Flüge wurden von irgendeiner Firma bezahlt. Und ich lernte mehr als ich wissen musste über die internationale Gesetzgebung zum Flugverkehr und darüber, wie man mit etwas zurechtkam, das wir ›mangelhafte Infrastruktur‹ nannten.

Man weiß nicht, was improvisieren heißt, wenn man nicht mindestens einmal beim Start irgendwo im Hinterland von Bangladesh einen Wasserbüffel gerammt hat, worauf die Maschine von der Piste abkommt, im Sumpf landet und bis zum Bauch versinkt – während man sechzig Manager von

Republic Wright an Bord hat – darunter den eigenen und überkritischen älteren Bruder –, die alle binnen achtundvierzig Stunden wieder zu Hause sein müssen. Ich habe sie nach Hause bekommen, ich wurde noch nicht einmal ins Gefängnis gesteckt, und Global hat sogar noch etwas an dem Flug verdient, aber es waren sehr lange achtundvierzig Stunden.

Unterdessen sorgte ich dafür, mir die Qualifikation fürs Shuttle zu erhalten. Ich war vier Jahre Reserveoffizier der Air Force, deshalb konnte ich monatlich fünfzehn Stunden Flugzeit absolvieren. An vielen Tagen stand ich früh morgens auf, um den Shuttle-Simulator in der Langley AFB zu benutzen und einen Teil der nötigen Anforderungen zu erfüllen, um meine Qualifikation nicht zu verlieren. Als die Raumfahrt im Laufe der neunziger Jahre nach und nach privatisiert wurde und der Betrieb der Flüge aus der NASA ausgegliedert und der neu gegründeten Privatfirma ASU übergeben wurde, begann man bei Global allmählich darüber nachzudenken, dass man eines Tages die *Columbia* chartern und mich eine Ladung Passagiere in den Raum befördern lassen könnte.

An meinem vierzigsten Geburtstag machte ich eine Bestandsaufnahme meines Lebens. Nach den Maßstäben der meisten anderen Leute hatte ich vier erfolgreiche Karrieren hinter mir: als Militärpilot, als Astronaut, als Pilot im zivilen Luftverkehr und als leitender Angestellter einer Fluglinie, doch ich selbst hatte das Gefühl, gerade erst meine Ausbildung abgeschlossen zu haben. Ich wollte etwas in Gang bringen, damit die Leute wirklich in den Weltraum fliegen konnten, und ich wollte auf der Stelle beginnen.

Drei Tage später klingelte das Telefon. Der Astronaut der ersten Generation, der ShareSpace gegründet hatte, wollte sich zurückziehen. Er wollte jemanden finden, der sich um die Alltagsroutine und das Geschäftliche kümmerte, denn wenn jetzt tatsächlich Sitzplätze im Shuttle verkauft werden sollten, wechselte der Schwerpunkt von der Promotion zum Betrieb. »Als wir uns nach jemandem umgesehen haben, der mich ersetzen soll«, sagte er, »sind wir darauf gekommen, dass Sie praktisch Ihr ganzes Leben damit verbracht haben, sich auf ideale Weise zu qualifizieren.«

Ich sagte, würde den Job annehmen.

Vier Tage später zog ich in mein neues Büro ein. Drei Wochen danach war es offiziell. ShareSpace würde bei der ASU ein paar Sitzplätze und Platz für die Plaketten einkaufen. Wir waren im Geschäft, wir hatten etwas zu verkaufen und wir mussten sofort mit dem Verkauf beginnen.

Auf die Art und Weise, wie ich es zu Hause abwickelte, bin ich allerdings weniger stolz. Thalia hatte gerade die Coalition for Effective Justice ins Leben gerufen. Der Verband wollte sich dafür einsetzen, dass die Rechtsprechung und der Vollzug besser funktionierten, und sie hatte nicht sehr viel Zeit. Ich kann nicht behaupten, dass ich nicht wusste, wie schwer es für sie werden würde. Wir hatten mehr als ein Jahr darüber diskutiert, bevor sie es anpackte. Doch statt ihr Stabilität zu bieten, schnappte ich auf einmal nach einem neuen Job, der mindestens so anstrengend war wie der ihre, und konfrontierte sie mit einem Berg neuer Probleme, neuer Gedanken und Krisen und erwartete auch noch, dass sie mich dabei unterstützte.

Ein vernünftigerer Mann - oder einer, der überhaupt einmal bereit war, über zwischenmenschliche Beziehungen nachzudenken - hätte sofort erkannt, dass ich es nicht hätte tun sollen, ohne ausgiebig mit meiner Frau darüber geredet zu haben. Wie auch immer, ich stellte sie vor vollendete Tatsachen und rechnete einfach damit, dass sie wie bisher alles hinnahm.

Da wir beide gleichzeitig den Beruf gewechselt hatten, waren die Veränderungen schnell und durchschlagend. Ich lebte monatelang von Joghurt, in der Mikrowelle aufgewärmten Burritos und Big Macs, eilte früh aus dem Haus und kam erst zurück, wenn Amos schon längst im Bett lag. Verabredungen, die nicht geschäftlich waren, sagte ich ab und verzichtete auf jedes normale gesellschaftliche Leben. Einmal kam ich neun Tage nacheinander nach Mitternacht heim und verließ um sechs schon wieder das Haus. Ich lebte nur noch für Starttermine und Anrufe und versuchte, alles auszuräumen, was Fred Gernsbacks Flug in den Weltraum im Wege stand. Unterdessen bemühte Thalia sich, den Gründungsetat für ihre Coalition zusammenzubekommen, das Haus in Ordnung zu halten und als Mutter eine bessere Figur zu machen als ich in meiner Vaterrolle. Ich glaube, sie hat es besser gemacht als ich je etwas gemacht habe, doch ich hatte nicht die Energie und nicht die Aufmerksamkeit, es zu erkennen.

Ein Grund dafür, dass ich damals ständig so erschöpft war, war die Politik. Ich kenne niemanden, der für seinen Lebensunterhalt ernsthaft arbeitet, ob er nun Raumschiffe fliegt oder Fußböden wischt, der eine echte Verwendung für einen Politiker hätte. Mein erstes Jahr bei ShareSpace war nicht geeignet, meine Sympathie für diese Leute zu steigern. Ungefähr ein Viertel des Senats und etwa ein Drittel des Abgeordnetenhauses standen unserem Vorhaben ausgesprochen feindselig gegenüber. Ich war fast jeden Tag drüben in Capitol Hill oder in den Hauptsitzen verschiedener Behörden und versuchte dafür zu sorgen, dass alle Absprachen eingehalten wurden. Immer wieder traten der Abgeordnete Brian »Bingo« Rasmussen und seine Bande in C-SPAN auf und schwangen Reden über »unverantwortliche Verschwendung nationaler Ressourcen« und wie verantwortungslos es wäre, ›Zivilisten in eine kaum kontrollierbare Bombe‹ zu setzen, und es käme doch nicht in Frage, ›die Steuerdollars der Bürger für das Spielzeug der Reichen zu verschwenden‹ und so weiter.

Wie alle Lügen hatten auch diese einen wahren Kern. Raumflüge sind tatsächlich gefährlich. Man braucht ungeheuer viel Energie, um den LEO zu erreichen und diese Energie muss sehr schnell freigesetzt werden. Und sie kann tatsächlich außer Kontrolle geraten, wie es bei der *Challenger* geschehen ist. Der Weltraum hat seine Gefahren – das Vakuum, die Strahlung, Kollisionen –, die es auf der Erde in dieser Form nicht gibt. Wenn beim Wiedereintritt zu viele

Kacheln vom Hitzeschild abplatzen, verwandelt sich das Shuttle von einem milliardenschweren technischen Wunderwerk in einen haltlos abstürzenden Meteor und die Crew hat keine Chance sich zu retten. Die Raumfähre prallt dann zu steil auf die Landebahn und überschlägt sich wie ein Rennwagen beim Autorennen. Die Shuttles landen antriebslos im Gleitflug, deshalb kann man nicht einfach durchstarten und es noch einmal versuchen, wenn etwas nicht klappt.

Doch Millionen Menschen gehen Tag für Tag, sei es im Alltagsleben oder in ihrer Freizeit, größere Risiken ein als die Shuttle-Besatzungen. Fallschirmspringer, Skifahrer, Rennfahrer, Surfer, Bergsteiger, sogar Autofahrer auf der Schnellstraße – sie alle nehmen größere Risiken sogar noch öfter auf sich. Ich entführte keine Leute, um sie ins Shuttle zu sperren, die Citizen Observer nahmen niemand anders die Plätze weg und was noch wichtiger war, ohne ShareSpace wären die freien Plätze gar nicht erst belegt worden.

Der hohe Preis, den wir für die Tickets verlangten, überzeugte schließlich einige schwankende Abgeordnete und Senatoren und veranlasste die Clinton/Gore-Beamten, die uns nicht besonders mochten und sich für alles, was mit dem Weltraum zu tun hatte, nicht sonderlich interessierten, unser Vorhaben widerwillig zu akzeptieren. Die ASU würde einen gut zahlenden Kunden bekommen – ShareSpace – und damit in die Lage versetzt, ihrem Regierungskunden – der NASA – etwas weniger zu berechnen. Insgesamt sah es sogar danach aus, als würden die Steuerzahler einen kleinen Vorteil davon haben, und in den Jahren der Clinton-Administration war das alles, worauf es ankam.

Eines Tages, ich kam gerade aus einer Besprechung und war zu drei weiteren unterwegs, wartete Thalia auf mich. Ich starrte sie an und fragte mich, was sie dort wollte. Ich fürchtete, Amos wäre etwas passiert.

Sie gab mir einen dicken Stapel Papiere und als ich sie ansah, wurde mir klar, dass sie die Scheidung einreichen wollte. Ich sah ihr unbewegtes Gesicht und wusste nicht, was ich sagen sollte. Schließlich fragte ich nur, ob sie über etwas reden wollte, aber sie meinte, es wäre besser, die Anwälte alles erledigen zu lassen.

Ich wusste nicht, ob es wirklich besser war, aber da sie nicht mit mir reden wollte, an diesem Tag nicht und auch später nicht, blieb mir nichts anderes übrig. Ich sagte dem Anwalt von Gordon und Gordon, unserer Familienkanzlei, er sollte großzügig sein und sich nicht um Kleinigkeiten zanken. Im Gegenzug verlangte Thalia nicht viel. Sie wollte nur den hauptsächlich mit anderen Dingen beschäftigten Fremden möglichst schnell aus dem Haus bekommen, damit ihr Leben nicht mehr ganz so chaotisch verlief.

Natürlich fühlte ich mich elend, doch der Mangel an Zeit und Freiraum, der zu meiner Scheidung geführt hatte, gab mir auch die Mittel und Wege, die schlechten Zeiten zu überstehen. Bei ShareSpace gab es immer irgendetwas zu erledigen. Eine wachsende Firma ist nicht so warm und heimelig wie eine Familie, aber genau wie eine Familie kann sie praktisch beliebig viel Energie beanspruchen und mehr Zeit, als man jemals hat. Es heißt, die Suchtstruktur eines Workaholic sei besonders schwer abzuschütteln, weil es die einzige Sucht ist, die etwas einbringt. In meinem Fall traf das ganz sicher über viele Monate hinweg zu. Die einzigen Gelegenheiten, bei denen ich mich entspannte, waren die Besuchskontakte mit Amos, wenn ich mich mehr oder weniger zwang, das Telefon irgendwo zu verstecken und mich völlig auszuklinken. Wenigstens führte das dazu, dass ich mich auf die Besuche freute.

Nach einer Weile begannen Thalia und ich wieder miteinander zu reden, fast immer über Amos, und normalerweise verliefen die Gespräche nicht sehr freundlich oder glücklich. Es war besser als die knappen, gespannten Wortwechsel kurz nach meinem Auszug, aber nicht viel besser.

Als der Bus nach Silver Spring hineinfuhr, gähnte ich und streckte mich. Ich fragte mich, wie es war, ins Bett zu fallen, ohne den Wecker stellen zu müssen. Ganz egal, wie die Sache weiter verlaufen würde, meine Tage als Workaholic waren gezählt, und dieser schrecklich gestresste Teil meines

Lebens näherte sich dem Ende. In der Geschäftswelt und besonders in der Luftfahrtbranche galt ShareSpace nicht mehr als alberne neue Idee, die mit Sicherheit scheitern würde, sondern als ernst zu nehmende Firma mit einem nachvollziehbaren Expansionskurs. Wir mussten in den nächsten paar Monaten eine ganze Reihe neuer Mitarbeiter einstellen. Dafür gab es inzwischen Routineabläufe, während wir vor einem Jahr noch von Fall zu Fall entschieden hatten.

Jetzt war nicht mehr bei jedem einzelnen Schritt die Entscheidung des Geschäftsführers notwendig und mein Leben würde in etwas geregelteren Bahnen verlaufen. Ich wollte mehr Zeit mit Amos verbringen, aber darüber hinaus war mir nicht klar, wie dieses geregelte Leben überhaupt aussehen sollte. Vielleicht sollte ich einen längeren Urlaub einplanen, mir ein Hobby zulegen oder versuchen, hin und wieder mal mit einer Frau auszugehen ... darüber konnte ich in zehn Tagen nachdenken, wenn ich mit Amos im Haus oder am Strand war. Inzwischen gab es noch eine Menge zu tun. Ich nahm mein Handy, wählte meinen Anrufbeantworter und wurde mit der Ansage begrüßt: »Neunzehn neue Nachrichten. Sie haben Ihre Nachrichten das letzte Mal um 22.50 Uhr abgerufen.« Ich seufzte, sah zur klaren, frischen Herbstlandschaft hinaus, die draußen vor den Wagenfenstern vorbeizog, und machte mich wieder an die Arbeit.

Zweites Kapitel

SCOTT:

Beim dritten Start eines Citizen Observer mit ShareSpace hatte ich den Bogen heraus. Als ich im Büro ankam, unterschrieb ich alles, was sofort unterschrieben werden musste, sah mir die wichtigsten Details an und setzte mich dann mit dem Telefon aufs Sofa im Büro. Ich ließ Naomi wissen, dass ich jetzt bereit sei, die Anrufe von Presse und Medien anzunehmen. Als ich ihr Bescheid sagte, waren bereits zehn Anrufe in der Warteschleife und danach hing ich mit kurzen Unterbrechungen sieben Stunden lang am Telefon. Ich beantwortete immer wieder die immer gleichen einfachen Fragen und gab mir jedes Mal Mühe, so zu tun, als wäre die Frage eine angenehme Überraschung, denn ich musste berücksichtigen, dass ich nie wissen konnte, wann ich von irgendeiner großen Senderkette live ins Programm genommen werden würde. In einer Position wie der meinen kann man es sich nicht leisten, wie ein Volltrottel zu reagieren.

Um 19.30 Uhr, ungefähr zwei Stunden vor dem Start, verschwand ich in der kleinen Dusche im Gebäude, machte mich frisch, zog mich um und ging zum Pressebüfett hinunter, wo wir Großbildschirme und einen Imbiss für die Reporter aufgebaut hatten, die von unserem Hauptsitz aus das Ereignis begleiten würden. Ich machte die Runde, schüttelte Hände und sprach mit jedem Einzelnen.

Ein Reporter frisst Ihnen entweder aus der Hand, oder er frisst Sie bei lebendigem Leibe auf. Im Augenblick machte sich unsere gewissenhafte PR-Kampagne und unser Werben um die Presse bezahlt. Die Medienvertreter benahmen sich, als würde ich ihnen einen Gefallen tun und nicht umgekehrt.

Die Fernsehreporter waren halb abwesend, ein Auge auf die Bildschirme gerichtet und mit halbem Ohr die Toneinspielung verfolgend, die sie über Ohrhörer bekamen. Die meiste Zeit behielten sie die Berichterstattung ihrer eigenen Station im Auge, damit sie, wenn sie auf Sendung geschaltet wurden, sofort mit dem richtigen Stichwort beginnen konnten.

Der Bildschirm, der die Zeitungsreporter anzog, zeigte das Innere der Raumfähre. Man sah, wie MJ sich die Lippen leckte und sich hin und her wand, um bequemer zu sitzen. Gelegentlich beantwortete er eine Frage, wahrscheinlich von jemandem, der eine Checkliste durchging. Ich war froh, dass MJ so oft lächelte und immer noch eher aufgeregt als gelangweilt oder frustriert wirkte. Einen weiteren Wutausbruch konnte ich heute wirklich nicht gebrauchen. Naomi hatte die Berichterstattung beobachtet, und es sah aus, als hätte Michaels Behandlung des Eindringlings mit der unhöflichen Frage in den großen Medien keine Rolle gespielt, was bedeutete, dass es vermutlich überhaupt nicht mehr erwähnt werden würde.

Die letzte Stunde des Countdowns war mir immer die liebste. Alles andere war entweder langweilig oder ärgerlich.

Wir hatten einen ›Capture‹-Knopf für die Vertreter der Printmedien eingerichtet, damit sie sich, wann immer sie wollten, ein Standbild aus dem laufenden Filmbericht herauskopieren konnten. Als MJ in die Kamera schaute und grinste, schlug ein Reporter auf den Knopf. »Ich hab's«, sagte er. »Das wäre dann morgen überall auf Seite Eins, was?«

»Direkt unter einer riesigen Schlagzeile, falls nicht zwischen jetzt und ein Uhr morgens noch etwas Wichtiges kaputtgeht«, stimmte die Frau neben ihm zu. »Ein glückliches Lächeln und jede Menge Technik im Hintergrund.«

Naomi nickte zum Standbild hin, das noch auf dem Monitor zu sehen war, und zu MJ, der strahlte wie ein Kind am

Weihnachtsabend. »Das hat beim Raumflug lange gefehlt«, sagte sie. »Das Gefühl, dass man sich dabei freuen darf, etwas Großartiges zu tun.«

»Vielleicht hat es eine Zeitlang überall gefehlt«, sagte ich. »Die Vorstellung, etwas zu tun, einfach nur weil es schön ist und Spaß macht und schwierig ist, kommt schon lange zu kurz. Wie steht es mit den Essensvorräten?«

»Die Reporter naschen, die Filmteams schlingen es hinunter. Das Übliche also«, erklärte Naomi. »Es sieht gut aus, Mr. Blackstone. Die Presse nimmt das Ereignis sehr positiv auf.«

Ich drehte weiter meine Runden. Reporter vertilgten das kostenlose Essen und beobachteten das Programm ihrer eigenen Sender. Der Countdown schleppte sich dahin. Es war ein Start am Abend, der für die Publicity wie geschaffen war. Vielleicht würde es sogar ein paar wundervolle Fotos geben.

Jetzt zeigten alle Bildschirme die *Columbia* im harten Glanz des künstlichen Lichts. Kalte Dampfwolken stiegen ringsherum auf. Die Gangway wurde abgezogen. Ein weißer Strahl entstand unter der Rakete, als sie langsam zu steigen begann.

Dieses Bild hatte nie seinen Reiz für mich verloren, und es würde nie zu etwas Vertrautem werden. Nachdem ich selbst drei Flüge absolviert und mehr gesehen hatte, als ich im Gedächtnis behalten konnte, sorgte ich jetzt dafür, dass mein zuversichtliches Grinsen blieb, wie es war, falls irgendeine Kamera in meine Richtung zielte, während ich innerlich noch einmal alles durchging, was irgendwie schief gehen konnte.

Doch es ging nichts schief. Sie blieben auf Kurs und drehten sich rechtzeitig um sich selbst. Die Feststoffraketen wurden sauber abgetrennt. Alle drei SSME, die Shuttle-Haupttriebwerke, liefen einwandfrei mit etwa 104 Prozent Schubkraft und trugen die Besatzung sicher über alle Abbruchpunkte hinweg. Als sie die Umlaufbahn erreicht hatten, schalteten die Schubdüsen auf die Sekunde genau ab. Es war ein perfekter Start. Ich musste das Grinsen nicht einmal mehr spielen.

Am Rande bemerkte ich den Lärm – Klatschen und Hochrufe. Ich ließ mir die Hände drücken und auf die Schultern klopfen, als wäre ich selbst geflogen, und sorgte dafür, dass jeder so viel Champagner bekam, wie er nur in sich einfüllen konnte.

Die Medien hätten am liebsten vom Start bis zur Landung jede Sekunde von MJs Zeit gebucht. ShareSpace und Pegasus mussten die aggressiveren Vertreter häufig daran erinnern, dass ASU und ShareSpace Privatunternehmen waren und dass es deshalb kein öffentliches Interesse und kein pauschales Informationsrecht gab. Wenn sie Mr. James' Zeit während des Raumflugs in Anspruch nehmen wollten, dann konnte er ihnen seine Zeit schenken oder verkaufen, doch selbst wenn wir ihn hätten zwingen können, unendlich viel kostenloses Filmmaterial zu liefern, wir hätten es nicht getan.

MJ erklärte jedoch, dass er auf seinem ersten Raumflug nicht mit den Medien sprechen wollte. Vielmehr wollte er so viel Zeit wie möglich damit verbringen, einfach nur aus dem Fenster zu schauen. Im Rückblick bin ich froh, dass er sich dafür entschieden hat. Billy Kingston sagte, er hätte noch nie jemanden gesehen, der glücklicher und aufgeregter gewesen und gleichzeitig so gut mit der Schwerelosigkeit zurechtgekommen wäre.

Inzwischen unterhielt ich unten auf der Erde die Presse mit einer Party, die den Etat unserer kleinen Firma nicht sprengen durfte. Wir hatten eine Telekonferenz mit MJ geplant, damit er alle Gäste gleichzeitig ansprechen konnte, doch die sollte erst um 23.30 Uhr beginnen, also in etwa zwei Stunden. Er sollte genug Zeit haben, seinen ersten Erdumlauf zu genießen, sich zu sammeln und auf die Konferenz vorzubereiten und vielleicht sogar schon mit seiner offiziellen Aufgabe auf der Mission, dem Schießen von Fotos, zu beginnen.

Die beiden ersten Citizen Observer hatten uns die Beweise geliefert, dass wenn jemand genügend Fotos schießt, zwangsläufig ein paar interessante Bilder dabei herauskommen, die man als Poster vertreiben, als Werbeträger vermarkten oder an die Presse verteilen kann. Ein von Michael James aufgenommenes Foto mit aufgedrucktem Autogramm dürfte sich gut verkaufen und uns allen etwas Geld in die Kasse spielen. Eine schöne Diaserie, und er hatte noch Jahrzehnte danach auf der Erde genügend Stoff für Vorträge.

Mit einer Wegwerfkamera aus dem Supermarkt kann man allerdings nicht im Shuttle durchs Fenster knipsen. Dabei kommt nicht viel heraus, weil das Spezialglas extrem dick ist. Alles, was nicht in gerader Linie anvisiert werden kann, erscheint verzerrt, es gibt starkes Gegenlicht und die Kontraste zwischen Hell und Dunkel sind erheblich stärker als irgendwo auf der Erde. Vor allem muss man auch erkennen können, was man unten gerade sieht. Ein schneebedeckter Berg, ein blauer gewundener Fluss in einer grünen Ebene, ein schimmernder weißbrauner Wüstenstrich sieht mehr oder weniger wie der andere aus.

Deshalb mussten wir ein Stück neue Technik einführen, bislang das einzige Objekt, das ShareSpace selbst entwickelt hatte. Die ›CO-Kamera‹ war ein kleines Wunderwerk aus selbst korrigierenden Objektiven, verstellbaren Polarisationsfiltern, GPS- und IR-Empfängern, Kreiselkompassen und einem komplizierten Mikroprozessor, der wusste, an welcher Position im Weltraum die Kamera sich gerade befand und wohin sie zielte. Uhrzeit, Flughöhe und Position der Raumfähre, geographische Länge und Breite im Zentrum des Objektivs. Die Kamera kannte alle diese Daten und zeichnete getreulich auf, was man wann und wo geknipst hatte.

Während des zweiten Umlaufs und noch vor der Konferenz mit den Reportern sollte MJ mit der Kamera zwei Probefotos durch die Frontscheibe aufnehmen, so dass gleich die ersten Bilder auf dem Film etwas Spektakuläres zeigten. Dann sollte Marc Clement zwei Fotos von MJ machen, wie er vor den Firmenlogos im Shuttle vorbeischwebte, damit auch die Sponsoren bekamen, was sie bestellt hatten.

Eine kleine Komplikation ergab sich, als ich am Empfangstisch eintraf. Perry Lager, mein Kundenbetreuer, rief mich zu sich und sagte, er hätte Anfragen von vielen Sponsoren bekommen, die verlangten, das erste Bild auf der Filmrolle müsse MJ zeigen, wie er vor den Plaketten schwebt. Bei den Preisen, die sie zahlten, legten sie natürlich großen Wert darauf, dass ihre Firmenzeichen die Vorzugsbehandlung bekamen. Es war kein Problem, sie zufrieden zu stellen.

Ich ging auf die Toilette und hoffte, niemand würde bemerken, dass ich jederzeit einen Telefonkontakt mit MJ herstellen konnte. Ich rief die Durchwahlnummer in Houston an und eine Minute später hatte ich Michael am Apparat und übermittelte ihm die Bitte.

»Kein Problem, Mann, überhaupt kein Problem.« Er war überglücklich. Wenn es eine Droge gäbe, die uns alle so high machen konnte, wie er es zu sein schien, dann wären wir alle abhängig.

»Geht es Ihnen gut, Michael?«

»Hervorragend. Absolut hervorragend. Es ist phantastisch hier oben, und ich liebe euch alle. Vielen Dank für den Anruf, wir machen das Foto für Sie.«

»Danke, MJ«, sagte ich, und wir legten auf.

Als ich die Kabine verließ, kam ein kleiner Mann mit dunklem, schütterem Haar, der einen blauen Anzug trug, aus der Nachbarkabine. »Ich wette, Sie sind hierher gekommen, damit nicht alle auf Ihr Telefon losspringen und Fragen hineinbrüllen.«

»Das ist richtig.«

»Na ja, ich habe Sie in Ruhe gelassen, aber ich habe unfreiwillig gelauscht. Würden Sie mir verraten, was er sagte, als Sie ihn gefragt haben, wie es ihm geht?«

»Er sagte, er wäre zu Tode gelangweilt, er will nach Hause und die Kinder in Amerika sollten aufhören Milch zu trinken, ihre Eltern zu nerven und eimerweise Drogen zu nehmen.«

Der Mann lachte laut. »Geschieht mir recht.« Er streckte die Hand aus. »Ich bin Ken Elgin von *USReport*. Dann werde ich mich jetzt also ordentlich benehmen und meine Fragen für die Pressekonferenz aufsparen.«

Ich bedankte mich bei ihm. Wir kehrten in den Empfangssaal zurück und holten uns Sandwiches. Er kannte sich mit der Raumfahrt gut aus, also lief es darauf hinaus, dass wir ein kleines Interview improvisierten. Die meisten anderen Reporter waren noch mit Essen, Trinken und Beobachten der Bildschirme beschäftigt. Nur Nikki Earl kam herüber und zeichnete einen Teil meiner Antworten auf. Ich erklärte gerade, wie ein ›Weltraumhotel‹, im Grunde nichts anderes als eine Raumstation, die für die Bewirtung von Touristen eingerichtet war, ohne weiteres eine Art Prototyp für ein Raumschiff darstellen konnte, das zum Mars zu fliegen in der Lage sei, als es im Raum schlagartig totenstill wurde.

Naomi rannte nach vorn und drehte bei FBN den Ton auf. Fred Gernsback sagte gerade: »Aus der letzten Minute des Funkverkehrs schließen wir, dass es an Bord der Raumfähre *Columbia* eine ernst zu nehmende Panne gegeben hat.« In der nächsten halben Stunde herrschte, abgesehen von Gernsbacks dröhnender Fernsehstimme, lähmendes Schweigen im Raum, während die schrecklichen Nachrichten hereinkamen.

*

Manchmal habe ich deshalb heute noch Alpträume. Wahrscheinlich werden sie nie ganz aufhören. Ich bin die Beweise und Aufzeichnungen öfter durchgegangen, als ich mich erinnern kann. Ich wusste, wie Cockpit und Passagierbereich der *Columbia* aussahen. Ich kannte die Besatzung persönlich recht gut. Manchmal kommt es mir fast vor, als wäre ich persönlich dabei gewesen und könnte mich aus eigener Anschauung an jeden Augenblick erinnern.

Die Crew hatte sich Overalls angezogen und mit der normalen Routinearbeit begonnen. Die großen Frachtluken waren geöffnet und die automatischen Experimente im Frachtraum waren gestartet und liefen. Billy Kingston rief alle aufs Mitteldeck, wo sie als kleine Gruppe schwebten und sich wenn nötig an den Sitzen festhalten konnten. Der Kommandant las die Checkliste mit der Aufgabeverteilung vor.

Die meisten Astronauten sind nicht nur Wissenschaftler und Piloten, sondern auch Versuchsobjekte für medizinische Experimente. Der Weltraum ist eine noch relativ neue Umwelt für uns, und es ist üblich, auf jedem Flug bei allen Crewmitgliedern eine ganze Serie medizinischer Tests durchzuführen, um Daten für die Weltraummedizin zu gewinnen. Normalerweise besteht eine der ersten Aufgaben im Orbit darin, sich gegenseitig Blut abzunehmen und die Vitalfunktionen zu dokumentieren.

Marc Clement und MJ waren die Ersten. Sie zapften sich gegenseitig Blut ab und maßen Temperatur und Blutdruck. Josh Pritkin und Damian Agustino sollten die Nächsten sein. Sie schwebten in der Nähe und neckten die anderen, bis sie selbst an der Reihe waren. Billy Kingston sollte unterdessen als Testobjekt für einige Experimente herhalten, die Lorena Charette mit dem LBNP durchführte, einer Art Anzug, der den unteren Teil des Körpers einem Unterdruck aussetzte. Die meisten Astronauten hassten diesen Apparat, der den Luftdruck in der unteren Körperhälfte reduzierte, um Blut und Körperflüssigkeiten anders zu verteilen, so dass man verschiedene Versuche zu den Auswirkungen der Schwerelosigkeit durchführen konnte.

Der Einzige, der in diesem Augenblick direkt mit der Steuerung der Raumfähre zu tun hatte, war Wes Packard, der als erster Pilot der Mission auch die erste Schicht im Pilotensitz übernahm. Normalerweise ist dies auf einer Shuttle-Mission ein langweiliger Job. Solange das Shuttle antriebslos um die Erde kreist, gibt es nicht viel zu steuern oder zu fliegen und der Pilotensitz kann auch mal ein paar Minuten verwaist bleiben. Wes nahm sich eine Saugflasche Kaffee und beobachtete die unter ihm vorbeiziehende Erde.

»Nach allem, was ich hier sehe, dürften wir beide noch am Leben sein, also müssen wir wohl auch arbeiten«, scherzte Marc Clement. Er schwebte, MJ im Schlepptau, wieder nach vorne. »Ihr seid dran, Jungs.«

Pritkin und Agustino wechselten einen Blick, zuckten die Achseln und begannen mit der Prozedur.

MJ holte die Kamera aus dem Schließfach, schaltete sie ein und überprüfte die Statusanzeigen. Alles grün. »So, dann können wir jetzt wohl die Fotos machen.«

»Marc, könntest du kurz den Pilotensitz im Auge behalten, während ihr die Fotos aufnehmt?« fragte Wes.

»Klar doch.«

Wes schnallte sich ab. »Dann lass mich mal vorbei. Der Kaffee ist durch.« Er schwebte zur Toilette und schloss hinter sich die Tür.

»Alles klar«, verkündete MJ. »Okay, dann baue ich mich jetzt vor diesen Plaketten auf ... vielleicht mehr zur Seite, ich soll sie ja nicht verdecken. Okay, los geht's.«

Er warf die Kamera zu Marc hinüber, der sie mühelos aus der Luft fischte.

Marc suchte die richtige Position und stieß sich mehrmals mit den Händen ab, bis er die Kamera ausrichten konnte. »Moment mal ... ja, so sieht das gut aus.«

»Halt, warte noch, bis ich still stehe«, sagte MJ. Er drehte sich langsam um sich selbst. »Es soll doch perfekt sein.« Er hielt in einer neuen Position an.

»Okay, deine Position ist jetzt gut, du stehst ruhig und ich habe alle Plaketten drauf«, erklärte Marc. »Und jetzt bitte lächeln.«

»Das ist kein Problem, weil ...«

Ein gewaltiges Krachen erschütterte die Raumfähre. Billy Kingston und Lorena Charette sagten übereinstimmend, es habe eher nach einer kleinen Kanone als nach einem Gewehrschuss geklungen. In der engen Raumfähre war es jedenfalls ohrenbetäubend.

Die Warnsirene für Druckverlust schlug an. Kingston stieg sofort aus dem LBNP und eilte nach vorne. »Was ist da los?« brüllte er. Charette folgte ihm. Sie kamen vorne an, als Wes die Toilette verließ und zum Pilotensitz eilte.

Marc Clement drehte sich haltlos um sich selbst, der Kopf hing seltsam schief und das Gesicht war zerquetscht, als wäre er mit großer Geschwindigkeit gegen eine Mauer geprallt. MJ schwebte an einer Wand, Augen und Mund weit aufgerissen, aus dem Mund strömte Blut, und er hatte ein Loch in der Brust. Die Augen waren geweitet und blutunterlaufen und schrumpften nach einer Weile wieder auf die normale Größe, während die anderen sich um ihn kümmerten. Überall in der Kabine schwebten Blutkügelchen.

Kingston schwamm zu ihm und tastete am Hals nach dem Puls. Dabei sah er ein noch viel größeres Loch zwischen den Schulterblättern. Was auch geschehen war, es hatte MJ auf der Stelle getötet. Blut war über die Wand mit den Plaketten gespritzt und mitten in diesem Schmier klaffte ein Loch von etwa einem Viertelzoll Durchmesser, durch welches das Blut in den Weltraum hinausgesaugt wurde. Kingston drückte seine Baseballmütze ins Loch und stopfte sie mit einem Stift aus der Hosentasche fest, bis er ihn nicht mehr bewegen konnte.

Gleich danach wurde die Sirene abgeschaltet. Josh Pritkin war es, der das darauf folgende Schweigen brach. »Mein Gott, was ist hier passiert?«

»Damy und Josh, kommt hier rüber und helft mir«, sagte Lorena Charette. »Marc hat sich den Hals gebrochen, aber er lebt noch. Ich versuche jetzt, sein Rückenmark gerade zu halten. Josh, hol mir das Verbandszeug. Damy, komm her und hilf mir, Marc zu stützen.«

Wes Packard sagte: »Druckabfall. Wir haben in weniger als zwei Minuten dreihundert Pfund Luft verloren und immer noch ein kleines Leck, der Druck fällt weiter. Wir gieren ein wenig, aber wir haben keine Schräglage und rollen nicht. Im Grunde drehen wir uns nur langsam um ums selbst.«

»Warte, bis ich Marc stabilisiert habe, ehe du das korrigierst«, bat Lorena ihn.

»Roger.«

»Ich habe hier ein Leck mit meiner Mütze zugestopft«, berichtete Kingston. »Wie ist der Kabinendruck?«

»Ein Drittel einer Atmosphäre«, sagte Packard.

Charette grunzte gereizt. »Den Druck müssen wir schnell

höher bekommen. Bisher ist nur deshalb niemand bewusstlos geworden, weil wir alle hyperventilieren.«

»Alle, die nicht Marc helfen, steigen so schnell wie möglich in die Druckanzüge«, befahl Kingston. »Macht euch an die Arbeit, sobald ihr angezogen seid.« Er stieg zum Mitteldeck hinauf, um seinen eigenen Anzug aus dem Regal zu holen. Gleich darauf waren Packard und Pritkin neben ihm. »Können wir noch etwas für Marc tun? MJ ist tot, kein Puls zu ertasten. Irgendetwas ist mitten durch ihn durchgeflogen.«

»Warte mal«, sagte Charette. Gleich darauf zogen auch Charette und Agustino die Druckanzüge an. »Wir haben Marc in eine Koje gelegt und den Kopf festgezurrt, damit der Hals gerade bleibt. Er ist in schlechter Verfassung, aber es ist schwer zu sagen, wie schlimm es ihn erwischt hat. Ich mache gleich noch eine Tracheotomie, weil seine Atmung nicht gut läuft. Außerdem hat er eine Quetschung am Hals. Damy, du assistierst.«

»Bindet MJ irgendwo fest«, sagte Kingston leise zu Pritkin. Dann schwebte er nach vorn zum Platz des Copiloten. »Okay, dann geben wir die schlechten Nachrichten bekannt. Wes, du überlegst dir, wo wir notlanden können. Keine Wassergräben, kein unebenes Gelände, selbst wenn wir ein paar Minuten länger oben bleiben müssen.«

Das Shuttle schwimmt nicht, und es landet schnell und hart. Würde es im Wasser oder anderswo als auf einer betonierten Piste aufsetzen, dann würde es zerbrechen. Normalerweise könnte die Crew aussteigen, sobald das Shuttle niedrig und langsam genug ist. Mit einem Besatzungsmitglied mit gebrochenem Hals konnten sie das Shuttle jedoch nicht evakuieren. Sie mussten irgendwie damit landen.

Packard zog einen Laptop aus dem Fach neben seinem Sessel und begann an dem Problem zu arbeiten. Hinter sich hörte Kingston Lorena Charette sagen: »Okay, und jetzt dort den Absauger ansetzen.« Er holte tief Luft, schaltete den gesicherten Kanal ein und meldete sich über Funk. »Houston, wir haben einen Notfall. Ein Loch in der Hülle, weitere noch nicht bekannte Schäden, ein Crewmitglied tot, ein weiteres schwer verletzt. Wir müssen eine Notlandung programmieren und so schnell wie möglich auf einer Ausweichpiste herunter ...«

»Osterinsel«, flüsterte Packard. »Zündung in neun Minuten.«

»Der nächste Notlandeplatz ist die Osterinsel. Schicken Sie uns so schnell wie möglich alles an Hilfstruppen, was wir kriegen können. Das verletzte Besatzungsmitglied hat eine Wirbelsäulenfraktur. Wir können die Düsen ...« Er sah auf den Laptop, den Wes ihm hinhielt. »Wir können in acht Minuten und zehn Sekunden zünden.«

»Roger, *Columbia,* alles klar. Das Wetter auf der Osterinsel ist gut. Wir beten für euch.«

*

Ich ließ noch mehr Stühle hereinbringen. Der Partyservice forderte eilig Nachschub und frischen Kaffee an. Unser Konferenzraum hatte reichlich Datenanschlüsse, die wir mehr oder weniger gerecht auf die Reporter verteilten. Doch auch nachdem wir die Pressevertreter und Medienleute so gut wie möglich eingerichtet hatten, konnten wir ihnen immer noch nicht geben, was sie am dringendsten brauchten: eine Vorstellung, was da oben vor sich ging.

Die Sender hatten sich sofort live eingeschaltet. Da es keine Informationen gab, füllten sie die Sendezeit, indem sie alle paar Minuten alles Mögliche zum wer weiß wievielten Mal durchgingen und die Reporter immer und immer wieder riefen, um sich bestätigen zu lassen, dass immer noch nichts passiert sei. Die Fernsehreporter bauten sich im Pressesaal von ShareSpace, wo inzwischen eine recht gedrückte Stimmung herrschte, vor unserem Firmenzeichen auf und erzählten unermüdlich, dass man immer noch keine Ahnung hätte, was passiert sei. Manche fügten noch hinzu, Scott Blackstone sei da und habe versprochen, neue Informationen sofort weiterzugeben.

*

»Die Halswirbelsäule ist gebrochen, die Stirn ist eingedrückt und ich bin sicher, dass auch das Rückenmark verletzt ist, aber er atmet jetzt aus eigener Kraft, nachdem wir über einen Luftröhrenschnitt die Sauerstoffversorgung sichergestellt haben«, erklärte Lorena Charette. »Wir haben ihn so gut wie möglich ruhig gestellt, doch selbst eine normale Landung würde ihn wahrscheinlich umbringen. Ihr könnt mit den Manövern beginnen.«

»Also los«, sagte Kingston.

Ohne ein weiteres Wort oder einen Blick zu den anderen Crewmitgliedern legte Wes Packard die Hände an die Steuerung und aktivierte die Steuerdüsen, um das Gieren zu beseitigen und das Shuttle in die richtige Position für den Bremsschub zu bringen. Das Heck musste dabei in die Flugrichtung deuten. »Zündung in sieben Minuten. Schließt die Ladeluken und schnallt euch umgehend an, Leute.«

Sie beeilten sich, die Plätze einzunehmen. Pritkin und Agustino gaben es auf, die Blutstropfen und die Metall- und Fleischfetzen, die vor der Wand mit den Plaketten schwebten, und die anderen verstreuten Objekte einzusammeln und einzutüten. Sie drückten auf die notwendigen Tasten, um die automatisch laufenden Experimente abzubrechen und die großen Klappen des Frachtraums zu schließen.

»Wie groß sind die Schäden?« fragte Kingston, indem er sich rasch über die Schulter umsah.

»Wir arbeiten noch dran«, erklärte Agustino. »Bis jetzt haben wir ein Loch in der Hülle, die Kamera und zwei verletzte beziehungsweise tote Besatzungsmitglieder. Ein Glück, dass das Loch über und nicht unter den Tragflächen ist. Mit einem Loch im Hitzeschild würde es wirklich übel aussehen.«

Kingston grunzte. »Die Osterinsel gefällt mir überhaupt nicht, aber die nächste Möglichkeit danach kommt erst in mehr als einer Stunde, und das ist nur ein alter Bomberflugplatz in Westsibirien, von dem wir genau wissen, dass er nicht gewartet worden ist. Dort gibt es außerdem niemanden, der uns abholen und sich um Marc kümmern könnte.

Auf der Osterinsel behaupten die Leute wenigstens, sie hätten die Landebahn in Ordnung gehalten.«

Eine Raumfähre im Orbit hat nicht viel Spielraum. Die große Last an Treibstoff wird fast völlig beim Start verbraucht, der Rest wird aus Sicherheitsgründen kurz danach ausgeblasen. Da das Shuttle versetzt zum Erdäquator die Erde umkreist, pendelt es um Hunderte oder Tausende Meilen nördlich und südlich über den Äquator hinaus und zeichnet eine Art riesige Sinuskurve um die Erde. Wenn es bei einem Umlauf direkt über Chattanooga hinwegfliegt, kommt es beim nächsten Umlauf über Albuquerque vorbei und ist erst vierundzwanzig Stunden später wieder direkt über Chattanooga. Die Düsen, die zum Manövrieren im Weltraum benutzt werden, sind klein, und die Düsen zur Ausrichtung der Raumfähre sind noch kleiner. Das Shuttle kann die Flugbahn nur geringfügig verändern und deshalb nur Landebahnen benutzen, die seiner Umlaufbahn sehr nahe sind. Da es im Gleitflug landet und keine Düsen hat, um durchzustarten und es noch einmal zu versuchen, muss außerdem gleich beim ersten Versuch alles klappen.

Es gibt rund um die ganze Welt ein System von Notlandeplätzen für die Raumfähren, doch nicht alle sind gleich gut. Die wichtigsten Landeplätze, die Edwards Air Force Base und KSC in Florida, sind gut unterhalten und mit erfahrenen Mitarbeitern besetzt. Der Landeplatz im spanischen Zaragoza ist fast genauso gut. Diese Orte waren aber allesamt nicht zu erreichen.

Die Osterinsel ist ein ganz anderes Kapitel. Ein winziger Punkt auf der Karte im Südpazifik, der zu Chile gehört. Eine der wenigen Pazifikinseln auf der normalen Flugroute, auf der es genug Platz für eine lange, breite Landebahn gab, aber sonst nicht sehr viel. Nicht gerade der ideale Ort, um mit einer beschädigten Raumfähre und einem schwer verletzten Besatzungsmitglied zu landen.

»Was glaubst du, was es war?« fragte Damian. Er schnallte sich gerade an; in fünfundsiebzig Sekunden sollte der Bremsschub gezündet werden.

Packard zuckte die Achseln. »Es sieht sehr nach einem Mikrometeor aus, oder? Die Schäden liegen in einer geraden Linie, und das Objekt ist schnell genug gewesen, um die Hülle zu durchschlagen, MJs Brustkorb zu durchbohren, die Kamera zu zerlegen und die letzten Reste der Kamera so fest gegen Marcs Kopf zu werfen, dass es ihm das Genick gebrochen hat. Das sieht für mich nach einem Einschlag mit hoher Geschwindigkeit aus.«

»Ein Mikrometeor oder ein Stück Weltraummüll«, fügte Pritkin hinzu, während er seinen Anzug überprüfte.

Dann rief die Flugleitung der ASU an und bat um konkrete Informationen, ehe sie eine Presseerklärung veröffentlichten. Billy Kingston gab die Spekulationen, was sie getroffen haben könnte, durch und berichtete, dass Michael James tot und Marc Clement schwer verletzt sei.

*

Wenige Minuten danach sprach ein Mitarbeiter der ASU schon mit James' Angehörigen und gleichzeitig ließ die ASU insgeheim auch mich unterrichten. Zehn Minuten später wusste es die ganze Welt und der Telefonverkehr erlebte neue Spitzenwerte. Ich stand vor den Reportern und konnte nur sagen: »Ich weiß im Augenblick nur das, was die Flugleitung mir mitgeteilt hat und sie hat mir mitgeteilt, dass Michael James bei einem Unfall ums Leben gekommen ist. Marc Clement wurde schwer verletzt und es ist fraglich, ob er überlebt. Die Raumfähre wurde beschädigt und versucht jetzt eine Notlandung auf der Osterinsel. Das ist alles, was man mir mitgeteilt hat. ShareSpace hat keinerlei Befehlsgewalt über die Mission und daher bekommen wir nur die wichtigsten Informationen. Ich werde alles weitergeben, was ich selbst erfahre, doch im Augenblick erfahre ich selbst nicht mehr als dies.«

Nikki Earl meldete sich. »Die Crew hat spekuliert, es könnte ein Mikrometeor oder ein Stück Weltraumschrott gewesen sein. Könnten Sie unseren Hörern erklären, was man sich darunter vorstellen muss und inwiefern so etwas gefährlich sein kann?«

Ich war dankbar für die Gelegenheit, etwas anderes sagen zu können als das, was ich schon seit einigen Minuten ständig wiederholte. »Mikrometeoriten sind Meteore, die zu klein sind, um vom Radar erfasst zu werden. Sie können eine Größe von einem Sandkorn bis zu einer Erbse haben. Sie bewegen sich mit sehr hohen Geschwindigkeiten - mit der zwanzigfachen Geschwindigkeit einer Gewehrkugel oder noch schneller - und schlagen deshalb mit ungeheurer Wucht ein. Sie sind äußerst selten, und bisher wurde noch kein einziger Unfall durch sie verursacht, aber früher oder später musste so etwas passieren. Weltraummüll ist dagegen Abfall von früheren Missionen. Alle möglichen abgebrochenen Teile, abgebrochene Nieten und Schrauben und Lackbrösel, Werkzeug, das beim Bau der ISS verloren wurde, Teile ausgebrannter Raketenstufen, eine Menge anderes Zeug. Diese Objekte bewegen sich längst nicht so schnell wie Mikrometeoriten, aber immer noch einige Male schneller als eine Gewehrkugel und die meisten sind größer, und es gibt mehr davon. Die Leute reden schon seit Jahrzehnten davon, dass es nötig sei, da oben im Orbit aufzuräumen, doch bisher wurde nicht viel getan, und man hat nicht einmal richtig über das Problem nachgedacht. Die *Columbia* ist jedenfalls entweder mit einem Mikrometeoriten oder mit einem Stück Müll zusammengestoßen. Das Objekt hat wahrscheinlich die Hülle des Raumschiffs durchschlagen und danach alles, was ihm in den Weg gekommen ist. So etwas könnte ohne weiteres jemanden töten und das Schiff beschädigen. Billy Kingston und seine Crew sind da oben und nicht ich, und wenn sie vermuten, dass es sich um einen Unfall durch eine Kollision handelt, dann ist das die Annahme, von der wir vorläufig ausgehen müssen.«

Nikki nickte und winkte noch einmal, um mir zu verstehen zu geben, dass über ihren Kopfhörer etwas hereinkam.

Einige Kabelsender fragten mich immer wieder, wie ich mich fühlte, aber ich konnte nur sagen, dass ich wie jeder auf der Erde tief erschüttert war über den Verlust von Michael James. Nachdem ich ihn mehrere Monate lang kennen gelernt und als Freund gewonnen hatte, könne ich kaum glauben, dass er jetzt nicht mehr da sei, und ich würde ihn sehr vermissen. Indem sie mich drängten, es mehrmals zu wiederholen, sorgten sie dafür, dass es mir immer mehr zusetzte und nach einer Weile musste ich blinzeln, um die Tränen zu vertreiben. Vielleicht war es nur das, was sie haben wollten.

Die Minuten dehnten sich endlos, bis es Zeit war für die Landung auf der Osterinsel. Zum Glück für die amerikanischen Sender war ein chilenisches Fernsehteam wegen einer anderen Geschichte auf der Insel und die Kollegen eilten zum Notlandeplatz und stellten eine Satellitenverbindung her.

Auf der Osterinsel gilt die Zeitzone der Westküste minus eine halbe Stunde, es war also etwa eine Stunde nach Sonnenuntergang, als die *Columbia* zur Landung ansetzte. Die Landebahn war mit Scheinwerfern gut ausgeleuchtet, der Himmel darüber war pechschwarz. Die Fernsehkamera war fast am Ende der Landebahn aufgebaut, wo das Shuttle zum Stillstand kommen würde, wenn die Landung gelang. Wir hatten uns auch in ihren Tonkanal eingeschaltet, doch da ich kein Spanisch sprach, wusste ich nicht, was die Reporter berichteten.

Zunächst sah es aus wie eine ganz normale nächtliche Shuttle-Landung. Ein Aufblitzen, als das Shuttle von den Scheinwerfern erfasst wurde, eine Art Zeitlupeneffekt, als es tiefer glitt und aufsetzte. Die Raumfähre wurde ausgerichtet und rollte die Landebahn entlang.

Dann sackte das Bugrad in ein Schlagloch und das Fahrgestell knickte ein, verbog sich und schob das Shuttle zur Seite weg. Bei einer Geschwindigkeit von immer noch mehr als hundert Meilen in der Stunde setzte die Nase der Raumfähre auf und wurde vom abgebrochenen Fahrgestell in eine Schräglage gebracht. Der Bug schürfte über die Landebahn und das Heck stieg hoch in die Luft, während die Raumfähre unkontrolliert über die Landebahn schlitterte. Funken stoben, Kacheln vom Hitzeschild und vom Rumpf platzten ab. Das Heck knallte wieder herunter, der Bug hob sich noch einmal kurz und das Shuttle brach seitlich aus. Dann gab das Fahrgestell auf der rechten Seite nach. Die *Columbia* kippte seitlich weg und beschrieb eine halbe Drehung um sich selbst, ehe sie auf den Trümmern, die vorher der Bug gewesen waren, zum Stehen kam. Ein Flügel lag abgeknickt auf dem Boden, ein stark verbogenes Fahrgestell hielt die rechte Seite oben. Im Hintergrund heulten Sirenen, während auf den Bildschirmen das Bild der zertrümmerten *Columbia* zitternd größer wurde. Das chilenische Fernsehteam saß auf einem Kleinlaster und fuhr zur Unfallstelle.

Die seitliche Luke wurde geöffnet. Langsam und unter Schmerzen stiegen die fünf Überlebenden heraus und nahmen die Helme ab. Sie standen nur dort, ein paar Schritte vom Wrack entfernt, und starrten ihr kaputtes, geschundenes Raumschiff an.

Kurz darauf rannten Ärzte ins Shuttle und bestätigten etwas später, dass Marc Clement beim Wiedereintritt oder bei der Bruchlandung gestorben sei.

Die Sender brachten unzählige Wiederholungen der Bruchlandung, die Reporter bauten sich vor den Bildern der zerbrochenen *Columbia* auf, die im Licht der Natriumlampen auf der Landebahn lag, und gaben ihre Berichte durch. Ich verbrachte die nächste Stunde damit, mein Bedauern auszudrücken und zu erklären, dass es ein schrecklicher Unfall gewesen sei. Ich musste es so oft sagen, dass ich schon fürchtete, es könnte klingen wie eine lästige Routineübung, die ich schnell hinter mich bringen wollte, ohne wirklich zu meinen, was ich sagte. Schließlich zogen sich die Reporter zurück und der Partyservice konnte das Büffet abbauen. Als wir nach draußen stolperten, sah ich, dass Naomis Gesicht gerötet und verweint war.

Ich wusste nicht wohin, also fuhr ich in das einfache, einsame Haus, in das ich nach der Scheidung umgezogen war. Alle Kunstgegenstände und die neuen Möbel hatte ich Thalia und Amos überlassen. Ich besaß eine bunte Sammlung von Gebrauchtmöbeln, die zwischen nackten weißen Wänden standen. So leer wie jetzt war mir das Haus noch nie vorgekommen.

Ich schenkte mir eine Cola Light ein, setzte mich aufs Sofa und nahm ein Video mit dem Titel *MJ! Grace Flies High!* heraus. Es war eine Sammlung mit seinen besten Dribblings und Würfen. Ich sah ihm eine Weile zu, wie er strahlte, wenn er einen Ball versenkt hatte, wie er sich durch gegnerische Spieler schlängelte, um den Ball zu bekommen. Er war ›der gewandteste und eleganteste Sportler unserer Zeit‹, wie Jorge Wimme es mal in einem bekannten Essay formuliert hatte. Mir liefen die Tränen übers Gesicht. Ich machte mir nicht einmal die Mühe, sie abzuwischen.

Etwa gegen 2.30 Uhr duschte ich so heiß, wie ich es eben ertragen konnte, und ging ins Bett. Ich schlief sofort ein, doch als der Wecker piepte und ich in der grauen Morgendämmerung auffuhr, hatte ich das Gefühl, kein Auge zugemacht zu haben.

Drittes Kapitel

SCOTT:

Ich musste mich dem Aufsichtsrat stellen, der über die jüngsten Ereignisse sicher nicht glücklich war. Unterwegs auf der Fahrt ins Büro überlegte ich mir, was ich den Mitgliedern zu sagen hatte, damit ich noch am Morgen diktieren konnte, was ich am Nachmittag vortragen würde. Wir mussten diese Sache durchstehen und mehr denn je für PR und Marketing und Werbung ausgeben - und wir mussten viel länger als erwartet ohne die großen Einnahmen durch den Verkauf von Tickets für Raumflüge auskommen. Die sicherste Art, auf einen Schlag alles zu verlieren, wäre es, jetzt aufzugeben. Das schienen mir die wichtigsten Punkte zu sein.

Als ich auf den Parkplatz von ShareSpace einbog, hatte ich mir zurechtgelegt, was ich sagen konnte, um die Sekretärinnen und Hausmeister bis hinauf zu meinen drei Vizepräsidenten zu beruhigen. Sie waren ohnehin bewährte Mitarbeiter und würden nicht in Panik geraten. Wahrscheinlich würden sie im Laufe des Vormittags wieder fähig sein, sich auf die Arbeit zu konzentrieren, damit wir die vor uns liegenden schwierigen Tage meistern konnten.

Als ich um 7.30 Uhr ankam, eine halbe Stunde früher als sonst, berichtete mir Naomi, die weinte und mir nicht in die Augen sehen wollte, der Aufsichtsrat wäre schon im Konferenzzimmer versammelt und hätte mit der Beratung begonnen.

Ich hatte sie gewissermaßen auf frischer Tat ertappt. Sie wären vor Verlegenheit beinahe im Boden versunken. Als ich die aufgerissenen Augen und die hastig abgewandten Blicke sah, dachte ich sofort, sie hätten sich in ihrer ersten

Panik für etwas Dummes entschieden, das sie bereits bedauerten und das ich ihnen möglichst schnell wieder ausreden sollte.

Gleich danach verkündete mir Norm Aquinas, mein VP für Finanzen und der heutige CEO von ShareSpace, was es war. Sie hatten einstimmig beschlossen, mich zu feuern und Norm auf meinen Posten zu setzen.

Es war ihr Zirkus, also konnten sie feuern, wen sie wollten. Ich hatte nichts mehr zu sagen und ging.

Die Sicherheitskräfte in meinem Büro waren so freundlich, wie es ihnen überhaupt möglich war. Sie hatten das Zeug aus dem Schreibtisch zwischen ›persönlich‹ und ›Firma‹ aufgeteilt und einen dritten Stapel angelegt, bei dem ich ihnen helfen sollte.

Das Sortieren dauerte etwa eine halbe Stunde. Es ist seltsam, auf einem Stuhl vor einem Schreibtisch zu sitzen, der einem nicht mehr gehört, während ein paar Leute, die für Sie gearbeitet haben, auf Sie aufpassen, damit Sie nichts von dem stehlen, was Ihr Leben bisher ausgemacht hat.

Als ich fertig war, sagte Gerry Richland, den ich vor drei Jahren persönlich eingestellt hatte: »Die haben mir aufgetragen, zu kontrollieren, dass Sie keine Firmenunterlagen mitnehmen. Ich mache das nicht. Verdammt, es tut mir wirklich Leid, Mr. Blackstone.«

»Mir auch. Wann sind sie eigentlich gekommen?«

»Ich glaube, sie wollten sich mit drei Leuten von draußen treffen, die verlangten, man sollte die Besprechung um sechs Uhr morgens ansetzen, also hat sich der Aufsichtsrat für diesen Termin verabredet.«

»Leute von draußen?« fragte ich, aber ich war nicht wirklich neugierig.

»Ich weiß nicht, wer sie waren, Mr. Blackstone. Die meisten Leute in Anzügen sehen für mich gleich aus – nach Ärger.«

»Damit haben Sie wohl Recht«, sagte ich. Es waren möglicherweise PR-Berater oder Anwälte gewesen. Fast jeder, der etwas von PR oder Jura versteht, hätte dem Aufsichtsrat sagen können, dass er möglicherweise ShareSpace retten konnte, wenn man mich hinauswarf. Objektiv gesehen, traf das vielleicht sogar zu.

Drei Kartons, in denen vier Jahre meines Lebens steckten. Gerry, der zweite Wachmann und ich trugen die Kisten zum Parkplatz hinunter. Ich stellte sie in den Kofferraum des BMW, schüttelte den beiden Wachmännern die Hand und fuhr nach Hause, da ich nichts Besseres zu tun hatte. Ich benutzte Nebenstraßen und fuhr langsam. Ich war nicht scharf darauf, in das Haus zurückzukehren, wo ich schlief und wo der Fernseher und der Kühlschrank aufgestellt waren. Amos war inzwischen schon unterwegs zur Schule, also konnte ich ihn nicht bei Mrs. Talbert erreichen. Ich konnte es bei meinem Bruder Nick versuchen, doch wir redeten kaum noch miteinander. Außerdem wusste ich sowieso nicht, ob ich ihn in seinem Zweigbüro in DC, im Hauptsitz von Republic Wright Aircraft in San Diego oder über die private Leitung im Forschungslabor von RW erreichen konnte. Wo er auch war, er hatte wahrscheinlich sowieso zu viel zu tun, um mit mir zu reden.

Ich dachte sogar daran, Thalia anzurufen. Über Kleinigkeiten stritten wir uns oft, aber sie war vermutlich der Mensch, der mich am besten verstand und vielleicht würde sie mir sogar zuhören oder sagen, wie Leid es ihr tat oder mir irgendwelche Vorschläge machen. Doch Thalia war in Kalifornien für die Coalition unterwegs und würde erst am Spätnachmittag zurückkehren. Wir hatten unsere Handynummern ausgetauscht, die jedoch nur in Notfällen benutzt werden sollten, falls etwas mit Amos wäre. Vielleicht konnte ich versuchen, sie am Samstag oder Sonntag zu einer passenderen Zeit anzurufen, falls ich mich dann immer noch so mies fühlen würde. Amos hatte ja gesagt, dass sie daheim sein würde.

Als ich an meinen Sohn dachte, musste ich auch an das letzte Telefongespräch mit MJ denken, und das führte mir wieder das volle Ausmaß der schrecklichen Situation vor Augen. Ich wusste immer noch nicht recht, was ich jetzt tun sollte. Vielleicht ins Kino gehen oder so etwas. Jedenfalls sah es ganz danach aus, als hätte ich auf einmal eine Menge Freizeit.

Als ich in die Einfahrt vor meinem Haus bog, sah ich eine kleine Medienmeute auf dem Rasen stehen. Ken Elgin und Nikki Earl waren die Einzigen, die ich erkannte. Sogar zu dieser frühen Morgenstunde hatten die Fernsehteams schon genug Energie, um durch die Blumenbeete und Büsche zu rennen und alles niederzutrampeln.

Als ich ausstieg, setzte der NBC-Mann sofort an: »Der Abgeordnete Rasmussen hat eine Presseerklärung herausgegeben. Wenn ich Ihnen einen kurzen Abschnitt daraus vorlesen darf, den Sie vielleicht kommentieren möchten? Er sagte: ›Es ist nicht der Job von Zivilisten, im Weltraum ums Leben zu kommen. Außerdem ist offensichtlich, dass dieser Unfall hätte vermieden werden können, wenn man darauf verzichtet hätte, einem Zivilisten mit unzureichender Ausbildung auf dieser Mission wichtige Aufgaben zu übertragen.‹ Ihr Kommentar, Mr. Blackstone?«

Ich räusperte mich. »Ich weiß noch nicht, was den Unfall verursacht hat«, begann ich. »Und der Abgeordnete Rasmussen weiß es auch nicht. Es sieht ganz danach aus, als wäre das Shuttle mit irgendetwas kollidiert, vielleicht mit Weltraumschrott oder mit einem Mikrometeoriten. Weder das Bodenpersonal noch die Shuttle-Besatzung hätten dies vorhersehen können. Es wäre so oder so passiert, ganz egal wer sich an Bord der Raumfähre befand und was er gerade tat.«

Nikki Earl war die Nächste. »Sagten Sie nicht schon gestern Abend, dass bei solchen Geschwindigkeiten sogar ein Lackbrösel oder eine Unterlegscheibe gefährlich sein könnten?«

»Sehr gefährlich«, bestätigte ich. »Bei den hohen Geschwindigkeiten in einer Umlaufbahn hat sogar ein winziges Objekt die vielfache Durchschlagskraft einer Gewehrkugel. Bei Umlaufbahnen von mehreren zehntausend Kilometern Länge und Geschwindigkeiten von mehreren Meilen pro Sekunde kann man die Objekte nicht genau genug verfolgen, um jedes Mal ausweichen zu können. So etwas lässt sich nicht verhindern, und ich halte es für unverschämt, wenn der Abgeordnete Rasmussen MJ oder einem anderen Besatzungsmitglied die Schuld zuschieben will. Der Unfall hätte auch auf jedem anderen Flug jede andere Besatzung treffen können. Es ist schrecklich, dass es dieses Mal geschehen musste.«

Ein Vorteil, wenn man seinen Job verloren hat, ist der, dass man unverblümt sagen kann, was man denkt, dachte ich. Nach einer kleinen Pause fuhr ich fort: »Besonders widerlich finde ich den Umstand, dass der Abgeordnete Rasmussen, der keine Einzelheiten über den Unglücksfall kennt, ja sie nicht einmal verstehen würde, wenn er sie vor Augen hätte, so voreilig urteilt und einem Toten die Schuld in die Schuhe schiebt.« Als ich es gesagt hatte, war mir besser.

»Dürfen wir das zitieren?« fragte die Reporterin von CNN und schob sich eine Locke aus dem Gesicht.

»Ich hoffe, Sie bringen es in den Sechsuhrnachrichten direkt nach Bingos Erklärung«, sagte ich. »Es war eine schreckliche Tragödie. Der Weltraum ist gefährlich, und er wird immer gefährlich bleiben. Deshalb lassen wir die Leute auch so viele Verzichtserklärungen unterschreiben.«

»Wie stehen die Chancen, genau herauszufinden, welches Objekt den Schaden verursacht hat?« fragte Ken Elgin.

»Ziemlich schlecht«, erklärte ich. »Ein Teil dürfte verdampft sein und der Aufprall hat eine Menge anderes Zeug in der Kabine verstreut. Teile von der Hülle der Raumfähre und alles andere, was das Objekt durchschlagen hat.« Mir wurde bewusst, dass ich damit indirekt auch über die herumfliegenden Stücke von MJ gesprochen hatte. Ich sprach eilig weiter und hoffte, niemand würde es bemerken. »Das Shuttle hat eine Bruchlandung gemacht, bei der höchstwahrscheinlich auch Kies und kleine Gegenstände in die Kabine eingedrungen sind. Das macht es noch schwieriger herauszufinden, welches Objekt den Unfall verursacht hat. Ich nehme an, dass die Ermittler der NASA alle Möglichkeiten berücksichtigen, doch wir müssen warten, bis wir die Fakten kennen. Da ich kein Kongressabgeordneter bin, gehe ich nicht weiter, als die bekannten Tatsachen mich tragen wollen.«

Die ersten Fragen waren recht gut verlaufen, dachte ich, doch die Zusammensetzung der Meute gefiel mir nicht. Anfänger und die zweite Garnitur, nur wenige Reporter aus der Wirtschaftsredaktion und keine Wissenschaftsjournalisten waren darunter. Wenn solche Leute Karriere machen wollen, ist der beste Weg dahin, jemanden zu kreuzigen. Mich.

Wie auch immer, wenn man nicht die ganze Wahrheit sagte, so gut man sie kannte, handelte man sich nur einen zehnmal größeren Ärger ein. Obwohl ich den dringenden Wunsch hatte, hinein zu gehen, mir die Decke über den Kopf zu ziehen und bis Weihnachten nicht mehr herauszukommen, sah ich mich um und sagte: »Ich kann noch mehr Fragen beantworten, nachdem ich meine persönlichen Sachen in die Garage gebracht habe. Sie können auch unterwegs mit mir reden. Es wird nicht lange dauern. Wissen Sie eigentlich schon, dass ich als CEO von ShareSpace gefeuert worden bin?«

Es entstand ein verblüfftes Schweigen, dann trat Nikki Earl vor, hob ihren Recorder und sagte: »Äh ... nein, Mr. Blackstone. Ich glaube nicht, dass dies schon allgemein bekannt ist. Hat man Ihnen den Grund genannt?«

»Das Wohl der Firma«, erwiderte ich. »Der Grund, der einem immer genannt wird, wenn man gefeuert wird. Mir haben sie nichts weiter gesagt, als dass ich meinen Schreibtisch ausräumen und verschwinden soll.«

»Das ist aber billig«, murmelte Ken Elgin.

»Sonst noch Fragen?« sagte ich.

Sie wechselten einige Blicke, dann zuckte Nikki Earl die Achseln. »Ich glaube, wenn Sie wüssten, warum wir hier sind, dann hätten Sie es wohl schon selbst angesprochen, also bleibt es jetzt wohl an mir hängen, es Ihnen zu sagen. Mr. Blackstone, die Angehörigen von Michael James haben heute Morgen erklärt, dass man Sie, ShareSpace, ASU, Curtiss Aerospace, Republic Wright und die NASA auf etwas mehr als eine Milliarde Dollar verklagen wird. Das ist die Summe, die der Tote angeblich während seines restlichen Lebens mit Engagements und Werbung verdient hätte.«

Mein Magen sank einen halben Meter tiefer. Mir wurde ganz kalt. Ich konnte nur ins Leere starren und tief durchatmen. »Davon wusste ich noch nichts«, gab ich schließlich zu. »Sie sollten aber lieber die Angehörigen fragen, was sie damit bezwecken. Und wenn ich verklagt werden soll, dann sollte ich besser mit einem Anwalt reden, bevor ich noch etwas sage.«

»Dann haben Sie auch AnnaBeth James' Presseerklärung von heute Morgen nicht gesehen?«

»Nein, auch die ist mir entgangen. Ich glaube, ich sollte wohl nichts weiter sagen, bis ich sie gesehen habe. Das wäre weder für mich noch für James' Angehörige gut.«

»Warum fragen Sie sich, was gut für Sie wäre? Warum fragen Sie sich nicht, was beim Unfall passiert ist?« Der Mann, der die Frage gerufen hatte, drängte sich dicht an mich heran, damit wir beide im Bildausschnitt zu sehen waren.

»Ich glaube, ich helfe den Ermittlern nicht, wenn ich Dinge kommentiere, die ich nicht persönlich gehört oder gesehen habe. Meines Wissens war niemand nachlässig, von Böswilligkeit ganz zu schweigen. Ich teile Ihnen mit, was immer ich in Erfahrung bringe, aber da ich gefeuert wurde, habe ich keinen besseren Zugang zu Informationen als Sie.«

»Sir! Sie waren für dieses völlig beispiellose Ereignis verantwortlich, dass ein weltberühmter Mann als zahlender Passagier in der Raumfähre mitgeflogen ist und dabei kam es zur ersten Kollision im Weltraum.« Der aggressive Ton vermittelte mir den Eindruck, ich könnte ihn mit der Antwort auf seine vorherige Frage beleidigt haben.

»Wenn Sie das als Frage formulieren«, sagte ich, während ich zum Auto ging, den Kofferraum öffnete und den ersten Karton herausholte, »dann will ich gern darauf antworten.«

»Sir, das ist eine einfache Frage, auf die man mit Ja oder Nein antworten kann.«

»Ich weiß nicht, was ein Ja oder ein Nein zu der Aussage, die Sie gerade gemacht haben, zu bedeuten hätte«, widersprach ich. Ich brachte den Karton zur Garage, drückte auf den automatischen Türöffner und setzte ihn auf einen Arbeitstisch.

Ich hatte den Kofferraum geschlossen. Als ich zum Auto zurückkehrte, hatten ein paar Teams ihre Kameras und Gesichter gegen die Scheiben gepresst. Einer fummelte mit dem Schraubenzieher am Kofferraumdeckel herum. »Beschädigen Sie bitte nicht den Lack.« Ich näherte mich ihm so schnell, dass er für mehrere Kameras zu sehen war. Nicht, dass sie das senden würden.

»Sir, wollen Sie die Frage nicht beantworten?«

»Wenn Sie eine Frage formulieren und mir damit zeigen, worauf ich antworten soll, dann werde ich antworten.«

»Ist es nicht offensichtlich, dass zwischen der beispiellosen Tatsache, dass eine berühmte Persönlichkeit in den Weltraum fliegt und dem beispiellosen Verlust einer Raumfähre durch einen Unfall im Orbit ein Zusammenhang bestehen muss?«

Ich fragte mich, wie Fred Gernsback oder Senator Glenn sich fühlten, wenn sie auf diese Weise als minder berühmte Persönlichkeiten bewertet wurden, doch das schien mir keine passende Antwort auf die Frage zu sein. Ich schloss den Kofferraum auf, holte den zweiten Karton heraus und knallte den Deckel so schnell wieder zu, dass einige Leute die neugierig vorgestreckten Köpfe und Kameras eilig zurückziehen mussten.

»Nein, eigentlich nicht. Es muss kein Zusammenhang bestehen. Die einzige Gemeinsamkeit zwischen Michael James' Raumflug und dem Unfall im Raum ist die Tatsache, dass beides beispiellose Ereignisse waren, die sich auf ein und demselben Flug ereignet haben. Gründliche Untersuchungen sind notwendig, doch bisher sieht alles danach aus, als wäre es nichts weiter als ein schrecklicher Unfall gewesen, der so oder so geschehen wäre, ganz unabhängig davon, wer sich an Bord der *Columbia* befand.«

»Mr. Blackstone«, fragte Nikki Earl, »gibt es überhaupt noch freie Plätze für Raumtouristen, nachdem jetzt ein Shuttle ausfällt?«

Ich brachte den zweiten Karton in die Garage. »Wahrscheinlich nicht, solange nicht ein privates Passagier-Shuttle auf den Markt kommt.«

»Glauben Sie, das war die Sache wert?« rief jemand hinter mir.

»Nachdem ich dreimal selbst geflogen bin, kann ich sagen, dass ich selbst das Risiko eingegangen wäre, um die Erfahrung noch einmal zu machen. Fragen Sie doch mal Fred Gernsback und David Calderon, wie die es sehen.« Ich stellte die Kiste auf die Arbeitsplatte und drehte mich zur Meute um, die hinter mir hereindrängte. Ich war froh, dass ich nicht der Typ war, der sich Pin-ups an die Wände hängt. Die Kameras liefen unentwegt, zielten auf zwei Ölwechsel-Sets, eine unaufgeräumte Arbeitsfläche und eine Kiste mit Angelzubehör, die ich seit zehn Jahren nicht mehr angerührt hatte. Es tat mir beinahe Leid, dass sie sich so ins Zeug legten und so wenig bekamen.

Als sie wieder nach draußen zurückgewichen waren, schloss ich die Tür und holte den letzten Karton aus dem Auto.

»Dann glauben Sie also nicht, dass man Ihnen in Zusammenhang mit dem Tod eines Mannes, den Millionen Menschen geliebt haben, irgendwelche Vorwürfe machen kann?« fragte eine Frau, die mir ein Mikrophon vor die Nase hielt, während sie vor mir rückwärts lief.

»Das habe ich nicht gesagt. Wie jeder andere will ich zunächst einmal wissen, wie es überhaupt dazu gekommen ist. Wenn wir das wissen, dann wissen wir auch, ob es jemanden gibt, dem man gegebenenfalls Vorwürfe machen kann.«

»Wird ShareSpace eine Stellungnahme veröffentlichen?«

»Ich bin sicher, dass ShareSpace das tun wird, doch da ich nicht mehr für die Firma arbeite, erfahre ich nichts mehr. Passen Sie auf«, sagte ich, »geben Sie mir doch alle Ihre Karten. Ich rufe Sie entweder persönlich an oder setze eine Pressekonferenz an, sobald ich Informationen oder eine öffentliche Erklärung abzugeben habe. Sie werden die Ersten sein, die von mir unterrichtet werden.«

Es war seltsam, wie die meisten Reporter meinen Blicken auswichen, während sie mir die Karten gaben. Als ich den Stapel mit einem Gummiband verschnürt und in die Manteltasche geschoben hatte, luden sie schon ihre Geräte in die Vans und fuhren weg. Ken und Nicki hatten keine große Mannschaft abzutransportieren, weil sie für eine Zeitschrift beziehungsweise einen Radiosender arbeiteten, und konnten sich Zeit lassen, bis die anderen abgefahren waren. Sie ergriffen die Gelegenheit, mir ihr Mitgefühl auszudrücken. Ich lächelte leicht und sagte: »Vielleicht werde ich euch sogar etwas früher anrufen als alle anderen.«

»So etwas nennen wir, einen Kontakt herstellen«, sagte Nikki. »Mein Gott, die haben Ihnen den Vorgarten zertrampelt. Hoffentlich liebt Ihr Gärtner solche Herausforderungen.«

Ken seufzte. »Setzen Sie jemandem eine Fernsehkamera auf die Schulter, und er bekommt sofort das Gefühl, er dürfte überall eindringen und alles tun.«

Als sie fort waren, legte ich mich aufs Sofa und versuchte zu schlafen. Ich konnte nicht, also starrte ich die Decke an und versuchte herauszufinden, ob ich etwas hätte anders machen sollen. Nach einer Weile dachte ich nicht mehr über Michael nach, sondern über Thalia und Amos und all die Freunde, die ich aus den Augen verloren hatte. Das trug nicht gerade dazu bei, meine Stimmung zu heben.

Es klingelte. Ich schlurfte zur Tür, fuhr mir mit der Hand durch die Haare und öffnete.

Es war die Klageschrift der James-Familie. Ich sah Zahlen, die sogar noch höher lagen als die angekündigte Milliarde. Eine Berühmtheit umzubringen, selbst aus Versehen, ist nicht billig.

Die James-Familie hatte Jasper Haverford angeheuert. Berichte über Verbrechen oder Stars verfolgte ich nicht sehr aufmerksam, doch sogar ich hatte von Jasper Haverford gehört. Ich lehnte mich zurück, seufzte und überlegte, was ich tun sollte. Ich brauchte einen Anwalt.

Allerdings konnte das sicher noch eine Stunde warten. Ich schaltete den Fernseher ein, um mich abzulenken, und geriet gleich als Erstes in AnnaBeth James' Pressekonferenz.

Sie sah so schrecklich aus, wie ich es mir vorgestellt hatte. Vermutlich hatte sie zwischen dem Unfall und der Pressekonferenz, achtzehn Stunden später, keine Sekunde geschlafen. Michaels drei Schwestern, die neben ihr saßen, sahen nicht besser aus. Alle weinten.

AnnaBeth James las ihre Erklärung vom Blatt ab. Hin und wieder hielt sie inne, um die Kontrolle über ihre Gefühle zurückzugewinnen. »Unsere Familie hat Michael bei allem, was er getan hat, immer unterstützt. Mein Mann Allen hat kein einziges von Michaels Spielen bis zu seinem Tod verpasst. Seine Schwestern und ich haben stets hinter ihm gestanden, was auch immer Michael tun wollte. Wir wussten ja, wie viel die Raumfahrt ihm bedeutet hat. Als er uns sagte, er wolle für Pegasus in den Weltraum fliegen, haben wir uns so für ihn gefreut. Doch jetzt wissen wir, dass weder er noch wir über die Gefahren richtig informiert worden sind. Das war eine Fahrlässigkeit von ShareSpace, besonders von Scott Blackstone, dem Präsidenten und CEO von ShareSpace, als die Tickets verkauft wurden. Er und ShareSpace und jede andere in unserer Klage erwähnte Organisation hätten Schritte unternehmen müssen, um uns vor den Gefahren zu warnen. Mangel an Informationen und sogar Fehlinformationen haben Michaels Entscheidung, mit der *Columbia* zu fliegen, direkt beeinflusst. Diese Personen und Organisationen haben eine Atmosphäre geschaffen, in der eine äußerst gefährliche, mit hohen Risiken verbundene Handlungsweise als etwas völlig Vernünftiges und Sicheres dargestellt wurde. Außerdem wurde der Öffentlichkeit im Allgemeinen und uns persönlich im Besonderen der Eindruck suggeriert, es sei etwas Positives und Wünschenswertes, Zivilisten in den Weltraum zu schicken. Wir wissen jetzt, dass es eine Verschwendung von Steuergeldern war, die ausschließlich dazu diente, Scott Blackstone und die Investoren von ShareSpace zu bereichern, um günstige Publicity für eine Regierungseinrichtung und die wichtigsten Raumfahrtunternehmen zu bekommen und um den Medien eine aufregende Geschichte zu liefern. Mein Sohn ist wegen einer tödlichen Mischung aus kurzsichtiger Habgier, rücksichtsloser Vernachlässigung der Sicherheit, Nachrichtenhunger der Medien und ausgemachten Lügen gestorben, was noch verstärkt wurde durch Täuschungen durch Privatfirmen und Vertuschungsmanöver der Regierung. Ich habe zu diesem Zeitpunkt keine weiteren Erklärungen abzugeben.« Sie entfernte sich, Jasper Haverford legte ihr den Mantel um die Schultern und die Kamera fuhr näher heran, um die perfekte Inszenierung der trauernden Mutter einzufangen, die von einem starken Mann gestützt wurde.

»Nun«, sagte ein Kommentator, »das hat uns sehr berührt. Offensichtlich fasst diese Erklärung die schreckliche Katastrophe treffend zusammen und im Augenblick will die amerikanische Öffentlichkeit wohl vor allem eines wissen, nämlich wer dafür zu zahlen hat.«

Mein Herz sank. Ich drückte auf die Fernbedienung und schaltete den Fernseher ab. Ich schaute meinen Schoß an, auf dem die Papiere lagen, die man mir vor ein paar Minuten zugestellt hatte. Ich wollte AnnaBeth James anrufen, doch emotional gesehen war es zu spät und juristisch gesehen wahrscheinlich keine sehr gute Idee.

Ich saß lange da und starrte den leeren Bildschirm an. Es war noch nicht einmal Mittag.

Wenigstens konnte ich versuchen, einen Anwalt zu finden. Ich sprach unserem Familienanwalt eine Nachricht aufs Band, machte mir ein Sandwich und aß, ohne wirklich zu schmecken, was ich da hinunterschlang. Das Knirschen beim Kauen klang im schrecklich leeren Haus entsetzlich laut. Ich wünschte, ich hätte entweder ein paar Gemälde behalten oder wenigstens ein paar neue gekauft.

Ungefähr zwanzig Minuten nachdem ich die Nachricht

aufs Band gesprochen hatte, läutete das Telefon. Es war Harry Gordon, der sich für die Blackstones meist um Dinge wie Beglaubigungen, Eigentumsübertragungen, Vermächtnisse, die Verwaltung von Treuhandschaften und so weiter kümmerte. »Um ehrlich zu sein«, sagte er, »ich halte nicht viel von unseren Prozessanwälten hier. Meist fertigen wir Dokumente aus, damit die Leute gar nicht erst vors Gericht müssen. Wir sind nicht die richtigen Leute für Ihre Situation. Ich bin nicht einmal sicher, wer überhaupt die Richtigen wären. Ich kann mich aber etwas umhören und mich wieder bei Ihnen melden.«

»Vielen Dank, dass Sie das für mich tun wollen, Harry.«

»Dafür bezahlen Sie doch die Pauschale. Ich will sehen, was ich herausfinden kann. Wie geht es Nick? Hat er sich schon bei Ihnen gemeldet?«

»Äh ... nein, noch nicht«, sagte ich. »Wir sehen uns nicht mehr sehr häufig.«

»Ach, wie schade«, meinte Harry. »In solchen Augenblicken braucht man Freunde und seine Angehörigen. Es kommt mir wirklich seltsam vor, dass Sie keine enge Verbindung mehr haben. Ich weiß noch, wie ich damals das Strandhaus nicht weit vom Haus Ihres Vaters hatte. Sie und Nick und Thalia und – wie hieß noch gleich das andere Kind?«

»Eddie Killeret«, antwortete ich automatisch. »Yeah, damals standen wir uns alle recht nahe. Aber das ist lange her, Harry.«

»Also gut, yeah. Es ist nur merkwürdig, wie man als Kind so schnell Freundschaft schließt, während man als Erwachsener sich hart tut, wenn man wirklich Freunde braucht«, sagte Harry. »Wie auch immer, ich werde mich bemühen, den richtigen Mann für Ihren Fall zu finden, und ich werde mich beeilen. Ich werde mich auf jeden Fall heute Abend noch einmal melden und Bescheid geben, wie weit ich gekommen bin.«

Während ich auf Harrys Rückruf wartete, lehnte ich mich bequem an und dachte nach. Nick, Thalia, Eddie und ich. Ein paar Sommer lang waren wir als Kinder unzertrennlich gewesen. Dad hatte uns immer als den ›Club‹ bezeichnet, während wir selbst uns ›Mars Four‹ genannt hatten, die Vier vom Mars. Eigentlich waren wir damals kein richtiger Club, wir wussten nicht einmal, was wir eigentlich mit diesem Namen sagen wollten, doch es war jedenfalls etwas, mit dem wir uns eine gemeinsame Identität verschaffen konnten ...

Meine Gedanken wanderten zurück, und wenn ich es mit Wünschen oder Sehnsüchten hätte erreichen können, ich wäre sofort zu jenem Strand in Virginia entschwunden. Damals, als das Leben noch so viel einfacher war.

*

Als wir uns zu den Mars Four zusammenschlossen, kannten wir uns schon eine Ewigkeit. Die Sommerhäuser unserer Eltern an der Küste von Virginia lagen nur ein paar hundert Meter auseinander, und die Familien waren schon vor meiner Geburt immer zur gleichen Jahreszeit ans Meer gefahren. Selbst Nick und Eddie, die beiden ältesten unserer Truppe, konnten sich gerade noch erinnern, dass es irgendwann einmal einen allerersten Sommer gegeben hatte, an dem sie sich kennen gelernt hatten. Für Thalia und mich hatte es nie etwas anderes als die Sommerhäuser gegeben.

Die Erinnerung an die Mars Four traf mich härter als alles andere. Die Idee war in einem Sommer aufgetaucht, als ich elf war, also ungefähr so alt, wie man eben sein muss, wenn man die Mars Four ernst nehmen will.

In emotionaler Hinsicht war es ein schwieriger Sommer. Thalia war schon dreizehn und himmelte Wade Gordon an, einen sechzehnjährigen Nachbarsjungen. Er war der Sohn von Harry Gordon und sollte später als Makler in Vail arbeiten.

Wade hatte nie zu unserer Clique gehört, und ich glaube, seine wichtigste Fähigkeit war die, mit sechzehn – und übrigens auch noch mit fünfzig – in einer Badehose eine hervorragende Figur zu machen. Den Sommer über schaffte Thalia es kaum, mehr als zwei Sätze mit ihm zu wechseln, doch sie hatte fast pausenlos irgendetwas über ihn zu berichten. Unterdessen hatte ich mich hoffnungslos in Thalia verknallt.

Nick und Eddie waren kräftige Fünfzehnjährige, kein Gramm Fett am Körper und niemals müde, ständig damit beschäftigt zu laufen, zu schwimmen, etwas zu bauen, Schach zu spielen, sich zu streiten und etwas zu lesen, damit sie neuen Stoff zum Streiten hatten, sich Ärger einzuhandeln und zu lügen, um den Ärger abzuwenden und meine Mutter und Mrs. Killeret so weit zu bringen, dass sie sich jedes Mal, wenn das Telefon klingelte, bang fragten, was denn nun schon wieder passiert wäre. Mom sagte immer, wenn das Telefon geklingelt und ein Rettungsschwimmer berichtet hätte, dass Nick von Haien angegriffen worden sei, dann hätte sie wahrscheinlich als Erstes gefragt, wie es den Haien ginge.

Nick und Eddie faszinierten mich, und ich hängte mich an sie dran, wann immer ich konnte. Natürlich war ich nur hin und wieder bei ihnen willkommen, aber hin und wieder ist immer noch besser als gar nichts.

Das war 1969 – für mich eine herrliche Zeit. Unruhen an den Universitäten, der Vietnamkrieg, Unruhen in den Ghettos, die ersten großen Berichte über Umweltverschmutzung, das war für mich damals noch unverständlicher Lärm am Beginn der Nachrichtensendungen, für meine Eltern jedoch ein Anlass, wütend zu murmeln und zu klagen. Die Probleme des Landes waren für einen Elfjährigen wie mich einfach nur Hintergrundrauschen. Ich genoss die paar Jahre in der Kindheit, in denen man groß genug ist, um wichtige Dinge zu tun – Schwimmen, Sport treiben, allein irgendwo hingehen und was man sonst im Sommer am Strand treiben kann –, während man noch jung genug ist, um wirklich Freude an diesen Dingen zu haben. Ich kam voll und ganz auf meine Kosten und fand am Strand und in der Stadt viele neue Freunde.

Doch in jenem Sommer fühlte ich mich im Vergleich zu den früheren Sommerurlauben oft einsam. Eddie Killeret und Nick waren mehr denn je mit ihren eigenen anstrengenden Wettkämpfen beschäftigt und Nick stand Eddie näher als mir. Thally, meine Freundin und Lehrerin, die mir oft gezeigt hatte, wie man Ärger aus dem Weg geht, und die ich einige Sommer lang hatte begleiten dürfen, machte mit dem Erwachsenwerden ihre ganz eigenen, verwirrenden Erfahrungen. Ich sah sie zwar öfter als meinen Bruder, doch sehr befriedigende Erlebnisse waren es nicht. Jeden zweiten Tag oder so saß ich mit Thally am Strand, und sie erzählte mir endlos lange, wen sie mochte und wen nicht, welche Sachen die anderen anzogen und was sie selbst niemals anziehen würde und so weiter. Und immer wieder kam sie auf den phantastischen Wade Gordon zurück. Ich hätte auch neben ihr gesessen, wenn sie mir aus dem Wörterbuch vorgelesen hätte, einfach nur um bei ihr zu sein.

Normalerweise war Thalia mit ihren gleichaltrigen Freundinnen unterwegs. Sie hing an den Verkaufsständen auf der Strandpromenade herum und kicherte mit den anderen Mädchen hysterisch über dieses und jenes.

Doch die Aufregung, endlich ein großer Junge zu sein, wog alles auf. Ich war überall zugleich, als hätte ich Angst, jemand könnte den Strand einrollen und wegtragen. 1969 war also alles in allem dennoch ein großartiges Jahr, einfach weil ich mit all meiner Energie und mit meinem neuen Status als großer Junge am Strand herumtoben durfte und mir über nichts Sorgen machen musste.

Perfekt wurde dieser Sommer, weil es außerdem das Jahr war, in dem Menschen zum ersten Mal auf dem Mond landeten. Am 20. Juli waren alle Jungs ganz aus dem Häuschen, doch ein paar von uns waren schon einige Jahre vorher sehr aufgeregt gewesen. Mein Bruder war der Erste, der das Weltraumfieber bekam. Er war sieben Jahre alt und konnte die Berichte verfolgen, als Alan Shepard in den Weltraum flog. Er und Eddie waren von Stund an von der Raumfahrt begeistert. Sie konnten jeden Astronauten, ob Amerikaner oder Russe, der jemals im Raum gewesen war, namentlich benennen. Als später die Gemini-Flüge stattfanden, war ich alt genug, um ebenso fasziniert zu sein wie sie.

In diesem Juli wurden sogar Kinder, die sich sonst nie dafür interessiert hatten, vom Weltraumfieber angesteckt. Jeder wusste, wo auf der Mondkarte das Mare Tranquilitatis zu finden war, wir kannten die wichtigsten Manöver und Schritte, die man beachten musste, wenn man jemanden auf den Mord und wieder zurück bringen wollte. Wir kannten alle Abkürzungen - LM, CM und EVA und so weiter. Fast jeden Nachmittag konnte man am Strand beobachten, wie mit dünnen weißen Kondensstreifen Modellraketen gestartet wurden, worauf manchmal ein Bursche hektisch aufs Meer hinaus schwamm, um sein Flugobjekt zu retten.

In der ersten Woche im Strandhaus hatte Nick das große flugfähige Modell der Saturn V von Estes gebaut. Drei Fuß hoch, unendlich viele anzuklebende Plastikteile. Es flog nicht sehr gut, sah beim Start aber beeindruckend aus. Nach dem sechsten Flug stellte Nick die Versuche ein, weil die Rakete im Meer landete. Eddie schwamm hinaus und rettete sie, doch das Bad im Meerwasser war für eine Konstruktion aus Pappe und Balsaholz nicht bekömmlich gewesen. Nick schliff das Modell mit Sand ab und lackierte es neu, aber wenn man genau hinschaute, konnte man sehen, dass es etwas verzogen war. Danach wurde es wie eine Trophäe an den Deckenbalken des großen Dachzimmers aufgehängt, in dem Nick und ich schliefen.

Die Mars Four entwickelten sich aus einer Unterhaltung am Strand, direkt nachdem Armstrong, Collins und Aldrin die Umlaufbahn um den Mond verlassen und den langen Rückflug zur Erde angetreten hatten. Das Weltraumfieber ließ bereits ein wenig nach. Die meisten Kinder glaubten, damit wäre alles vorbei, auch wenn die Astronauten noch lange nicht auf der Erde waren.

Nachdem wir alle im Kino gewesen waren und Meeresfrüchte im Fischrestaurant gegessen hatten, saßen die Erwachsenen im Strandhaus der Killerets und spielten Karten. Wir Kinder verzogen uns und wanderten ein Stück am

Strand entlang, bis wir uns auf der Seeseite einer großen Düne niederließen und die Sterne betrachteten. Nick und Eddie saßen dicht nebeneinander, damit sie sich ihre schmutzigen Einfälle zuflüstern und kichern konnten. Thalia und ich hockten vor den beiden. Ich fühlte mich unsicher und komisch, wie ich da neben ihr saß, aber ich war glücklich. Sie trug ein rosafarbenes Kleid, eines dieser ärmellosen, röhrenförmigen Dinger, die damals so beliebt waren, und weiße Sandalen mit hohen, dicken Absätzen. Mir kam sie ziemlich erwachsen vor.

Das Meer war ruhig, und es war recht spät, sodass kaum noch Leute unterwegs waren. Ungefähr eine halbe Meile südlich von uns hatten ein paar ältere Teenager ein Lagerfeuer angezündet, hin und wieder hörten wir ein paar Takte von den Beatles oder den Doors herüberwehen. Doch im Grunde waren wir allein mit den Vögeln und dem leisen Rauschen der Wellen am Strand. Ich beobachtete die Brandung und sah immer wieder verstohlen zu Thalia. Ich war einfach nur glücklich, dabei zu sein. Nach einer Weile begannen Nick und Eddie über das Thema zu reden, über das sie ewig diskutieren konnten: Was sie tun wollten, wenn sie erwachsen waren.

»Ich kann nicht glauben, dass ihr zwei so weit vorausplant«, warf Thalia ein, nachdem sie eine Weile zugehört hatte. »Ich meine, ich weiß noch nicht einmal, was ich nächste Woche tun werde. Nicht ganz wörtlich, weil wir immer noch hier im Strandhaus sein werden, aber ihr wisst schon, was ich meine. Es kommt mir etwas übertrieben vor, wenn ihr jetzt schon überlegt, was ihr studieren wollt.«

»Wenn ich das nicht plane«, sagte Nick, »dann suche ich mir möglicherweise auf der Highschool die falschen Fächer aus.«

»In den Bereichen, in denen wir arbeiten wollen, herrscht viel Konkurrenz«, erklärte Eddie. »Wir können uns nicht einfach auf unser Naturtalent und unser gutes Aussehen verlassen.«

Thalia streckte ihnen die Zunge heraus.

Ich dachte über Nick und das Modell der Saturn V nach. Ich erinnerte mich, dass er, bevor er die Verpackung geöffnet und mit dem Zusammenbau begonnen hatte, noch einmal kontrolliert hatte, ob auf der Werkbank auch alle Werkzeuge, die auf der ›Sie brauchen‹-Liste standen, samt Leim und den Q-Tips, um ihn aufzutragen, perfekt sortiert bereitlagen. Nick hatte den Rest seines Lebens wahrscheinlich auf ähnliche Weise geplant.

Ich geriet ins Träumen und war kurz vor dem Einschlafen. Dann sagte Nick: »Du weißt ja, was Dad gesagt hat. Wir hätten wahrscheinlich schon 1950 einen Mann in den Orbit bringen können, wenn wir es für nötig gehalten hätten, also wenn wir keine Atombomben gebaut hätten und der Krieg noch lange weitergegangen wäre oder so. Er meint, das Wunder ist, dass es überhaupt genug Leute und Geld gab, um den Raumflug durchzuführen. Sogar jetzt sind sie nicht einmal sicher, wie viele Flüge es überhaupt noch geben wird.«

Ich hatte ebenfalls gehört, wie Dad dies gesagt hatte, aber ich hatte nicht weiter darüber nachgedacht. Warum sollten die Leute ein einziges Mal zum Mond fliegen und dann auf einmal wieder damit aufhören?

»Also, ich werde einen Weg finden, damit es weitergeht«, versprach Eddie entschieden.

»Ich auch. Habe ich etwa gesagt, ich wäre nicht dabei?«, antwortete Nick.

»Ich weiß nicht, was ich mit dem Weltraum machen werde«, sagte Thalia ebenfalls völlig ernst. »Doch ich weiß genau, warum ich es machen werde.«

»Expliziere dies, o Meisterin der Geheimnisse«, sagte Eddie.

Ich war mir nicht sicher, was ›explizieren‹ bedeutete, aber Eddie zog immer wieder mal komplizierte Wörter aus dem Hut, um jüngere Kinder zu beeindrucken. Ich dachte, es bedeutete wohl etwas wie ›weiterreden‹. Entweder Thalia wusste, was es bedeutete, oder sie war zu der gleichen Schlussfolgerung gekommen wie ich.

»In den naturwissenschaftlichen Fächern bin ich nicht sehr gut, aber ich finde den Weltraum und den Mondflug einfach wundervoll. Es gibt ja Kunstwerke, die sind so schön, dass man sich gar nicht vorstellen kann, wie die Welt vorher ohne sie existieren konnte. Oder manche Bauwerke wie eine Kathedrale oder so. Du schaust sie an und denkst dir, ein ganzes Jahrhundert ist vergangen, die Leute wurden geboren und sind aufgewachsen und gestorben und so weiter, aber es war die Zeit und Mühe wert, weil sie etwas Großartiges geschaffen haben. Na ja, so ähnlich fühle ich mich bei diesem Mondflug. Findet ihr das dumm?«

»Ich finde es nicht dumm«, sagte ich – treu ergeben.

»Es ist so ... es ist so großartig, und ich lebe einfach gern in einer Welt, in der so etwas möglich ist.« Weil es zu ernst zu werden drohte, fügte sie noch hinzu: »Aber Scott würde natürlich am liebsten gleich selbst fliegen, was?«

»Unser Rocket Boy würde lieber heute als morgen fliegen«, bestätigte Nick. »Wenn wir fünfhundert Estes-Modelle hätten, dann könnten wir ihn daran festbinden und der arme dumme Junge würde sofort starten.«

»Es ist nichts verkehrt daran, dass man fliegen will«, wandte Eddie Killeret ein, der damit sofort zu meinem Helden wurde. »Wenn wir Flüge zum Mond machen wollen, dann muss ja jemand hinfliegen.«

Es wurde dunkler. Die Wellen rollten leise grollend auf den Strand. Vielleicht waren die Gespräche damit für den Abend vorbei.

Wenn die älteren Kinder in der Nähe waren, versuchte ich, mich möglichst unauffällig zu verhalten. Ich wollte nicht ständig wie Nicks kleiner Bruder behandelt werden.

Vielleicht hatten sie auch Lust, noch eine Weile schweigend herumzusitzen und dann ins Bett zu gehen. Wir hatten das schon an vielen Abenden vorher gemacht. Eine kühle Brise wehte vom Meer herüber und fuhr raschelnd durch die Büschel von hohem Gras. Die Wellen wurden ein wenig höher, doch es war immer noch ein recht warmer, stiller Sommerabend. Mir fielen die Augen zu.

Ich zuckte beinahe zusammen, als Thalia wieder das Wort ergriff. »Wäre es nicht wirklich cool, wenn wir heute in fünfzig Jahren – das wäre 2019 – wieder alle hierher zum Strand kämen?«

»Ich werde da gerade in Rente gehen«, erklärte Nick.

»Yeah, na ja, wenn wir alle wieder hierher ins Strandhaus kommen, können wir vielleicht das erste Baby feiern, das auf dem Mars geboren wurde«, beharrte Thalia.

Ich verstand nicht, was sie meinte. »Das erste Baby auf dem Mars?«

»Aber ja«, stimmte Eddie zu. »Thalia hat Recht. Ein Baby auf dem Mars wäre ein Symbol dafür, dass die Menschen es mit dem Weltraum ernst meinen. Denn wenn dort ein Baby geboren wird, dann heißt das doch, dass dort Leute leben, die sich ständig dort niedergelassen haben. Bis dahin gibt es wahrscheinlich schon zehn Großstädte auf dem Mond.«

»Dort würde ich gern leben«, sagte ich sofort.

Nick machte ein komisches Geräusch. »Gott, es ist kaum zu glauben, aber es ist wahr. Vermutlich wirst du eines Tages tatsächlich auf dem Mond leben. Wenn du wirklich Pilot wirst, dann wirst du vermutlich eine Linie zwischen dem Mond und einer Raumstation im Erdorbit bedienen. Wie in dem Film *2001,* weißt du? Ein PanAm Space Clipper. Du kannst mich von einer Geschäftsreise dort oben nach Hause bringen und dann fliegen wir beide weiter zur Erde und feiern hier am Strand unser Wiedersehen.«

»Es wird trotzdem schwierig«, sagte Eddie. »Die Aufgabe wird unser ganzes Leben in Anspruch nehmen.«

Nicks Antwort war überraschend ernst. »Schwierig heißt nicht, dass es unmöglich ist.«

»Wäre es nicht cool«, warf Thalia ein, »wenn wir uns jetzt gleich versprechen, dass wir dafür sorgen wollen, dass es möglich wird und dass wir dazu beitragen wollen, dass es diese Siedlung auf dem Mars geben wird? Vielleicht fliegt einer von uns selbst hin oder lebt sogar dort, aber das muss nicht sein. Einfach nur, dass wir dabei helfen so gut wir können. Und im Jahr 2019 feiern wir hier eine große Party und sehen, wie weit wir gekommen sind. Weißt du, Scott, ich gehe ja frühestens 2023 in den Ruhestand. Da sind wir alle noch nicht einmal siebzig. Vielleicht können wir sogar eine Reise buchen und uns die Siedlung auf dem Mars anschauen. Vielleicht haben wir dort sogar *Enkelkinder.*«

Als Thalia die Enkelkinder erwähnte, wurde mir erst richtig klar, wie ungeheuer lange das alles dauern würde.

»Die Tickets sind bestimmt sehr teuer«, wandte Nick ein.

»Tja, dann fangen wir am besten gleich mit Sparen an«, erwiderte sie neckend. Es sah Nick ähnlich, sich über den Preis der Tickets Gedanken zu machen, wenn wir darüber redeten, dass wir in fünfzig Jahren zum Mars fliegen würden.

»Also gut, wenn wir uns ein Ticket leisten können und wenn überhaupt Tickets verkauft werden, dann werden wir fliegen«, sagte Nick.

Eddie schnaubte. »Versuch mal, uns davon abzuhalten, ganz egal, was sie kosten.«

»Ihr müsst aber versprechen, dass ihr dabei helft, damit es möglich wird«, sagte Thalia. »Sonst ist es nur ein Wunschtraum.«

»Ich verspreche, daran zu arbeiten, dass in den nächsten fünfzig Jahren Menschen zum Mars fliegen?« fragte Nick. »So ungefähr?«

»Das klingt gut«, sagte Thalia. »Ich kann auch den Anfang machen, wenn du willst. Also: Ich verspreche, daran zu arbeiten, dass in den nächsten fünfzig Jahren Menschen zum Mars fliegen können. Und ich verspreche, in fünfzig Jahren herzukommen und es zu feiern. Du bist dran.«

Ich wiederholte, was sie gesagt hatte, dann war Eddie an der Reihe und schließlich Nick. Anschließend saßen wir noch eine Weile schweigend herum, bis es zu kühl wurde. Ich weiß nicht, was die anderen taten, aber ich glaube nicht, dass noch viel passiert ist.

Als ich ernstlich zu frösteln begann, rief unsere Mom Nick und mich ins Haus. Wir wünschten uns eine gute Nacht und bis morgen dann und die Gruppe löste sich auf.

Nick und ich gingen über den Strand zurück, der Sand knirschte unter den Füßen. Wir näherten uns dem hellen gelben Lichtfleck vor unserem Strandhaus, und irgendwann legte er eine Sekunde lang eine Hand auf meine Schulter. Vielleicht wollte er sich auch nur abstützen, weil er im Sand gestolpert war.

Als wir oben im Dachzimmer im Bett lagen, schlief Nick wie üblich sofort ein, doch ich lag noch eine Weile wach. Die Staubflocken tanzten im Mondlicht, das durchs Fenster fiel, um das Saturn V-Modell, das an einer Angelschnur aufgehängt war. Es glühte gespenstisch weiß und im trüben Licht verschwanden die Leimflecken und die Spuren vom Abschmirgeln und Lackieren. Es schwebte einfach da in der Luft, als würde die riesige Rakete wirklich durch den Weltraum fliegen. Die Staubflocken schienen ferne, blinkende Sterne zu sein, verdeckt und wieder freigegeben von der sich langsam drehenden Saturn und ihrem Schatten. Die Düsen (silbern lackiert – im Dunkeln konnte man nicht sehen, dass sie unförmig über leicht verkohlten Teilen saßen) drehten sich ins Mondlicht und wieder in den Schatten, eine Weile später der Fluchtturm, das CM und die dritte Stufe, alle grellweiß und mit schwarzen Details lackiert. Ich beobachtete noch eine weitere Drehung, dann schlief auch ich ein.

*

Als ich auf die Uhr sah, wurde mir bewusst, dass ich eine ganze Stunde mit Tagträumen verbracht hatte. Vermutlich war es die längste Stunde, die ich seit meinem ersten Jahr bei der Air Force jemals in einem Sessel verbracht hatte, ohne etwas zu tun. Ich fragte mich, wie lange es dauern würde, bis Harry Gordon einen Anwalt für mich gefunden hatte und ob ich mich nicht besser auf eigene Faust umsehen sollte. Angesichts der Branche, in der ich gearbeitet hatte und angesichts der vielen gesellschaftlichen Anlässe, die ich hatte besuchen müssen, kannte ich natürlich eine Menge Anwälte, und ich hatte das unbestimmte Gefühl, dass ich bereits einen kannte, der sich hervorragend eignen würde.

Es war ein bitterer Scherz, dass ich durch diese Überlegungen auf Thalia kam. Anderthalb Jahre vor der Scheidung hatte sie eine kleine Gruppe gegründet, die sich um die Rechte von Gefangenen und Opfern kümmerte, auch wenn ich nie so recht verstanden hatte, wie die beiden Seiten zusammenpassten. Meist war sie mit Lobbyarbeit und Aussagen vor dem Kongress und Terminen bei den Gesetzgebern der Einzelstaaten beschäftigt, doch gelegentlich übernahm sie auch Vertretungen in Prozessen und half Opfern, die Verbrecher zu verklagen, oder sie half Verbrechern, den Staat zu verklagen. Sie hatte eine ganze Reihe von Zivilverfahren abgewickelt, die von der Öffentlichkeit teilweise stark beachtet worden waren, und das sprach eher für sie als für irgendjemanden, den Gordon auftreiben würde. Außerdem hatte sie vielleicht eine Idee, mit wem ich reden konnte. Wir waren nach der Scheidung nicht unbedingt Freunde geworden, aber meine Exfrau war ein durch und durch ehrlicher Mensch, und ich konnte ihren Empfehlungen vertrauen.

Trotzdem, dachte ich mir, es ist wohl besser, wenn ich noch eine Weile warte, ehe ich sie frage. Wenn ich bis Montag niemanden gefunden hätte, was ich aber für unwahrscheinlich hielt, dann würde ich sie anrufen. Ich wollte keinen unnötigen Anlass für einen Streit liefern, und außerdem wollte ich nicht den Eindruck erwecken, ich sei auf eine kostenlose juristische Beratung aus. Ich nahm die Gelben Seiten zur Hand.

Leider findet man dort hauptsächlich Anzeigen, in denen Anwälte versprechen, säumige Schuldner zum Zahlen zu bringen, oder Telefonnummern von Kanzleien ohne irgendwelche konkreten Hinweise. Nachdem ich fast eine Stunde das Kleingedruckte studiert hatte, war ich immerhin auf vier Namen gestoßen, die ich kannte. Es waren Seniorpartner oder Inhaber von Kanzleien, die ich bei sozialen Anlässen kennen gelernt hatte und die möglicherweise in der Lage waren, einen Fall wie meinen zu übernehmen. Ich versuchte es beim ersten und benutzte die persönliche Nummer, um die Sekretärinnen zu übergehen.

Ungefähr zehn Minuten lang redete er mit mir über eine Wohltätigkeitsveranstaltung, die wir beide besucht hatten. Dann, noch bevor ich ihm mein Anliegen vortragen konnte, erklärte er mir, seine Firma könne in diesem Augenblick keine weiteren Fälle annehmen. Es war seltsam, dass eine Anwaltskanzlei so einfach einen Auftrag ablehnte. Besonders wenn es sich um einen großen, publicityträchtigen Fall handelte. Doch ich verstand nicht viel von der Juristerei.

Die nächste Kanzlei erklärte mir, sie hätte einen nicht näher spezifizierten Interessenkonflikt. Der Mann, den ich in der dritten Kanzlei kannte, es war ein alter Kollege von der Air Force, rief mich nach einer halben Stunde zurück. »Ich sag's dir nicht gern, Scott, aber ich kann das nicht machen.« Er nannte keinen Grund, und ich fragte nicht nach. Der vierte und letzte auf meiner Liste, eine Anwältin, sagte mir, sie könne es sich im Augenblick nicht erlauben, einen so ›delikaten‹ Fall zu übernehmen.

Das Sonnenlicht fiel schräg auf den Teppich, und die Klimaanlage war angesprungen, um die spätnachmittägliche Wärme des schönen Herbsttages auszugleichen. Ich fragte mich, was ich jetzt tun sollte. Als ich die Waschmaschine füllte, klingelte das Telefon.

Es war Harry Gordon. Er hätte sich umgehört, doch niemand wollte den Fall übernehmen. Ich fragte nach Einzelheiten, doch wir hatten keine Kanzlei doppelt angerufen. Gordon wollte weiter herumfragen, hatte aber nicht viel Hoffnung.

»Wenn wir niemanden finden, gibt es dann nicht jemanden in Ihrer Kanzlei, der den Fall übernehmen kann? Irgendein Anwalt ist immer noch besser als überhaupt keiner.«

Harry bockte, wich aus und schaltete schlagartig den Rückwärtsgang ein.

»Hören Sie«, sagte ich schließlich, »offensichtlich haben Sie gewisse Gründe, den Fall nicht zu übernehmen. Ich wette, es sind die gleichen Gründe, aus denen auch die anderen Kanzleien nicht zugreifen. Es könnte mir helfen, wenn ich wenigstens wüsste, welche Gründe dies sind. Warum sagen Sie es mir nicht einfach? Wir kennen uns, solange ich lebe, Sie sind unser Familienanwalt. Sie könnten mir wenigstens verraten, was da los ist.«

Auf einmal musste er einen anderen dringenden Anruf annehmen, und dann rief mich seine Sekretärin an und sagte, er würde sich wieder melden.

Es sah so aus, als müsste ich am nächsten Morgen meine Suche nach einem Anwalt wieder aufnehmen. Der nächste Tag war allerdings ein Freitag, und ich fragte mich, wie viele Anwälte da überhaupt in der Stadt waren.

Wenn man bis zum Hals in schlechter Publicity steckt, dann muss man sehen, dass man im Gespräch bleibt. Also verfasste ich eine Presseerklärung, in der ich meine Bewunderung für Michael James und Marc Clement zum Ausdruck brachte, meinen Kummer über ihren Tod und mein Mitgefühl für AnnaBeth James sowie meine feste Überzeugung, dass sich meine Unschuld herausstellen werde. Dies alles entsprach der Wahrheit, also war der Inhalt kein Problem; schwieriger war es schon, die richtigen Worte zu finden, die man nicht als banal, herablassend, hartherzig oder hinterhältig empfinden würde. Ich schrieb den Text sorgfältig nieder und rief die Nummern auf den Karten an, die mir die Reporter gegeben hatten.

Da sie so hilfsbereit gewesen war, meldete ich mich zuerst bei Nikki Earl. Sie zeichnete meine Stellungnahme auf und sagte: »Ich mache eine Kopie und gebe sie Ken Elgin, den brauchen Sie also nicht mehr anzurufen. Wir gehen heute Abend essen. Wahrscheinlich sollte ich mich dafür sogar bei Ihnen bedanken.«

»Oh«, sagte ich etwas überrascht. »Sie arbeiten für einen ziemlich linken Sender und er für eine äußerst konservative Zeitschrift ...«

»Yeah, aber für einen Republikaner ist er ganz lieb. Wenigstens haben wir gegenseitig Verständnis für unsere Arbeit und das ist mehr als unsere Ex-Gatten uns zu bieten hatten. Außerdem hat er die magischen Worte gesagt, die jeder alleinerziehenden Mutter sofort zu Herzen gehen: ›Ich zahle den Babysitter‹.« Dann wurde sie ernst. »Scott, Ken und ich haben etwas bemerkt, auf das wir Sie aufmerksam machen wollten. PSN und *USReport* sind so klein, dass wir jeweils nur einen Reporter auf die Sache angesetzt haben. Sie wissen, dass wir Sie kennen und mit Ihnen fühlen. Die größeren Medien scheinen alle ihre scharfen Hunde auf Sie gehetzt zu haben. Den Grund wissen wir nicht, aber es sieht nicht gut aus. Seien Sie vorsichtig.«

»Bin ich. Und ich weiß, an wen ich mich wenden kann, wenn ich so zitiert werden will, wie ich es gesagt habe.«

Sie kicherte. »Ich wusste, dass Sie mich verstehen. Viel Glück. Wenn ich Sie wäre, würde ich vorläufig den Fernseher nicht einschalten.« Wir legten auf. Wenigstens hatte ich zwei Freunde unter den Medienvertretern.

Ich hinterließ mehrere Nachrichten auf verschiedenen Anrufbeantwortern, bis ich Bryn Pogwell von CBS am Apparat hatte. Sie zeichnete meine Stellungnahme auf und sagte: »Ich bin Ihnen dankbar, dass Sie sich mit dieser Stellungnahme gemeldet haben.« Nach einer Pause fügte sie noch hinzu: »Es gefällt mir nicht, wie man den Beitrag geschnitten hat. Ich glaube, Sie waren heute Morgen mit den Reportern offen und ehrlich, und ich glaube, CBS ist nicht fair mit Ihnen umgegangen.«

»Sollte ich mir heute Abend CBS ansehen?« fragte ich niedergeschlagen.

»Die Abendnachrichten. Wahrscheinlich ziemlich zu Anfang der Sendung. Es tut mir wirklich Leid. Ich wurde überstimmt. Ich glaube, Sie werden sehr wütend sein. Ich wollte nur sagen, dass es nicht meine Idee war, auch wenn Sie es mir nicht glauben werden.«

»Ich werde versuchen, Ihnen zu glauben«, versprach ich.

»Danke.« Sie legte auf.

Nach drei weiteren Anrufbeantwortern erreichte ich den Reporter von NBC News, der gerade am Schreibtisch zu

Abend aß. Als ihm bewusst wurde, dass ich nur eine Presseerklärung abgeben wollte, schien er sich zu entspannen. »Okay, ich gebe das an Brown weiter. Es ist jetzt seine Story.«

»Sie haben das schon auf einen anderen Schreibtisch verlagert?« fragte ich.

»Yeah, ich hatte mit der Sendeleitung eine Meinungsverschiedenheit über die Frage, wie das Material verwendet werden sollte, also hat man mir die Geschichte entzogen und Brown darauf angesetzt. Ich werde dafür sorgen, dass er Ihre Stellungnahme bekommt. Er wird natürlich damit tun und lassen, was er für richtig hält. Aber vielen Dank für den Anruf.« Damit legte er auf.

Ich stellte das Telefon weg. Noch anderthalb Stunden bis zu den Abendnachrichten. Bis dahin musste ich doch etwas unternehmen können. Ich überlegte, ob ich Nick anrufen sollte, doch wir hatten uns ziemlich auseinander gelebt. Nick war bei Republic Wright sehr erfolgreich, er war der jüngste Vizepräsident in der Unternehmensgeschichte geworden. Erfolgreiche Leute haben selten Zeit für Versager.

Ich wollte ein Nickerchen machen und die Zeit bis zu den Abendnachrichten überbrücken, aber ich konnte nicht einschlafen.

Um kurz vor sechs stellte ich das Telefon ab und schaltete den Anrufbeantworter ein, weil ich aus bitterer Erfahrung wusste, dass sie mich, wenn es wirklich eine Hinrichtung werden sollte, noch während der Sendung anrufen würden, weil sie hofften, mich wütend zu erwischen und mich dazu zu bringen, etwas Unbesonnenes zu sagen. Mit dem Videorecorder zeichnete ich NBC auf, während ich CBS anschaute.

Sie brachten keine einzige Bekundung meines Mitgefühls und keine einzige definitive Aussage. Dafür aber alle Situationen, in denen ich gesagt hatte, dieses und jenes sei noch nicht bekannt und ich könne nichts sagen, solange ich nicht mit einem Anwalt gesprochen hätte und so weiter. Dazwischen spielten sie laut gerufene Fragen ein, die meiner Ansicht nach in dieser Form nicht gestellt worden waren. Wenn ich diesen Bericht zufällig in den Abendnachrichten gesehen hätte, dann hätte ich sofort gedacht: »Der Kerl ist ein Arschloch.«

Danach spielte ich das Band mit der Aufnahme von NBC ab. Es war noch schlimmer.

Ich ging zum Anrufbeantworter, sprach meine Stellungnahme als Ansagetext auf und ließ das Telefon abgeschaltet. Vielleicht rief eine Lokalstation an, zeichnete die Botschaft auf und sendete sie.

Eine Stunde lang, während es draußen dunkel wurde, wanderte ich im Haus herum und suchte nach alten Dingen, die mich aufmuntern konnten. Mein vorheriger nostalgischer Anfall hatte mich darauf gebracht, mir die Fotoalben der Familie noch einmal anzusehen. Wenn ich noch fester draufgestarrt hätte, wäre ich womöglich noch mitten durchs Foto auf den warmen, sommerlichen Strand gefallen. Genau dorthin, wo ich jetzt am liebsten gewesen wäre.

*

Als wir uns an jenem Abend das Versprechen gaben, war es der Beginn der Mars Four. Wir sind möglicherweise durch die Chicago Seven, deren Verhandlung damals gerade lief, auf diesen Namen gekommen, oder vielleicht auch durch die Astronauten der Mercury Seven. Ich bin ziemlich sicher, dass wir uns nicht gleich am ersten Abend so nannten, sondern dass es frühestens am folgenden Tag oder vielleicht erst mehrere Tage später dazu gekommen ist. Wie auch immer, für den Rest des Sommers war es ein Scherz, mit dem wir jeden überzogen, der uns zu ernst vorkam, und zugleich war es etwas Einzigartiges und ganz Besonderes, das nur uns gehörte. Wie die meisten Kinder waren wir bei den Dingen, die uns wirklich wichtig waren, sehr schüchtern und deshalb fiel es uns am leichtesten, darüber zu sprechen, wenn wir scherzen konnten.

Wenn jemand sich eine Extraportion Eiskrem kaufte, sagten wir: »Solltest du das Geld nicht lieber für dein Ticket zum Mars sparen?« Wenn jemand etwas Gefährliches tat, sagten wir: »He, bring dich nicht um, bevor wir zum Mars fliegen.«

Im Spätsommer erwischte Mrs. Pendergast Thalia hinterm Strandhaus der Pendergasts beim Knutschen mit Wade Gordon und verpasste ihr drei Tage Stubenarrest. Mein Herz war gebrochen. Als sie ›auf Bewährung‹ entlassen wurde, wie Nick und Eddie es nannten, meinte Nick: »Ich fürchte, du wirst den strengen Maßstäben, die wir an die Mars Four anlegen müssen, nicht gerecht.«

Im Laufe der Zeit kam ich zu der Ansicht, dass ich der Einzige war, der es überhaupt noch ernst nahm, und dass ich damals zu jung gewesen war, um zu erkennen, dass sie nur Spaß machten. Die Scherze über die Mars Four hörten auf, als wir wieder daheim waren und die Schule begann. Im nächsten Sommer gab es keine Witze über die Mars Four, an die ich mich erinnern könnte. Ich hielt jedenfalls, was diese Sache anging, den Mund, und versuchte, so viel wie möglich davon zu vergessen, was mir überraschend schwer fiel. Junge Burschen sind nicht besonders rational, wenn es darum geht, in den Weltraum oder zum Mars zu fliegen – oder auch Versprechen zu halten, ganz egal in welcher Hinsicht.

*

Ich hatte Hunger, und das Fotoalbum deprimierte mich nur noch mehr. Ich konnte ständig das leise Klicken des Anrufbeantworters hören, der den Ansagetext an wer weiß wie viele Anrufer schickte. Ich schloss das Fotoalbum, stand auf und machte mir mein Abendessen: Eine Cola Light, ein paar Doritos und ein dünnes Schinkensandwich. Zu mehr fehlte mir der Appetit. Der Anrufbeantworter erzählte immer noch der ganzen Welt, das es mir Leid tat, dass ich aber zuversichtlich sei, vollständig entlastet zu werden. Ich schätze, binnen zwei Stunden kamen um die fünfzig Anrufe.

Ich aß auf, was ich mir gedeckt hatte, überlegte, ob ich noch ein Frühstücksburrito in der Mikrowelle aufwärmen sollte, und dachte, es wäre wohl besser, ins Bett zu gehen. Inzwischen kamen nicht mehr ganz so viele Anrufe. Vielleicht hatten sie schon wieder jemand anders gefunden, den sie nerven konnten, oder jeder, der eine Kopie meiner Ansage haben wollte, hatte eine bekommen. Ich stand auf, streckte mich, stellte das Geschirr in die Spüle und fragte mich, ob ich überhaupt würde schlafen können.

Es läutete an der Tür. Ich dachte, es wäre vielleicht Ken Elgin oder sogar Fred Gernsback – irgendjemand, der etwas Mitgefühl hatte.

Ich öffnete, und vor mir stand mein Bruder Nick mit einer Champignonpizza. »Ist Champignon mit Knoblauch immer noch deine Lieblingssorte?« fragte er. Er marschierte an mir vorbei und stellte die Pizza auf den Tisch. »Hast du überhaupt nichts gegessen? Nur ein Sandwich und ein paar Chips?«

Ich schloss die Tür. Sein teurer italienischer Anzug war faltenlos und saß perfekt, die Schuhe glühten beinahe, und der ordentlich gestutzte Schnurrbart und das kurz geschnittene Haar sahen sauber und adrett aus. So hätte er allerdings auch ausgesehen, wenn er sich schwimmend von einem Schiffsuntergang in Sicherheit gebracht hätte. Mom hatte immer behauptet, er wäre schon voll bekleidet und mit gewienerten Schuhen geboren worden. »Du siehst gut aus. Seit wann kannst du Gedanken lesen?«

»Ungefähr seit ich einen Zweitjob als Pizzafahrer angenommen habe«, sagte er. »Wenn du noch zwei saubere Gläser und Teller hast, wäre ich angenehm überrascht. Dann könnten wir zusammen essen, und ich kann dir erzählen, was los ist.«

Ich holte das benötigte Zubehör aus der Spülmaschine und dazu eine große Flasche Cola Light aus dem Kühlschrank. Während ich unterwegs war, klickte der Anrufbeantworter noch zwei weitere Male.

»Inzwischen muss deine Ansage auf jedem Kanal außer dem Cartoon Network gelaufen sein«, sagte Nick.

»Ich dachte, wenn ich direkt mit ihnen rede, könnte ich auch nicht mehr erreichen«, sagte ich.

»Damit hast du für den heutigen Abend wahrscheinlich Recht.« Er teilte die Pizza auf, und mir wurde bewusst, dass ich tatsächlich großen Hunger hatte. Mit amüsiertem Lächeln sah er zu, wie ich aus der Hand zwei Stücke vertilgte, während er, ordentlich mit Messer und Gabel, nicht mehr als ein paar Häppchen aß. »Ich dachte mir schon, dass du etwas zu essen brauchen würdest. Wenn du aufgeregt bist, vergisst du immer zu essen. Wenn du bereit bist, über das Geschäftliche zu reden, habe ich ein paar beruhigende Neuigkeiten, aber ich fürchte, wir müssen mit noch mehr schlechten Nachrichten anfangen.«

Ich trank einen Schluck Cola. »Du siehst immer noch so gut aus wie früher. Wie machst du das nur?«

»Ein äußeres Zeichen meiner inneren Überlegenheit«, erklärte er lächelnd. Es war ein alter Scherz zwischen uns. »Wie geht es Amos?«

»Er ist ein ganz normaler Junge. Er interessiert sich jetzt fürs Ringen, also muss ich mich in dieser Hinsicht informieren. Seine Babysitterin sagt, MJs Tod hätte ihm fast das Herz gebrochen. Ich fahre am nächsten Wochenende mit ihm zum Strandhaus.«

Nick nickte. »Das ist die beste Jahreszeit dafür, wenn man nicht unbedingt schwimmen will. Keine Touristen mehr, und der Strand ist leer und lädt zu Spaziergängen ein.«

»Yeah«, sagte ich, während ich das nächste Stück Pizza in Angriff nahm. Wie war ich nur auf die Idee gekommen, ich hätte keinen Hunger?

Die nächsten zwanzig Minuten sprach ich beim Essen hauptsächlich über Amos und ein wenig über Thalia. Nick informierte mich, soweit er mich einweihen durfte, über das, was in seinem Leben eine Rolle spielte. Viel war es nicht. Er hatte nicht geheiratet, durfte über seine Arbeit nicht viel verraten und war mehr oder weniger so stark eingespannt, wie ich es gewesen war. Nick arbeitete für Republic Wright, er war der jüngste Vizepräsident des Konzerns. Er hatte genau den herausragenden Job, den er sich seit seiner Kindheit immer gewünscht hatte. Er leitete die ›Geheimwerkstatt‹, also die Anlage, in der die Geheimprojekte der Firma entwickelt wurden. Ich war daran gewöhnt, dass Nick nichts über seine Arbeit sagen konnte, und ein Privatleben hatte er sowieso nicht. Wie üblich meinte er, er sei sehr beschäftigt und hätte ein paar interessante Neuentwicklungen im Ärmel, die in ein paar Jahren marktreif wären. Außerdem wäre er viel zu oft im Firmenjet zwischen DC, San Diego und Scorpion Shack unterwegs. »Aber die Flüge sind die einzigen Gelegenheiten, den Papierkram zu erledigen«, sagte er fröhlich. »Wenn sie mich eine ganze Woche in einer Stadt sitzen lassen, bricht die Verwaltung von Scorpion Shack völlig zusammen.« Er schob den Rand des einzigen Stücks Pizza, das er gegessen hatte, zur Seite. Ich bemerkte, dass er mit dem Messer in einem akkuraten Kreisbogen abgeschnitten war. »Habe ich dir jetzt genügend Essen und brüderliches Mitgefühl zukommen lassen, damit du bereit bist, dich wieder der Welt da draußen zu stellen?«

Ich trank noch einen Schluck Cola, betrachtete die Reste der Pizza und nickte. »Ja, danke. Ich kann noch etwas knabbern, während du redest. Mein Gott, ich brauche wirklich jemanden, der etwas auf mich Acht gibt.«

»Tja, immerhin sind wir ja eine Familie«, sagte er, aber es klang etwas unsicher. Nick mag es nicht, wenn sich Leute daran erinnern, dass er ihnen mal einen Gefallen getan hat. Es ist ihm peinlich. So war er schon immer.

Er baute ein perfektes kleines Zelt aus den zusammengelegten Fingerspitzen. »Zuerst habe ich eine sehr unangenehme Überraschung. Curtiss Aerospace will dich und alle anderen, die weniger einflussreich sind, so schnell wie möglich ans Messer liefern. Da Curtiss außerdem der Hauptaktionär von ASU ist, wird ASU ebenfalls eine außergerichtliche Einigung anstreben. All dies wird Maßstäbe für die übrigen Prozesse setzen, also für die Klagen gegen dich, ShareSpace und RW.«

»Warum das?«

Er zuckte die Achseln. »Curtiss hat die größten Rücklagen in der Branche. Wenn es eine kostspielige finanzielle Einigung gibt, muss Curtiss am meisten zahlen. Wenn Curtiss sich möglichst früh außergerichtlich einigt und Haverford die Arbeit erleichtert, kann Curtiss die Summe, die sie zahlen müssen, begrenzen. Gleichzeitig können sie dafür sorgen, dass Republic Wright genug verliert, um Bankrott zu gehen oder verkauft zu werden. Curtiss hat schon lange das Ziel, am Ende als einzige Raumfahrtfirma zu überleben, und dies könnte der letzte Schritt sein. Außerdem ist inzwischen allgemein bekannt, dass die Raumfahrt früher oder später privatisiert wird. Die Telekommunikationsunternehmen brauchen zuverlässige Transportmittel, um ihre Satelliten hochzuschießen. Die Raumfähren kommen in die Jahre, und die Regierung ist nicht mehr sonderlich am Weltraum interessiert. Doch die Regierung ist im Augenblick immer noch der größte Einzelkunde für Starts, und die meisten Regierungsaufträge gehen im Augenblick an Curtiss. Dadurch sind wir die ewigen Zweiten. Das würde sich aber ändern, wenn wir konkurrenzfähiges Startgerät hätten und genau daran arbeiten wir.«

»Ich habe schon von der Starcraft-Serie gehört«, sagte ich.

Er nickte. »Wir versuchen das natürlich geheim zu halten, aber ein Projekt von dieser Größenordnung kann man nicht völlig abschotten. Es ist ein Wunder, dass *Aviation Week* nicht schon längst eine Titelgeschichte dazu gemacht hat. Ja, die erste Starcraft-Serie steht kurz vor den Flugtests. Igor Jagavitz glaubt, damit könnten wir eine Art Supermarkt-Raumfahrtfirma werden. So nennt er die bequemen, effizienten Startdienste, die wir anbieten würden. Zuverlässiger, fahrplanmäßiger Betrieb mit standardisierter Preisgestaltung. Ich vermute, dass Curtiss uns gegenüber in jeder Hinsicht um mehrere Jahre zurückliegt. Sie sind verpflichtet, ihre eingeführten Produkte und Dienstleistungen zu pflegen, weil sie damit den Markt beherrschen. Deshalb muss das Startprogramm von Curtiss in ein oder zwei Jahren mit ernsthafter, marktfähiger Konkurrenz durch Starcraft von RW rechnen – es sei denn, in der Zwischenzeit geschieht etwas mit RW. Wenn das, was passiert, schwerwiegend genug ist, könnte Curtiss sogar in sechs Monaten Republic Wright übernehmen und die Profite selbst einstreichen. Ich kann mir vorstellen, dass sie zu der Ansicht gekommen sind, die außergerichtliche Einigung in einem großen Prozess sei nichts im Vergleich zu der Aussicht, ihre marktbeherrschende Stellung zu behalten. Ich brauche dir nicht zu sagen, dass in Washington viele Menschen mit Curtiss' Ansicht sympathisieren, dass es eigentlich nur eine einzige große Raumfahrtfirma geben sollte, und du kannst dir denken, wer das sein soll. Es geht also für RW ums nackte Überleben, und deshalb werde ich einen großen Teil des morgigen Tages damit verbringen, dafür zu sorgen, dass alle anderen in der Firma es genauso sehen. Wir müssen mit allem, was wir haben, dagegen ankämpfen. Wir haben reichlich Ressourcen, und wir haben etwas, das die andere Seite nicht hat – wir haben Recht und Logik auf unserer Seite. Das ist die gute Nachricht für dich. Du bist nicht allein. Du bist ganz und gar nicht allein. Also keine Verzweiflung und kein Selbstmitleid und keine Sentimentalitäten. Du brauchst mir nicht zu danken, weil uns das beiden nur peinlich wäre. Außerdem habe ich ausgezeichnete geschäftliche Gründe, dies für dich zu tun. Gründe, die sogar dann gut und richtig wären, wenn ich dich nicht seit ewigen Zeiten kennen würde. Ist das in Ordnung so?«

»Okay. Danke, Nick.« Ich ließ die angespannten Schultern etwas sinken, ich nahm die Umgebung wieder wahr und war ruhig und gefasst. Auf der Highschool und dem College hatte ich Tennis gespielt und so wie jetzt hatte ich mich gefühlt, wenn mich der Trainer, bevor es auf den Platz ging, noch einmal motiviert hatte. Es war ein erheblich besseres Gefühl als jenes, das ich noch vor anderthalb Stunden gehabt hatte.

Nachdem wir noch eine Weile über Nebensächliches geredet hatten, hauptsächlich über die Ereignisse, die Jahrzehnte zurücklagen, ging er wieder, und ich warf die leere Pizzaschachtel und die Flasche in den Mülleimer. Vielleicht, weil sich seine ordentliche Aura noch eine Weile hielt, holte ich das saubere Geschirr aus der Spülmaschine und packte das schmutzige hinein, während ich im Radio einen Musiksender hörte. Ich summte sogar mit, als der alte Song ›Get Back‹ von den Beatles lief. Das Stück war in einem der besten jener alten Sommer ständig gelaufen. Nicht, dass es damals überhaupt einen schlechten gegeben hätte ...

Ich versuchte mich zu erinnern, ob es, abgesehen vom Geschirrspüler, überhaupt einen anderen Platz für die Kaffeetassen gab. Schließlich stellte ich sie auf ein leeres Brett im Schrank. Davon gab es reichlich. Ich wohnte jetzt seit mehr als zwei Jahren in diesem Haus und begann endlich mit dem Einzug.

Im Bewusstsein, dass Nick auf meiner Seite kämpfen würde, fiel ich um ein Uhr morgens endlich entspannt ins Bett und konnte schlafen.

Viertes Kapitel

NICK:

Wie immer, wenn ich ein paar Tage unterwegs gewesen war, stieß ich auf eine ganze Reihe unangenehmer Überraschungen, sobald ich wieder mein Büro in Washington betrat. Das Büro in Scorpion Shack unten am Golf von Texas diente ausschließlich der Arbeit, es war mein freundlicher, bequemer Hauptsitz. Republic Wright stellte mir auch im Stammhaus der Firma in San Diego ein Büro zur Verfügung, aber dort hielt ich mich so selten auf, dass es da so gut wie nichts gab, das an mich erinnerte. Das Büro in DC war eine andere Geschichte. Es war der Ort, an dem sich die Probleme sammelten und wo ich entscheiden musste, wie ich mit ihnen umgehen wollte. In Washington war das Eingangskörbchen ständig voller neuer Krisen, und im Ausgangskörbchen steckten Notizen, die Buchhalter, Ingenieure und Wissenschaftler möglichst umgehend in Bewegung setzen sollten. Außerdem klingelte dort ständig das Telefon.

Als ich an diesem Morgen kam, rief ich als Erstes Roger Przeworski an. Er war unser Firmenanwalt und kümmerte sich hauptsächlich um das Starcraft-Projekt. Wenn ich ihn auf den Fall ansetzte, musste ich darauf achten, dass er sich nur um Dinge kümmerte, die unmittelbaren Einfluss auf Starcraft hatten. Auch wenn sonst nicht viel dabei herauskommen sollte, seine sachverständigen, unparteiischen Einschätzungen waren sicherlich wertvoll.

Ich bat ihn, die Klage der James-Familie hinsichtlich der Auswirkungen auf den Weltraumtourismus zu untersuchen und zu klären, welche Folgen dies für die spätere Vermarktung der StarBird I haben könnte, die inzwischen längst im

Stadium des Prototyps war. Ich fragte ihn außerdem, wie wir aus der Klage der James-Familie möglichst günstig herauskommen konnten, wobei er verschiedene Strategien von bedingungsloser Kapitulation bis zum Kampf bis zum letzten Mann untersuchen sollte.

Roger sagte, er würde mir gegen Abend einen mündlichen Zwischenbericht geben. Ich erteilte ihm und seinen beiden Assistenten die Erlaubnis, alle erforderlichen Informationen bei Scorpion Shack abzurufen, ließ meine Sekretärin die Aktennotiz abschicken und machte weiter.

Sogar für meine Begriffe waren die letzten paar Monate hektisch verlaufen. Republic Wright brauchte nichts Geringeres als ein Wunder, aber das Starcraft-Projekt war tatsächlich ein Wunder und außerdem fast vollendet. Jetzt begann ein Wettrennen zwischen meiner Werkstatt und dem Untergang meiner Firma. Bis jetzt lag meine Werkstatt vorn, aber es war trotzdem noch ein Wettrennen. Die beste Technik der Welt nützt Ihnen überhaupt nichts, wenn Sie erst eine Woche, nachdem Ihnen das Geld ausgegangen ist und alle Kredite gesperrt wurden, damit auf den Markt kommen können.

Die Klage gegen Scott und die Raumfahrtunternehmen brachten einen weiteren Ball ins Spiel, mit dem wir jonglieren mussten. Ich musste dafür sorgen, dass Starcraft als Unternehmen kommerziell überlebte. Wenn die James-Familie den Weltraumtourismus durch ihre Klage vernichtete, würden wir den Markt verlieren, den wir für die mittlere Phase des Starcraft-Projekts brauchten. RW hatte großes Interesse daran, den Prozess zu gewinnen, und er war offensichtlich auch zu gewinnen. Ich musste dafür sorgen, dass dies der gesamten Firmenleitung absolut klar war, ehe ich mich mit voller Kraft um Starcraft kümmern konnte.

Ich hätte es besser wissen müssen. Im Laufe des Vormittags sank mein Mut, und ich hatte das Gefühl, die Sache gerate außer Kontrolle. Nur wenige meiner Kollegen unter den leitenden Angestellten konnten einsehen, wie sehr die Zukunft von Republic Wright von diesem Fall abhing. Einen einzigen Verbündeten hatte ich gefunden – Caitlin Delamartin, die Vizepräsidentin für Marktentwicklung. Wenn Starcraft keinen kommerziellen Erfolg hatte, würden als erstes Caitlins und mein Kopf rollen, wahrscheinlich im Abstand weniger Monate, doch unsere Köpfe würden nicht die letzten sein und nach ein paar Jahren wäre vom derzeitigen Management von RW nichts mehr übrig.

Leider wollte niemand weiter als ein paar Wochen in die Zukunft blicken. Die Finanzexperten sagten, eine außergerichtliche Einigung wäre mit einem festen Preis verbunden. Theoretisch könnten wir zwar viel gewinnen, wenn wir auf eine solche Einigung verzichteten, doch es sei ein unkalkulierbares Risiko. Die Presseabteilung meinte, wir dürften nicht den Eindruck erwecken, einer trauernden Mutter zu sehr zuzusetzen. Der Flugbetrieb machte sich Sorgen, man könnte innerhalb der ASU Positionen an Curtiss verlieren und verschwendete keinen Gedanken daran, ob es überhaupt noch etwas zum Fliegen geben würde. Die Produktion kümmerte sich um rein gar nichts, dort baute man einfach, was man bauen sollte.

Als ich mich mit Caitlin zum Mittagessen traf, um die Strategie zu besprechen, waren wir beide sehr niedergeschlagen. »Ich sage es nicht gern«, begann sie, »aber es scheint mir, als hätten viele Leute schon aufgegeben oder als hätten sie schon vor einer Weile resigniert, als wir den Großauftrag für die ISS nicht bekommen haben oder als Curtiss von der Air Force den Auftrag für eine Menge Delta-Starts bekommen hat. Die Mehrheit unserer älteren Manager scheint sich mit dem Gedanken abzufinden, dass wir eines Tages wie Douglas und Chance-Vought und Convair, die vor uns geschluckt wurden, zum Curtiss-Konzern gehören werden. Sie sehen sich die Situation an und sagen: ›Ach, lasst uns einfach tun, was die großen Jungs am Puget Sound von uns erwarten, denn wenn wir untergehen und sie übernehmen uns, dann wollen wir nichts getan haben, was ihnen missfällt.‹«

»Das spielt sicher eine Rolle«, stimmte ich zu. »Außerdem

haben viele unserer Leute ihr ganzes Leben in einer Umgebung verbracht, in der die Regierung der einzige Kunde war. Es gab nur eine Handvoll Lieferanten. Wenn wir letzten Endes im Monopol von Curtiss Aerospace untergehen, werden viele unserer älteren Manager sich wohler fühlen als draußen in der Welt des freien Unternehmertums, in die Jagavitz uns führen will.«

»Aber sie werden nicht die Sicherheit bekommen, die sie suchen«, seufzte Caitlin. Sie goss sich noch etwas Kaffee aus der Kanne ein, die auf dem Tisch stand. »Wenn Curtiss dieses Spiel gewinnt, dann sind wir alle im Eimer. Unsere Produktionskapazität würde dann nicht mehr gebraucht. Sie würden den größten Teil von Republic Wright schließen, Starcraft übernehmen und nur die größten Talente weiter beschäftigen.« Sie trank einen Schluck Kaffee. »Wir können jetzt nur wachsen oder untergehen. Wir müssen uns einen neuen Markt erschließen und die Privatisierung ist der einzige Bereich, den Curtiss noch nicht vollständig besetzt hat.« Sie schob sich das rote Haar aus dem Gesicht und zückte einen kleinen Block. »Lass uns mal sehen, was wir haben. Ich habe mit allen Leuten geredet, die du mir genannt hast, und bis jetzt war keiner besser als neutral. Wie ist es bei dir gelaufen?«

»Der Einzige aus der Firmenleitung, mit dem wir bis jetzt nicht gesprochen haben, ist Jagavitz.« Igor Jagavitz war der CEO von Republic Wright, ein mürrischer alter Ingenieur, der sich als Flugzeugkonstrukteur einen Namen gemacht hatte. Wir bezweifelten nicht, dass er uns zustimmen würde, doch der Präsident eines Konzerns kann nur einvernehmlich regieren. Wenn sich der Rest des Managements gegen ihn stellte, konnte er nicht viel tun. »Wir haben um halb zwei einen Termin bei ihm. Alle anderen Manager, die gerade in Washington sind, sollen ebenfalls teilnehmen.«

»Wer ist da?« fragte sie, während sie sich eine Notiz machte.

»Barbara Quentin, die wir vermutlich überzeugen können«, sagte ich, »und leider auch Riscaveau.«

Caitlin verzog das Gesicht. So reagieren die meisten Menschen, wenn sie Riscaveaus Namen hören. Und wie alle anderen räumte sie ein: »Na ja, gegen seine Erfolge ist nichts einzuwenden. Er hat mehr Industriespione gefangen und mehr gestohlenes Material zurückgeholt als jeder andere, von dem ich gehört habe. Ich nehme an, es liegt daran, dass er immer sehr gründlich ist.«

»Das kann sein«, stimmte ich zu. »Er hat jedenfalls alle, die für mich arbeiten, besonders gründlich überprüft. Und er hat noch nie jemanden überprüft und hinterher einräumen müssen, dass er sich geirrt hat und dass der Mann eigentlich nicht bei mir arbeiten sollte. Ich habe noch nie gesehen, wie das jemand vorher geschafft hat. Normalerweise hat jedes System ein paar Lecks.«

Caitlin nickte und konzentrierte sich wieder auf ihre Notizen. »Also, wir können ihn nicht übergehen, so nervtötend er auch ist. Ich habe übrigens um 12.45 Uhr wegen einer ganz anderen Sache einen Termin mit Jagavitz. Ich will versuchen, ein paar Minuten hineinzuquetschen, um ihn auf das vorzubereiten, was wir uns hier überlegt haben. Ich verstehe mich ziemlich gut mit ihm und deshalb ist er im Augenblick unser wichtigster Verbündeter ...« Sie notierte sich etwas. »Jagavitz wird uns unterstützen.« Sie zog einen Strich und teilte das Blatt in zwei Spalten, die sie mit ›Wir/Unterstützer‹ und ›Die anderen/Gefahren‹ überschrieb.

»Die zweite wichtige Ressource ... wir leiten zwei der eher dynamischen Abteilungen bei RW. Wir haben daher Mitarbeiter, die Überstunden machen, wenn es nötig ist, und die uns während der Kampagne zusätzlich unterstützen werden. Ich kann mir nicht vorstellen, dass einer der Erbsenzähler in der Finanzabteilung Überstunden macht, weil er dringend die Firma verhökern und dabei seinen Job verlieren will.«

Ich nickte. Das war ein gutes Argument.

»Drittens ist da noch das Prestige deiner Abteilung. Du bist, was Ruf und Ansehen angeht, immer noch der unbestrittene König, Nick, und das weißt du.«

Ich hätte abwiegeln können, doch es hätte nicht ehrlich geklungen. Sie hatte die Wahrheit gesagt. Die Luftfahrt hat den Mythos der Super-Wissenschaft, den sie im Zweiten Weltkrieg erworben hat, bis heute nicht verloren. Ein großer Teil meiner Macht und meines Einflusses bei Republic Wright beruhte auf meiner Position als Leiter unserer geheimen Stadt mit fünftausend Einwohnern im Kennedy County in Texas, wo die fünf wichtigsten Labors angesiedelt waren: Aerodynamik und Rechenzentrum, Metallurgie und Materialwissenschaft, Treibstoffchemie, Avionik und das, was wir ›Grundlagenphysik‹ nannten, um nicht zu viel von dem zu verraten, was wir dort taten. Wir waren umgeben von einer Aura wie in einem Zukunftsroman, weil wir die besten Hochleistungsrechner der Welt hatten und eigene Werkstätten für Spezialmaschinen, eine eigene Metallgießerei und eine Keramikproduktion besaßen – ganz zu schweigen von den drei Start- und Landebahnen, auf denen voll beladene B-52 abheben konnten, und den beiden Helikopterlandeplätzen. All dies in einer Region an der Golfküste, wo die meisten Landkarten nur weites, offenes Land zeigten. Wer in der Luftfahrtindustrie arbeitete, war zwangsläufig irgendwie auch ein Romantiker, der eine gewisse Vorstellung von der Geschichte der Luftfahrt hatte und deshalb nicht anders konnte, als von dem Betrieb, den ich leitete, beeindruckt zu sein.

Caitlin zählte rasch die anderen Abteilungen der Firma auf, in denen wir einen gewissen Einfluss genossen, und dann die Stellen, wo dies nicht so war. Es sah so aus, als könnten wir möglicherweise eine sehr knappe Mehrheit dafür gewinnen, den Fall so durchzukämpfen, wie wir es uns vorgestellt hatten.

*

Barbara Quentin, die Leiterin des Issues Management, lächelte, als sie den Konferenzraum betrat. Ich wusste nicht, ob sie bereits auf unserer Seite stand, doch ich war sicher, dass sie wenigstens zuhören würde. Andrew Riscaveau, der

Chef des Sicherheitsdienstes, kritzelte auf seinem Block herum, ohne überhaupt einmal aufzuschauen. Er würde mich auf keinen Fall unterstützen, denn zwischen uns schwelte ein alter Streit, der noch aus der Zeit herrührte, bevor wir unsere derzeitigen Positionen bekommen hatten. Es war dumm, dass er hier sein musste, doch als Leiter einer wichtigen Abteilung hatte er gewisse Rechte.

Nachdem auch Jagavitz gekommen war, trugen Caitlin und ich unsere Ansicht vor, dass RW sich gegen die *Columbia*-Klage wehren musste. Ich bezog mich dabei auf die wichtigsten Argumente, die wir beim Essen entwickelt hatten. Barbara Quentin quittierte die meisten Punkte mit zustimmendem Nicken, während Riscaveau die Arme vor der Brust verschränkte und ein gehässiges kleines Lächeln aufsetzte.

Als wir fertig waren und Jagavitz um Stellungnahmen bat, meldete Riscaveau sich sofort. »Zunächst einmal möchte ich feststellen, dass wir vom Standpunkt der Sicherheitsinteressen aus mehr oder weniger makellos dastehen. Ich habe viele Nachforschungen angestellt, und wir führen natürlich auch laufende Überprüfungen durch. Viele Leute wissen, dass wir ein Projekt namens Starcraft haben, einige wenige Personen haben außerdem Informationen über eine oder zwei Komponenten bekommen – meist wissen sie etwas über den StarBooster, manchmal auch über StarBird, doch die Informationen sind gewöhnlich nicht sehr konkret. Die meisten wichtigen Informationen haben wir bisher aus der Presse herausgehalten. Wenn wir das Projekt einstellen, wird niemand erfahren, wie dicht wir vor dem Erfolg gestanden haben, und wenn wir weitermachen wie bisher, wird sich nicht viel ändern. Natürlich wird früher oder später etwas durchsickern, aber im Grunde können wir tun, was immer wir wollen, ohne in der Außenwelt irgendwelche Reaktionen auszulösen. Auch wenn er all die Reifen nicht mag, durch die ich ihn springen lasse, haben wir die erfolgreiche Arbeit der Sicherheitsabteilung zu einem Großen Teil Nick Blackstone zu verdanken, der immer eine große Hilfe war.« Er nickte höflich in meine Richtung.

»Aber«, fuhr er fort, »die Frage ist doch, ob wir gegen die Klage kämpfen sollten, um uns in Hinblick auf Starcraft alle Wege offen zu halten. Nick sagt, wenn wir den Prozess gewinnen - egal, was er uns kostet -, könnte Starcraft gerettet werden und wenn Starcraft gerettet wird, dann wird die Firma gerettet. Aber lassen Sie uns mal ernsthaft darüber nachdenken, ob Starcraft wirklich eine gute Idee ist. Sie reden hier davon, einmalig verwendbare Startraketen abzuschaffen, mit denen wir über dreißig Jahre hinweg die Butter auf dem Brot verdient haben. Starcraft könnte ohne weiteres einen Verdrängungswettbewerb auslösen, der unser Geschäft mit den Wegwerfraketen *und* das von Curtiss zerstört. Außerdem haben wir Zugang zu den Märkten in China, Indien, Brasilien und Korea, weil wir bereit waren, Konzessionen für unsere Raketen an einheimische Firmen zu vergeben. Wir haben in den letzten zehn Jahren dreißigtausend Jobs nach Übersee verlagert, einfach nur um Zugang zu den Märkten zu bekommen. Glauben Sie nicht, es wird uns zum Nachteil gereichen, wenn wir die Jobs vernichten, die wir ihnen gegeben haben? Sie werden uns von den Märkten ausschließen und außerdem ernsthaft beginnen, eigene Startanlagen zu bauen, die uns wiederum Konkurrenz machen.«

Jagavitz hob die Hand und sah mich und Riscaveau an. »Es gibt da einiges zu bedenken. Zuerst einmal - verzeihen Sie mir, Nick - ist nichts Magisches an Starcraft, mal abgesehen von der Tatsache, dass wir es jetzt gerade haben. Wenn wir das System zur Funktionsreife bringen, dann kann es jemand anders in Peking, Rio oder sonst wo eine Weile später ebenfalls tun. Letzten Endes werden also die Preise für die Startdienste zusammenbrechen. Wir können entweder gezielt dafür sorgen, dass es zu diesem Zusammenbruch kommt, und die Profite einstreichen, oder wir können hoffen, dass es nicht dazu kommt, und zu den anderen Haien in den Teich springen, wenn es dann doch passiert. Ehrlich gesagt würde ich dabei lieber den Gang der Ereignisse mitbestimmen. Meiner Ansicht nach brauchen wir

Starcraft. Wir haben erstklassige amerikanische Jobs weggegeben, um uns Märkte in Übersee zu erschließen. Als Gegenleistung haben wir den Partnern einen großen Teil unserer Technologie überlassen. Wenn Starcraft das Geschäft mit den Wegwerfraketen zerstört ... dann haben wir alles, was wir ihnen gegeben haben, *wertlos* gemacht. Damit haben wir aber diese scharfen Hunde über den Tisch gezogen, und ich muss zugeben, dass ich das sehr genießen würde.« Er grinste auf die Weise, die mir immer einen kalten Schauer über den Rücken jagte. Es war ein Gesichtsausdruck, der einem General Patton oder einem Al Capone gut gestanden hätte.

»*Sie* würden das genießen?« fragte Barbara Quentin grinsend. Jagavitz zuckte zusammen, gab ihr aber mit einer Geste zu verstehen, dass sie weiterreden sollte.

Sie lehnte sich zurück und zählte die Argumente mit den Fingern ab. »Ist Ihnen klar, was das aus der Sicht des Issues Management bedeuten würde? IAM und alle anderen Gewerkschaften würden uns anbeten. Ebenso die beiden politischen Parteien und die Börse. Hundert Millionen Amerikaner würden uns noch Jahre danach so sympathisch finden wie Mutters Apfelkuchen. Wir würden den Ruf genießen, den AT&T erwarb, als sie im Zweiten Weltkrieg die Kommunikationseinrichtungen betrieben haben. Eine Goldene Zeit wie die Gründertage bei Apple, Xerox, Ford oder General Dynamics. Ich weiß, die Leute hier warnen immer, wir sollten technische Entscheidungen nicht aus Gründen der PR treffen, doch ich kann Ihnen sagen, wenn Sie diesen Weg einschlagen, sind wir binnen drei Monaten die beliebteste Firma in Amerika.«

Jagavitz nickte. »Das ist ein Gesichtspunkt. Also gut, hier ist noch ein Gedanke: Jawohl, Starcraft wird unser Geschäft mit den Wegwerfraketen zerstören. Aber das kostet uns nicht mehr als eine Abteilung, die kein Geld verdient hat. Starcraft wird aber auch *Curtiss'* Geschäft mit den Wegwerfraketen vernichten. Wenn wir aggressiv genug vorgehen und StarCore II und StarBird in die Luft bekommen, dann zerstören wir auch ihr Geschäft mit dem neuen Schwertransporter und greifen ihre Profite aus dem Shuttle-Geschäft an. Und dann können wir sie prügeln, wie sie uns geprügelt haben. Zeit für die Abrechnung. Es geht um alles oder nichts, und ich bin nicht in diese Branche gegangen, um ewig die Nummer Zwei zu bleiben.«

»Darf ich noch etwas ergänzen?« fragte Riscaveau. »Wir wissen nicht, wie groß oder wie klein der Markt für Raketenstarts und für die Raumfahrt wird. Vielleicht wird der Preisrückgang durch die Masse wieder ausgeglichen – der Tourismus, die Satellitenbetreiber, die Möglichkeit, Reparaturen im geostationären Orbit anzubieten. Dazu womöglich Regierungsaufträge, hinaufzufliegen und all die alten Endstufen alter Raketen zu beseitigen, die für den Raumflug eine Gefahr darstellen. So könnte es kommen, das muss ich zugeben. Aber vielleicht bleibt der Markt für Transporte in den Weltraum auch in der Größe, die er heute schon hat. In diesem Fall würden wir zwar das ganze Geschäft an uns ziehen, wir würden aber auch die Preise drücken. Wir könnten hundert Prozent eines nicht sehr profitablen Marktes statt fünfzehn Prozent eines höchst lukrativen haben wie heute. Ich wollte nur darauf hinweisen, dass dies ein Problem werden könnte.«

Jagavitz nickte einige Male. »Ja, das ist möglicherweise ein Problem, über das wir nachdenken sollten. Langfristig ist es jedenfalls in unserem Interesse, Starcraft weiterzuführen. Aber wie Mr. Riscaveau und Barbara mir schon vor der Sitzung verdeutlicht haben, könnten die Kosten, die auf uns zukommen, wenn wir uns gegen die Klage wehren, sehr hoch sein. Nun gut, *für den Augenblick* werden wir also versuchen zu kämpfen und möglichst überlegen zu siegen. Wir werden versuchen, einen Präzedenzfall zu bekommen, der für uns günstig ist. Doch wenn sich die Dinge zu unserem Nachteil zu entwickeln scheinen, werden wir den Kurs wechseln, und zwar schnell. Zu dieser Politik gehört noch ein weiterer Hinweis.« Er sah mich an und seine Augen blitzten ein wenig. »Ein Teilnehmer dieser Runde ist wegen seiner familiären Bindungen stark an diesem Fall interessiert ... und falls der betreffende Verwandte aggressiver vorgehen will ... dann könnte dies auf meine zukünftigen Entscheidungen zurückwirken. Ich hoffe, das dazu notwendige Privatvermögen ist auch vorhanden?«

Es war beinahe eine Anordnung, Scott aus eigener Tasche zu unterstützen, doch es war eine Anordnung, die ich gern entgegennahm. Jagavitz wollte sich noch nicht offen auf unsere Seite schlagen, aber er übte sich in einer ausgesprochen einseitigen Neutralität.

»Ich denke, wir werden das schon schaffen«, erklärte ich.

An der Art, wie Riscaveau mich anstarrte und seinen Schlips und die Weste zurechtrückte, konnte ich ablesen, dass wir uns gut geschlagen hatten.

Caitlin und ich stimmten bei einer schnellen Tasse Kaffee nach der Sitzung darin überein, dass Jagavitz heute so weit gegangen war, wie er nur gehen konnte. Jetzt war es unser Problem, den Aufsichtsrat davon zu überzeugen, dass er die Taschen öffnen und reichlich finanzielle Mittel für den Prozess zur Verfügung stellen musste. Nachdem wir uns mit Handschlag zu unserem Erfolg beglückwünscht hatten, kehrte ich ins Büro zurück. Sobald ich mir dann zurechtgelegt hatte, wie viel ich zu zahlen bereit war, kam ich zu der Ansicht, dass es nicht mehr schwierig sein dürfte, einen Anwalt für Scott zu finden.

Um drei Uhr nachmittags wusste ich allerdings, dass es schwierig werden würde, einen Spitzenanwalt zu finden, der etwas von Raumfahrt oder vom Flugverkehrsrecht verstand. Es war eine ausgesprochen dumme Situation. Die vier Kanzleien, die ganz oben auf meiner Liste standen, wurden von Curtiss mit Pauschalzahlungen bedacht, angeblich um Jasper Haverford zu ›beraten‹, in der Praxis aber wahrscheinlich nur, damit sie gebunden waren und nicht mehr zur Verfügung standen. Es war gut, dass Republic Wright auf Sieg setzte, denn Curtiss tat dies ganz sicher.

Das Telefon klingelte. »Mr. Blackstone, ich habe hier Edgar Killeret von Curtiss Aerospace für Sie. Er wollte nicht sagen, warum er sie sprechen will.«

»Stellen Sie ihn durch«, sagte ich.

Eddie Killeret und ich waren Freunde, Rivalen, Kameraden, Gegner oder Verbündete bei allen möglichen Dingen, seit wir Laufen gelernt hatten. Das Sommerhaus unserer Familie war nur zwei Häuser von dem der Killerets entfernt und unsere Familien waren in der kleinen, verflochtenen Welt der Fliegerei so eng miteinander verbunden, dass Eddies Vater als Testpilot unter dem kritischen Blick meines Großvaters geflogen war. Seit wir drei Jahre alt waren, hatten wir uns mit Wettläufen gemessen und bei allen Spielen miteinander konkurriert, wir hatten uns stundenlang gestritten und gezankt und aufeinander aufgepasst, um uns vor den wirklich bösartigen Schlägern zu beschützen. Im College hatten wir Lacrosse in verschiedenen Mannschaften gespielt, waren einige Male mit denselben Mädchen ausgegangen und hatten uns manchmal angerufen, um stundenlang zu quatschen. Doch seit wir bei RW und Curtiss vergleichbare Posten bekleideten - er leitete Curtiss' Geheimwerkstatt im Süden von Utah, die ›Ghost Town‹ genannt wurde -, hatten wir nicht mehr viel miteinander geredet.

Wie immer kam Eddie sofort zur Sache. »Nick, ich rufe dich an, weil ich mir vorstellen kann, dass du eine Menge mit dem *Columbia*-Unfall zu tun hast.«

»Da hast du Recht. Ich stecke bis zum Hals in der Sache drin.«

»Tja, ich dachte, ich sollte dich etwas wissen lassen. Dir ist sicher bekannt, dass Curtiss die Absicht hat, sich mit der James-Familie außergerichtlich zu einigen. Wahrscheinlich werden sie ihr Stimmrecht geltend machen, damit ASU das Gleiche tut. Damit würden Scott, ShareSpace, RW und wer sonst noch im Regen stehen.«

»So etwas habe ich auch schon gehört.«

»Die Entscheidung hier bei Curtiss ist nicht einstimmig. Einige glauben, es wäre eine Riesendummheit, den Raumtourismus und den privaten Markt für einen vorübergehenden Vorteil wie diesen aufs Spiel zu setzen. Leider haben wir bisher alle Abstimmungen verloren.«

»Meinst du denn, es gibt noch eine Chance, die Entscheidung rückgängig zu machen?«

Ich sah ihn vor mir, wie er in einem Büro sass, das meinem eigenen nicht unähnlich war, und durchs Fenster in die Wüste starrte. Genau wie damals, als wir noch Jungen waren, wenn er mir etwas sagen musste, das ich, wie er wusste, nicht gern hören würde: die Lippen zusammengepresst und den Blick zur Decke gerichtet. Und richtig, genau wie damals seufzte er leise, bevor er fortfuhr. »Nein, ich glaube nicht, dass die Entscheidung umgestoßen wird.« Wieder ein Seufzen. »Um ehrlich zu sein, dies ist eher ein persönlicher Anruf als alles andere. Ich mache mir Sorgen um Scott, und es gefällt mir nicht, dass meine Firma eine falsche Entscheidung trifft und dass ich auch persönlich dadurch etwas verlieren werde. Ich wollte es einfach nur mal jemandem sagen und wem sonst hätte ich es sagen können?«

»Danke für den Anruf, ich werde Scott Bescheid sagen.«

»Danke, dass du zugehört hast«, sagte Eddie. »Hier hört ja niemand auf mich. Ich wünschte, ich hätte dich mit dem Anruf unterstützen können. Dieser Unfall ist eine schlimme Sache für die ganze Branche, aber es wird noch schlimmer kommen, wenn er uns zurückwirft, wie es damals bei der *Challenger* geschehen ist.«

»Das denke ich auch«, sagte ich. »Und ich bin sicher, dass Scott es genauso sieht. Ich richte ihm aus, was du gesagt hast.«

»Hast du ... äh ... hast du Probleme, einen Anwalt zu finden?«

»Gibt es für dich einen Grund zu der Annahme, dass es so ist?«

»Curtiss wird dir Steine in den Weg legen, wo es nur möglich ist«, erklärte Killeret. »Es ist erbärmlich. Meine Firma verhält sich, als wären wir die Kläger, ich kann das einfach nicht verstehen. Wahrscheinlich bist du inzwischen auf unser kleines ›Pauschalprogramm‹ gestoßen, mit dem wir die meisten Kanzleien, die etwas von der Luftfahrt verstehen, blockieren.«

»Das ist mir aufgefallen«, gab ich zu.

Die Gesprächspause dehnte sich, und mir wurde bewusst, dass Killeret wahrscheinlich das Gefühl hatte, er dürfe nichts Kritisches mehr über seine Firma sagen, obwohl er es eigentlich gern getan hätte. Schließlich brach ich das Schweigen. »Ich werde Scott dein Mitgefühl und deine Sorge übermitteln. Er fühlt sich sehr einsam.«

»Das kann ich mir vorstellen. Hast du CNN oder die Berichterstattung in einem anderen Sender verfolgt?«

»Nein.«

»Also, nach allem, was ich gesehen habe, wollen sie Scott in den Abendnachrichten endgültig fertig machen. Es kommt mir vor, als zielten sie vor allem darauf, dass ShareSpace ihn gefeuert hat. Du und ich, wir wissen ja, dass Scott nichts hätte tun können, um den Unfall zu verhindern, aber ich fürchte, die Medien wollen ihn hinrichten.«

»Tja«, sagte ich, »dann muss ich mir wohl mal die Nachrichten ansehen. Ich kann nur noch einmal in Scotts Namen sagen, dass ich dir für die moralische Unterstützung dankbar bin. Das bedeutet mir im Augenblick sehr viel und auch er wird froh sein, von einem alten Freund etwas zu hören.« Dann wurde mir bewusst, wie viel Zeit inzwischen vergangen war. »Weißt du eigentlich, dass er und Thalia geschieden sind?«

»Ich glaube, das war die letzte Gelegenheit, als ich etwas von den beiden gehört habe. Eine kurze Nachricht von Thalia. Es hat mir wirklich Leid getan, es zu hören. Ihr Sohn muss jetzt ... wie alt ist er? Fünf?«

»Zehn.«

Er seufzte. »Wo ist nur die Zeit geblieben? Wie auch immer, ich überlege mir, ob ich noch mehr für Scott tun kann, als ihn anzurufen, aber ich kann erst mehr sagen, wenn ich mehr weiß. Hat er eigentlich eine Privatnummer, die ich anrufen kann, um ihn etwas aufzumuntern?«

Ich gab ihm die Nummer und bedankte mich noch einmal bei ihm. Danach redeten wir, beide etwas unsicher, noch eine Weile darüber, wie wenig Zeit wir hatten, wie viel wir arbeiten mussten und welche Belastungen es mit sich bringt, wenn man rasch Karriere macht. So vieles war vertraulich, ob berechtigt oder nicht, dass ein normales, entspanntes Gespräch zwischen alten Freunden kaum möglich war. Außerdem waren Eddie und ich immer recht reserviert miteinander umgegangen. Keiner von uns wollte der Erste sein, der sagte: »Ich habe dich vermisst« oder »Lass uns doch mal zusammen Urlaub machen und etwas unternehmen«, auch wenn wir beide begeistert zugesagt hätten, wenn der andere den Anfang gemacht hätte. So beschränkte sich das Gespräch darauf, dass ich mich noch einmal für den Anruf bedankte und ihm versprach, mich gelegentlich zu melden. Gerade als ich mich noch ein weiteres Mal bedanken und auflegen wollte, sagte er: »Oh, und ehe ich's vergesse – die Mars Four für immer, was?«

Ich lachte. »Ja, die Mars Four. Genau.« Dann legten wir auf. Ich lehnte mich zurück, doch obwohl mein Blick durchs Fenster zum wundervoll herbstlich verfärbten Park wanderte, sah ich weder mein Büro noch die Außenwelt. Mir war auf einmal, als hätte ich wieder Thalias Stimme als Elfjährige im Ohr: »He, könnt ihr zwei nicht einfach mal Freunde sein?« Bei dieser Erinnerung musste ich lächeln, und ich dachte an mehrere Sommer, die, um ehrlich zu sein, zu den schönsten meines Lebens gehörten. Damals hätte ich wahrscheinlich ohne Sauerstoff leichter leben können als ohne Eddie. Heute fiel es uns schon schwer, auch nur darüber zu reden, dass wir uns Zeit nehmen müssten, um uns mal zu treffen.

*

Im Sommer 1969 saß ich zwischen mehr als zwei Stühlen. Auf meiner Schule musste man mit fünfzehn schulterlange Haare haben und an den Frieden und die Liebe glauben und so weiter. Wenn man die richtigen Songs und Phrasen kannte, kam man irgendwie zurecht, doch es war einfach nicht cool, über die Mondlandung begeistert zu sein, auch wenn mir vor Freude fast das Herz zersprang. Ich wusste damals allerdings schon, dass man sich seinen Freundeskreis erhalten musste, auch wenn die meisten so genannten Freunde Idioten waren - oder vielleicht auch gerade, *weil* sie Idioten waren. Also musste ich entweder kalt und zynisch über die Mondlandung reden oder die Verschwendung von Steuergeldern beklagen oder die Mission als rein militärische Prahlerei abtun. Ich bemühte mich, nach außen den Eindruck zu erwecken, als entspräche dies tatsächlich meinen Gefühlen.

Bei meinen Freunden am Strand sah es ganz anders aus. Eddie Killeret war der einzige Junge in meinem Alter, der den Weltraum mit den gleichen Augen betrachtete wie ich. Thally und Scott behandelten mich wenigstens nicht, als hätte ich den Verstand verloren.

Dads Job hätte eine Quelle des Trostes sein müssen, aber ich sah es mit gemischten Gefühlen. Wenn ich meinem Vater zuhörte, der bei Curtiss als Ingenieur mit langfristigen Entwicklungen betraut war, wie er über Projekte und Unternehmenspolitik redete, wurde mir bewusst, dass nicht nur meine Altersgenossen sich den neuen Herausforderungen verschlossen. Politiker und Geschäftsleute wollten die erste Mondlandung sehen, aber dann, nachdem wir die Russen überflügelt hatten, wären die meisten Leute, die über etwas Macht verfügten, im Grunde froh gewesen, wenn sie nie wieder etwas vom Weltraum gehört hätten.

Das Raumfahrtprogramm, an das ich mein Herz und meine Seele, meinen Verstand und meinen Bauch verloren hatte, schien mehr oder weniger vorbei zu sein. Dad sah sich bereits nach einer neuen Arbeit bei militärischen Projekten um. Er nahm sogar an, man würde nicht einmal mehr das Space Shuttle bauen, über das damals diskutiert wurde.

Als Thalia damals auf ihre typische ernsthafte Art vorschlug, wir sollten uns dieses Versprechen geben, hatte ich das Gefühl, es gäbe wenigstens noch drei weitere Menschen auf der Welt, die empfanden wie ich, so dass ich nicht mehr so allein war. Damals hätte ich meinen Freunden die ganze Welt versprochen, einfach nur weil sie Menschen waren, denen die gleichen Dinge wichtig waren wie mir. So sehr ich es auch den Rest des Sommers hinter jugendlichem Zynismus zu verbergen suchte, ein Teil von mir hatte sich mit Haut und Haaren den Mars Four verschrieben. Nach einer Weile wurde mir klar, dass Eddie es so ernst meinte wie ich und dadurch wurde unsere Freundschaft noch enger, wenn das überhaupt möglich war.

Seltsam war, dass wir uns aus den Augen verloren, sobald wir für echte Raumfahrtprogramme zu arbeiten begannen. Wir hatten unsere Freundschaft, unsere Versprechungen, unsere Liebe und unsere Aufmerksamkeit dem alten Modell der Saturn V gewidmet, das wir zusammengebaut und aus dem Meer gerettet hatten, doch im wirklichen Leben, als es um reale Flüge in den Weltraum ging, war dafür kein Platz mehr. Es schien schrecklich ungerecht zu sein.

Als Eddie und ich in der zweiten Klasse waren, hatten wir immer wieder ein bebildertes Buch mit dem Titel *You Will Go to the Moon* gelesen. Es zeigte eine ganz andere Art, zum Mond zu kommen. Raketen mit Tragflächen flogen bis zu einer ringförmigen Raumstation, spezielle Mondraumschiffe verließen die Station und flogen zur Oberfläche des Mondes, wo eine ständig besetzte Basis existierte. Lauter Dinge, die nie verwirklicht wurden. Aber irgendwie war die Geschichte hängen geblieben ... die Erkenntnis, dass man nicht einfach mit einem Ding in den Weltraum fliegen konnte, sondern dass man außer der Rakete selbst noch viele andere Dinge bauen musste.

Als ich Geschäftsmann wurde, verstand ich die wahre Magie und das Geheimnis, das alles möglich machte: Man musste darauf achten, dass es sich rentierte. Wenn sich jeder Apparat, den man brauchte, in dem Augenblick, in dem man ihn einbaute, bezahlt machte, dann hatte man eine Chance. Niemand baute ein Dutzend getrennte Systeme, von denen keines ohne die anderen profitabel war, um sie am Ende alle gleichzeitig in Betrieb zu nehmen.

Deshalb hatte Starcraft sofort meine Zustimmung gefunden, als ein Team von älteren Ingenieuren und Geschäftsleuten aus der Luftfahrtindustrie mit der Idee zu uns kam, weil sie keine Förderung fanden und nichts mehr zu verlieren hatten. Sie hatte uns eine Frage gestellt, die man lange nicht mehr gehört hatte: »Was ist der beste Weg, das amerikanische Raumfahrtprogramm zu *erweitern?* Es geht uns nicht nur um die Befriedigung existierender Bedürfnisse oder um eine einzelne neue Notwendigkeit, sondern um einen Schritt vom derzeitigen Stand der Dinge hin auf eine neue Ebene.«

Im Gegensatz zu anderen, ähnlichen Gruppen verachteten sie nicht den Erfolg des Shuttles und der Wegwerfraketen. Vielmehr konzentrierten sie sich darauf, wie sie Schritt für Schritt, wobei sich jeder Schritt selbst bezahlt machen und die Möglichkeiten erweitern sollte, eine neue Grundlage schaffen konnten. Kein Bestandteil der Starcraft-Serie war ein ›Wunderwerk‹, aber insgesamt konnte das Projekt eine Menge bewegen.

Die erste Generation der Starcraft-Fahrzeuge schloss einige Löcher, in denen das Geld schon seit Jahrzehnten versickerte. Die erste Stufe einer großen Rakete ist eine ungeheuer komplizierte Maschine, die teuer zu bauen und zu betreiben ist. Bei den Wegwerfraketen, mit denen die meisten Satelliten hochgeschossen wurden, waren diese Maschinen bei jedem Start nur für ein paar Minuten in Betrieb. Dann stürzten sie einfach ins Meer. Bei den Raumfähren benutzten wir sie mehrmals, doch es war unglaublich teuer. Wir ließen die Booster der Festtreibstoffraketen mit Fallschirmen im Meer landen, fischten sie mit einem Schiff heraus, schafften sie an Land, setzten sie auf Eisenbahnwaggons und beförderten sie nach Utah, wo sie vollständig überholt wurden. Die einfachste Möglichkeit, die Kosten zu senken, bestand nach Ansicht der Starcraft-Leute darin, die Booster zurückzufliegen, damit sie erneut verwendet werden konnten.

StarBooster 200 war ein billiges, unbemanntes Flugzeug, das mit der ersten Stufe einer Atlas III verbunden wurde. Die Starcraft-Leute waren so darauf versessen, in kleinen Schritten vorzugehen, dass sie nicht einmal ein neues Triebwerk oder eine neue Befestigung vorschlugen. Die Maschine hieß ›StarBooster 200‹, weil sie etwa 200 Tonnen Treibstoff aufnehmen konnte. Es gab Überlegungen, einen StarBooster 350 und später einen 700er zu bauen. Auch dabei sollten zuverlässige, marktübliche Motoren benutzt werden. Doch der StarBooster 200 sollte die ersten paar Jahre ausreichen.

Hängen Sie zwei Starbooster 200 an eine billige Athena II – etwas, das unsere Firma bereits machte und genau deshalb war die Starcraft-Gruppe auch zu uns gekommen –, und die Athena macht einen Sprung von kleinen wissenschaftlichen Missionen zum Transport großer Kommunikationssatelliten und ist für militärische Projekte geeignet. Es ist, als würden Sie einen VW-Bus in einen Kleinlaster verwandeln.

Wenn die StarBooster von der Athena getrennt wurden, machten sie kehrt, schalteten auf Autopilot und flogen sich selbst zu einem Landeplatz in der Nähe des Startplatzes zurück. Die Mannschaften konnten die Maschinen ausbauen und überholen, neue Triebwerke einbauen und binnen ein oder zwei Tagen den Booster wieder startbereit zur Verfügung stellen.

Der StarBooster 200 war ein anmutiges Fluggerät von der Größe einer 737 mit einem langen Rumpf, einem kurzen dicken Flügel am Ende und Entenflügeln vorn. Die Flugeigenschaften waren alles andere als anmutig, aber das war auch nicht nötig. Er sollte sich einfach nur sicher nach Hause bringen, damit er wiederverwendet werden konnte. Damit würden wir den Preis jeder Wegwerfrakete schlagen, ausgenommen vielleicht die europäische Ariane und die neue Schwerlast-Wegwerfrakete von Curtiss.

Der nächste Schritt war logischerweise der, die Athena durch eine obere Stufe zu ersetzen, die groß genug war, um die Ariane auszustechen. Diese Konstruktion war fast baureif. StarCore I bestand einfach aus den beiden ersten Stufen einer Athena, die mit einer leistungsstarken Centaur-Endstufe verbunden wurden. Damit hatten wir die preiswerteste Schwerlastrakete auf der Erde.

StarBooster 200/StarCore I würde uns für das nächste Jahrzehnt die Spitzenposition der Branche einbringen, doch es gab noch fünf weitere Fahrzeuge in der Starcraft-Serie, von denen einige bereits das Stadium des Prototyps erreicht hatten. Dies konnte dazu führen, dass RW die Raumfahrt bis 2040 oder sogar noch länger dominieren würde. StarCore II, ein Hauptantrieb von einer Raumfähre (SSME) in einer Kapsel, die mit dem Fallschirm geborgen werden konnte, ergänzt durch zwei Wegwerf-Wasserstofftanks, konnte schwerere Lasten befördern als alles andere, was sonst noch flog. Riesige Kommunikationssatelliten und große Module für die ISS beispielsweise; Dinge, die man bisher nicht in eine Umlaufbahn bekommen konnte.

Auch die bemannten Flüge hatten wir nicht vernachlässigt. Wir hatten ein einfaches Rettungsmodul für die Mannschaften gebaut, im Grunde ein Zwischending zwischen einer Kapsel und einem Gleiter, das StarRescue hieß. Wir hofften, wir könnten das Gerät als Rettungsboot für die ISS an die NASA verkaufen. Es war so entworfen, dass es mit Starcraft kompatibel war und wenn wir es zusammen mit dem Antriebssystem einer StarCore II einsetzten, kam StarBird I heraus - ein Raumfahrzeug, das bis zu zehn Menschen, aber keine Fracht in eine niedrige Umlaufbahn befördern konnte. Dadurch konnten wir bei vielen Missionen mit der Raumfähre konkurrieren.

Auf dem Zeichenbrett und in der Theorie gab es bereits eine Kombination von StarCore III und StarBooster 700, die mit einem einzigen Start ein ganzes Weltraumhotel in den Orbit bringen konnte. StarBird II dagegen konnte pro Flug achtzig bis hundert Passagiere zum Hotel befördern. Die Starcraft-Familie würde, wenn alle Einheiten gebaut würden, alles abdecken, was wir regelmäßig brauchen würden, bis hin zu Routineflügen zum Mars.

Jeder der sieben Schritte war für sich genommen bereits profitabel. Jedes Fluggerät würde sich bezahlt machen und Bedingungen schaffen, unter denen sich auch der Nachfolger bezahlt machen würde.

Es war das Wunder von *You Will Go to the Moon,* aber verbunden mit einem Zeitplan und genauer Planung. Es war eine durchgezogene Linie, die von einem Pappmodell einer Saturn V bis zu Passagieren führte, die Tickets für einen Space Clipper von PanAm kauften. Es war der Weg zu den Sternen, von dem wir geträumt hatten, als wir noch die Mars Four gewesen waren. Damals, vor so langer Zeit am Strand von Virginia.

In gewisser Weise konnte ich es gar nicht erwarten, mit Starcraft an die Öffentlichkeit zu gehen. Ich fragte mich, ob Scott, Eddie und Thalia sich noch daran erinnerten und ob sie die Verbindung erkennen würden, bevor ich sie darauf aufmerksam machte. Ich wollte unbedingt jemandem sagen: Siehst du? Das ist unser alter Traum, aber jetzt verwirklichen wir ihn mit echten Raketen und echtem Geld. Ein VP, der für Geheimprojekte verantwortlich zeichnet, darf eigentlich kein solcher Romantiker sein, aber ich hatte wenigstens eine gewisse Hoffnung, dass meine alten Freunde meine kindliche Begeisterung etwas besser verstehen konnten als viele andere. Sie sollten erfahren, dass der Traum, den wir in jenen Sommernächten geträumt hatten, für mich nie aufgehört hatte, ganz egal, was aus den anderen geworden war.

Vor allem Scott wollte ich dies alles erzählen. Ich wollte ihm sagen, wie viel es mir bedeutete. Vielleicht gab ihm das auch die Gelegenheit, über seinen sentimentalen älteren Bruder zu lachen, und ich dachte, es wäre sicher nicht schlecht, wenn er jetzt über etwas lachen könnte.

*

Ich schüttelte die Tagträume mit einem Achselzucken ab und schaltete den Fernseher ein. CNN Headline und die Teaser für die Hauptabendnachrichten sahen wirklich nicht gut für uns aus. Killeret hatte völlig Recht. Anscheinend bauten sie gerade das Schafott auf für Scotts öffentliche Hinrichtung.

Die Sprechanlage summte. Meine Sekretärin gab durch, dass Roger Przeworski, der Hausanwalt von Scorpion Shack, den ich um eine Lagebeurteilung gebeten hatte, gekommen sei und Bericht erstatten wollte.

Roger sagte knapp »Hallo«, lehnte einen Kaffee ab, setzte sich, zückte seinen Notizblock, verschränkte die Arme vor der Brust, sah mich aufmerksam an und kam direkt auf die schlechten Nachrichten zu sprechen. »Mr. Blackstone, es ist immer ein Risiko, wenn man es mit einer Jury zu tun hat. Diesen Fall vor Gericht auszutragen – und das Geld von Republik Wright hineinzustecken – wäre ein großes Risiko. Keine große Kanzlei wird hier die Verteidigung übernehmen wollen. Die Medien sind gegen Sie, der Kongress steht auf der anderen Seite, und damit meine ich nicht nur diesen Clown Rasmussen. Nennen Sie irgendjemanden, der Einfluss hat, und Sie werden feststellen, dass er gegen uns ist. Dabei haben wir bisher noch nicht einmal zurückgeschossen.« Er hatte sich offenbar eine Menge Gedanken gemacht und keiner davon konnte ihn fröhlich stimmen.

»Empfehlen Sie, dass wir uns außergerichtlich einigen sollten?«

»Nein. In der jetzigen Situation würde Republic Wright fast alles verlieren. Wir *müssen* es durchstehen. Doch es ist sinnlos zu spielen, wenn man nicht spielt, um zu gewinnen. Angesichts der Ressourcen, die der anderen Seite zur Verfügung stehen, müssen wir kämpfen, und wir müssen es sofort tun und mit allen Mitteln, die wir nur aufbieten können. Ich bin allerdings nicht sicher, ob der Aufsichtsrat so weit mitspielt, wie es eigentlich nötig wäre.«

»Die Firmenpolitik ist mein Job«, beruhigte ich ihn. »Ich habe den Aufsichtsrat schon oft mit vernünftigen Argumenten überzeugen können. Im Augenblick ist mir vor allem wichtig, dass Sie tatsächlich meiner Meinung sind, dass wir kämpfen müssen.«

Er nickte energisch. »Ich bin Ihrer Meinung. Es wird allerdings eine sehr umfangreiche juristische Auseinandersetzung. Ich glaube, Sie sind auf dem richtigen Weg, Mr. Blackstone, doch ich kann nicht behaupten, dass ich sonderlich optimistisch wäre.«

Ich dankte ihm für die Offenheit und begleitete ihn zur Tür, dann setzte ich mich wieder, sah aus dem Fenster und durchforschte mein Gedächtnis nach persönlichen Kontakten und Freunden, auch wenn es von letzteren nicht viel gab, weil Scorpion Shack und Republic Wright seit langer Zeit mein Lebensinhalt waren. Ich musste einen Prozessanwalt finden, der etwas von Zivilverfahren verstand und irgendeine Verbindung zu unserer Branche hatte.

Das Telefon klingelte. Die Sekretärin sagte, Andrew Riscaveau sei dran. Ich starrte einen Augenblick lang aus dem Fenster und überlegte mir, ob ich mich vor dem Gespräch drücken konnte, aber wenn man ein Geheimprojekt leitet, muss man sich mit den Sicherheitsleuten arrangieren. »Stellen Sie ihn durch.« Wahrscheinlich hatte er irgendeine Kleinigkeit über irgendeinen Mitarbeiter herausgefunden, die er mir triumphierend unter die Nase reiben wollte. Manchmal sah er Spione und Interessenkonflikte, wo er auch hinschaute.

»Guten Tag, Mr. Blackstone. Hier ist Andrew Riscaveau, Sicherheitsbeauftragter.« So begann er immer, als wüsste ich nicht, wer er war. »Ich habe zwei Neuigkeiten für Sie, eine gute und eine seltsame. Die gute Neuigkeit ist, dass wir die drei chinesischen Ingenieure, die Sie haben wollten, überprüft haben. Einer ist aus Hongkong, die anderen beiden kommen aus Taiwan. Alle drei sind so sauber, wie man es sich nur wünschen kann. Die Personalabteilung hat die Freigabe schon bekommen, Sie können die Leute also einstellen, sobald der Papierkram erledigt ist.«

Es waren ein Treibstoffspezialist und zwei Metallurgen, die ich dringend brauchte. »Das sind wirklich gute Neuigkeiten«, sagte ich. »Wundervoll. Und sogar noch eine Woche früher, als ich gedacht habe.«

»Manchmal habe ich Glück. Jetzt die andere Sache. Ich bin hier auf etwas Seltsames gestoßen, und ich dachte mir, Sie können mir vielleicht weiterhelfen. Drei Angestellte aus Ihrem Büro in Washington, Meg Barlow, Roger Przeworski und Percy MacKay, haben in den letzten Stunden streng geheimes Material angefordert.«

»Ja«, sagte ich, während ich mich fragte, wohin meine Genehmigung verschwunden war. »Sie handeln auf meine Anweisung. Wenn Sie noch keine Kopie meiner Genehmigung bekommen haben, dann kann ich Ihnen sofort eine schicken lassen; inzwischen wäre ich Ihnen dankbar, wenn Sie die Leute weitermachen lassen würden.«

»Aber es handelt sich doch um Dinge, die sie überhaupt nicht wissen müssen«, widersprach er.

»Für das Projekt, auf das ich sie angesetzt habe, müssen sie es wissen«, erwiderte ich. Riscaveau musste man die meisten Dinge mehr als einmal erklären, auch wenn er kein Dummkopf war. Wahrscheinlich war es seine Methode, um mehr als eine Version der Geschichte zu hören, damit er die Versionen vergleichen und nach Lügen suchen konnte. »Ich habe die Genehmigung vor einer Weile rausgeschickt. Wenn nötig, schicke ich sie noch einmal.«

»Ich habe die Genehmigung bekommen. Warum glauben Sie, die Firma sollte Ihrem Bruder aus der Klemme helfen?«

»Das glaube ich nicht«, sagte ich. »Ich glaube aber, dass der *Columbia*-Unfall erhebliche Auswirkungen auf den Raumtourismus haben wird, und der Raumtourismus ist höchstwahrscheinlich der wichtigste Markt für StarBird. Ich habe unsere Anwälte ermächtigt zu untersuchen, wie sich die Klagen, die nach dem Unfall eingereicht werden sollen, auf den Raumtourismus auswirken. Sie sollen Interventionen vorschlagen, die dazu beitragen, dass die Dinge sich für uns günstiger entwickeln.«

»Marketing und Firmenpolitik sind nicht Ihr Ressort und Sie sollten sich dort nicht einmischen. Außerdem geben Sie Genehmigungen an Leute, geheime Akten anzufordern, ohne dass dies wirklich notwendig ist. Und jetzt überlegen Sie sich mal, wie das aussieht. Wenn Republic Wright hineingezogen wird, dann wird sich die Aufmerksamkeit auf Sie richten, weil Sie sein Bruder sind, und es wird Vorwürfe von der Presse geben.«

»Republic Wright ist bereits beteiligt. Wir gehören zu den Beklagten. Und Vorwürfe von der Presse gibt es so oder so für alles und jedes.« Es fiel mir zunehmend schwer, mich zu beherrschen.

»Ganz richtig. Es wird Beschuldigungen geben, und das bedeutet, dass sich die Aufmerksamkeit auf Sie richten wird und wenn sich die Aufmerksamkeit auf Sie richtet, was wird dann aus der Sicherheit von Scorpion Shack? Wenn Sie in einen Fall hineingezogen werden, der in der Öffentlichkeit stark beachtet wird, dann wird man rasch die Verbindung herstellen und Sie überprüfen und ehe Sie sich's versehen, ist die Geheimhaltung in Scorpion Shack zum Teufel.«

»Die Geheimhaltung existiert sowieso kaum noch«, erklärte ich. »Es gibt uns seit einundsiebzig Jahren. Sie finden ›Scorpion Shack‹ in allen einschlägigen Werken über die Geschichte der Luftfahrt. Es gibt Luftfahrtfans, die mit Ferngläsern draußen im Golf von Mexiko auf Booten sitzen und unsere Testflüge beobachten. Ich bin sicher, dass jede ausländische Botschaft in den USA längst weiß, wer ich bin, und wahrscheinlich sogar meine Privatnummer hat. Die Geheimhaltung ist eher eine firmeninterne Illusion als irgendetwas anderes.« Ich dachte an Eddie und es kam mir alberner denn je vor, weil wir so tun mussten, als würden Ghost Town und Scorpion Shack nicht existieren, obwohl wir ziemlich genau voneinander wussten, was wir in unseren Forschungsstätten trieben. »Im Übrigen gebe ich gern zu, dass ich mir Sorgen um meinen Bruder mache, doch andererseits bestehe ich darauf, dass ich Scorpion Shack oder Ihre Sicherheitsinteressen in keiner Weise gefährde. Die hypothetischen Sicherheitsbedenken, die Sie zur Sprache bringen, scheinen eher durch eine Ablehnung jener Firmenpolitik motiviert zu sein, die ich befürworte. Sie machen kein Geheimnis daraus, dass Sie Starcraft nicht mögen, aber Sie sind nicht berechtigt, darüber zu entscheiden. Ich bin Vizepräsident, Sie sind Abteilungsleiter. Sind Sie sicher, dass Sie nicht selbst Ihre Grenzen überschreiten?«

Nach einer langen Pause sagte er: »Halten Sie es für gut, das Projekt am Telefon zu erwähnen?«

»Sollten Sie etwa den Leiter von Scorpion Shack über eine

Leitung angerufen haben, deren Sicherheit Sie nicht gewährleisten können?«

Er knallte den Hörer auf die Gabel. Ich genoss einen Moment lang meinen Triumph, aber dann musste ich mir eingestehen, dass ich mich hatte hinreißen lassen. Höchstwahrscheinlich würde die Angelegenheit unangenehme Nachwirkungen für mich haben. Riscaveau war nachtragend, und wenn er irgendwo einmal unterlegen war, dann suchte er noch Monate später nach Gelegenheiten, es dem Betreffenden heimzuzahlen. Ich würde vorläufig keine leichten, raschen Freigaben mehr bekommen, das war sicher.

Vielleicht musste ich ihm eine Art Friedensangebot machen oder vielleicht war auch der Zeitpunkt gekommen, den nervigen, kleinlichen Mann aus der Firma zu verdrängen. Ich hatte genügend Einfluss, um es durchzusetzen, aber bisher hatte ich nicht den Eindruck gehabt, es wäre der Mühe wert.

Ich schob die Gedanken an die Auseinandersetzung mit Riscaveau beiseite und beschäftigte mich wieder mit der Frage, wo ich einen Anwalt für Scott finden konnte. Direkt vor Riscaveaus Anruf hatte ich den Eindruck gehabt, dass sich irgendwo eine Idee zu formen begann ... aber ich wusste nicht mehr, was für ein unausgegorener Einfall es gewesen war.

Als das Telefon klingelte, fuhr ich auf. Es war die Sekretärin, die erklärte, sie werde jetzt nach Hause gehen. Ich bedankte mich bei ihr, wünschte ihr ein schönes Wochenende und legte auf. Dann fiel mir ein, dass ich eine Anwältin in Washington kannte, die einen ausgezeichneten Ruf genoss. Sie hatte sich besonders bei schwierigen und fast aussichtslosen Fällen bewährt und ließ sich von niemandem einschüchtern. Außerdem war sie eine alte Freundin.

Ein paar Minuten später fuhr ich in erheblich besserer Stimmung nach Norden in Richtung Georgetown. Zweifellos musste ich verhandeln wie ein Gebrauchtwagenhändler, aber seit sie sieben und ich neun Jahre alt gewesen waren, hatte ich Thalia eigentlich immer dazu bewegen können, die

Dinge so zu sehen wie ich. Auch wenn sie Scott vielleicht nicht selbst vertreten konnte, würde sie helfen können, den richtigen Anwalt zu finden.

Außerdem war ein Kampf, auf den Thalia sich einließ, niemals hoffnungslos für ihre Seite. Meine ehemalige Schwägerin war vermutlich der zäheste und hartnäckigste Mensch, den ich kannte.

Ich dachte, es wäre wohl keine gute Idee, einfach bei ihr anzuklopfen, nachdem wir mehrere Monate lang nichts voneinander gehört hatten, also rief ich ihre Handynummer an. Zehn Minuten später hatte ich sie überredet, mir zu erlauben, bei ihr vorbeizuschauen, um ihr die Sache zu erklären. Thalia und Scott wussten es noch nicht, aber in kürzester Zeit sollte sie seine Anwältin werden. Danach rief ich Scott an, übermittelte ihm Killerets gute Wünsche und die Neuigkeit, dass RW Anstalten machte, die juristische Auseinandersetzung durchzukämpfen. Außerdem ließ ich ihn wissen, dass ich dicht davor sei, einen erstklassigen Rechtsbeistand für ihn zu finden.

»Ist es jemand, den ich kenne?« fragte er.

»Da bin ich fast sicher.« Ich legte auf und genoss den Rest der Fahrt im schönen Herbstwetter.

Fünftes Kapitel

THALIA:

In meinem viel zu hektischen Tagesablauf bekam ich nur alle paar Stunden die Nachrichten mit und erfuhr erst nach und nach die Einzelheiten über den Shuttle-Unfall. Den Start hatte ich im Fernsehen verfolgen können, nachdem ich mich im Hotel in Sacramento einquartiert hatte. Ich war wütend auf mich selbst. Auch zwei Jahre nach der Scheidung interessierte ich mich immer noch für die Geschäfte meines Exmannes. Soweit ich es sagen konnte, hatte er einen sauberen Schnitt gemacht und nahm mich nur noch in Verbindung mit Amos wahr. Ich dagegen wachte immer noch mitten in der Nacht auf und fragte mich, wo er war und wann er nach Hause kommen würde.

Nachdem ich den Fernseher wütend abgedreht hatte, ging ich essen und legte mich früh schlafen. Als ich am Donnerstag eine Stunde vor der Morgendämmerung wieder aufstand, war auf allen Kanälen als makabre Dauersendung die Bruchlandung auf der Osterinsel zu sehen.

Da ich wusste, wie viel MJ für Amos bedeutet hatte, rief ich Mrs. Talbert an. Sie sagte, Amos hätte es schon gehört und sei sehr traurig. Die Lehrerin wolle eine besondere Stunde zu MJs Tod einschieben. Ich war nicht sicher, ob ich Amos in der Schule erreichen konnte, und außerdem war es wohl nicht die Art von Notfall, für die ich ihn ans Telefon rufen lassen konnte.

Ich frühstückte im Zimmer, duschte und machte mich fertig und ließ die ganze Zeit den Fernseher laufen. Ich sah Scott, von schreienden Reportern umgeben, kurz bevor ich zur Verhandlung musste. Er sah natürlich ziemlich elend aus.

Ich musste den ganzen Tag herumsitzen und warten, wie es eigentlich immer geht, wenn man in Sacramento etwas zu erledigen hat, bis ich schließlich um 16.45 Uhr meine Aussage machen konnte. Inzwischen waren die Kameras und Mikrophone längst wieder abgebaut. Die Hälfte der Ausschussmitglieder war nicht mehr da. Auf den Publikumsbänken saß nur noch ein einziger Mann, der nach mir aussagen sollte. Irgendjemand von einer Organisation für auf Bewährung entlassene Sträflinge, den ich nicht kannte.

Pflichtschuldigst spulte ich mein Programm vor gelangweilten Politikern ab, erklärte ihnen, warum die Coalition sich gleichzeitig für Strafgefangene, für Opfer und für auf Bewährung Entlassene einsetzte und warum eine Politik, die sich nur mit einer der Gruppen beschäftigte, ohne über die anderen nachzudenken, zwangsläufig scheitern müsse. Ich sagte, es sei dumm, gefährliche Leute freizulassen und es sei genauso dumm, Leute einzusperren, die für niemanden eine Gefahr darstellten und es sei leicht möglich, beides zu vermeiden. Vielleicht nützte es etwas. Manchmal machte man solche Aussagen vor Ausschüssen nur, um ihnen die Möglichkeit zu nehmen, später zu behaupten, sie hätten von nichts gewusst.

Ich hatte es geschafft, für den nächsten Morgen in aller Herrgottsfrühe einen Rückflug von San Francisco nach DC zu buchen. Inzwischen war ich ziemlich geübt darin, fehlenden Schlaf im Flugzeug nachzuholen. In Dulles versorgte ich mich mit einem plastikverpackten Kuchen, der hauptsächlich aus Konservierungsmitteln bestand, und einem abgestandenen, verbrannten Kaffee. Auf dem Fernseher der Snackbar konnte ich noch einmal zwanzig Minuten Berichterstattung verfolgen. Es sah aus, als wollten sie Scott ans Leder. Die meisten Berichte waren voller Verständnis für die geplante Klage der James-Familie.

Ich sah auch Jasper Haverford, perfekt herausgeputzt und hinterhältig wie immer, auf einer Pressekonferenz. Ich machte mir abstrakte Sorgen um Scott, kam aber bald zu der Ansicht, dass jeder gute Anwalt in der Lage war, Haverford und seine schlecht begründete Klage in der Luft zu zerreißen.

Ich sollte am Spätnachmittag in Capitol Hill aussagen und vorher in Richmond als Sachverständige in einer Bewährungsanhörung auftreten. Wenn ich Glück hatte, konnte ich zwischen diesen Verpflichtungen mich gerade noch duschen und umziehen. Für den Augenblick beschränkte ich mich darauf, mir das Gesicht zu waschen und auf der Toilette des Flughafens mein Make-up aufzufrischen. Ich überprüfte mich noch einmal im Spiegel, ehe ich ging. Ich sah müde aus, aber dagegen konnte ich nicht viel machen.

Der Bewährungsausschuss ließ mich etwa eine Stunde warten und beriet, ob man von mir noch einmal ausdrücklich hören musste, dass der Gefangene ein schlechter Kandidat für eine Freilassung auf Bewährung war, weil er einige Drohungen gegen Opfer ausgestoßen hatte, die gegen ihn ausgesagt hatten und weil gewalttätige Straftäter solche Drohungen häufig wahr machen.

Ich war inzwischen gehörig zerknautscht und schlief fast auf meinem Stuhl ein. Mein Magen rebellierte heftig, als der Bewährungsausschuss auf die Idee kam, dass man mich überhaupt nicht brauchte, weil der Gefangene im Gefängnis eine Gewalttat begangen hatte, die eine Aussetzung seiner Reststrafe zur Bewährung ohnehin ausschloss.

Ich fuhr wieder nach Norden und hatte gerade noch Zeit, einen Abstecher zu meinem Haus zu machen, vorgefertigtes Dressing über einen vorgefertigten Salat zu kippen und das Ergebnis hinunterzuschlingen. Danach erhitzte und verdrückte ich eine ganze Tiefkühlpizza, denn außer dem Salat und der Pizza waren nur noch Brot, Milch und Fleisch im Kühlschrank. Anschließend duschte ich, machte mir die Haare und erneuerte das Make-up, zog saubere Sachen an und genehmigte mir ein zwanzigminütiges Nickerchen in meinem Lieblingssessel. Elf Minuten vor Plan verließ ich, halbwegs wiederhergestellt, das Haus. Ich traf etwas zu früh zur Ausschusssitzung in Capitol Hill ein, und sie waren froh, pünktlich anfangen zu können.

Es stellte sich heraus, dass die Anhörung eine Show war, die von drei Senatoren inszeniert worden war. Sie hatten mich nur eingeladen, damit sie Videoaufnahmen bekamen, auf denen sie mich beschimpften. Wahrscheinlich brauchten sie das Material für Wahlkampagnen in ihren Staaten. Ich kam nicht dazu, viel zu sagen, denn der Sinn der Sache war ja nur der, Bilder von mir zu bekommen, während die Senatoren mir vorwarfen, zu nachsichtig mit Verbrechern zu sein und die Verfassung auszuhöhlen.

Nach vierzig Minuten durfte ich meine Aussage laut verlesen, während die Senatoren aufstanden und herumliefen. Es gab keine Fragen und ich war endlich frei.

Ich fuhr bei Mrs. Talbert vorbei. Amos saß schon auf dem Stuhl neben der Tür, das Übernachtungspäckchen auf dem Schoß. Er hatte die meisten Hausaufgaben, abgesehen von Mathe, schon selbst erledigt. Wenn er auch die gemacht hätte, wäre ich auf die Idee gekommen, dass Mrs. Talbert mir das falsche Kind zurückgegeben hatte. Amos mochte die Schule nicht mehr und nicht weniger als alle anderen Kinder. Den größten Teil seiner Hausaufgaben erledigte er ohne großes Drängeln, aber Matheaufgaben allein zu lösen, lag noch außerhalb seiner Möglichkeiten.

Amos war nicht hungrig, wir wollten beide einfach nur schnell nach Hause. Ich sprach mit Amos über meine Reise, doch ich glaube, es langweilte ihn nur. Frustrationen der Erwachsenen sind für Kinder kein Gesprächsthema.

Als wir daheim waren, sortierte ich die Post, die eMail und die Anrufe und alle Dinge, die sich so ansammeln, wenn ich nicht daheim bin. Ich bereitete ein paar Aktennotizen für Montagmorgen vor, versorgte Amos mit Milch und Keksen und machte mich danach mit ihm an die Mathe-Hausaufgaben. Zunächst verlegte er sich darauf, Flugzeuge und Raketen auf die Ränder des Blatts zu malen, bis ich ihm vorschlug, er sollte es doch mal mit ein paar Aufgaben versuchen. Ich wünschte, dies wäre schon das Wochenende, das er mit Scott verbringen sollte, weil Scott geschickt darin war, Amos für Mathe zu interessieren.

Scott, der oft einsam war und Langeweile hatte, lud uns manchmal zum Essen ein, bevor er sich mit Amos auf den Weg machte. Die Vorstellung, zum Abendessen keine Verabredung zu haben, fand ich in diesem Augenblick geradezu entsetzlich, auch wenn die Verabredungen mit Scott oft darauf hinausliefen, dass wir kaum ein Wort redeten, solange wir am Tisch saßen. Höchstens, dass wir ein paar hinterhältige Bemerkungen machten, während Amos den Teller anstarrte und wir alle drei uns wünschten, wir wären woanders.

Um diese Gedanken aus meinem Kopf zu vertreiben, hielt ich mir vor Augen, dass Scott Amos den Floh ins Ohr gesetzt hatte, im Herbst in ein Strandhaus zu fahren. Ich wusste, dass die Blackstones es ab und zu taten, aber meine Familie war da vernünftiger. Ein einziges Mal, im Jahr vor unserer Heirat, hatte Scott mich auch dazu überredet. Es hatte das ganze Wochenende geregnet, wir hatten uns beide erkältet, und es gab einen Stromausfall, so dass wir nicht erledigen konnten, was wir eigentlich hätten tun sollen. Der Holzofen war schwierig anzuzünden und keiner von uns konnte gut kochen, also aßen wir in einem Burger King, dem nächsten Restaurant. Scott verbrachte den halben Sonnabend damit, Holz zu hacken und mich zu übersehen. Er nahm das erste heiße Bad, weil er Muskelkater hatte, und dann musste ich ihm den Rücken massieren, statt selbst ein Bad zu nehmen.

Ich konnte selbst nicht glauben, dass ich wegen eines Streits, den wir schon vor der Heirat gehabt hatten, heute noch wütend wurde. Besonders da Scott mich nie wieder würde ärgern können. Aber so eine Wut hält sich lange bei mir, und dies war ein Groll, den ich wahrscheinlich mit ins Grab nehmen würde. Sogar heute noch, obwohl die Situation doch völlig anders war, wurde ich wütend, wenn ich nur an dieses kalte, erbärmliche Wochenende dachte.

Und jetzt wollte er auch noch mit Amos hin.

Eine Therapeutin, bei der ich mal war, bevor ich zu viel zu tun hatte, um noch Zeit für die Sitzungen abzweigen zu können, sagte mir, wenn Menschen müde sind oder zu viel zu tun haben, sorgen sie manchmal selbst dafür, dass sie wütend werden, damit sie genügend Adrenalin produzieren, das sie brauchen, um das nächste Problem zu lösen. Vielleicht hatte ich dies gerade getan, denn nachdem ich eine Weile herumgesessen und mich mit meiner Wut halb durchgekocht hatte, holte ich tief Luft, setzte mich neben Amos und sorgte dafür, dass er alle Aufgaben löste, vor allem die Brüche und Dezimalzahlen, die er so hasste. Ich erpresste von ihm das Versprechen, vor dem Heft sitzen zu bleiben, bis er fertig war, stellte den Kessel auf den Herd und bereitete alles für die Feierabendzeremonie vor.

Als der Kessel fünf Minuten später pfiff, saß Amos immer noch an seinen Arbeitsblättern. Normalerweise bedeutete dies, dass er sich wirklich bemühte, die Aufgaben zu machen, und dass ich darauf vertrauen konnte, dass er dranbleiben würde. Ich kippte das kochende Wasser in die Teekanne und trug das Tablett ins Bad. Es war Zeit für die Prozedur, mit der ich mich wieder in einen Menschen verwandelte. Als Erstes legte ich eine CD von Art Tatum auf und schenkte mir eine wundervolle Tasse Imperial Gunpowder ein. Dann duschte ich lange und heiß, um den Geschmack von Flughäfen und Sitzungszimmern zu vertreiben. Mit meinen extragroßen weichen Handtüchern trocknete ich mich ab, zog ein T-Shirt, eine lockere Hose und Fellpuschen an, ließ mich nieder und las ein Kapitel aus einem Roman von Lawrence Block. Ich setzte mich gleich auf die Toilette, wo ich kein Telefon hörte und nichts wahrnahm außer dem Buch vor meiner Nase, Art Tatums swingendem Klavier und dem perfekten Geschmack des extrastarken Tees.

Fünfundvierzig Minuten nachdem ich das Bad betreten hatte, fühlte ich mich fast wieder wie ein Mensch, auch wenn ich immer noch müde war. Als ich herauskam, hatte Amos seine Matheaufgaben gemacht und arbeitete schon für die nächste Woche im voraus. Er las einen schrecklich langweiligen Artikel über Pioniere, die durch die Appalachen gezogen waren. Ich ließ mich auf dem Sofa nieder, trank den letzten Tee, den die Kanne hergeben wollte, und überlegte, ob ich eine Pizza oder etwas Chinesisches bestellen oder einfach ein paar Sandwiches machen sollte. Ich wollte noch eine Kleinigkeit essen und früh ins Bett gehen. Amos amüsierte sich immer darüber, dass wir an Wochenenden um die gleiche Zeit schlafen gingen. Morgen früh hatte ich nichts zu tun, also konnte ich mich auf einen langen Schlaf freuen, bis Amos mich mit seinen Comicsendungen weckte.

Ich trank den Tee aus, seufzte zufrieden und setzte mich an den Tisch. »Amos, was möchtest du heute Abend gern essen?«

»Alles außer Pizza, Chinesisch oder Sandwich.«

»Hast du die Hausaufgaben fertig?«

»Yeah. Mom, ist der Cumberland Gap die Stelle in den Bergen, zu der wir neulich am Samstag gefahren sind?«

»Ja.«

»In meinem Geschichtsbuch steht etwas darüber. Es heißt, das wäre früher eine lebenslängliche Verkehrsverbindung gewesen.«

»Eine lebenswichtige, nehme ich an.«

»Oder so was. Sind wir hingefahren, weil es lebenswichtig war?«

»Eine lebenswichtige Verkehrsverbindung ist eine Straße, die den Menschen wichtig ist. Darüber können sie Sachen bekommen, ganz ähnlich wie die Adern Vitamine und Nährstoffe durch den Körper befördern. Ohne diese Verkehrsader wäre der ganze Zug nach Westen, wo neue Siedlungen gegründet wurden, nicht möglich gewesen. Ohne den Cumberland Gap hätte man den Westen nicht besiedeln können. Doch für dich und mich ist der Cumberland Gap heute nicht mehr so wichtig. Wir waren dort, weil es nahe war und nicht viel gekostet hat.«

»Wie auch immer.« Er sackte neben mir auf die Couch.

»Hast du Hunger?« fragte ich. »Ich bin noch nicht hungrig.«

»Nein. Mrs. Talbert hat mir etwas Suppe und ein Sandwich und eine Pastete gegeben, bevor du mich abgeholt hast, weil sie meinte, du hättest vielleicht keine Lust, gleich etwas zu besorgen. Wir können ja später noch etwas essen, solange es nicht Pizza, Chinesisch oder ein Sandwich ist.«

Offenbar war dieser Punkt für meinen Sohn nicht verhandlungsfähig. »Es gibt einen Mexikaner, der nach Hause liefert. Ich rufe das Lokal nachher an«, versprach ich.

»Klasse. Können wir heute Abend zusammen ein Video ansehen?«

Da ich ausnahmsweise mal keine Arbeit mit nach Hause genommen hatte, sagte ich natürlich sofort zu. Es war erst Viertel vor sechs, und ich würde wahrscheinlich um neun ins Bett kommen und bis sieben am nächsten Morgen durchschlafen und trotzdem noch einen ganzen Tag mit Amos verbringen können.

Uns auf einen Videofilm zu einigen, war noch der leichteste Teil. Amos war zehn und seine Lieblingsfilme waren die mit einer größtmöglichen Zahl an Explosionen. Wir einigten uns auf einen Thriller, in dem es nicht zu viele Schießereien gab, einen älteren Krimi beispielsweise, und suchten die Regale durch. Ich bin ein Filmfan und habe eine Sammlung von mehreren hundert Filmen.

Natürlich musste genau in diesem Augenblick das Telefon klingeln. Als ich abhob, konnte ich aus den Augenwinkeln sehen, wie Amos die Achseln zuckte und den Fernseher einschaltete. Er war sicher, dass der Abend mit seiner Mutter damit zum Teufel wäre. Ich hatte ihn schon wieder enttäuscht. Und noch schlimmer, er war inzwischen daran gewöhnt.

»Thally, hier ist Nick.« Nick war einer der wenigen Leute, die mich immer noch ›Thally‹ nannten. »Wie geht's dir?«

»Mir geht's gut«, sagte ich. Ich konnte mich nicht erinnern, wann ich das letzte Mal mit meinem Ex-Schwager gesprochen hatte. Es musste mindestens ein Jahr her sein.

»Tja, ich denke, du hast die Nachrichten gesehen, oder?«

»Die letzten paar Stunden nicht. Ich weiß, dass MJ tot ist und dass die Raumfähre auf der Osterinsel eine Bruchlandung gemacht hat. Und dass die James-Familie Scott deshalb verklagen will.«

»Und jetzt kommen die Zusatzinformationen. Curtiss Aerospace will sich außergerichtlich einigen und zwar auf eine Weise, die Republic Wright, ShareSpace und Scott persönlich in eine sehr missliche Lage bringt. Curtiss wird einen geringen Schaden davontragen und alle anderen werden vernichtet.«

»Ich verstehe, dass dies für Scott schrecklich ist, aber gibt es etwas, das ich deiner Ansicht nach tun könnte?«

Nicks Antwort kam nur abgehackt an, und ich musste ihn bitten, sie zu wiederholen.

»Okay, kannst du mich wieder hören?«

»Ja.«

»Curtiss Aerospace und Haverford und vielleicht noch einige andere Leute üben Druck auf die großen Kanzleien aus, Scotts Fall nicht zu übernehmen. Aus irgendeinem Grund, den ich nicht nachvollziehen kann, scheint der Druck zu wirken. Ich hatte gehofft, einen Rat zu bekommen, wo wir einen guten Anwalt finden, der dem Druck gewachsen ist. Ich zahle, was gezahlt werden muss, aber ich will einen Clarence Darrow oder einen Bill Kunstler oder einen F. Lee Bailey auf diesen Fall ansetzen. Jemanden, der kämpft, um zu gewinnen, und der nicht damit zufrieden ist, von einem netten, freundschaftlichen Kompromiss einen großen Anteil selbst einzusacken.«

»Ich kenne eine Menge Leute, die so sind, aber die meisten haben eher mit Strafrecht als mit Zivilrecht zu tun und mehr mit Einbrüchen als mit Raumfahrtrecht. Es muss schrecklich sein für Scott, in so eine Sache zu geraten. Hat die andere Seite denn überzeugende Gründe für die Klage?«

»Meiner Ansicht nach hat der arme kleine Dummkopf nichts Falsches getan, aber das ist nur meine Meinung.«

Nick ist nur vier Jahre älter als Scott, doch ich glaube, wenn Scott achtzig und Nick vierundachtzig ist, wird er seinen jüngeren Bruder immer noch als armen kleinen Dummkopf bezeichnen.

Amos schlich sich an, weil er wissen wollte, was los war. Ich hauchte »Onkel Nick«, er machte großen Augen und kehrte zum Fernseher zurück. Scott war natürlich Amos' Held, aber Onkel Nick war eine Art mythischer Halbgott, teilweise auch deshalb, weil Amos ihn in den letzten Jahren so selten gesehen hatte.

»Wie auch immer«, sagte Nick, »ich bin geschäftlich sowieso gerade in der Nähe und habe noch etwas Zeit, ehe ich zu einem späten Abendessen gehe. Ich möchte so etwas nicht telefonisch besprechen, besonders nicht über ein nicht abgesichertes Handy. Es gibt da einige sehr delikate Punkte und es ist eine komplizierte Angelegenheit.«

»Eine komplizierte Angelegenheit«, wiederholte ich lachend. »Jetzt hättest du mich beinahe hereingelegt, Nick.« Ich war überhaupt nicht wütend, es war mir viel zu gut bekannt. Seit ich sechs Jahre alt war und Nick und Eddie meine achtjährigen Helden am Strand gewesen waren, wusste ich genau, was es bedeutete, wenn Nick sagte, etwas sei ›eine komplizierte Angelegenheit‹. Es bedeutete: »Ich habe gewisse eigene Interessen, die ich dir nicht auf die Nase binden werde«, oder auch: »Bitte frage mich nicht nach der Art und Weise, wie ich die Wahrheit verschleiere«. Oder meist sogar beides. Ob es um eine gekühlte Wassermelone ging, die von der Veranda eines Nachbarn gestohlen worden war, oder um einen Drachen, der in Sichtweite des Dorfsheriffs mit illegalen Sprengkörpern in die Luft geflogen war, oder auch um die Frage, wie Scott es geschafft hatte, sich mit Preiselbeeren über und über einzufärben, einer der ersten Kommentare, die man von Nick zu hören bekam, war unweigerlich die Bemerkung: »Also, das ist eine komplizierte Angelegenheit.«

Auch Nick lachte. »Okay, du hast mich erwischt. Aber zufällig würde es mir auch selbst nützen, wenn ich Scott aus diesem Schlamassel heraushelfe, und das wird erheblich schwieriger, als ich bisher vermutet habe. Ich brauche einen erheblich besseren Anwalt, als ich ihn mit eigener Kraft finden kann. Das ist die reine Wahrheit.« Er hielt inne. »Darf ich vorbeikommen, damit wir unter vier Augen reden können? Es würde nicht länger als eine halbe Stunde dauern.«

»Oh, Nick, ich bin heute sehr früh von Kalifornien zurückgeflogen und es war wirklich ein langer Tag. Ich sehe schrecklich aus, ich bin hundemüde und Amos und ich wollten ein Video ansehen und früh ins Bett gehen. Morgen habe ich nicht viel vor. Hat das nicht noch bis morgen Zeit?« Ich wollte meinen superordentlichen Ex-Schwager nicht unbedingt sehen lassen, wie ich wohnte.

»Oh, schade«, sagte Nick. »Ich hatte gehofft, möglichst bald etwas in der Hand zu haben, das ich Scott erzählen kann. Ich fände es nicht schön, wenn Scott sich noch eine weitere Nacht Sorgen machen müsste.«

Ich hatte ihn erwischt, aber das hieß noch lange nicht, dass Nick darauf verzichtete, gleich den nächsten Trick zu versuchen. Er wusste, dass Scott und ich nicht zusammenleben konnten, dass wir im Grunde aber Freunde geblieben waren, und diese Verbindung reichte bis in unsere Kindheit zurück. Nick hatte natürlich Recht. Scott würde sich Sorgen machen und brüten, bis irgendeine Art Hilfe kam.

Also traf ich meine Entscheidung. »Du hast gewonnen. Komm vorbei, dann können wir reden. Ruf Scott an und sag ihm, ich werde versuchen, ihm einen guten Anwalt zu besorgen, der ihm hilft.«

»Das mache ich. Bis in ein paar Minuten dann. Und vielen Dank, Thally.«

»He, die Mars Four halten zusammen«, sagte ich.

»Amen.« Er kicherte und legte auf, und auch ich musste lächeln. Seltsam, wie die Erinnerungen an den Club, den wir als Kinder gegründet haben, zurückkehrten.

*

Als ich an jenen Sommer des Jahres 1969 dachte, erinnerte ich mich auch daran, wie ich ständig geschwankt hatte, ob ich mich zurechtmachen und Make-up auflegen und tun sollte, was alle anderen Mädchen machten, oder ob ich mich lieber mit Scott, Nick und Eddie herumtrieb und als ein halber Junge zählte. Es war keine leichte Entscheidung, aber so etwas ist wohl nie ganz einfach.

Die Entscheidung für ›bleib noch ein Jahr bei den Jungs‹ bedeutete, dass es Abenteuer, verrückte Ideen und Gleichaltrige gab, denen ich was auf die Nase hauen konnte, wenn sie es verdient hatten. Ein richtiges Mädchen werden hätte bedeutet, eine Ferienliebe zu finden und im Herbst von allen Mädchen im achten Schuljahr beneidet zu werden.

Das Versprechen der Mars Four war mir eingefallen, weil ich im Jahr davor einige jener schlechten Biographien berühmter Leute gelesen hatte, die eigens für Schulkinder geschrieben werden. Normalerweise gibt es in diesen Büchern eine Szene, wo der angehende große Mann (1969 gab es noch nicht viele Bücher über große Frauen) schwört, das zu tun, was ihn später berühmt machen sollte. Ich hatte die Idee im Grunde aus diesen Büchern entlehnt.

Ich glaube, ich brauchte das Gefühl, eine echte Zukunft vor mir zu haben. Selbst damals wusste ich schon, dass die Zeit als albernes, pubertierendes Mädchen nicht lange dauern würde. Irgendwie schaffte ich es auch nicht, das zu tun, was von einem Mädchen im achten Schuljahr erwartet wird. Eine Weile versuchte ich, für die Jungs zu leben, mich nett anzuziehen und Make-up aufzulegen, aber ich fand schnell heraus, dass es einfacher war, mich nicht mehr dumm zu stellen und mich zu verhalten, wie es mir entsprach.

Irgendwie trug das Versprechen der Mars Four dazu bei, dass mir dies früher und schneller gelang. Damals im Juli 1969 auf der Düne wurde mir bewusst, dass wir in einer Welt lebten, in der die Menschen zum Mond fliegen konnten, wenn sie es wollten, so dass vier Kinder, die sich ein Versprechen gaben, vielleicht wirklich eine Reise unternehmen konnten, die sie letzten Endes zum Mars führen würde. Ich brauchte damals das Gefühl, die Welt sei wirklich so groß und offen.

Viele Jahre später wusste ich, dass wahrscheinlich niemals Menschen zum Mars fliegen würden. Ich kannte mich in der Politik und mit den Gesetzen und mit der öffentlichen

Meinung aus und wusste, wie schwierig es war, ein solches Unternehmen auf die Beine zu stellen. Ich hatte Jahre damit verbracht, ein wenig Vernunft in eine relativ einfache Sache wie den Strafvollzug zu bringen, und hatte kaum Erfolge zu verzeichnen.

Eine Zeit lang hatte ich geglaubt, ich könnte indirekt zur Reise der Menschheit in den Weltraum beitragen, indem ich Scott unterstützte, aber dann wurde mir klar, dass dies Scotts Job war und nicht meiner.

Als ich uns damals am Atlantik, vor mehr als dreißig Jahren, dieses Versprechen entlockt hatte, hatte ich uns möglicherweise auf eine Idee verpflichtet, die wir würden aufgeben müssen. Aber damals hatte diese Vorstellung in mir ein Wunder bewirkt. Das Gefühl, dass ich etwas beisteuern konnte oder jemand werden konnte, der sich nicht über das definierte, was er anzog und der sich ein wenig von den Menschen abhob, die neben mir im Bus saßen, verließ mich nicht. Einfach nur die Tatsache, dass ich es gesagt hatte – *Ich bin fähig zu entscheiden, wer zum Mars fliegt* –, hatte das Alter von dreizehn oder vierzehn Jahren erheblich erträglicher gemacht. Ganz egal, wie unmöglich dieses Vorhaben mir mit vierzig vorkam.

*

Amos hatte CNN eingeschaltet und betrachtete stumm die wer weiß wievielte Wiederholung der Bruchlandung, in die Bilder seines Vaters hineingeschnitten waren, der Fragen beantwortete. Amos hatte den Ton abgestellt, doch die Bilder gefielen mir nicht. Auf beängstigende, dramatische Aufnahmen folgten Bilder eines Mannes, der ruhig sprach. Wenn man die Bilder in dieser Weise montiert, wird der Mann, der ruhig spricht, gewöhnlich als Narr oder als Lügner dargestellt.

Als die Werbung lief, drehte Amos sich zu mir um, ohne den Ton wieder eingeschaltet zu haben. »Muss Dad jetzt ins Gefängnis? Die glauben doch nicht, dass er MJ ermordet hat, oder? Sie waren doch Freunde.«

»Es ist kein Mordprozess, es geht um Fahrlässigkeit. Dabei läuft er nicht Gefahr, ins Gefängnis zu kommen, aber das Leben wird für deinen Vater für eine Weile ziemlich schwierig.« Ich gab mir Mühe, ihm den Unterschied zwischen einem Strafverfahren und Schadenersatzforderungen zu erklären, doch er interessierte sich stärker für die Frage, was das Shuttle getroffen hatte. Ein Loch in einem Raumschiff ist für einen Zehnjährigen leichter zu verstehen als ›Haftbarkeit‹ oder ›unerlaubte Handlung‹.

»Und was wollte Onkel Nick?«

»Er will deinem Dad einen guten Anwalt besorgen, aber das klappt nicht so richtig und deshalb hat er mich gebeten, ihm zu helfen. Er kommt heute Abend vorbei, weil wir bereden wollen, welchen Anwalt wir finden können, der deinen Vater vertritt.«

Amos riss die Augen auf. »Wow.«

»Wow?«

»Du bist doch Anwältin. Du könntest Dad vor Gericht verteidigen.«

»Die meisten guten Anwälte versuchen, die Dinge außerhalb der Gerichte zu klären, soweit das irgend möglich ist, Amos. Sicher, wenn es unbedingt sein müsste, könnte ich das machen. Aber im Augenblick will ich zusammen mit Nick überlegen, was für Scott das Beste wäre. Wenn wir Glück haben, muss es nicht einmal zu einer Gerichtsverhandlung kommen.«

»Wie meinst du das?«

»Amos, du hast doch schon oft gehört, wie ich gesagt habe, dass man nie weiß, was passiert, wenn man vor einer Jury oder einem Richter steht. Es ist besser, wenn man sich außerhalb der Gerichte einigt, weil man dann verhandeln kann und nicht darauf angewiesen ist, dass völlig Fremde darüber entscheiden, was fair ist.«

»Aber du könntest ihn doch trotzdem vor Gericht verteidigen. Ich meine, wenn du es willst und er es will, dann könntest du Dad verteidigen. Genau wie die Anwälte im Fernsehen.«

»Ja, das könnte ich machen.«

»Wow.«

Ich hätte versuchen können, die Sache aufzuklären, aber es war im Grunde das erste Mal, dass mein Sohn wirklich von mir beeindruckt war. Wenn er mich auf die gleiche Stufe wie die Anwälte in den Gerichtsdramen stellen wollte, war es vielleicht besser, ihm nicht zu widersprechen.

CNN zeigte jetzt Anna Beth James' Presseerklärung. Sie war für Scotts Position sogar noch schlimmer als die Aufnahmen von der Bruchlandung.

»Mom? Warum ist MJ gestorben?«

Amos meinte die Frage ernst, und er war voller Vertrauen. Er war noch nicht ganz aus dem Alter heraus, in dem Kinder glauben, dass die Eltern alle Antworten kennen.

»Nun ja«, sagte ich, »jeder muss sterben, Amos. Eines Tages werde ich sterben, eines Tages musst auch du sterben. Menschen, die gefährliche Dinge tun, müssen manchmal auf ihr Glück vertrauen, aber manchmal lässt sie ihr Glück im Stich. Das gilt sogar für Leute, die sehr vorsichtig sind wie dein Dad. Aber auch die Menschen, die niemals ein Risiko eingehen, müssen früher oder später sterben. Man kommt nicht darum herum.«

»Das ist gemein.«

»Ja, das ist es.«

»MJ war wirklich cool. Er hat mir die Basketballtricks gezeigt und sich sogar an meinen Namen erinnert. Er hat an dem Morgen, als er geflogen ist, sogar mit mir telefoniert.«

»Ja«, sagte ich. Ich war nicht sicher, worauf Amos hinauswollte und ließ ihm Zeit.

»Aber jetzt wird mir das keiner mehr glauben.«

»Dein Dad und ich werden es dir glauben.«

»Ich meinte doch meine Freunde.«

»Du selbst weißt aber, dass es wahr ist.«

»Yeah.«

Er schwieg eine Weile, und ich legte einen Arm um seine schmalen Schultern. Er kuschelte sich an mich, wie er es seit Jahren nicht mehr getan hatte. Ich konnte sehen, dass er stille Tränen weinte. »Er war wirklich cool«, sagte Amos noch einmal.

Ich streichelte sanft über sein Haar und gab ihm ein Taschentuch, als er schniefte, doch mein Blick wanderte wieder zum Fernseher. Je länger ich AnnaBeth James' und die Auftritte, zu denen Jasper Haverford sie drängte, beobachtete, desto deutlicher wurde ein Gedanke: Die kannst du schlagen. Diesen Prozess kannst du für Scott gewinnen.

Es war eine interessante Problemstellung, nicht so sehr in juristischer Hinsicht, sondern vielmehr in Hinblick auf die Öffentlichkeit. Man musste in diesem Fall äußerst vorsichtig taktieren - eine Mutter wollte Gerechtigkeit für ihren toten Sohn, es war gerade erst geschehen, und niemand trug die Schuld daran. Man musste verhindern, dass die Jury allzu viel Mitgefühl für sie entwickelte, während man doch ihren Kummer respektierte. Mal ganz abgesehen von meiner Sorge um meinen alten Freund und den Vater meines Kindes war es wirklich ein interessanter Fall.

Normalerweise hätte ein guter Prozessanwalt mühelos gewinnen können, aber da auf der anderen Seite so viel Geld und Fachwissen versammelt waren, hinzu kam noch der gewaltige Vorteil in der öffentlichen Meinung, arbeitete gerade die Einfachheit des Falles gegen Scott. Man musste dafür sorgen, dass alles einfach und klar blieb, während eine gewaltige PR-Kampagne und Dutzende hoch bezahlter Anwälte dafür sorgten, dass die Sache kompliziert genug schien, um auf eine Haftungsverpflichtung klagen zu können.

Es war ein großer Rechtsstreit, viel stand auf dem Spiel und die Herausforderung war enorm. Nick musste jemanden finden, der scharf genug, aber neu war, der sich einen Ruf aufbauen wollte und den richtigen Biss hatte. Ich kannte einige Anwälte, die sich als Pflichtverteidiger langweilten und eine Herausforderung wie diese und vor allem das Geld zu schätzen wussten.

Als CNN zu den Sportnachrichten überging, läutete es an der Tür. Ich öffnete und begrüßte Nick, der wie üblich mit einer kleinen Aktentasche bewaffnet war. Hätte ich ihn nicht schon seit seiner Kindheit gekannt, ich hätte geglaubt, er wäre schon im dunklen Anzug geboren worden.

Er sagte »Hi« zu Amos, nahm mein Angebot, einen Pulverkaffee zu machen, an und setzte sich aufs Sofa. Ich ging in die Küche und kümmerte mich um den Kaffee.

Durch die Küchentür konnte ich Amos und Nick reden hören. Nick beantwortete seine Fragen, und ich wusste, dass Nick inzwischen einen Zeichenblock aus der Aktentasche geholt hatte und Illustrationen zu Umlaufbahnen und physikalischen Zusammenhängen malte. Ich wünschte, wir würden ihn öfter sehen. Genaugenommen gehörte er ja nicht mehr zu meiner Familie, aber er war ein guter alter Freund und Amos' Onkel.

Ich schob die Tassen mit Wasser und Kaffeepulver in die Mikrowelle und meine Gedanken wanderten noch einmal zu den Mars Four und allen Dingen zurück, die seit jenen glücklichen Tagen geschehen waren.

Die Mikrowelle klingelte, ich holte die Tassen heraus, rührte einige Male um und brachte sie ins Wohnzimmer. »Okay«, sagte ich, »jetzt erzähl mir mal, was daran so wichtig ist, dass du es riskierst, mich in meinen Plüschpantoffeln zu besichtigen.«

Nick kicherte. »Wenn du es so formuliert hättest, dann hätte ich vielleicht wirklich bis morgen gewartet. Äh ... Amos, deine Mutter und ich müssen jetzt diese unangenehme Sache machen, die Erwachsene immer machen, und dich in ein anderes Zimmer schicken.«

»Ihr wollt Dad helfen, oder?«

»Und ob.«

»Okay.« Er verzog sich in sein Zimmer. Weil er mehr oder weniger ein Schlüsselkind war, hatte ich nachgegeben und ihm einen Fernseher und einen Videorecorder im Zimmer erlaubt. Nach wenigen Sekunden hörten wir laute Musik und zahlreiche Explosionen.

»Tja«, sagte Nick, als wir uns an meinen Esstisch setzten. Er richtete den Zeichenblock genau parallel zur Tischkante aus. »Die Fakten entsprechen ziemlich genau dem, was du aus den Nachrichten weißt. Der Unfall scheint durch eine Kollision mit einem Mikrometeoriten oder Weltraummüll ausgelöst worden zu sein. Zuerst will ich dir erklären, warum ich, abgesehen von meiner Sorge um Scott, beteiligt bin. Wir haben in Scorpion Shack ein großes Projekt, auf das sich dieser Prozess auswirken könnte, weil unser Projekt davon abhängt, dass der Weltraumtourismus eines Tages profitabel wird. Im Augenblick spielt sich das noch etwas im Verborgenen ab. Wir sind noch nicht von uns aus an die Öffentlichkeit gegangen, aber innerhalb der Branche ist es natürlich ein offenes Geheimnis. Ich glaube, Curtiss macht sich Hoffnungen, unser Projekt abzuwürgen und die eigene Position zu stärken, indem sie in diesem Prozess die Gegenseite unterstützen, wobei letztlich wir, die NASA und Scott die Zeche zu zahlen haben. Das ist die einzige Erklärung, die das Verhalten von Curtiss plausibel erklären könnte. Außerdem scheint es eine Einflussnahme zu geben, damit wir möglichst keine anständige juristische Vertretung bekommen.«

Nick berichtete mir die meisten Details und überschritt damit bei weitem die halbe Stunde, auf die wir uns geeinigt hatten, doch ich war inzwischen fasziniert. Es war offensichtlich, dass an der Sache etwas faul war.

Normalerweise hätten viele Firmen Scotts Fall schon allein wegen der damit verbundenen Kontakte und der Publicity sofort übernommen. Mit solchen Prozessen macht eine Anwaltskanzlei von sich reden. Scotts Telefon hätte pausenlos klingeln müssen, weil Anwälte ihm anboten, ihn zu vertreten. Die James-Familie konnte solche Anwälte nicht verschrecken, und Curtiss konnte vielleicht ein paar der Spitzenleute einkaufen, aber ganz sicher nicht alle.

»Es muss noch einen anderen Mitspieler geben«, sagte ich. »Einen, der weder dir noch den Juristen bei RW noch Scott oder sonst jemandem bekannt ist. Es muss jemand sein, der sich hauptsächlich um diese stillen Absprachen kümmert, wobei er offensichtlich Hilfe von Curtiss bekommt.«

Er starrte mich an. »Meinst du wirklich?«

»Curtiss würde nicht so viel Geld ausgeben oder Einfluss geltend machen, um einen Prozess zu *verlieren.* Natürlich macht es ihnen nicht viel aus, wenn sie verlieren. Natürlich profitieren sie davon, wenn du verlierst. Dennoch sind sie Beklagte und könnten einen großen Schaden erleiden. Die James-Familie hat außerdem weder genügend Geld - sie ist reich, aber nicht *so* reich - noch genügend Einfluss. Curtiss würde es nicht tun, die James-Familie kann es nicht tun, aber offensichtlich tut es jemand. Deshalb muss es mindestens noch einen Gegner geben, von dem du nichts weißt.«

»Wer könnte das sein?« fragte Nick.

»Ich habe keine Ahnung. Ich hatte gehofft, du würdest mit den Fingern schnippen und mir sagen, wer es sein kann. Aber ich kann dir eins verraten - einen Prozess finanzieren, ohne sich öffentlich dazu zu bekennen, ist *nicht* das Verhalten ehrlicher Menschen, die ehrliche Ziele verfolgen. Je nachdem, was sie tun oder wie weit sie gehen, könnte es sogar äußerst illegal sein. Sie riskieren also Millionen für etwas Geheimes ... ich glaube, du hast es mit einem sehr großen, mächtigen Gegner zu tun, und der Anwalt, den du anheuerst, wird jede Menge Arbeit damit haben.«

»Es müsste doch eigentlich ein paar Anwälte geben, die einen guten, harten Kampf zu schätzen wissen«, sagte Nick. »Gibt es denn niemanden, der froh wäre, wenn er einen Fall wie diesen übernehmen könnte?«

Ich gestand ihm seufzend die Wahrheit. »Wenn Scott mich haben will, überlege ich mir ernsthaft, ob ich den Fall nicht selbst übernehme. Hätte ich eine eigene Kanzlei und würde ich Scott nicht kennen, dann würde ich sofort zusagen. Zunächst einmal ist noch nicht einmal gesagt, dass der Fall überhaupt vor einem Gericht verhandelt wird. Es gibt keinen vernünftigen Grund für die Annahme, dass Scott haften sollte. Das muss auch der Anwalt der Gegenseite seinen Mandanten erklärt haben. Ich wette, dass sie genau deshalb Jasper Haverford als Scharfschützen ausgesucht haben. Ihr eigener Anwalt war vermutlich so klug, die Sache nicht anzurühren. Scotts Fall liegt so klar, dass ein halbwegs guter Jurastudent ihn gewinnen könnte, solange es nur um diesen Fall und um nichts anderes geht. Aber ich bin sicher, es steckt mehr dahinter. Wer auch immer die Kräfte im Hintergrund sind, sie benehmen sich, als hätten sie große Angst, enttarnt zu werden. Das sagt mir alles, was ich wissen muss. Es gibt da draußen einen Schweinehund, den ich prügeln kann und den ich prügeln will.« Ich hatte längst meinen eigenen Block gezückt und mir Notizen gemacht. Ich weiß bis heute nicht, ob ich nun ein gutes oder ein schlechtes Gedächtnis habe, denn ich mache mir Notizen, seit ich schreiben kann. Jedenfalls befürchte ich immer, ich würde mich an Dinge, die ich nicht notiert habe, nicht erinnern.

Ich ging meine Notizen durch. »Ich könnte mich unbezahlt beurlauben lassen und die Vertretung selbst übernehmen, wenn ich will, und ich glaube, so langsam will ich es.« Ich hatte schon lange keinen Rechtsstreit mehr gesehen, der so interessant war wie Scotts Fall. Wenn die Intrigen wirklich so übel waren, wie es den Anschein hatte ... Scott würde keinen besseren Anwalt bekommen als mich, mein Leben war langweilig, und der Gedanke, eine Weile nicht für die Coalition, sondern an einem anderen Fall zu arbeiten, hatte einen gewissen Reiz.

Außerdem war ich neugierig herauszufinden, wer wirklich dahinter steckte und worauf sie hinauswollten. Ganz zu schweigen von meiner Freude über Amos' Gesichtsausdruck, als er spekuliert hatte, dass ich möglicherweise Scott verteidigen würde. »Wenn du die Finanzierung sichern kannst, übernehme ich die Vertretung. Wenn wir Glück haben, reichen sie die Klage im Staat New York ein. Das ist die Gegend, wo man Schadenersatzklagen am leichtesten gewinnt und zufällig bin ich dort zugelassen. Wenn wir es mit den Gesetzen des Staates Kalifornien zu tun bekommen, müssen wir da drüben jemanden finden, der als mein Partner auftritt.«

»Ich besorge dir, was du brauchst. Geld ist sicher kein Problem«, erklärte Nick. »Nun, da wir Scotts Probleme gelöst haben, sollten wir ihn nicht wissen lassen, dass sie gelöst sind? Ich wette, er ist zu Hause, aber er hat wohl das Telefon abgestellt und den Anrufbeantworter eingeschaltet.«

»Er wohnt nur fünfzehn Autominuten weit weg«, erklärte ich. »Lass uns doch bei ihm anklopfen. Lass mich nur schnell Amos Bescheid sagen.«

Ich steckte den Kopf ins Kinderzimmer, wo Amos gerade zusah, wie Leute von einem explodieren Gebäude wegrannten, und sagte: »Nick und ich fahren mal schnell zu Dad rüber. Wir holen ihn und kommen wieder her. Brauchst du etwas?«

»Wir müssen bald mal was essen, Mom«, sagte er. »Du hast auch noch nichts gehabt.«

»Ich auch nicht«, sagte Nick hinter mir. »Wir kaufen auf dem Rückweg ein und essen alle zusammen.«

»Süß«, sagte Amos.

»Er will etwas Süßes?« fragte Nick.

Ich schüttelte den Kopf. »Ein neues Modewort. Es bedeutet das Gleiche, als würden wir ›cool‹ sagen.« Ich nickte Amos zu. »Lass keine fremden Leute rein.«

Als wir in Nicks Wagen stiegen, fiel mir plötzlich etwas ein. »Hattest du nicht eine Verabredung zum Essen? Kannst du denn so einfach absagen?«

»Äh ... ich hatte mir schon gedacht, dass es darauf hinauslaufen würde«, erklärte Nick. »Also habe ich angenommen, ich hätte später genau diese Verabredung zum Essen und deshalb sagte ich ...«

»Nicht gerade die volle Wahrheit, oder?«

»Deshalb war es ja auch eine komplizierte Angelegenheit.« Er setzte den Wagen eilig rückwärts aus meiner Einfahrt, als hätte er Angst, ich könnte aussteigen und ihm empfehlen, sich einen anderen Anwalt zu suchen.

Sechstes Kapitel

SCOTT:

Es läutete. Vielleicht war es jemand, der mir wohlgesonnen war wie Nikki Earl oder Ken Elgin oder sogar Fred Gernsback. Vielleicht auch Nick.

Nick und Thalia standen vor der Tür. »Hier ist deine Anwältin«, sagte Nick. »Ich weiß zufällig, dass sie ziemlich gut ist. Ich glaube auch nicht, dass die Gegenseite sie so einfach einkaufen kann.«

»Aber ... die Coalition ...«

Thalia zuckte die Achseln und schenkte mir das breite Lächeln, das ich seit Jahren nicht mehr gesehen hatte. »Ich brauchte sowieso mal eine Pause, und je mehr ich von Nick erfahren habe, desto klarer wurde mir, dass du in großen Schwierigkeiten steckst. Außerdem glaubt Amos, ich müsste dich retten und die bösen Buben persönlich schnappen und die ganze Welt in Ordnung bringen, wie es die Anwälte im Fernsehen immer tun. Wann habe ich in dieser Familie schon mal die Gelegenheit, die Heldenrolle zu übernehmen?«

Ich hatte ein seltsames Gefühl in der Brust. »Das ist ... wer bezahlt dich denn?«

»Ich bezahle«, sagte Nick. »Zumindest bis ich meinen Arbeitgeber dazu bekomme, das Richtige zu tun.«

»Vielen Dank. Ich bin euch wirklich dankbar. Also gut, dann habe ich jetzt eine Anwältin. Und wie geht es nun weiter?«

»Zuerst einmal kommst du mit zu mir, damit wir zu Abend essen können«, sagte Thalia. »Danach überlegen wir uns, wie du aus diesem Schlamassel wieder herauskommst.«

Mir schossen die Tränen in die Augen. Ich umarmte Nick und mein steifes altes Brett von Bruder erschrak fast zu Tode, und dann Thalia, die meine Umarmung erwiderte. »He, keine Ursache«, sagte sie. »Lasst uns gehen. Diese Müllkippe hier ist nicht der richtige Ort, wenn du deprimiert bist.«

In Nullkommanichts war ich aus dem leeren, hallenden Haus heraus und fühlte mich erheblich besser. Seltsamerweise hielten wir ein paar Blocks weiter schon wieder an einem Geschäft. Nick sprang aus dem Wagen und meinte, wir würden ihn nur stören, wenn wir mitkämen, und verschwand im Laden. Thalia und ich blieben schweigend im Wagen sitzen. Ich glaube, wir hatten beide Angst, etwas Falsches zu sagen. Ich fürchtete, wir könnten uns gleich wieder streiten, und ich würde meine Anwältin verlieren.

Keine fünfzehn Minuten später tauchte Nick wieder auf. Er schob einen Einkaufswagen mit drei großen Tüten Lebensmitteln vor sich her. »Wir werden heute lange aufbleiben«, erklärte er, »und wir waren seit drei Jahren nicht mehr als Familie zusammen.«

»Eigentlich sind wir auch keine Familie mehr ...« widersprach Thalia.

»Unsinn. Du bist die Mutter meines Neffen, der Scotts Sohn ist. Wir haben noch zehn Jahre als Familie vor uns, ob es uns gefällt oder nicht. Also können wir auch zusammen essen. Ich koche und Scott putzt die Küche, Thalia stellt das Zubehör.«

»So sieht es also aus, wenn mal eben die Führungspositionen besetzt werden, was?« Thalia zwinkerte mir zu.

»So darfst du es nennen, nachdem er dich engagiert hat«, antwortete ich. »Wenn du sein kleiner Bruder bist, nennst du es ganz anders.«

»Völlig richtig«, warf Nick ein. »Irgendjemand muss doch die Zügel in die Hand nehmen. Wenn es keine weiteren Fragen mehr gibt, können wir jetzt fahren.«

Wir fuhren zu Thalias Haus, und ich half Nick, die Einkäufe nach drinnen zu tragen. Es wäre mir in diesem Augenblick schwer gefallen zu erklären, wie ich mich fühlte.

Teilweise war es natürlich einfach so, dass ich mich schlagartig nicht mehr so allein fühlte wie noch kurz zuvor, und teilweise war es auch eine alte Vertrautheit. Nick und Thalia hatten mich schon damals, als ich noch ein Kind war, aus so vielen unangenehmen Situationen gerettet ...

Nachdem die Lebensmittel verstaut waren, redete ich noch ein paar Minuten mit Amos und ging die Matheaufgaben mit ihm durch. Er hatte die Ränder des Hefts mit Flugzeugen und Raketen vollgemalt, aber er hatte die meisten Aufgaben gelöst. Nur mit Dezimalzahlen hatte er noch Probleme.

Nick hatte unterdessen schon eifrig in der Küche zu klimpern und klappern begonnen, wobei er sich immer wieder unterbrechen musste, um Thalia zu fragen, wo dieses und jenes wäre. Sie lachten oft. Ich hörte Thalia fragen: »Sag mal ehrlich, willst du das jetzt wirklich machen?«

Amos und ich wechselten einen Blick. Wir gingen zusammen in die Küche, um nachzusehen.

Nick hatte die Zutaten auf dem Küchentisch ausgebreitet. Ich sah sofort, was es geben würde. »Freitagabend!«

»Aber klar doch. Heute ist tatsächlich Freitagabend«, erklärte Nick mit funkelnden Augen.

»Was heißt Freitagabend?« wollte Amos wissen. Er starrte den Küchentisch an, der wahrscheinlich noch nie auf diese Weise benutzt worden war.

»Gebackene Bohnen, Tomaten und Salat mit French Dressing, gebackene Kartoffelstückchen und Sloppy Joes«, sagte ich. »Wahrscheinlich gibt es auch noch Vanilleeis zum Nachtisch.«

»Aber selbstverständlich«, meinte Nick.

Amos warf mir einen bösen Blick zu, wie Kinder eben starren, wenn sie einen Insiderwitz nicht verstehen.

Thalia nahm ihn grinsend in den Arm. »Früher hatten unsere Familien unten am Strand Sommerhäuser, die nicht weit voneinander entfernt waren. Wir haben oft gemeinsam gegessen. Am Samstag, wenn die Väter aus der Stadt kamen, sind wir immer zum Essen ausgegangen, meist in das große

Fischrestaurant, das es damals dort gab. Du weißt schon, das ausgebrannte Gebäude, an dem wir auf dem Weg zum Strand vorbeikommen. An den anderen Abenden haben alle drei Familien gemeinsam in einem Haus gegessen, weil es viel einfacher ist, alle drei Tage für viele als jeden Tag für ein paar Leute zu kochen. Außerdem konnten wir so zusammensitzen und uns beim Aufräumen helfen. Mom – deine Oma Pendergast, Amos, sie ist schon vor deiner Geburt gestorben – war dienstags und freitags dran, Oma Blackstone Mittwoch und Sonntag und Mrs. Killeret Montag und Donnerstag, verstehst du? Vielleicht erinnerst du dich noch, wie wir zu Thanksgiving zu Oma Blackstone gefahren sind, bevor sie gestorben ist. Du warst damals noch ganz klein, aber vielleicht weißt du noch, dass deine Oma Blackstone eine ziemlich gute Köchin war. Eddie Killerets Mutter war sogar noch besser, sie war in der Küche fast ein Genie. Aber dann war da noch meine Mom. Sie war eine wundervolle Mutter, aber keine gute Köchin. Sie hatte zwei einfache Mahlzeiten, die sie machte, eine am Dienstag und eine am Freitag. Jede Woche, jeden Sommer, ich weiß nicht wie viele Jahre lang. Heute Abend macht Onkel Nick sich über deinen Dad und mich lustig, weil er das Freitagabendessen kocht. Es sieht aber so aus, als würde er es viel besser hinkriegen, als Mom es je geschafft hat.«

»Sie haben das sogar noch gemacht, als die Kinder schon erwachsen waren und nicht mehr mit zum Strand gekommen sind«, erinnerte ich mich. »Die drei Frauen mochten einander und so hatten sie einen Vorwand, den ganzen Sommer über beisammen zu hocken. Was glaubt ihr, wie viele Jahre sie das gemacht haben?«

Nick starrte nachdenklich zur Decke. »Ich glaube, Mrs. Pendergast und Mrs. Killeret haben sich schon ein paar Jahre gegenseitig mit Essen versorgt, ehe unsere Familie das Strandhaus gekauft hat, Scott. Ich glaube, sie haben Mom in ihre Rotation aufgenommen ... oh, wahrscheinlich hat es schon am Anfang des ersten Sommers begonnen, den wir dort verbracht haben, weil ich mich noch gut daran erinnern kann. Das müsste ... hmm ... 1958 gewesen sein. In dem Sommer, als Mom mit dir schwanger war.«

»Genau«, sagte Thalia. »Und das letzte Mal, dass sie diese Rotation gemacht haben, war im Sommer, bevor meine Mutter gestorben ist. Ich war damals im zweiten Studienjahr und den Sommer über daheim und verbrachte ein paar Wochen im Strandhaus. Damals haben die drei es noch gemacht. 1976 war das. Erinnert ihr euch noch, dass dort wegen der Zweihundertjahrfeier eine Menge los war? Es muss zwanzig Jahre lang jeden Sommer so gegangen sein, jeden Dienstag und Freitag. Was Onkel Nick hier ausgebreitet hat, ist eine absolut perfekte Kopie dieses Freitagabendessens.«

»Wir waren im letzten Sommer nur zweimal im Strandhaus«, meinte Amos traurig.

»Es ist wirklich schade, dass wir es nicht mehr so benutzen wie früher«, stimmte Nick zu.

Amos sah mich schräg von der Seite an und wollte offenbar etwas fragen. »Nun ja, Amos und ich fahren am nächsten Wochenende hin. Übrigens ist das jetzt sogar noch sicherer geworden, Amos, weil ich keinen Job und keine Verpflichtungen mehr habe.«

»Im Herbst ist es da wirklich schön«, sagte Nick und schien in weite Fernen zu blicken.

»Falls man Kälte und Regen mag«, wandte Thalia ein.

Ich beschloss, nicht noch einmal den alten Streit mit ihr aufzuwärmen. »Lasst uns essen«, schlug ich vor.

Das Mahl zum Esstisch zu transportieren, war beinahe schon eine Zeremonie. Nick hatte das Freitagabendessen so gut kopiert, dass ich ständig an all die Sommer in meiner Jugend denken musste, an unsere Träume und Hoffnungen, an die Art und Weise, wie sich die Zukunft vor uns zu öffnen schien wie ein weites, unberührtes Land, in dem uns alle Abenteuer und Herausforderungen erwarteten, die wir uns nur ausmalen konnten.

Ich wurde traurig, wie man es manchmal ist, wenn man an schöne Dinge in der Vergangenheit denkt, aber es war kaum möglich, in dieser Situation deprimiert zu sein. Ich fühlte mich, als wäre ich wirklich daheim und genau dort, wo ich hingehörte.

NICK:

Es gehört zu meinem Beruf, Leute anzuleiten, und im Management geht es hauptsächlich darum, Mitarbeiter zur Zusammenarbeit zu bewegen, denen dies normalerweise schwer fallen würde. Ich dachte mir, es sei besser, eine emotionale Verbindung herzustellen, bevor wir zusammen die Lösung der Probleme in Angriff nahmen. Etwas so Vertrautes und Familiäres wie eine gemeinsame Mahlzeit schien mir das Richtige zu sein.

Doch seltsamerweise war ich selbst am stärksten berührt, als ich die Sloppy Joes vorbereitete. Beinahe konnte ich wieder die Wellen rauschen hören und das Salz in der Luft schmecken, fast spürte ich den kühlen abendlichen Luftzug und die kalte feuchte Brise vom Meer, ich erinnerte mich an das Gefühl, mich mit einer Zeitschrift ans gemütliche Kaminfeuer zu legen, wenn das Wetter schlecht war. Während die Gefühle und Erinnerungen zurückkamen, wurde mir klar, dass ich nicht einmal wusste, ob die beiden sich wie ein Team fühlten, doch ich hatte dieses Gefühl ganz sicher.

Beim Essen und später beim Kaffee erzählten wir Amos Geschichten vom Leben am Strand. Ich dachte, dass es im Grunde Thalia gegenüber eine Gemeinheit war, weil Amos im folgenden Sommer nur noch stärker darauf drängen würde, zum Sommerhaus zu fahren. Vielleicht würde ich dort auch selbst eine Weile Ferien machen; möglicherweise konnten Thalia, Scott und ich Amos' Ferien zwischen uns aufteilen, so dass keiner von uns gezwungen war, sich den ganzen Sommer frei zu nehmen. Wenn ich dort unten war, würde Amos wenigstens hin und wieder mal eine anständige Mahlzeit bekommen. Er kam mir etwas dünn vor.

Amos schien die Geschichten über das Leben im Sommerhaus zu lieben, auch wenn wir ihm eigentlich kaum mehr erzählten als komische, alltägliche Ereignisse. Dinge, die wir getan hatten: Modellraketen bauen und fliegen lassen, in einer Woche alle Bücher über die *Meuterei auf der Bounty* verschlingen, und so weiter.

Das Essen kam gut an und sogar der Kaffee danach wurde gelobt. Ich hatte diskret die Kaffeemaschine gereinigt, weil weder meine Ex-Schwägerin noch mein Bruder sich je um so etwas kümmerten. Für ein Gebräu, das nach Monate altem Kaffeesatz schmeckt, bin ich nicht zu haben. Außerdem hatte ich ganz vergessen, wie schön es ist, für mehrere Leute und nicht nur für mich allein zu kochen.

Nach einer Weile wurde Amos müde und hatte keine Einwände, als er schlafen gehen sollte. Thalia machte eine Kanne frischen Kaffee und legte einen ihrer Notizblocks bereit. »Das wird jetzt wohl noch eine Weile dauern, aber ich denke, wir haben ja heute Abend sowieso nichts anderes vor. Also gut, was wissen wir bis jetzt? Scott, kannst du beginnen?«

Er brauchte eine halbe Stunde, um seine Geschichte zu erzählen, und der Notizblock füllte sich. »Ist euch eigentlich klar, dass wir hier um die Seele des Raumfahrtprogramms pokern?« sagte sie schließlich. »Nicht nur um die Zukunft, sondern tatsächlich um seine Seele?« Sie sah uns nacheinander an und zuckte die Achseln. »Das ist eine ernst gemeinte Frage. Wisst ihr, wie viel auf dem Spiel steht?«

THALIA:

Es gefiel mir, in Erinnerungen zu schwelgen, aber zugleich fand ich die Kraft dieser Erinnerungen auch beunruhigend. Besser als an alles andere erinnerte ich mich daran, dass wir in den Sommerferien im Strandhaus vor Lebenslust beinahe platzten. Jeder neue Tag begann mit der Gewissheit, dass etwas Interessantes geschehen würde.

Noch während Scott berichtete und ich mir Notizen machte, begann ich nachzudenken, welche Themen hier im

Hintergrund berührt wurden und welche Werte und Ideen auf dem Spiel standen. Ich hatte mir diese Art zu denken angewöhnt, seit ich versuchte, das Strafrecht zu verändern. Denn es geht niemals nur um den einen Kriminellen oder das eine Opfer, das man gerade vor sich hat. Es geht darum, dass man das System dazu bringen muss, das zu veranlassen, was gerecht ist - in *allen* Fällen und für *alle* Menschen, die kriminell werden könnten und für *alle* Opfer, die es in Zukunft noch geben kann.

Als Scott seinen Bericht beendet hatte, war mir klar, dass tatsächlich sehr wichtige Dinge zur Disposition standen.

»Thally, ich verstehe es immer noch nicht«, meinte Nick nach einer längeren Pause. »Ohne den Weltraumtourismus wird der Weg zu den Sternen natürlich viel schwieriger, und wir werden ihn sicherlich nicht mehr in unserem Leben bis zu Ende beschreiten können. Aber was meinst du mit der ›Seele‹ des Programms?«

»Ich meine, dass in diesem Prozess zugleich entschieden wird, ob die Erforschung des Weltraums endlich das wird, was wir uns alle schon als Kinder gewünscht haben. Der Traum war doch, dass die Menschen in den Weltraum fliegen würden - ganz normale Menschen. Leute mit Kindern, Hypotheken und Jobs. Natürlich wird das zuerst nur einer kleinen Elite möglich sein. Es verstand sich von selbst, dass die ersten Menschen, die in den Raum flogen, hervorragend ausgebildete Testpiloten sein mussten. Sportliche und durchtrainierte Leute mit wissenschaftlichen Abschlüssen und andere ungewöhnliche und besonders engagierte Menschen. Aber die neue Grenze im Weltraum sollte für uns alle geöffnet werden. Wir haben gehofft, dass wir noch in unserem Leben von einem Mann in einem vollgestopften Cockpit, der hauptsächlich damit beschäftigt ist, das Raumschiff zum Fliegen zu bringen, wechseln können zu einer routinierten Crew, die uns zu bestimmten Zielen bringt, an denen wir bestimmte Dinge tun können, und von dort aus weiter zum Transport von Tausenden von Siedlern auf einen Schlag, die unsere Zivilisation ins ganze Sonnensystem tragen und vielleicht sogar bis zu den Sternen. So weit die Träume reichen ... und jeder sollte ein Teil davon sein.«

Ich sah die beiden Brüder an und wusste ihren Gesichtsausdruck nicht zu deuten. »Wisst ihr noch, Jungs? Wir wollten aufwachsen und im Zeitalter des Weltraums leben. Nicht nur in einer Phase, in der gut ausgebildete Spezialisten in die obere Atmosphäre fliegen, sondern in einer Zeit, in der uns der ganze Weltraum offen steht. Die letzte große Grenze. Bisher sah es so aus, als würde sich der Weltraum zu einem ganz normalen Industriezweig entwickeln. Nicht anders als Telefon, Stahl oder Elektrizität. Jeder weiß, dass man es braucht, und es ist irgendwie da, aber da gibt es keinen Funken mehr, keine Erwartung und Erregung. Das war der Augenblick, in dem du etwas Wundervolles getan hast, Scott. Fred Gernsbacks Mission hat die Menschen daran erinnert, was am Weltraum eigentlich wichtig ist. Er hat uns die offene Tür in dieser Grenze gezeigt. Dann hat uns David Calderon vorgeführt, dass ein ganz normaler Mensch, ein ganz normaler Amerikaner, in den Weltraum fliegen und seinen Beitrag leisten kann. Vor dem Unfall warst du ganz dicht daran. Der Traum war wieder lebendig und wuchs und erfasste immer mehr Menschen. Millionen Menschen haben vor dem Fernseher gesessen und gejubelt und sich gefreut. Weißt du noch, wie David Calderon in der Larry King Show aufgetreten ist? Wie viele Leute meinten, sie würden auch gern fliegen? Habt ihr es nicht beide gesehen? Menschen, die seit zehn Jahren nicht mehr zum Himmel aufgeschaut haben, sahen auf einmal neue Möglichkeiten, und das ist bis heute so geblieben. Wenn wir den Prozess verlieren, dann beweist das für alle, die auf die Meinungsbildung Einfluss nehmen, dass der ganze Traum eine Dummheit war. Der Weltraum bleibt den Profis vorbehalten, er ist viel zu gefährlich, um Leute hochzuschicken, die nicht unbedingt dorthin müssen, es ist einfach nur eine Industrie mit hohem Gefahrenpotenzial. Wenn wir aber gewinnen, dann können die Menschen über ein Leben im Raumzeitalter nachdenken, über eine Zeit, in der man nicht einmal besonderes Glück haben oder besonders reich sein muss ...«

Mein Ex und sein Bruder starrten mich an.

»Okay, habe ich's übertrieben? Glaubt ihr, mir ist der Kaffee zu Kopfe gestiegen oder so?«

Scott schüttelte den Kopf. »Thalia, ich wünschte, du hättest mir vor ein paar Jahren die Werbetexte geschrieben.«

Mein Gott, ich hatte meinen Exmann beeindruckt! Wann war das zum letzten Mal passiert? Um meine Verwirrung zu überspielen, konzentrierte ich mich wieder auf die Arbeit. »Okay, jetzt brauche ich alles, was du mir geben kannst, Nick.«

»Mal sehen«, begann er. »Offiziell verstoße ich gegen alle möglichen Sicherheitsbestimmungen meiner Firma und der Nation. Aber da ich dich bezahle - könnte das, was ich sagen muss, nicht unter die anwaltliche Schweigepflicht fallen?«

»So ist es«, stimmte ich zu. »Und darunter fällt auch alles, was Scott mir erzählt. Andererseits ist das, was Scott von dir hört, nicht dadurch gedeckt.«

Nick zuckte die Achseln, nickte und erzählte uns die ganze Geschichte von Starcraft. Er erklärte, warum alles, was den Raumtourismus abwürgte, auch StarBird zerstören und das ganze Starcraft-Programm in eine Sackgasse drängen würde, die mit dem Bankrott von Republic Wright enden konnte.

Ich sah meine Aufzeichnungen durch. »Das passt ins Bild. Es steht enorm viel auf dem Spiel. Es gibt geheime Absprachen und es muss jemand sein, von dem wir noch nichts wissen. Mrs. James ist eine liebe alte Dame, aber sie ist nichts weiter als die Mutter eines toten Sportlers. Curtiss wird bei dieser Sache so oder so nicht schlecht abschneiden, ob sie nun gewinnen oder verlieren, also werden sie sich nicht eindeutig auf eine bestimmte Seite festlegen und so vielen Leuten den Arm auf den Rücken drehen. Wir haben es mit jemandem zu tun, der über unglaublich viel Geld und mehr Mittel verfügt als irgendeine amerikanische Firma meiner Ansicht nach aufbieten kann, aber wir wissen immer noch nicht, wer es ist. Dies herauszufinden wird eine meiner ersten Aufgaben sein. Könnt ihr mir fünfzehn Minuten Zeit geben, während ich noch einmal meine Notizen durchgehe?«

So halte ich es immer, bevor ich einem Mandanten etwas sage. Ich war bereits zu einer Schlussfolgerung gekommen, wollte aber meine Gedankengänge noch einmal überprüfen.

Die Brüder zogen sich auf die Couch zurück und tauschten Klatsch aus der Luftfahrtbranche aus.

Ich setzte mich und sah die Anmerkungen durch. Es gab keinen Zweifel. Nicht nur, dass auf der anderen Seite ein großer, mächtiger und verborgener Partner stand, aus irgendeinem Grund wollten sie auch ganz gezielt Scott und ShareSpace als Sündenböcke hinstellen. Es sah überhaupt nicht nach persönlicher Rache aus. Jemand, der sich rächen will, kann kaum dem Impuls widerstehen, dem Opfer zu erklären, warum es leiden soll. Scott hatte keine geschäftlichen Konkurrenten, also konnte es in erster Linie nur darum gehen, Starcraft zu beseitigen.

Ich rief sie wieder zu mir und fasste noch einmal meine Gedanken zusammen. »Unsere vordringliche Aufgabe ist es also, herauszufinden, gegen wen wir eigentlich antreten, damit wir abschätzen können, wie hoch die Risiken sind, wozu die andere Seite fähig ist, und vor allem, was wir in Hinblick auf Kompromisse oder Drohungen zu bieten haben.«

»Ich kann nicht glauben, dass es eine gegen mich gerichtete Verschwörung geben soll. Das kommt mir paranoid vor«, klagte Scott.

»Unter Anwälten gibt es einen alten Spruch, dass selbst Paranoide Feinde haben«, erwiderte ich. »Und sage mir nichts gegen Paranoia. In gemäßigter Form ist sie eine Angewohnheit, die dein Überleben sichert. Die interessante Frage ist nun, wer es ist. Bingo Rasmussen hasst deinen Mut, weil er ein kurzsichtiger Affe ist, der die Vorurteile seiner beschränktesten Wähler bedient, und außerdem ist er kleinlich und nachtragend. Doch er hat nicht genug Einfluss, um so etwas durchzuziehen. Er hofft natürlich, dass du den Prozess verlierst, aber seine Phantasie reicht nicht weiter als bis zu der Vorstellung, ein Raumfahrtunternehmen nach dem anderen in den Ruin zu treiben. Wir haben es hier jedoch mit einem eher subtilen Versuch zu tun, die amerikanische Raumfahrtpolitik in eine neue Richtung zu lenken. Typen wie Rasmussen sind nicht subtil. Es muss erheblich mehr Geld und Macht im Spiel sein, als ich bei ihm sehe.«

»Was ist mit Curtiss?« fragte Nick. »Gibt es einen Weg, wie sie Geld verdienen könnten, indem sie den Prozess verlieren oder alles auf Scott abwälzen?«

»Ich wüsste nicht wie. Sie wickeln mehr als fünfzig Prozent der Shuttle-Starts ab und sind der wichtigste Vertragsnehmer für die Raumstation. Ein expandierender privatwirtschaftlicher Markt könnte ein paar alte Manager beunruhigen, die nicht mehr umdenken können, aber ich glaube nicht, dass die Firma insgesamt Einwände hätte, wenn der Markt stark erweitert wird.«

»Das klingt vernünftig«, stimmte ich zu. »Allerdings kann ich mir nicht vorstellen, dass es in der amerikanischen Raumfahrtindustrie noch irgendjemanden gibt, von dem du nichts gehört hast. Es muss also jemand sein, der nicht in dieser Industrie aktiv ist und das scheint wiederum sinnlos.« Ich gähnte und streckte mich. »Wenn wir alle etwas geschlafen haben, werde ich wahrscheinlich einen Schlachtplan entwerfen können. Wollt ihr jetzt auf Bier umsteigen?«

Scott und Nick schüttelten gleichzeitig den Kopf. Sie tranken so gut wie keinen Alkohol. »Cola Light?« fragte ich, und sie nickten.

Ich holte ein Bier für mich und Cola Light für sie aus dem Kühlschrank, öffnete die Dosen und trug sie auf einem Tablett hinüber. Als ich sie bedient hatte, hob ich meine Dose. »Auf den Geist der Mars Four. Irgendwie wünschte ich, Eddie wäre hier.«

Nick kicherte. Ich bin sicher, dass er sich erinnerte und es wahrscheinlich sogar für kindisch hielt, was es vermutlich auch war. Scott dagegen starrte mich an, als hätte ich ihm einen bösen Schrecken eingejagt. Wir stießen mit den Dosen an und lächelten.

»Die einzige Möglichkeit, diesen Kampf zu gewinnen«, erklärte ich, »besteht darin, scharf anzugreifen und unsere wirklichen Gegner zu zwingen, sich zu offenbaren. Solange wir nicht wissen, wer dahinter steckt, benehmen wir uns wie eine beliebige Firma, die wegen eines Unfalls, an dem niemand die Schuld trägt, nur des Geldes wegen verklagt werden soll. Jedenfalls spricht eine Menge dafür, dass es keinen Schuldigen gibt. Wenn wir also hart zuschlagen, müssen sich die wahren Gegner früher oder später zeigen.«

Das Telefon klingelte, ich nahm ab. »Hallo?«

»Thalia Blackstone?«

»Ja?«

»Wir wissen, worüber Sie mit den Blackstone-Brüdern reden, und wir wollen, dass Sie damit aufhören. Wenn wir irgendeinen Hinweis darauf finden, dass Sie weitermachen, wird es Ihnen Leid tun.« Es klickte, und ich hörte das Freizeichen.

Ich legte auf. »Da sind sie schon.«

Nachdem ich es Nick und Scott erzählt hatte, wollten sie beide bleiben und Amos und mich beschützen. Das war wirklich albern, und das sagte ich ihnen auch. »Wisst Ihr eigentlich, wie viele Anrufe ich jeden Monat von Leuten bekomme, die glauben, die Politik der Coalition sei falsch? Und wie viele davon Drohungen ausstoßen? Das ist Routine für jemanden, der politisch aktiv ist. Die Welt ist voller Menschen, die nicht in der Lage sind, einen verständlichen Satz zu sprechen oder ein Problem zu lösen, die aber unendlich viel Zeit haben, anonyme Drohungen zu verbreiten. Das gehört dazu, wenn man etwas erreichen will. Du weißt es, Scott. Wir haben gleich nach der Gründung der Coalition mehrmals die Woche solche Belästigungen erlebt. Ich weiß noch, wie wütend du immer geworden bist.«

»Es macht mich heute noch wütend. Aber früher haben

die Leute nur angerufen und dich beleidigt. Das hier war eine offene Drohung.«

»Oh, auch die bekomme ich heute«, sagte ich. »Aber man darf sich davon nicht einschüchtern lassen.«

»Wie oft machen denn solche Leute ihre Drohungen wahr?« fragte Scott.

Ich zuckte die Achseln. »Es kommt darauf an, was du unter wahr machen verstehst. Ach, komm, hör auf. Wir haben morgen eine Menge zu tun.«

»Nicht so schnell«, sagte Nick. »Du bist der Frage ausgewichen.«

»Du könntest mich wenigstens anrufen, wenn so etwas noch einmal passiert«, fügte Scott hinzu.

»Wie oft hast du schon neben Apparaten gestanden, die dich hätten umbringen können? Und wie oft hast du deshalb *mich* angerufen?«

»Du weichst schon wieder aus, Thally«, sagte Nick.

»Genau. Ich bin Anwältin. Ich kann die ganze Nacht ausweichen, wenn es sein muss. Aber ich will jetzt ins Bett und ich will nicht, dass ihr zwei hier auf dem Fußboden schlaft. Dieser Anruf klang bei weitem nicht so ernst wie andere, die ich bekommen habe. Wenn es weitere Drohungen gibt, werde ich einen Leibwächter anheuern. Fahrt nach Hause und schlaft euch aus, damit wir morgen nicht völlig erschöpft und mit den Nerven am Ende sind.«

Ich musste es mehr oder weniger auf die gleiche Weise noch dreimal wiederholen, ehe sie gingen. Als sie sich endlich in Bewegung setzten, rangen sie mir das Versprechen hab, sie sofort anzurufen, wenn etwas Ungewöhnliches passierte. Ich überprüfte danach vorsichtshalber die Türschlösser und ging ins Bett.

Siebtes Kapitel

THALIA:

Am nächsten Morgen, es war Samstag, rief ich alle Vorstandsmitglieder der Coalition an und teilte ihnen mit, dass ich mich ein paar Monate beurlauben lassen musste, um einen privaten Fall abzuwickeln. Sie waren nicht glücklich, aber sie wussten ganz genau, dass die Coalition auf meine Initiative zurückging und dass ich die Mitarbeiter dazu ausgebildet hatte, die Organisation auch ohne mich am Laufen zu halten. Wenn ich Scotts Fall abgeschlossen hatte, würde der Vorstand entweder darauf brennen, mich zurückzubekommen oder herausgefunden haben, dass die Leute, die ich ausgebildet hatte, die Arbeit auch ohne mich schaffen konnten, sodass ich mich nach einem neuen Job umsehen musste. Doch für eine Anwältin, die etwas verändern will, gibt es immer etwas zu tun.

Danach kümmerte ich mich darum, dass Amos seine restlichen Hausaufgaben erledigte, und verbrachte den größten Teil des Tages damit, einige Details zu regeln, ein Büro einzurichten und Lieferungen und Verabredungen zu planen. Amos ging raus und spielte mit seinen Freunden. Wahrscheinlich war es das erste ›freie Wochenende‹ seit der Scheidung. Er kam später müde und glücklich wieder nach Hause.

Am Sonntag fuhr Scott mit Amos ins Air and Space Museum, während ich mir mehrere lange ›Zu erledigen‹-Listen machte.

Am Montagmorgen konnte ich dann das Problem aus meiner Sicht angehen. Ich hatte mich schon darauf gefreut und brannte darauf, endlich anzufangen, was mir mehr als alles andere zeigte, dass die Entscheidung, Scott zu verteidigen, richtig gewesen war. Ich hatte schon lange keinen großen, publicityträchtigen Fall mehr gehabt und ganz vergessen, wie sehr einen so etwas beflügelt.

Am Mittag war ich bei der Coalition offiziell ausgeschieden und hatte die laufenden Geschäfte meinen Assistenten Maggie und Craig übergeben, die in den letzten Jahren die Organisation ohnehin schon mehr oder weniger selbständig geleitet hatten. Am Nachmittag sah ich mir vier Büros an, suchte eines aus, unterschrieb einen monatlich zu verlängernden Mietvertrag und erledigte noch einige Anrufe. Am Spätnachmittag zeichnete ich ein mehrstündiges Interview mit Scott auf und telefonierte mit Nick, um sicher zu sein, dass ich absolut alles erfahren hatte, was sie wussten oder in Verbindung mit dem Fall für erwähnenswert hielten.

Scott ging alles noch einmal durch: Er hatte sich dafür eingesetzt, den Weltraumtourismus auf lange Sicht zu einem lukrativen Geschäftszweig auszubauen. Er hatte Tickets für die zuverlässigste Methode verkauft, mit der die Menschen bisher überhaupt in eine Umlaufbahn gekommen waren. Er war bei jedem Schritt gewissenhaft vorgegangen. Abgesehen davon, dass er einfach Pech gehabt hatte, gab es nicht den geringsten Grund, ihn in Haftung zu nehmen.

Nick gab mir noch ein paar Details zum Hintergrund: Republic Wright musste den Prozess gewinnen, weil die Firma sonst geschluckt werden würde, und es schien innerhalb der Firma ein paar Leute zu geben, die der Ansicht waren, eine solche Übernahme wäre gar keine schlechte Idee.

Obwohl ich mehrmals verlangte, sie müssten mir alles erzählen, so trivial und unwichtig es ihnen auch vorkam, konnte keiner von ihnen etwas anbieten, das sich wesentlich von dem unterschied, was ich schon am Freitagabend gehört hatte. Ich hatte im Grunde auch nicht erwartet, dass etwas herauskommen würde, aber man musste es wenigstens versuchen.

Den Dienstagmorgen verbrachte ich damit, ein paar gemietete Möbel in meinem neuen Büro unterzubringen. Ich weigerte mich, daheim zu arbeiten, weil ich überzeugt bin, dass es für alle Beteiligten der kürzeste Weg in die Klapsmühle ist, wenn man sich gleichzeitig und am gleichen Ort als Anwältin und als Mutter versucht. Nacheinander rief ich Jasper Haverfords Kanzlei, ShareSpace, Curtiss, Republic Wright und die Ermittler der NASA an, um mich als Scotts Anwältin vorzustellen und meine Büroadresse durchzugeben.

Am Nachmittag ließ ich mir von einer Zeitarbeitsfirma einige Bewerber schicken und befragte sie. Gegen Abend hatte ich eine Sekretärin, einen Rechercheur, eine Anwaltsgehilfin und einen guten Privatdetektiv, mit dem ich schon einige Male zusammengearbeitet hatte, unter Vertrag genommen. Ich rief Nick an und sagte ihm, was es kosten würde. Er lachte und sagte, im letzten Jahr hätte er für einen Privatjet erheblich mehr ausgegeben.

Am frühen Mittwochmorgen brachte der Mann von FedEx eine rotblaue Pappschachtel in der Größe eines Buchs, in die alle Dokumente gestopft worden waren, die Haverford bei Gericht eingereicht hatte, sowie alle Antworten, die er bisher bekommen hatte. Haverford war korrupt und übermäßig aggressiv und so sehr ein Ganove, wie man es gerade eben sein konnte, ohne sich strafbar zu machen, aber er war ein Profi, oder mindestens einer seiner Juniorpartner war es, und er hatte mir genau das geliefert, was ich mit Fug und Recht erwarten konnte.

Gleich auf der ersten Seite fand ich die beste Neuigkeit bisher. Wir würden vor einem Gericht im Staat New York verhandeln, was bedeutete, dass die Jury dem Kläger gegenüber aufgeschlossen, aber klug war. Die Alternativen wären Florida gewesen (aufgeschlossen für den Kläger, aber vielleicht nicht ganz so klug) oder Kalifornien (aufgeschlossen für allerhand windige Argumente und vor allem und noch schlimmer, ausnehmend kreativ). Ich freute mich. »Selbst wenn wir keine Punkte mehr verbuchen können«, sagte ich am Telefon zu Scott, »haben wir bei einem Gericht im Staat New York gute Aussichten, die Jury dazu zu bewegen, die Gesetze und Beweise so zu sehen wie wir und wenn uns das gelingt, dann gewinnen wir. Wenn man ein starkes Team hat, will man einen guten Schiedsrichter haben.«

Der erste Teil eines Prozesses um einen Star ist reine PR, weil der Klient von den Medien verurteilt, aber auch entlastet werden kann. Es ist schwer zu sagen, wie groß der Einfluss der öffentlichen Meinung auf das Urteil ist, doch fraglos wird dadurch die Höhe der auszuhandelnden Summen beeinflusst und damit wird auch festgelegt, was für ein Leben der Klient später führen wird, wenn der Fall keine Schlagzeilen mehr macht.

Ich setzte Interviews mit Reportern an, von denen ich wusste, dass sie Scott gewogen waren, also zunächst einmal Nikki Earl und Fred Gernsback, und bemühte mich, unsere Geschichte in landesweit nachgedruckten Kolumnen und Artikeln zu platzieren. Ich plante so viele Auftritte, Pressekonferenzen und öffentliche Mitteilungen ein, wie es nur möglich war. So macht man es, wenn der Klient nicht nur unschuldig ist, sondern sogar offensichtlich zu Unrecht verfolgt wird. Ich lehnte alle Einladungen zu Sendungen ab, in denen Scott gleichzeitig mit einem Angehörigen der James-Familie auftreten sollte. Man verscherzt sich den Sieg, wenn man in aller Öffentlichkeit unverblümt sagt, dass eine offensichtlich trauernde Mutter kein Recht auf eine Entschädigung hat. Wenn man die Leute dazu bringen will, dass sie den eigenen Klienten für das wahre Opfer halten, dann setzt man ihn möglichst nicht neben jemanden, der einen besseren Kandidaten abgibt.

Ich konnte zwei kleinere Kabelkanäle dafür interessieren, Geschichten über die Gefahren des Weltraums zu bringen, in denen Scott zu Wort kommen sollte, dazu wollte Nick noch einige seiner Leute für Interviewtermine liefern. Die Sender würden in den nächsten Wochen sowieso Dokumentationen über Michael James und Reisen in den Weltraum bringen, und wenn sie keine Informationen von unserer Seite bekamen, dann würden die Darstellungen der anderen Seite unwidersprochen bleiben. Wenn wir uns früh genug einschalteten, konnten wir wahrscheinlich dafür sorgen, dass die Herausforderung und das Abenteuer betont wurden und dabei vermitteln, dass Raumflüge von Touristen eine gute Sache mit relativ geringen Gefahren waren, was letzten Endes zu der großen Frage führen sollte: »Wollen wir wirklich zulassen, dass eine trauernde Familie, die unter den Einfluss eines Winkeladvokaten geraten ist, den Amerikanern den Weg in den Weltraum versperrt, nur weil sie Gewissensbisse haben?«

Wenn ich aber die Produzenten produzieren ließ ohne einzugreifen und ohne ihnen Material von unserer Seite zu liefern, würde die Sache in etwa so klingen: »Wollen wir wirklich zulassen, dass geldgierige Geschäftsleute Raumschiffe benutzen, die der Steuerzahler bezahlt hat, um berühmte Leute zu töten, die von unseren Kindern geliebt werden?«

Keine der Fragen hatte etwas mit der juristischen und tatsächlichen Seite des Verfahrens zu tun, doch das Bewusstsein, das die Öffentlichkeit am Tag der Urteilsverkündung hatte, würde darüber entscheiden, wie die nachfolgende Generation mit dem Weltraum umgehen würde. Es war albern, auf diese Weise vorzugehen, aber in der allernächsten Zukunft bestand meine Aufgabe nicht darin, das System zu ändern, sondern den Prozess zu gewinnen.

Ich hatte Scott schon früh erklärt, dass es, ganz unabhängig von der Wahrheit, wenig sinnvoll war, wenn wir behaupteten, der Weltraum wäre nicht gefährlich. Offensichtlich waren einige Leute im Weltraum, beim Flug in den Weltraum und bei der Rückkehr aus dem Weltraum gestorben. Bemerkungen über die Wahrscheinlichkeiten und Vergleiche mit anderen Zielen und Transportmitteln würden als technische Erbsenzählerei wahrgenommen werden, als ein Wortspiel oder ein Argument, das nicht zur Sache gehörte. Es war viel besser, wenn wir verbreiteten, dass die Gefahren nichts mit zivilen Weltraumflügen zu tun hatten, dass der Unfall durch unglückliche Umstände, aber nicht durch Fahrlässigkeit und ganz sicher nicht durch Böswilligkeit passiert war. Wenn wir diese Stellungnahme in Dutzenden verschiedenen Printmedien und elektronischen Medien verbreiten konnten, würden die Menschen sie ziemlich bald wiederholen, als wären sie selbst darauf gekommen, und unsere Sichtweise des Problems würde als Facette der öffentlichen Meinung und als ›gesunder Menschenverstand‹ betrachtet werden. In einem von der Öffentlichkeit stark beachteten Fall bedeutet dies, dass die Leute, wenn der Klient verliert, in etwa sagen: »Haben die denn überhaupt keinen Verstand?« Gewinnt er, dann heißt es: »Tja, was sollte die Jury sonst auch tun?«

Früher oder später würden natürlich harte Beweise gefunden werden, und ich würde mit dem arbeiten können, was dem Gericht vorgelegt wurde. Im Augenblick, während die Ermittlungen noch liefen, hielt die NASA verständlicherweise alles unter Verschluss. So beschränkte ich mich auf die Aspekte des Problems, die mit Public Relations und der menschlichen Seite zu tun hatten. Um die anderen Fragen konnte ich mich kümmern, sobald sie sich stellten.

Der unangenehmste Aspekt der Angelegenheit war die Tatsache, dass wir vor dem Strafgericht der öffentlichen Meinung siegen mussten. Es galt zu verhindern, dass Anna-Beth James zu viel Sympathie und Unterstützung entgegengebracht wurde. Wir mussten die Leute dazu bringen laut zu sagen, dass MJs Mutter ihnen zwar Leid tat, dass ihrem emotionalen Bedürfnis nach einer ›Stilllegung‹ der Raumfahrt jedoch das viel wichtigere gesellschaftliche Bedürfnis gegenüberstand, Fortschritt und Chancen für die Menschheit nicht zu verbauen. Wir würden die Leute dazu bringen, AnnaBeth James als unvernünftig, besessen und sogar ein wenig verrückt zu betrachten.

Es war grausam, so etwas mit einer Frau zu tun, die gerade einen Sohn wie Michael James verloren hatte. Ich konnte mir vorstellen, wie sie und MJs Schwestern sich fühlten. Allerdings wollte ich für unsere Seite und nicht für die James-Familie den Prozess gewinnen. Die Klage, so wichtig sie in emotionaler Hinsicht auch gewesen sein mochte, hatte ohnehin kaum Aussichten auf Erfolg und keine gute Grundlage. Ich konnte die Beschuldigungen im Blick der Öffentlichkeit nicht einfach bestehen lassen. Letzten Endes ging es nicht nur darum zu gewinnen und auch nicht nur darum, den Leuten zu erklären, dass wir es verdienten zu gewinnen. Wir wollten den Leuten erklären, dass die Idee, uns zu verklagen, von vornherein lächerlich gewesen war. Nur auf diese Weise würden wir Scott und ShareSpace aus der Schusslinie bekommen und es der ganzen Gemeinschaft von Weltraum-Aktivisten und Unternehmen ermöglichen, in den nächsten Jahren weiterzumachen.

In den ersten Wochen riefen mindestens jeden zweiten Tag die Anwälte von ShareSpace, Curtiss und ASU an. Sie drängten mich immer wieder, eine außergerichtliche Einigung anzustreben, obwohl wir von der NASA noch keine Fakten bekommen hatten. Offenbar spielten sie sogar mit dem Gedanken, die Kosten zu übernehmen, die dadurch auf Scott zukämen. Das war freundlich von ihnen, es war jedoch nicht unsere Strategie.

Jedes Mal, wenn sie mit einem neuen Angebot anriefen, hängte ich mich ans Telefon und versuchte, den Anwälten, die für Republic Wright arbeiteten, ein neues Rückgrat zu installieren. Dann rief ich Roger Przeworski an, Nicks Hausanwalt, der noch einmal das Gleiche tat. RW wurde von Boucher, Baker & Chandler vertreten, einer großen New Yorker Kanzlei. Wenn ich anrief, wurde ich jedes Mal mit einem anderen Mitarbeiter verbunden. Przeworski machte in etwa die gleichen Erfahrungen, und wir kamen schließlich zu der Überzeugung, dass es sich um eine jener Kanzleien handelte, die ›professionell‹ arbeiteten, was bedeutete, dass sie niemals etwas taten, das man als Versäumnis auslegen konnte, wobei sie in Wahrheit aber viel größeren Wert darauf legten, sich korrekt zu verhalten und Gebühren zu kassieren, als ihre Prozesse zu gewinnen.

Das Problem, vor dem Przeworski und ich nun standen, lief darauf hinaus, diese Kanzlei irgendwie dazu zu bringen, sich zu verpflichten, den Prozess tatsächlich zu gewinnen.

Das war aus ihrer Sicht allerdings viel gefährlicher, als im richtigen Augenblick durch die hochgehaltenen Reifen zu springen, RW eine außergerichtliche Einigung zahlen zu lassen und danach die Rechnung zu schicken. Sie riefen mich immer wieder an und machten Vorschläge, wie wir Curtiss, ASU und ShareSpace dazu bringen könnten, einen größeren Anteil der außergerichtlichen Einigung auf sich zu nehmen, obwohl wir nachdrücklich erklärten, dass wir eine solche Einigung überhaupt nicht wollten.

Nachdem ich binnen einer Woche den dritten entsprechenden Anruf von Boucher, Baker & Chandler bekommen hatte, schlug Nick vor, ich solle mit Eddie Killeret sprechen und gab mir seine Privatnummer. »Genau wie wir«, erklärte Nick, »war auch Eddie zu eingespannt für ein echtes Familienleben. Er ist geschieden und lebt hauptsächlich in einer Firmenwohnung in Ghost Town.«

»Was ist aus seiner Frau geworden?« fragte ich.

»Keine Ahnung. Sie kam und ging in einer Zeit, als ich mit Eddie keinen Kontakt hatte. Du hast sie auch nicht kennen gelernt, oder?«

»Nein. Ich glaube, er hat Scott und mich zur Hochzeit eingeladen, aber wir haben ihm eine Nachricht geschickt, dass wir es nicht schaffen würden und das war, glaube ich, das letzte Mal, dass wir Kontakt mit ihm hatten. Es müssen jetzt ... Mensch, es ist bestimmt fünfzehn Jahre her, dass ich das letzte Mal mit ihm gesprochen habe«, sagte ich. »Seltsam, wie einem die Zeit und die Menschen entgleiten.«

Ich wusste von Nick, dass in Ghost Town die Mountain Time galt, also wartete ich bis neun Uhr abends, ehe ich Eddie anrief. Ich wollte ihm genug Zeit lassen, um von einer späten Sitzung nach Hause zu kommen und etwas zu essen. Als ich anrief, staunte ich, wie sehr ich mich freute, seine Stimme zu hören, und ich freute mich auch, dass er sich ebenfalls zu freuen schien. »Thally! Nick hat schon gesagt, dass du anrufen würdest.«

»Ja. Ich hatte den Eindruck, dass ihr in der letzten Zeit öfter telefoniert habt. Macht das nicht eure Firmen nervös?«

»Es macht meinen Sicherheitsbeauftragten nervös, und der zuständige Kerl in Nicks Laden, Andrew Riscaveau, kreischt und heult und ist fast außer sich vor Paranoia. Aber wenn man in einer geheimen Abteilung arbeitet, wird man mit den Sicherheitsleuten niemals richtig warm. Leute wie Nick und ich wollen, dass unsere Ingenieure miteinander reden, doch die Sicherheitsleute würden uns sogar Selbstgespräche verbieten, wenn sie könnten. Yeah, es war schön, mal wieder mit Nick zu reden. Außer uns gibt es nicht viele Leute auf der Welt, die Verständnis für unsere Arbeit haben. Und jetzt kann ich sogar wieder mit dir reden; also ist bei diesem ganzen Theater doch noch etwas Gutes herausgekommen. Du musst unbedingt Scott sagen, dass er mich auch anrufen soll. Vergiss nicht, es sind nur noch weniger als zwanzig Jahre, bis die Mars Four ihre Verabredung haben.« Das waren mehr Worte, als ich Eddie jemals zusammenhängend hatte reden hören. Er musste wirklich einsam sein.

»Die Aussichten, zum Mars zu kommen, stehen derzeit nicht sehr gut, was?« sagte ich.

»Man kann nie wissen, es ist vieles in Bewegung. Aber ja, objektiv gesehen muss ich dir zustimmen.« Er seufzte. »Nick hat mich gebeten, dir zu erklären, dass die Firmenpolitik bei Curtiss in dieser Sache wirklich übel aussieht. Ich habe so gut wie keine Verbündeten mehr. Diese Idioten schleimen sich bei der James-Familie ein, statt zu versuchen, den Prozess zu gewinnen. Ich bin mir nicht sicher, was dahinter steckt. Zuerst dachte ich, sie wollten nur unser Geschäft mit den Touristen abwürgen und RW in den Ruin treiben, aber jetzt sieht es mehr und mehr so aus, als würde die ganze Firma einen neuen Kurs einschlagen. Ich bin beunruhigt darüber, wie viele unserer begabten Leute kündigen, während unsere phantasielosen Aktenschlepper im Kongress immer neue Verbündete und Unterstützer gewinnen. Früher konnte man Bingo Rasmussen um keinen Preis bewegen, eine unserer Einrichtungen zu besuchen. In diesem Monat war er mit seinen Kumpanen schon mehrmals im Hauptsitz unserer Firma. Die Firmenpolitik wird neu definiert und ich glaube, das gefällt mir nicht. Die schlechte Neuigkeit ist also die, dass du damit rechnen musst, dass der Druck noch stärker wird. Ich glaube nicht, dass Curtiss umschwenken oder dir helfen wird.«

»Nun ja, das sind nicht gerade unerwartete schlechte Nachrichten«, erwiderte ich.

»Ich wünschte, ich könnte dir mehr sagen, aber ich weiß nur, dass außerdem noch etwas anderes vor sich geht«, fuhr Killeret fort. »Es ist, als würde eine neue Hand die Firma führen, irgendeine einflussreiche Stelle, die ich aber nicht benennen kann. Leute, die ich seit Jahren kenne, fühlen sich in meiner Gegenwart auf einmal nicht mehr wohl und wollen nicht mit mir reden. Im mittleren und oberen Management hat es zahlreiche Veränderungen gegeben. Alle paar Tage verschwindet ein altes Gesicht und ein neues taucht auf. Es kommt mir so vor, als wäre Curtiss nicht mehr die Firma, für die ich früher mal gearbeitet habe. Ich habe schon einige Veränderungen in der Firma erlebt, aber dies ist die weitaus größte, wobei jedoch so gut wie keine konkreten Informationen bekannt werden. Es ist ... irgendwie ist es verrückt. Natürlich beweist das nichts, aber es ist eigenartig, und ich weiß nicht, was ich davon halten soll.«

»Hast du eine Ahnung, wer diese neuen Leute sind?«

»Die meisten kommen aus Denkfabriken und scheinen viel politischer eingestellt zu sein als die Leute, die sie ersetzen. Sie sind entschiedene Anhänger der Demokraten oder Republikaner und kommen von Stellen, die irgendetwas mit öffentlicher Förderung zu tun haben oder auch von Regierungsbehörden, besonders aus der Finanzverwaltung und dem Finanzministerium. Sie kommen aber nicht alle von derselben Stellen. Es ist nicht die Art von innerbetrieblicher Mafia, wie man sie bei heimlichen Übernahmeversuchen sieht. Andererseits ist das alles vielleicht nur ein Produkt meiner Paranoia. Die meisten Spitzenmanager sind noch da, doch im Hintergrund scheint sich etwas zusammenzubrauen.«

Ich stellte noch einige weitere Fragen, doch Eddie hatte mir mehr oder weniger alles gesagt, was er wusste. Die Angelegenheit, die ihm die größten Sorgen bereitete, war im Grunde schrecklich vage. Dann redeten wir über die Jahre, in denen wir uns nicht gesehen hatten, und was wir aus unserem Leben gemacht hatten, und als das Gespräch sich dem Ende näherte, war es schon halb eins nach meiner Zeit. Eddie entschuldigte sich, doch ich bedankte mich, weil er sich so viel Zeit genommen hatte. Wir verabredeten uns, weiter in Kontakt zu bleiben, auch nachdem der Fall abgeschlossen war.

*

Die Wochen vergingen, während ich darauf wartete, dass die NASA endlich ihren Bericht veröffentlichte. Unser Prozess hatte im Fernsehen immer noch einen hohen Nachrichtenwert. Der November begann, bald war Thanksgiving. Ich hoffte inzwischen wirklich, dass ein großer politischer Skandal aufgedeckt werden würde, weil die Regierung erst in ein paar Wochen in die Ferien gehen würde. Wenn nichts geschah, das die Aufmerksamkeit von unserem Fall ablenkte, würden wir noch sechs weitere Wochen eine Spitzenposition in den Nachrichten einnehmen.

Ich kümmerte mich um die PR-Angelegenheiten und den Berg von Post, der jeden Tag zu erledigen war, und produzierte neue Briefwechsel, denn jeder Zivilprozess beginnt damit, dass die Anwälte voneinander Informationen abfragen. Ich plante juristische Strategien und sammelte vertrauliche Informationen, doch abgesehen von alledem musste ich auch dafür sorgen, dass mein Team tatsächlich wie ein Team zusammenarbeitete. Die Mitarbeiter mussten verstehen, was wir tun wollten und wie wir es tun wollten.

Auch wenn das Verfahren sich nur zäh dahinschleppte, mein häusliches Leben lief erheblich besser als in den ganzen letzten Jahren. Ich kam fast immer zum Abendessen nach Hause und wenn ich es nicht schaffte, war Scott, der sonst nicht viel zu tun hatte, bereit, Amos von der Schule abzuholen und mit ihm essen zu gehen. Oft holten sie mich später noch unterwegs ab. Amos und ich waren öfter bei Chuck E. Cheese und Red Robin, als ich es jemals geglaubt hätte, und er sah Scott viel öfter als früher. Es war gut für Amos, dass er seinen Vater so oft sah, und es machte mir nichts aus, weil wir uns jetzt besser verstanden. Mir war nicht bewusst geworden, wie einsam ich nach der Scheidung gewesen war, und jetzt, da er keine aufstrebende Firma mehr durch eine Reihe von Krisen manövrieren musste und die Muße hatte, sich zu entspannen und nachzudenken und etwas Zeit mit seinem Sohn zu verbringen, fand ich es zu meiner eigenen Überraschung sehr angenehm, Scott in der Nähe zu haben.

Nick meldete sich täglich, manchmal aßen wir zu Mittag, wenn er in Washington war, doch meist rief er aus Scorpion Shack an. Er war nicht glücklich darüber, wie Republic Wright zögerte, uns zu unterstützen, er schien allerdings zu glauben, dass sie sich bald dafür entscheiden würden. Wenigstens konnte RW sich nicht völlig auf die andere Seite stellen, wie es Curtiss getan hatte. Ungefähr einmal in der Woche ließ auch Eddie Killeret von sich hören. Meist berichtete er, dass es nach wie vor personelle Veränderungen gab und dass das Klima in der Firma für Neuentwicklungen nach wie vor ungünstig war, doch wenigstens wurde es nicht mehr viel schlimmer.

In der zweiten Novemberwoche kam etwas Bewegung in die Sache. Mehrere Fernsehsender und Zeitungen hatten unseren Standpunkt dargestellt. Umfragen zeigten, dass wir mit unserer Botschaft die Öffentlichkeit erreichten, und wir gewannen die Unterstützung derjenigen, die sagten, sie könnten vom Michael James-Fall allmählich nichts mehr hören. Wie OJ gezeigt und Monica Lewinsky bestätigt hatte, kam die stärkste Unterstützung von Leuten, die stöhnten: »Oh, nicht das schon wieder«, oder: »Ist das denn immer noch nicht vorbei?«, sobald in den Abendnachrichten entsprechende Berichte liefen.

An einem Mittwoch, zwei Wochen vor Thanksgiving, sah

ich einen Bericht meines Rechercheurs durch, aus dem hervorging, bei welchen Gelegenheiten und wann genau MJ oder seine Angehörigen über die Gefahren des Fluges informiert worden waren. Es bestand eine höchstens zehnprozentige Chance, dass wir das Dokument vor Gericht benutzen mussten, ich musste jedoch auch auf diese Eventualität vorbereitet sein und genau wissen, was darin stand. Es war eine schrecklich langweilige Aufgabe. Alle paar Minuten irrten meine Gedanken ab, während ich einige Vermerke für meine Sekretärin schrieb.

Das Telefon klingelte. Eine Frau von der Ermittlungsabteilung der NASA meldete sich und fragte, ob wir am nächsten Morgen an einer nichtöffentlichen Präsentation der Erkenntnisse der Untersuchungskommission teilnehmen könnten. Diese Sitzung sollte vor der für den Nachmittag geplanten Veröffentlichung stattfinden. Ich sagte natürlich sofort zu, und mir wurden Zeit und Ort genannt. Zu dieser Sitzung waren nur Anwälte geladen, also konnte ich Scott und Nick nicht mitnehmen. Ich bedankte mich, legte auf und musste mich um verschiedene Dinge kümmern. Ich brauchte ein Flugticket, Scott musste Amos den ganzen Tag nehmen und Nick musste informiert werden, was im Gange war.

»Drück uns die Daumen«, sagte ich. »Drei Dinge sind jetzt möglich. Die unwahrscheinlichste Variante ist die, dass sie auf einen Fehler der Crew oder ein mechanisches Problem im Shuttle gestoßen sind, die zu MJs Tod geführt haben. Wenn sie damit kommen, sind wir im Eimer, besonders wenn es sich um etwas handelt, das Scott hätte wissen können. Heute sagen Jurys oft, wenn du es hättest wissen können, dann hättest du es wissen müssen. Wahrscheinlich wird das herauskommen, was Billy Kingston und die Crew gleich am Anfang gesagt haben, sodass sich überhaupt nichts ändert. Ich glaube aber, dass eine gewisse Chance besteht - eine kleine Chance besteht immer -, dass sie etwas gefunden haben, das ein großes Loch in Haverfords Argumentation schießt. Wenn das passiert, dann könnte noch vor den Ferien alles gelaufen sein. Also drück uns die Daumen besonders fest.«

»Das mache ich«, versprach Nick. »Übrigens, würde es dir etwas ausmachen, Roger Przeworski mitzunehmen? Er wäre wenigstens noch ein weiterer Anwalt, der auf der Seite der Guten steht.«

»Klar.«

Ich brauchte nur eine Minute, um mich mit Przeworski in Houston zum Frühstück zu verabreden. Wir würden beide im Airport Sheraton absteigen, also war das schnell geklärt. Ich würde noch am Abend fliegen und morgen am Nachmittag zurückkommen. So konnte ich wenigstens ein paar Stunden lang die warme Luft und die Sonne genießen, bevor ich ins kalte, verregnete DC zurückkehren musste.

*

Der nächste Morgen im Hotelzimmer in Houston kam viel zu früh. Ich war erst nach Mitternacht ins Bett gekommen. Trotzdem war ich zu allem bereit, hatte geduscht und mich zurechtgemacht und angezogen und die Aktenmappe sortiert. Eine halbe Stunde vor der Verabredung mit Przeworski ging ich hinunter, um einen Kaffee zu trinken, bis er kam. Im Zimmer wäre ich doch nur nervös hin und her gerannt. Ich warf den Schlüssel in den Kasten an der Rezeption, verstaute meine Reisetasche im Mietwagen und ging ins Café. Es war immer noch zwanzig Minuten zu früh.

Roger Przeworski, Haare und Anzug perfekt in Ordnung, saß bereits dort und wirkte sichtlich nervös. Uns wurde klar, dass wir uns sehr ähnlich fühlten, wir waren beide zu aufgeregt, um auf dem Zimmer zu warten, und statt dagegen anzukämpfen, bestellten wir unser Frühstück und spekulierten, was wir wohl zu hören bekommen würden. »Es ist seltsam, dass die Untersuchung so lange gedauert hat«, erklärte Przeworski. »Wenn die Raumfähre von einem Meteoriten getroffen wurde, brauchen sie doch nur zu bestätigen, dass es so war und müssen nur noch feststellen, ob Kingston bei der Landung alles richtig gemacht hat oder nicht.«

»Wenn es aber etwas anderes war als das, was wir glauben, dann haben sie wiederum nicht genug Zeit gehabt, um es aufzuklären. Vielleicht war die Zeit sogar zu knapp.« Ich strich Butter auf ein Brötchen und senkte den Blick. Przeworski trug einen Ehering. Nun ja, er war für meinen Geschmack sowieso etwas zu groß.

»Also war die Zeit entweder zu lang oder zu kurz ...« Przeworski ließ den Satz unvollendet. »Tja, mehr Möglichkeiten als diese gibt es wohl nicht. Es führt aber zu nichts, wenn man ohne Daten Theorien aufstellt. Da fällt mir gerade ein, dass es doch noch eine weitere Möglichkeit geben könnte. Möglicherweise geben sie lediglich ein besonders interessantes Teilergebnis bekannt. Vielleicht haben sie herausgefunden, dass MJ aus anderen als den offensichtlichen Gründen gestorben ist oder dass man das Stück Weltraumschrott, das ihn getroffen hat, identifizieren konnte und dass die Untersuchung weitergeführt wird.«

»Wie Sie schon sagten, das sind Theorien ohne Grundlage«, wandte ich ein. »Um halb zehn werden wir es genauer wissen. Wie spät ist es?«

»Noch eine Stunde. Reichlich Zeit für unverantwortliche Spekulationen.«

»Lassen Sie mich erst noch einen Kaffee holen.«

Endlich war es Zeit, zum Johnson Space Center zu fahren und so viel von der Wahrheit zu erfahren, wie man uns wissen lassen wollte. Die Fahrt verlief ereignislos, der Raum sah aus wie alle Räume auf der Welt, in denen Pressekonferenzen abgehalten oder öffentliche Erklärungen abgegeben werden. Ein großer Teil der Regierungsgeschäfte wird in solchen absolut anonymen Räumen abgewickelt.

Das Team von BB&C, die Anwälte von Republic Wright, setzte sich zu uns. Wir wechselten ein paar oberflächliche Bemerkungen, die meist darauf hinausliefen, dass wir gemeinsame Bekannte hatten. In der anderen Ecke des Raumes hockten die Vertreter von Curtiss und ShareSpace zusammen und tuschelten. Offenbar sprachen sie ihre Strategie ab. Ich fragte mich, ob ihnen schon vorab Informationen zugespielt worden waren, und falls ja, wie ich ebenfalls in den Genuss dieser Information kommen könnte. Direkt vor Beginn der Veranstaltung kam Jasper Haverford mit zwei Juniorkollegen im Schlepptau herein, begrüßte alle Teilnehmer namentlich und gab jedem die Hand, als hätte er persönlich die Veranstaltung organisiert.

Er war ein gutaussehender Mann, doch es war die Art von gutem Aussehen, die offenbar reichlich teure Pflege erforderte. Er hatte silbernes Haar, ein fein geschnittenes und stark gebräuntes Gesicht und dunkle Augen und Zähne, die viel gerader und weißer waren als von der Natur vorgesehen. Sein Grinsen wirkte absolut aufrichtig. Er war ein Mann, der einem gerade in die Augen schauen und um Vertrauen bitten konnte, während er einem bereits die Geldbörse ausräumte. Die Tatsache, dass er an diesem Morgen so guter Laune schien, war schwer einzuschätzen. Entweder er bemühte sich sehr, den äußeren Schein zu wahren, oder er hatte vertrauliche Informationen bekommen. Beides war Jasper Haverford ohne weiteres zuzutrauen.

Der Untersuchungsausschuss der NASA betrat den Raum, und die übliche Vorstellungsrunde begann. Wie es sich eingebürgert hatte, waren zwei Astronauten dabei, weil man annahm, dass sie über die Raumfahrt mehr wussten als die meisten anderen Leute. Colonel Pete Slendwick, der ältere der beiden Astronauten, der zwei Missionen geleitet hatte, übernahm den Vorsitz. Victor Carlson, der viermal ein Shuttle als Pilot gesteuert hatte, war der zweite aktive Astronaut. Außerdem waren zwei erfahrene Ingenieure dabei, einer von Curtiss und einer von Republic Wright, und einige Gerichtsmediziner. Einer von ihnen war zehn Jahre vorher als Arzt auf einer Shuttle-Mission mitgeflogen. Der letzte in der Runde war ein FBI-Agent mit fast ausdruckslosem Gesicht.

Abgesehen von den eigentlichen Ermittlern mussten auch einige bekannte Leute mit von der Partie sein, weil die Amerikaner einem Bericht von einer Kommission, deren Mitarbeiter sie nicht kannten, keinen Glauben schenken würden. Also saß auch Sally Ride im Ausschuss, die schon bei der Untersuchung des *Challenger*-Unglücks dabei gewesen war. Außerdem hatten sie einen alten Apollo-Astronauten gewonnen, der Ansehen und Erfahrung beisteuerte, und den Physiker, der die bekannte PBS-Serie *Beyond Micro* moderiert hatte. *Wenigstens sieht keiner von ihnen so aus, als wollte er uns vorsätzlich schaden,* dachte ich.

Der offizielle Bericht wurde von Colonel Slendwick vorgestellt. Er wirkte nervös und kaute zwischen den Sätzen an der Unterlippe, als müsste er sich ständig fragen, ob die nächste Bemerkung das Publikum zu empörtem Geschrei veranlassen würde.

»Danke, dass Sie kommen konnten«, begann er. »Wir hatten das Gefühl, dass unsere Informationen für Sie so wichtig sind und einen so großen Einfluss auf Ihren Prozess haben, dass wir Sie als die beteiligten Anwälte eingeladen haben, um Sie schon vor der für heute Nachmittag vorgesehenen Veröffentlichung zu unterrichten.« Er hielt inne und sah sich im Raum um. »Ich möchte betonen, dass unsere Schlussfolgerungen zuverlässig sind, auch wenn es sich um einen vorläufigen Bericht handelt. Der endgültige Bericht wird Anfang nächsten Jahres erscheinen, doch es sind nur noch zwei Teile unvollendet: die exakte Chronologie der Ereignisse, die sich vom Augenblick der Explosion an zugetragen haben, und die Würdigung der Sicherheitslecks, die es unserer Ansicht nach gegeben hat.«

Köpfe fuhren herum, die Zuhörer sahen einander an. Die Begriffe ›Explosion‹ und ›Sicherheitsleck‹ hatten alles auf den Kopf gestellt. Was auch immer dort oben passiert war, der Ausschuss hielt es offenbar nicht für einen Unfall durch Einschlag eines Mikrometeoriten.

Slendwick gab uns einen Augenblick Zeit, das Gehörte zu verdauen, und bereitete sich innerlich auf die Hauptsache vor, die noch kommen sollte. »Nun zu unseren Erkenntnissen. Nach sorgfältiger Untersuchung, einschließlich einer

Rekonstruktion der Oberfläche, durch welche das Objekt austrat, und der Kamera, sowie der Verletzungen, die Michael Tyree James und Marc Akira Clement erlitten haben, sind wir zu dem Ergebnis gekommen, dass das Ereignis auf keinen Fall durch irgendein Szenario zu erklären ist, das sich auf den Einschlag eines äußeren Objekts bezieht, sei er aus einer Umlaufbahn oder aus dem freien Weltraum gekommen. Wir haben vielmehr herausgefunden …«

»Ich habe hier eine richterliche Verfügung«, sagte Jasper Haverford, »die es Ihnen untersagt, mit Ihrem Vortrag fortzufahren, weil Sie damit einseitig in ein schwebendes Verfahren eingreifen würden.«

Colonel Slendwick war wie vor den Kopf geschlagen. Haverford stand auf und verteilte triumphierend Kopien seiner Anordnung. Da der Raum voller Anwälte war, erhob sich sofort lautes Geschrei, an dem ich selbst einen gewissen Anteil hatte.

Haverfords Verfügung war auf eine Weise verfasst, die es ihm mehr oder weniger erlaubte, jeden Bericht zu unterdrücken, der nicht günstig für seinen Klienten aussah, bis das Verfahren vorbei war. Allerdings war die Verfügung von einem New Yorker Gericht erlassen worden, was bedeutete, dass sie in Houston nicht wirksam war.

Die NASA-Bürokraten im Raum wollten natürlich den Bericht zurückhalten und sich absichern, wie sie am besten weiter vorgehen sollten. Die Ingenieure, Wissenschaftler und Astronauten im Ausschuss wollten einfach weitermachen. Przeworski, BB&C und ich hielten die Verfügung für unwirksam. Es war keine Überraschung, dass die Anwälte von Curtiss, ASU und ShareSpace sich hinter Haverford stellten. Wahrscheinlich hatten sie genau darüber vor der Konferenz getuschelt.

Es war ein Glück für die guten Jungs, dass Przeworski besser improvisieren konnte als wir anderen zusammen. Er flüsterte mir zu, was er vorhatte und sagte: »Sorgen Sie einfach nur dafür, dass in der nächsten Stunde niemand geht.« Während ich stritt und Einwände erhob und die NASA-Leute unter Druck setzte, schrieb Przeworski mit der Hand einen Antrag, huschte zur Seitentür hinaus, lief quer über die Straße zu einer Niederlassung von Kinko's und faxte das Dokument an einen Bundesbezirksrichter, den er noch vom Jurastudium her kannte. Vierzig Minuten nachdem Haverford seine Bombe hatte platzen lassen, als die Anwälte sich noch stritten und nachdem Jasper Haverford mich mit einigen Bezeichnungen bedacht hatte, die ich sonst eher von Leuten hörte, die keinerlei Aussichten auf Bewährung hatten, nachdem er sogar gedroht hatte, die Polizei zu holen, um die Versammlung auflösen zu lassen, kam Roger Przeworski mit einem Fax einer bundesbehördlichen Anordnung herein, welche die Verfügung aus New York für ungültig erklärte.

Sobald Przeworski deutlich gemacht hatte, was er in Händen hielt, herrschte betretenes Schweigen. Nach längerem Nachdenken meinte Haverford: »Also gut, ich muss zugeben, dass Sie gewonnen haben. Und ich muss auch zugeben, dass ich neugierig bin.«

Slendwick wirkte verstört, wie ich kaum einmal einen Menschen erlebt habe. Alle setzten sich wieder und nach kurzer Pause fuhr Slendwick fort. »Die Erkenntnisse sprechen für eine Sprengvorrichtung, die im Innern einer sehr exakten Nachbildung der CO-Kamera untergebracht worden ist. Die Vorrichtung bestand anscheinend aus bis zu einem halben Pfund Semtex, das in eine zehn Zentimeter lange, spitz zulaufende Stahlröhre gepresst wurde, aus der wiederum ein Wolfram-Projektil von einem Zentimeter Durchmesser und drei Zentimetern Länge abgeschossen wurde. Das Geschoss hatte eine Aussparung, damit es genau wie eine herkömmliche Gewehrpatrone eng mit der Innenwand der Röhre abschloss, eine hohle Spitze und eine Reihe von Kerben, damit es zerbrach, sobald es die Frontscheibe traf, durch welche das erste Foto ursprünglich aufgenommen werden sollte. Die Stahlröhre, aus der das Projektil abgefeuert wurde, war zugespitzt, um den Druck zu erhöhen und eine höhere Mündungsgeschwindigkeit zu erzielen, nicht unähnlich einem modernen panzerbrechendem Geschütz. Vermutlich war von vornherein beabsichtigt, dass die Explosion das Kameragehäuse zerfetzen und das Gerät so weit wie möglich zerstören sollte. Das Gerät war so ausgelegt, dass es bei der ersten Betätigung des Auslösers gezündet wurde.«

Slendwick warf einen Blick zum Publikum. »Wir glauben, dass wir die Absichten desjenigen, der das Gerät hineingeschmuggelt hat, gut nachzeichnen können, weil der Ablauf erst in letzter Sekunde geändert wurde, wie die Aussagen von Mr. Scott Blackstone und Mr. Perry Lager ergeben haben. Mehrere andere Quellen bestätigen dies. Ursprünglich sollte Mr. James das erste Foto durchs vordere Kabinenfenster aufnehmen. Unsere Rekonstruktion des Geschosses hat ergeben, dass es dazu konstruiert war, mit hoher Geschwindigkeit abgefeuert zu werden und sich beim Aufschlag zu verformen. Hätte es das beabsichtigte Ziel getroffen, dann wäre eine explosive Dekompression der Fahrgastzelle und der augenblickliche Tod der gesamten Besatzung die Folge gewesen. Wir hätten nie erfahren, was passiert ist, die *Columbia* wäre herrenlos ihrer Umlaufbahn gefolgt, wir hätten keinen Kontakt gehabt und die Fernerkundung hätte gezeigt, dass in der Kabine kein Druck mehr war. Angesichts der Sorgfalt, die wir hätten walten lassen müssen, um das Unglück zu erforschen, und angesichts der Schwierigkeiten, ein Rendezvous mit der *Columbia* durchzuführen, und weiter angesichts der Tatsache, dass die meisten inkriminierenden Objekte durch das zerstörte Fenster hinausgesogen und unwiederbringlich verloren worden wären, hätte es Monate, wenn nicht Jahre gedauert, bis wir erfahren hätten, dass es sich um einen gezielten Anschlag gehandelt hat. Es ist gut möglich, dass wir zu dem Ergebnis gekommen wären, das die Crew bereits formuliert hat, dass nämlich der Einschlag eines Mikrometeoriten für den Verlust der *Columbia* verantwortlich war. Wäre alles plangemäß verlaufen, dann hätten wir es mit einem fast perfekten Verbrechen zu tun, das die amerikanische Shuttle-Flotte für Monate oder Jahre an den Boden gefesselt hätte.«

Wieder ließ er den Blick durch den Raum wandern. »Wir hatten jedoch das Glück, die Wahrheit herauszufinden. Michael James' Tod hat mit großer Sicherheit den meisten anderen Crewmitgliedern das Leben gerettet, weil das Geschoss einen großen Teil seiner Energie verloren hat, als es durch sein Brustbein, die Brusthöhle und die Wirbelsäule schlug. Der Aufprall auf die Knochen hat das Projektil frühzeitig zerbrechen lassen, wobei einige Bruchstücke in der Brusthöhle stecken blieben. Nur ein Teil flog mit stark verminderter Geschwindigkeit weiter und schlug ein Loch von einem halben Zentimeter Größe in die Außenwand. Der Halsbruch, an dem Marc Clement starb, wurde durch die Explosion direkt vor seinem Gesicht verursacht, als das Semtex gezündet wurde. Der vordere Teil des Schädels wurde zertrümmert und der Kopf wurde fest genug zurückgeschleudert, um ihm den Hals zu brechen. Angesichts der Tatsache, dass eine Schädelfraktur mit einer starken Gehirnblutung verbunden ist, hätte man keinesfalls mit Dr. Clements Überleben rechnen können. Wahrscheinlich ist er während der starken, wechselnden Beschleunigungen beim Wiedereintritt gestorben, doch hätte er in keinem Fall länger als einige Stunden überlebt, selbst wenn man ihn auf die Erde gebracht und sofort mit modernsten Methoden ärztlich versorgt hätte.

Zwei Angehörige der Lademannschaft haben weniger als eine Stunde nach dem Start der *Columbia* die Vereinigten Staaten verlassen. Einer von ihnen war für die CO-Kamera verantwortlich. Das FBI glaubt, dass die Verdächtigen entweder in den Untergrund gegangen sind und sich einer terroristischen Organisation angeschlossen oder bei einer feindlichen Nation Unterschlupf gesucht haben.

Dies sind im Wesentlichen unsere Erkenntnisse, weitere Details finden Sie im Bericht. Wie ich schon sagte, werden wir Anfang des nächsten Jahres zusätzliches Dokumentationsmaterial veröffentlichen, doch unsere bisherigen Schlussfolgerungen sind abgesichert.«

»Gibt es einen Hinweis darauf, wer die Kamera-Bombe

hineingeschmuggelt hat?« fragte ich. »Ich meine jetzt nicht die Mitarbeiter der Lademannschaft, sondern die Hintermänner, die sie bezahlt haben.«

»Die Untersuchung ist noch nicht abgeschlossen«, erklärte der FBI-Agent leise. »Wir haben die Ermittlungen noch nicht auf eine bestimmte terroristische Organisation oder feindliche fremde Macht eingeschränkt. Natürlich halten wir gewisse Nationen und Gruppen für stärker verdächtig als andere, doch es gibt bisher keinen Grund, eine bestimmte hervorzuheben.«

Es gab einen Aufruhr, wie ihn nur ein Dutzend Anwälte machen können. Die NASA war so vorausschauend gewesen, uns vollständige Sätze mit Fotokopien zur Verfügung zu stellen, in denen alle wichtigen Einzelheiten über die Beweise enthalten waren. Das half uns, die richtigen Fragen zu formulieren, doch schon nach wenigen Minuten nickten Przeworski und ich lebhaft und waren in Feierstimmung. Die Beweise waren so gut, wie wir es gehofft hatten – ballistische Gutachten, Autopsien, Nachweise von Chemikalien, eine Rekonstruktion der Sprengvorrichtung, sogar ein recht aussagekräftiger Vergleich zwischen dem fehlenden Stück im Wolfram-Geschoss und dem Loch in der Wand. »Wenn das Beweise gegen meinen Klienten wären, würde ich auf eine außergerichtliche Einigung drängen«, sagte Roger fröhlich.

»Ich auch.«

Das Schöne daran war aus unserer Sicht die Tatsache, dass es sich juristisch gesehen um einen kriegerischen Akt handelte, falls eine internationale Terroristengruppe oder eine feindliche ausländische Macht dahinter steckte. Für feindliche Aktionen kann man die US-Regierung aber nicht verklagen. Dies erklärte zweifellos, warum ein großer Teil des Geschreis und der Einwände von Haverford und seinen Mitarbeitern kam. Sie forderten, der ganze Bericht müsse unterdrückt werden, die Fakten griffen in Mrs. James' Recht ein, ein für sie günstiges Urteil zu bekommen, und der Bericht dürfe nicht veröffentlicht werden, da er offensichtlich ihrer Sache abträglich sei. Der Ausschuss war ein reines Verwaltungsorgan, das ausschließlich die Aufgabe hatte, Fakten zu ermitteln. Er war nicht mit Anwälten besetzt und entschied nicht einmal selbst, was zu welchem Zeitpunkt veröffentlicht wurde. Haverford hatte keinerlei Einfluss auf ihn, doch er brauchte eine Weile, um es zu verstehen, oder er hoffte, die Leute mit seinem Gebrüll einzuschüchtern, oder vielleicht versuchte er auch, vorsorglich Beweise für die Behauptung zu konstruieren, die Rechte seiner Klientin wären nicht ausreichend berücksichtigt worden. Wie auch immer, er ging uns allen gehörig auf die Nerven.

Als wir sicher waren, dass es vorbei war – wenn man mit Typen wie Haverford zu tun hat, sollte man dafür sorgen, dass er den Raum nicht als Letzter verlässt –, ging ich mit Roger Przeworski rasch zum Mittagessen. Wir stimmten darin überein, dass nach diesen Eröffnungen der Fall möglicherweise binnen weniger Tage vom Tisch sein könnte, und riefen Nick und Scott an, um ihnen die guten Neuigkeiten zu übermitteln.

Scott schien erfreut, aber abgelenkt, als wäre er mit anderen Dingen beschäftigt. Ich fragte ihn, was los sei, und musste fast schreien, um den Lärm im Speiseraum zu übertönen.

»Äh ... es ist wegen deines Autos«, sagte er. »Jemand hat es im Parkhaus am Flughafen in Brand gesetzt. Die Flughafenpolizei hat auf deinem Anrufbeantworter eine Nachricht hinterlassen. Als ich mit den Beamten sprach, sagten sie, es sähe so aus, als hätte jemand einen Molotow-Cocktail darunter gestellt, die Lunte angezündet und wäre einfach weggegangen. Es tut mir Leid, aber nach allem, was sie mir gesagt haben, ist es ein Totalschaden.«

»Dafür bezahle ich ja die Versicherung«, sagte ich. Zum Glück hatte ich nichts Wichtiges im Wagen liegen lassen. »Ich glaube, dann muss mich aber jemand vom Flughafen abholen.«

»Du scheinst es nicht besonders ernst zu nehmen.«

»Wir haben gerade eben den Fall so gut wie gewonnen«, erklärte ich. »Wir könnten jetzt nicht einmal mehr verlieren, selbst wenn wir es wollten. Wenn uns also jemand drohen will, dann hat er zu dem Zeitpunkt, als er meinen Wagen abgefackelt hat, offenbar noch nicht gewusst, dass er bereits verloren hatte. Wahrscheinlich geben sie auf und tauchen unter, sobald sie es erfahren. Oder es könnten auch gelangweilte Jugendliche gewesen sein, die des Nervenkitzels wegen einen teuren Wagen demoliert haben.«

Er war nicht erbaut über meine Einstellung, doch ich konnte ihn schließlich bewegen, mich vom Flughafen abzuholen und sich auf die gute Neuigkeit zu konzentrieren, dass die Argumentation der Gegenseite zerschlagen war.

Nachdem ich aufgelegt hatte, verabschiedete ich mich von Roger Przeworski, fuhr zum Flughafen, lieferte den Mietwagen ab und stieg ins Flugzeug. Ich lehnte mich bequem an, starrte aus dem Fenster und nahm mir etwas Zeit, mich zu ängstigen. So energisch war noch nie eine Drohung in die Tat umgesetzt worden, und ich machte mir große Sorgen. Aber so etwas durfte man einem Klienten nicht zeigen, und wenn ich Scott wiedersah, musste mein Pokergesicht wieder in Betrieb sein.

Achtes Kapitel

THALIA:

Als ich im Büro den Anrufbeantworter abhörte, stellte ich fest, dass jemand ein Computer-Sprachprogramm benutzt hatte, um meine Büronummer anzurufen und fünf Minuten lang den Satz »Lassen Sie die Finger von dem Fall« draufzusprechen. Selbst wenn sich der Anruf zurückverfolgen ließ, würde ich vermutlich nur bei einem Münzfernsprecher landen.

In der Auseinandersetzung mit Scott an diesem Abend unterlag ich. Er übernachtete auf dem Sofa. Ich dachte, es müsste für ihn seltsam und deprimierend sein, in seinem alten Haus zu übernachten, aber nicht im Schlafzimmer zu sein, doch er war sichtlich erleichtert. Am nächsten Morgen erwachte ich von Frühstücksgerüchen. Amos war schon bei der zweiten Portion Toast. »He, vergiss nicht, dass ich keinen Job mehr habe«, sagte Scott entschuldigend. »Ich könnte vielleicht versuchen, wieder bei der NASA oder bei Global unterzukommen. Meine Pilotenlizenz habe ich noch, und ich habe auch die Trainingszeiten am Simulator in Anspruch genommen. Aber im Augenblick käme mir eine nette Frau, die mich unterstützt, besonders gelegen, und deshalb schule ich meine Fähigkeiten als Hausmann. Ich räume danach sogar auf. Es wird dich überhaupt keine Mühe kosten, dass ich hier bin.«

»Die Schürze macht wirklich was her«, versicherte ich ihm.

»Willst du wegen des Anschlags auf dein Auto die Polizei einschalten?«, fragte Scott.

»Das habe ich schon getan. Ich habe auch den ersten Drohanruf gemeldet, gleich nachdem er gekommen ist. Die

Cops dokumentieren solche Dinge, und wenn es danach aussieht, als würde die Sache eskalieren, dann nehmen sie es sehr ernst. Außerdem habe ich nichts Verbotenes getan, und wenn ich die Cops von mir aus informiere, werden sie nicht mir gegenüber misstrauisch. Nach dem zu urteilen, was ich gestern übers Telefon erfahren habe, scheinen sie ihre Sache recht gut zu machen. Die Cops am Flughafen erkennen es als Brandstiftung, und ich weiß von zwei früheren Verfahren, dass der Brandermittler aus Arlington etwas von seinem Geschäft versteht. Doch wenn Profis dahinter stecken, dann wird es keine Spuren geben. Der Detective am Flughafen meinte, es könnte eine Plastikflasche mit brennbarer Flüssigkeit gewesen sein, die man in eine Metallschale gestellt hat, damit die Flammen nach oben gehen. Gezündet wurde der Brandsatz mit einem langen Streifen ölgetränkter Lumpen. Nichts, was man zu bestimmten Tätern zurückverfolgen kann, und die Wahrscheinlichkeit, dass sie Fingerabdrücke hinterlassen haben, ist gering.«

»Was willst du jetzt tun?«

Ich wurde wütend auf Scott, weil er in Amos' Gegenwart darüber diskutieren wollte. Amos hatte zum Glück nur Augen für den Teller und schaufelte das Frühstück in sich hinein. »Ich glaube nicht, dass dieses Verfahren noch sehr viel länger dauern wird«, erklärte ich. »Ich werde wohl noch etwas von Nicks Geld ausgeben und einen Bewachungsdienst in Anspruch nehmen. Ich musste das auch schon einige Male bei der Arbeit für die Coalition tun.«

»Wird das denn ausreichen?«

»Für die Coalition hat es immer gereicht«, sagte ich mit einem Ton, der die Diskussion endgültig beenden sollte.

Nachdem wir Amos in der Schule abgesetzt hatten, fuhr Scott mich zum Büro. Unterwegs fing er wieder mit seinen Sorgen an. Wir hätten uns beinahe darüber gestritten, dass er in Amos' Gegenwart darüber gesprochen hatte, doch da er noch eine Weile auf meinem Sofa schlafen würde, wollte ich einen Streit lieber vermeiden, also schob ich meine Empörung beiseite und erklärte es ihm ruhig und sachlich.

Bei Leuten wie Scott, die es gewöhnt sind, Verantwortung zu tragen und Probleme zu lösen, fährt man mit der Wahrheit am besten, also erklärte ich es ihm, so gut ich es konnte. »Pass auf«, sagte ich, »es ist seltsam und es macht mir Angst, dass mein Wagen angesteckt worden ist. Ich will nicht so tun, als wäre es anders. Ich weiß auch nicht, ob meine früheren Erfahrungen relevant sind. Bei der Coalition kommen die Drohungen normalerweise von Verwandten des Opfers oder des Strafgefangenen, also von jemandem, der sehr erregt ist. Solche Leute machen ungeschickte, dumme Sachen. Sobald sie einen Leibwächter sehen, verlieren sie den Mut. Hier macht mir Sorgen, dass ich nicht erkennen kann, wer dafür verantwortlich ist. Curtiss Aerospace ist wohl kaum eine Firma, die Gangster anheuert. Soweit ich weiß, steht die Regierung auf unserer Seite, was sogar die geheimen Organisationen einschließt, die manchmal illegale Dinge tun. Ich habe nicht einmal den Hauch eines Hinweises, dass das organisierte Verbrechen beteiligt sein könnte. Also bleiben nur noch Jasper Haverford - doch ein schmieriger Anwalt wie er würde nicht zur Gewalt greifen, und du kannst mir glauben, dass er wirklich schmierig ist -, und die James-Familie, aber die sind Saubermänner wie aus dem Bilderbuch. Wenn man sich ansieht, wie die Kinder aufgewachsen sind, keines von ihnen hat auch nur je ein Taschenmesser gezückt oder einen Kaugummi gestohlen, und wenn man außerdem berücksichtigt, dass Anna-Beth und ihre Töchter den größten Teil ihrer Freizeit in der Kirche verbringen, dann vermag ich mir nicht vorzustellen, dass sie einen bezahlten Killer auf mich angesetzt haben.«

»Also gibst du zu, dass es dir Angst macht und dass du nicht weißt, wer dafür verantwortlich ist. Es tut mir Leid, dass ich vor Amos darüber gesprochen habe, aber es ist eine sehr ernste Angelegenheit, Thalia. Das kannst du nicht bestreiten.« Scott fuhr ein Stück schweigend. Herbstlicher Nieselregen hatte eingesetzt und die roten Ziegelhäuser wirkten trüb, als würde man sie durch einen Duschvorhang betrachten. »Was ist mit diesen geheimnisvollen Kräften, über die

Eddie Killeret gesprochen hat? Die Mächte, die Curtiss übernehmen?«

»Wir wissen nicht, wer sie sind und was sie wollen«, wandte ich ein. »Ich halte es für möglich, dass es eine Gruppe aus dem organisierten Verbrechen ist, aber die Mafia ist schon zu oft aufgeflogen, als sie versucht hat, bislang saubere Firmen zu übernehmen, selbst wenn es nur die Müllabfuhr, eine Wäscherei oder ein Supermarkt war. Würden sie wirklich in so großem Stil in eine Firma einsteigen, die als nationale Errungenschaft gilt, und dabei so dumm und plump vorgehen? Es sieht doch beinahe so aus, als würden sie es geradezu darauf anlegen, Ärger zu bekommen.«

Wir redeten noch eine Weile, fanden aber keine Erklärung. Scott begleitete mich sogar die Treppe hinauf bis zum Büro, um sich zu vergewissern, dass schon einige Leute dort waren.

»Soll ich dich wieder abholen?«

»Ich nehme ein Taxi. Ich kann noch nicht sagen, wann ich fertig bin«, antwortete ich. »Aber mach dir keine Sorgen, hier bin ich gut aufgehoben.«

»Wenn es dir nichts ausmacht, würde ich gern den Rest des Tages in deinem Haus verbringen«, sagte Scott, auf einmal seltsam förmlich und zurückhaltend. »Der Garten muss winterfest gemacht werden, und außerdem wird niemand einbrechen oder etwas einbauen, solange ich dort bin.«

»Wenn du willst, gern«, sagte ich. Ich gab ihm den Reserveschlüssel. Ich hielt es immer noch für eine Überreaktion, doch es konnte andererseits auch nicht schaden, wenn er dort war. Davon abgesehen, wusste ich zwar nicht, was ›winterfest‹ bedeutete, aber es klang nach etwas, das getan werden musste.

Ich sah ihm durch das mit Regentropfen besprenkelte Fenster nach, als er abfuhr. Einige Sekunden blieb ich noch stehen und dachte an nichts Bestimmtes, bevor ich mich an mein Tagewerk machte. Bis die Leibwächter pünktlich um elf auftauchten, dachte ich nicht mehr über die Vorfälle nach.

Zwei echte Überraschungen gab es noch an diesem Tag, der hektischer war, als es ein Freitag für einen Anwalt gewöhnlich ist. Zuerst einmal bekam ich Post von Haverford. Er hatte Dutzende Gesuche und Anträge beim Gericht in New York eingereicht. Er verlangte, der NASA-Bericht müsse unterdrückt werden, und versuchte darzulegen, dass die tatsächliche Ursache des Unfalls völlig irrelevant hinsichtlich der Frage sei, ob man deshalb jemanden verklagen könne. Das sah nicht nach einem Mann aus, der geschlagen war und aufgeben wollte.

Mit einem Seufzen rief ich das Gericht in New York an und konnte nach verschiedenen Warteschleifen und Verbindungen hin und her feststellen, dass alle Anhörungen wegen dieser Anträge für den folgenden Dienstag angesetzt waren. Sie schienen allesamt so abwegig und leicht zu widerlegen, dass ich sie vermutlich an einem einzigen Tag aus dem Weg räumen konnte, aber es war vermutlich doch besser, gleich für mehrere Tage ein Zimmer zu reservieren.

Am Spätnachmittag tippte ich einen Entwurf meiner Stellungnahme, dass alle Anträge Haverfords abgewiesen werden sollten. Im Grunde bezog ich mich vor allem darauf, dass Haverfords Argumente immer auf den gleichen Annahmen beruhten und die gleiche Zielrichtung hatten. Wenn der Richter irgendeines seiner Argumente verwarf, sollte er eigentlich auch alle anderen verwerfen. Das würde Haverford davon abhalten, einen Antrag nach dem anderen aus dem Ärmel zu schütteln und Zeit zu schinden.

In diesem Augenblick wurde ich auf das zweite Ereignis aufmerksam gemacht, das nicht nur das laufende Verfahren, sondern die ganze Welt betreffen sollte. Das Telefon klingelte, und als ich abhob, meldete sich Nick. Er rief über das flugtaugliche Handy aus der Firmenmaschine von RW an. Diese Verbindung benutzte er sonst nie für persönliche Gespräche, also musste es äußerst wichtig sein. Normalerweise baute die Satellitenantenne des Flugzeugs eine glasklare Verbindung auf, doch dieses Mal klang es kratzend und schwankend wie die Ferngespräche, die ich früher auf dem

College geführt hatte. »Thalia, wenn du einen Fernseher im Büro hast, schalte CNN ein. Ich glaube, Scotts Fall wird für eine Weile von den Titelseiten verschwinden und in der Luftfahrtindustrie wird es drunter und drüber gehen. Ich dachte mir schon, dass du es noch nicht gehört hast. Ich muss weiter ... grüß mir Amos und Scott. Vielleicht können wir heute zu Abend essen? Ich melde mich in ein paar Stunden nach der Landung.«

»Komm doch um sieben bei mir vorbei, dann können wir reden«, sagte ich. »Ruf mich übers Handy an, wenn sich etwas ändert.«

»Falls es funktioniert«, sagte er, »werde ich das machen.«

Warum sollte mein Handy nicht funktionieren? »Danke, Nick. Ich schalte den Fernseher ein.«

Er beendete das Gespräch, ohne sich zu verabschieden.

Wenn man einen Fall bearbeitet, der in der Öffentlichkeit stark beachtet wird, hat man natürlich einen Fernseher im Büro. Ich nahm die Fernbedienung vom Kaffeetisch und schaltete CNN ein. Zuerst sah ich viele besorgte Gesichter und Karten mit Pfeilen und Linien. Ich erkannte die Kaschmir-Region. Die Bilder waren verschwommen, und es ruckelte einige Male, wie es geschieht, wenn ein Signal nicht genügend Bandbreite bekommt. Ich stellte den Ton an und war überrascht, dass es knisterte, zischte und knackte.

Pakistan und Indien führten wieder einmal Krieg. Pakistanische Truppen hatten die Grenze überschritten. Überall in der Kaschmir-Region und an der Grenze zwischen den beiden Staaten wurde gekämpft. Pakistan hatte den Angriff mit dem Einsatz einer Geheimwaffe begonnen, die viel besser funktioniert hatte als erwartet. Die Nachrichtensprecher hatten sie bereits als ›Protonenbombe‹ getauft.

Die Idee war schon seit Jahrzehnten im Gespräch. Man braucht keine Orbitalgeschwindigkeit, um in den Weltraum zu kommen, man braucht diese hohe Geschwindigkeit nur, um im Raum zu *bleiben.* Die alten V2 im Zweiten Weltkrieg hatten den größten Teil ihrer Flugbahn außerhalb der Atmosphäre zurückgelegt, dabei jedoch keine Geschwindigkeiten erreicht, die es ihnen erlaubt hätten, außerhalb der Atmosphäre in eine Umlaufbahn einzuschwenken. Schon 1949 war eine zweistufige Testrakete der Army dreihundert Meilen hoch geflogen, zweimal höher als die Umlaufbahn der ersten Satelliten. Man braucht eine große Rakete, um einen Satelliten in die Umlaufbahn zu bekommen, aber dieselbe Rakete kann eine viel größere Nutzlast in den Weltraum über die Atmosphäre hinaus befördern, wenn sie nur für kurze Zeit dort bleiben muss.

In diesem Fall war die Nutzlast ein sehr seltsames Objekt gewesen. Oberflächlich betrachtet erinnerte es an eine alte, primitive Wasserstoffbombe. Es war ein längliches Ei aus Stahl, etwa sechzig Fuß lang und an der dicksten Stelle vierzig Fuß dick. Innen war es geformt wie eine Ellipse, also ein Körper mit zwei inneren Brennpunkten, sodass alles, was man an einem Brennpunkt loslässt, zum anderen Brennpunkt reflektiert wird. In einem Brennpunkt saß eine Atombombe von einer halben Megatonne. Eine viel bessere Bombe als die Pakistanis sie herstellen konnten, aber das wussten wir in diesem Augenblick noch nicht. Im zweiten Brennpunkt war eine Kugel von 22 Fuß Durchmesser befestigt, die mit zwölf Tonnen flüssigem Wasserstoff gefüllt war. Der Rest der Ellipse war luftleer gepumpt worden.

Sie schossen die Rakete in gerader Linie nach oben. Sie war bei weitem nicht schnell genug, um den Orbit zu erreichen, doch es reichte für ihre Zwecke völlig aus. Hundertdreißig Meilen über dem Kaschmir, als das Stahlei seine Gipfelhöhe erreichte und der Rücksturz zur Erde begann, zündeten sie die Bombe.

Als Erstes strahlt eine Atombombe intensive Röntgenstrahlen ab und diese Bombe war so konstruiert, dass dieser Effekt maximiert wurde. Röntgenstrahlen werden von Stahl reflektiert wie von einem Spiegel. Die Ellipse konzentrierte den Ausbruch im zweiten Brennpunkt auf den Tank mit dem Flüssigwasserstoff. Die starke Strahlung komprimierte den Tank stark genug, um die Temperatur auf zig Millionen Kelvin steigen zu lassen – heißer als die Kerne der meisten Sterne.

Andere Arten von Strahlung nahmen den gleichen Weg. Sie gingen von der Atombombe aus und wurden ins Zentrum des Wasserstofftanks gelenkt, doch dieser Vorgang dauerte nur einige Mikrosekunden. Dann löste die Hitze der Atombombe das Stahlei und jedes andere feste Objekt in der Umgebung auf.

Die zwölf Tonnen Wasserstoff, die knapp über 45 Millionen Grad heiß waren, expandierten.

Wasserstoff ist das einfachste und leichteste Element, einfach nur ein Proton, um das ein Elektron kreist. Schon bei einigen tausend Grad Hitze löst sich das Elektron vom Proton, so dass Plasma entsteht. Plasma ist ein Gas, in dem viele Elektronen von ihren Atomkernen getrennt sind – Flammen, das Nordlicht und das glühende Gas in Leuchtstoffröhren bestehen aus gewöhnlichem Plasma.

Dieses Plasma war allerdings kein gewöhnliches Plasma. Im Vakuum des Weltraums konnte das Gebräu aus Protonen und Elektronen mit einer Geschwindigkeit von Hunderten von Meilen pro Sekunde expandieren.

Wenn die Elektronen und Protonen elektrisch neutral gewesen wären, dann wären sie einfach aus dem Magnetfeld der Erde herausgeflogen und hätten das Sonnensystem verlassen. Doch ein Proton hat eine positive Ladung, während ein Elektron eine negative Ladung hat. Das Magnetfeld der Erde wirkt auf geladene Partikel ein. Die Protonen und Elektronen, die sich über der Kaschmir-Region ausbreiteten, wurden vom Magnetfeld der Erde erfasst und zu immer höheren Geschwindigkeiten beschleunigt. Als sie aus der Protonenbombe herauskamen, hatten die Teilchen jeweils nur eine Ladung von ein paar hundert Elektronenvolt – nicht einmal genug, um ein Blatt Küchenpapier zu durchschlagen. Doch das Magnetfeld der Erde fing die Protonen und Elektronen ein und zog sie an und beschleunigte sie dabei. Sie wurden mit dem Äquivalent von 5 Ge beschleunigt. Fünf Minuten nach der Explosion der Bombe war die unvorstellbar dünne Wolke aus Wasserstoffplasma – ein so dünnes Gemisch von Protonen und Elektronen, dass nicht mehr als

30 Millionen auf den Kubikmeter kamen – vom Magnetfeld der Erde mit solcher Kraft beschleunigt worden, dass die meisten Partikel sich mit relativistischen Geschwindigkeiten bewegten und Ladungen von nicht nur ein paar Tausend, sondern Millionen oder zig Millionen Elektronenvolt trugen.

Die unsichtbare Wolke wurde um die Erde geweht und hüllte sie ein. So hoch war die Geschwindigkeit der verstreuten Protonen und Elektronen, dass weniger als zehn Minuten nach der Explosion zwischen der obersten Schicht der Atmosphäre bis zu einer Höhe von 40 000 Kilometern geladene Partikel in jedes Objekt einschlugen, das sich gerade dort befand. Bei solchen hohen Geschwindigkeiten und in dieser starken Verdünnung war der Wasserstoff nicht mehr als Wasserstoff zu erkennen. Er hatte sich in reine harte Strahlung verwandelt. In etwas, das die Physiker als ›ionisierende Strahlung‹ bezeichnen. Geladene Teilchen drangen mit hoher Geschwindigkeit in feste Materie ein, schlugen Elektronen aus Atomen heraus und rissen sie weg und produzierten dabei einen hässlichen, gefährlichen Ausstoß von Röntgen- oder Gammastrahlen.

Nach einer Reise von Hunderttausenden Meilen durchs Vakuum des Weltraums und nachdem sie, vom Magnetfeld der Erde immer stärker beschleunigt, mehrmals in der Sekunde um den ganzen Planeten gerast waren, hatten die Protonen und Elektronen, als sie schließlich auf die Satelliten trafen, genügend Energie, um einen Ausbruch von harter Strahlung zu erzeugen, der die mikroskopisch kleinen Leiter durchtrennte, dielektrische Folien durchlöcherte, die Transistoren verbrannte, die Halbleiter chemisch veränderte und riesige Ladungen durch Schaltungen jagte, die für solche Energien nicht gebaut waren. Auf hunderterlei Weise wurde die Mikroelektronik, von der jeder Satellit abhängt, zerstört.

Die pakistanische Regierung erklärte lautstark, man habe nur die Satelliten in unmittelbarer Umgebung der Explosion treffen und eine Wolke erzeugen wollen, die für ein paar Stunden jeden Satelliten zerstören konnte, der in einer niedrigen Umlaufbahn über diesen Teil der Erde hinwegzog.

Man wollte lediglich die Spionage- und Kommunikationssatelliten Indiens und aller anderen Länder, die in Frage kämen, behindern.

Wenn das wirklich ihre Absicht war, dann hatten sie sich um einige Größenordnungen verrechnet. Sie hatten nicht bedacht, wie schnell die stark geladenen Elektronen und Protonen im Magnetfeld der Erde beschleunigt werden würden und wie lange sie in diesem Feld gefangen sein würden. Als die Plasmawolke auseinander flog und die Teilchen aufgeladen wurden, entfernten sich viele von der Erde, doch ein kleiner Teil stürzte auch auf die magnetischen Pole herunter und drang hoch über dem kanadischen Melville Island und dem antarktischen Wilkesland in die Ionosphäre ein. Der größte Teil der Partikel wurde jedoch vom Magnetfeld der Erde nach außen gedrängt und bildete eine dichtere, stärkere und energiereichere – und erheblich größere – Strahlungsquelle, als es der Van-Allen-Gürtel je gewesen war. Die strahlende Wolke würde sich in einer Entfernung von 80 bis 30 000 Meilen von der Erde noch einige Wochen halten, und solange sie existierte, würden alle Objekte in erdnahen Umlaufbahnen einer Strahlung ausgesetzt, die binnen einer oder zwei Stunden jegliche Satellitenelektronik zu zerstören vermochte.

Die strahlende Zone reichte weit genug hinaus, um auch den geostationären Orbit zu erfassen, wo die Kommunikationssatelliten standen. Dies sind die höchsten kommerziell genutzten Umlaufbahnen. Auch dort wurden die elektronischen Schaltungen weitgehend zerstört und damit wurden praktisch alle Satelliten der ganzen Welt nutzlos.

Es war lange her, dass ich auf dem College Physikvorlesungen belegt hatte, und ich musste die Berichte mehrmals sehen, bis ich die Grundlagen verstanden hatte. Unterdessen versuchten die Nationen der Welt, sich ein Bild vom Ausmaß der Katastrophe zu verschaffen. Die Kanadier hatten Raketen zur Sondierung hochgeschossen und Messungen durchgeführt, die zeigten, dass die Protonen zum größten Teil noch oben waren. Sie beschleunigten weiter und luden sich weiter auf, bis sie auf die Magnetpole der Erde niedergehen oder mit einem Satelliten zusammenprallen und die Strahlenschäden noch weiter verstärken würden. Bisher waren kaum Elektronen heruntergekommen und aufgrund der Starfish-Experimente vor einigen Jahrzehnten musste man fürchten, dass sie sich noch sehr lange im Strahlungsgürtel halten würden.

Die Welt hatte ein halbes Jahrhundert gebraucht, um ein riesiges Netzwerk von Satelliten aufzubauen, die der Kommunikation, der Navigation, der Spionage, der Wettervorhersage, dem Umweltschutz und der Wissenschaft dienten. In weniger als vier Stunden waren sie alle beschädigt, zerstört oder vernichtet worden. High-Tech-Geräte im Wert von Hunderten von Milliarden Dollar, von denen der Planet abhing, hatten sich im Handumdrehen in Schrott verwandelt.

Deshalb waren die Telefon- und Fernsehübertragen auch so schlecht. Die Satelliten stellten nacheinander ihren Dienst ein, die Schaltungen brannten durch und wurden in der Strahlung unzuverlässig, die Empfänger konnten das elektronische Rauschen nicht mehr von den Nutzsignalen trennen und die Antennen nicht mehr auf die richtigen Bodenstellen ausrichten. Die Satelliten wussten nicht mehr, wann sie mit ihren Motoren Korrekturmanöver durchführen mussten, die elektronische Steuerung der Korrekturdüsen versagte und die Satelliten taumelten ungesteuert im wechselnden Schwerkraftfeld zwischen Erde und Mond, weil sie ihre Position nicht mehr anpassen konnten.

Die Glasfaserkabel und die Mikrowellensender konnten die Überlast nicht aufnehmen. Besonders transatlantische Verbindungen waren betroffen. Die Kommunikation der ganzen Welt steckte in einem gigantischen Verkehrsstau.

Die NASA ließ kein Wort über das Schicksal der ISS-Besatzung verlauten. Auf der Station gab es einen ›Bunker‹, einen abgeschirmten Bereich, in dem sich das Personal vor Sonneneruptionen und anderen Ausbrüchen von starker Strahlung schützen konnte, doch man erfuhr nicht, ob der Schutzraum auch für die hohe Strahlendosis, die jetzt die

Station traf, ausreichen würde. An die Station war eine Sojus-Kapsel als Rettungsboot angedockt, aber bisher war nicht bekannt, ob die Besatzung sich in Sicherheit gebracht hatte. Kommentatoren, die nichts wussten, aber etwas sagen mussten, brachten immer wieder ihre Hoffnung zum Ausdruck, dass der Mannschaft nichts zugestoßen sei.

An die Armeen Pakistans und Indiens erging eine Anordnung des UN-Sicherheitsrates, sich hinter die jeweiligen Grenzen zurückzuziehen, die Auseinandersetzungen zu beenden und keinen Mucks mehr von sich zu geben. Anscheinend unterstützten alle wichtigen Länder diese Entscheidung des Sicherheitsrates. Wahrscheinlich war der Krieg damit beendet. Die Generäle mochten es für einen brillanten Schachzug gehalten haben, doch in Wirklichkeit hatte Pakistan sich zum internationalen Paria gemacht und konnte nicht mehr auf die Unterstützung anderer Länder hoffen. Aus pakistanischen Regierungskreisen wurden Gerüchte verbreitet, die chinesischen technischen Beratern die Schuld gaben, weil man in die Irre geführt worden sei, doch niemand wusste, ob dies der Wahrheit entsprach oder nur ein verzweifelter Versuch war, die Schuld abzuwälzen.

Ich saß da, starrte den Bildschirm an und konnte keinen klaren Gedanken fassen, während die Informationen mit flackernden Bildern und knisterndem Ton gesendet wurden. Ich sah ein Dutzend Experten miteinander streiten und dachte abwesend, dies wird wohl einer der Tage, die ich nie vergessen werde. Ich würde mich immer daran erinnern, wo ich war, als ich davon hörte. Genauso war es, als ich von Nixons Rücktritt erfuhr, als die *Challenger* explodierte und als die Berliner Mauer fiel. Die Errungenschaften der Weltraumindustrie der ganzen Welt waren binnen einer Stunde vernichtet worden.

Nick hatte Recht. Diese Ereignisse würden Scott für eine Weile aus den Schlagzeilen verdrängen. Jetzt war mir auch klar, warum Nick geglaubt hatte, das Handy könne nicht mehr funktionieren.

Ich nahm ab, rief zu Hause an, hörte mir meinen eigenen

Begrüßungstext an und sagte mehrmals laut: »Scott, geh bitte dran.«

Endlich kam er. »Hallo, Thalia, was ist denn los? Ich wollte gerade die Doppelfenster für den Winter einsetzen. Hast du eigentlich im letzten Winter daran gedacht?« Es war ein Ortsgespräch, deshalb war seine Stimme laut und deutlich zu hören.

»Nein«, gab ich zu. »Es war einfacher, mehr Geld für die Heizung auszugeben. Aber deshalb rufe ich nicht an. Schalte CNN ein. Ich glaube nicht, dass es mit unserem Verfahren zu tun hat, aber es ist gerade etwas sehr Wichtiges passiert. Du bist aus den Schlagzeilen raus. Außerdem glaube ich, dass sie ziemlich bald schon jeden qualifizierten Shuttle-Piloten brauchen werden, ganz egal, was sie zahlen müssen, also dürftest du bald wieder Arbeit haben.«

Nach einer Weile war mir klar, dass ich vor Montagmorgen sowieso nichts mehr erledigen konnte. Ich saß im Büro und sah zu, wie es immer dunkler wurde, als sich draußen ein mieser, nassgrauer Novembertag dem Ende näherte, der hervorragend zu meiner Stimmung passte. Ich starrte aus dem Fenster und achtete kaum noch auf den Fernseher, halb hypnotisiert von den endlosen Wiederholungen der wenigen Dinge, die man über die Katastrophe wusste. Die Berichte kamen von Menschen, die entweder schockiert waren (das waren diejenigen, die verstehen konnten, was passiert war) oder verwirrt reagierten (das waren diejenigen, die jene interviewten, die es begriffen hatten). Ich beauftragte meine Zeitsekretärin Clara, mir ein Taxi zu rufen, und schlug ihr vor, Feierabend zu machen.

*

Zwei Stunden später sah ich zu Hause die Nachrichten und konnte verfolgen, wie die letzten noch aktiven Satelliten den Dienst quittierten. In Washington konnten wir CNN noch empfangen, weil es ein Glasfaserkabel nach Atlanta gab. Die CNN-Zentrale in Atlanta war jetzt auf das angewiesen, was über terrestrische Leitungen hereinkam, also hauptsächlich per Telefon und eMail. Auf der Mittelwelle war nur noch Rauschen zu hören, seit die geladenen Teilchen in die obere Ionosphäre eingedrungen waren, die UKW-Sender funktionierten noch. Der Präsident hatte einige nationale Prioritäten festgelegt und dafür gesorgt, dass Nachrichtensendungen und Regierungsmitteilungen bevorzugt verbreitet wurden. Die verbliebene terrestrische Bandbreite sollte zwischen den verschiedenen Nutzern aufgeteilt werden. Wer an einer Satellitenschüssel statt am Kabel hing, hatte natürlich Pech.

Als Nick um sieben kam, war er seltsam fröhlich und bestand darauf, dass wir »sofort und auf der Stelle etwas unternehmen müssen, das Spaß macht. Dies wird für mindestens ein Jahr mein letztes freies Wochenende«, erklärte er. »Im Augenblick und für die nächsten paar Wochen können wir absolut nichts an der Situation ändern. Zuerst muss das Magnetfeld der Erde seine Schuldigkeit tun und die Protonen müssen herunterkommen, wegfliegen oder vom Van Allen-Gürtel eingefangen werden. Die Hintergrundstrahlung wird für die nächsten zwanzig Jahre in der Nähe der Erde messbar größer sein, sollte aber in ein oder zwei Monaten auf ein erträgliches Maß sinken, so dass der Raumflug wieder möglich wird. Sobald die Strahlung auf ein vertretbares Maß gesunken ist, werden wir zwei oder drei Jahre lang so schnell wie möglich Fluggeräte bauen und starten und vielleicht werden sogar ein paar alte Pläne, die wir in Scorpion Shack entwickelt haben, entstaubt, und sie lassen uns neue Raketen konstruieren.«

Wir unterbrachen unser Gespräch, um eine Stellungnahme des pakistanischen UN-Botschafters anzuhören. Pakistan behauptete, man habe lediglich die Absicht gehabt, eine Bombe in nicht mehr als sechzig Meilen Höhe zu zünden. Der Flüssigwasserstoff sollte durch die freigesetzte Strahlung nur die unmittelbar über dem Explosionsort stehenden Satelliten unbrauchbar machen, und der größte Teil der elektromagnetischen Impulse sollte sich nach unten auf den Boden richten. Die chinesischen Berater, die Pakistan halfen, hätten jedoch entgegen allen erteilten Befehlen eine größere Bombe gestartet und in größerer Höhe explodieren lassen, die zudem mehr Wasserstoff als geplant enthalten habe. Einige Kommentatoren schienen dieser Darstellung zu glauben, einige vertrauten den Dementis der Chinesen, doch im Grunde kam es jetzt nicht mehr darauf an, welche Absichten man ursprünglich verfolgt hatte.

Nach der Erklärung zuckte Nick die Achseln. »Wenn ich glauben soll, jemand hätte die Pakistanis hereingelegt, dann würde ich vor allem an uns selbst oder an Curtiss denken. Alles, was im Orbit stand, ist zerstört und das bedeutet, dass in kürzester Zeit fünfhundert Milliarden Dollar für den Bau und den Start neuer Satelliten investiert werden müssen. Das ist besser, als direkt nach einem Hurrikan ein Bauunternehmen zu gründen. Und das bringt mich wieder darauf, dass ich übers Wochenende verschwinden muss, solange es noch nicht wirklich etwas zu tun gibt. Falls ich so dumm sein sollte, ins Büro zu gehen oder mich irgendwo aufzuhalten, wo sie mich leicht finden können, werde ich das ganze Wochenende gezwungen sein, Leute mit allen möglichen Antworten zu beruhigen, die sie sowieso schon kennen, oder ihnen etwas zu erzählen, das sie nicht verstehen.«

»Ich habe eine Idee«, sagte Scott. Er sah zu Amos, der still seine Hausaufgaben machte. »He, Amos, wie hat dir der Ausflug zum Strandhaus vor drei Wochen gefallen?«

»Du weißt doch, dass es Spitze war, Dad«, gab Amos zurück. »Am Wasser ist es kalt, aber man kann am Strand eine Menge machen, und die Hütte ist warm, weil es einen Holzofen gibt.«

»Und deinem Vater ist warm, weil er das Holz hacken muss«, fügte Scott hinzu.

»Ich wollte es ja versuchen«, maulte Amos.

»Ich muss mich erst noch daran gewöhnen, dass du eine Axt schwingst, mein Junge, aber wir können dafür sorgen, dass du morgen noch etwas üben kannst. Wir könnten doch alle vier zum Strandhaus fahren. Wenn Nick sein Handy mitnimmt, ist er technisch gesehen und theoretisch erreichbar und hat sich richtig verhalten, auch wenn sie in der Praxis nicht durchkommen werden ... und er kann zwei Tage herausschlagen, in denen er herumhängen kann ...«

»Und kochen«, fügte Nick grinsend hinzu. »Ja, du hast Recht.«

Ich dachte darüber nach. Bis Montag würde sich in unserem Verfahren nichts bewegen. Ich konnte meine Notizen im Strandhaus genauso gut bearbeiten wie hier und falls ein Weltkrieg ausbrechen sollte, wäre ich im Ferienhaus am Meer besser aufgehoben als in DC. Wir konnten bis sieben Uhr mit Packen fertig sein und unterwegs noch einmal halten, um Lebensmittel einzukaufen ... »Ich muss nur Mrs. Banks anrufen, damit sie Strom und Wasser einschaltet, bevor wir kommen«, sagte ich. Je länger ich darüber nachdachte, desto breiter wurde mein Lächeln. Ja, es war wirklich eine gute Idee. »Gut, das machen wir.«

*

Drei Stunden später, nachdem wir alles viel schneller erledigt hatten, als ich es für möglich gehalten hätte, schleppten Amos, Scott, Nick und ich je eine Einkaufstüte mit Lebensmitteln in die überraschend saubere Küche des Ferienhauses. Scott hatte endlich einmal hinter sich aufgeräumt oder Amos hatte ihn dazu gedrängt. Der Junge war ja fast schon stubenrein. Es war erbärmlich kalt, doch Scott hatte etwas kleingehacktes Feuerholz zurückgelassen und bemühte sich sofort, im Holzofen ein Feuer anzuzünden.

Auf dem Küchentisch lag eine Nachricht von Mrs. Banks. Sie teilte uns mit, dass einige Glühbirnen kaputt waren. Strom und Wasser waren jedoch eingeschaltet, und der Kühlschrank summte und würde bald kühlen, und er roch auch nicht muffig.

»Ich war seit mindestens zehn Jahren nicht mehr hier«, erklärte Nick. »Hängt das Modell der Saturn V noch im Dachzimmer? Beim letzten Mal war es noch da ...«

»Nein«, sagte Amos sichtlich verlegen. »Ich habe es in

meinem Zimmer aufgehängt, Onkel Nick. Hier hat es ja niemand mehr benutzt, und ich habe gefürchtet, irgendjemand könnte es im Sommer wegwerfen.«

Nick klopfte ihm auf die Schulter. »Dein Zimmer ist der richtige Platz dafür. Ich fühle mich geehrt.«

»Freitagabend«, sagte ich, »gibt es Sloppy Joes. Kannst du die auch auf einem Holzofen machen, Nick?«

»Darf Amos denn bis Mitternacht aufbleiben, um einen zu essen? Scott wird eine Weile zu tun haben, um das Feuer richtig in Gang zu bringen und dann braucht der Holzofen noch eine Weile, um richtig heiß zu werden. Aber im Prinzip ich bin sicher, dass es geht.«

»Du kannst natürlich auch meine Schummelausrüstung benutzen«, erklärte Scott, der gerade eine zusammengerollte brennende Zeitung unter das Holz schob.

»Schummelausrüstung?« fragte ich.

Scott zuckte die Achseln. »Nick kann auf einem Holzofen kochen, aber ich bin kein so guter Koch wie er. Deshalb findest du im unteren rechten Schrank neben dem Kühlschrank drei elektrische Kochplatten und einen Toaster.«

»Perfekt«, sagte Nick. Er bückte sich, um die Kochplatten herauszuholen. »Könntet ihr nicht versuchen, den Fernseher zum Laufen zu bringen, damit wir erfahren, was in der Raumstation los ist?«

»Amos, du bist hiermit zum Fernsehtechniker ernannt«, sagte ich. »Ich ernenne mich selbst zur Assistentin und Auszubildenden des Kochs. Ich kann es immer noch nicht, wie es Mom konnte, aber Onkel Nick kann es, und das will ich jetzt lernen.«

Ich hörte, wie Scott und Amos im Wohnzimmer darüber sprachen, dass der Kabelanschluss noch funktionierte, dass aber nur vier Sender zu empfangen waren. »Wie in der Gründerzeit«, sagte Scott scherzend zu Amos. »Weißt du, als damals Lewis und Clark quer durchs Land gefahren sind, wurde das Fernsehen mit Dampf betrieben und nur Mike Wallace war da, um darüber zu berichten, als sie den Pazifik erreichten.«

»Ach, Dad.«

Ich hatte gerade Sellerie und Zwiebeln geschnitten und war stolz darauf, mich dabei nicht verletzt zu haben, als Amos den Kopf in die Küche steckte. »Mom, Onkel Nick, das müsst ihr sehen.« Ich ging zu Scott und Amos hinüber. Es gab reichlich Sitzplätze, doch als wir hörten, welche Nachrichten gerade verlesen wurden, blieben wir wie angewurzelt stehen und hörten zu.

SCOTT:

Viel später sollte ich in der Untersuchungskommission sitzen, die zu klären hatte, was sich an diesem Tag auf der ISS ereignet hatte. Es war schon schrecklich genug, nur davon zu hören. Um keinen Preis der Welt hätte ich an so einem Ort sein wollen. Es war aber eine große Erleichterung, wenigstens die ganze Geschichte zu kennen. Maschinen versagten unter außergewöhnlichen, unvorhergesehenen Umständen, Menschen aber meistens nicht.

Auf der ISS gibt es Alarmanlagen, die sofort anschlagen, wenn die Strahlung gefährlich hoch wird. Strahlung ist für menschliche Sinne nicht wahrnehmbar. Ein Bereich, der von tödlicher Strahlung verseucht ist, schmeckt, riecht und fühlt sich an, als wäre er völlig sicher. Strahlungsverbrennungen sind kumulativ – je länger man der Strahlung ausgesetzt ist, desto größer der Schaden. Deshalb ist es stets wichtig zu wissen, ob und wie viel Strahlung man abbekommt, denn im Weltraum gibt es unzählige Quellen für Strahlung und die Situation kann sich in Sekundenbruchteilen völlig verändern. Sonnenflecken und Gaseruptionen auf der Sonne schicken Schwärme von Protonen ins Weltall, die nur Stunden, nachdem die Beobachtungssatelliten und die Astronomen auf dem Boden die Explosionen optisch wahrgenommen haben, das Magnetfeld der Erde erreichen.

Die Protonenbombe hatte erheblich mehr Protonen freigesetzt, als die Erde jemals durch Ereignisse auf der Sonne empfangen hat. Die erste Warnung bekam die Mannschaft der ISS von den Geigerzählern, die ionisierende Strahlung messen. Schübe von elektromagnetischer Sekundärstrahlung, die von allen Metallgegenständen ausging, ließ die Röntgen- und Gammastrahlendetektoren ansprechen. Da die später folgenden Protonen länger beschleunigt worden waren, bevor sie die ISS trafen, stieg auch die Energie und die Intensität der Strahlung rasch an.

Die Mannschaft hatte großes Glück, dass sie überlebte. Wäre einer von ihnen draußen gewesen, hätte er leicht eine tödliche Dosis abbekommen können, bevor er wieder in die Station gelangte. Doch zufällig waren alle drei Astronauten des ›Bautrupps‹ an Bord und damit ganz in der Nähe des besten Ortes, an dem man sich in einer solchen Situation überhaupt befinden konnte. Doris McIntyre, die Ärztin und Biologin der Mission, schlief in ihrer Koje, als der Alarm anschlug. Sie rollte einfach aus dem Bett und schwebte zum ›Bunker‹ hinüber, dem Befehls- und Steuerbereich, der etwa die Größe eines Motel-Badezimmers hatte und besonders gut gegen Strahlung abgeschirmt war. Sie rieb sich mit den Handrücken noch den Schlaf aus den Augen, als Stephen Tebworthy, ein großer schmaler Brite und ein Spezialist für Schweißarbeiten unter Schwerelosigkeit, sich zu ihr gesellte. Die Monitore im Bunker waren bereits automatisch eingeschaltet worden. Er beugte sich vor, las die Anzeigen und gemessenen Feldstärken ab und sagte: »Mein Gott, diese Zahlen sind unglaublich. Viel größer als alles, was zu erwarten wäre. Vielleicht stimmen sie überhaupt nicht. Das sieht ja aus, als wäre die Sonne explodiert.«

Carl Tanaka, der Kommandant und das dritte Besatzungsmitglied, schwebte herein und schloss die Luke. »Wie hoch ist die Strahlung hier drin?« fragte er. »Die Bildschirme leuchten ja wie Weihnachtsbäume.«

Doris überprüfte die inneren Anzeigen. »Verdammt. Wir bekommen eine Dosis ab, die uns in ein oder zwei Stunden töten könnte.«

»Dann lasst uns hier verschwinden. Wir können immer

noch überlegen, was passiert ist, wenn wir am Boden sind«, sagte Tanaka. Er wollte die Luke wieder öffnen.

»Warte mal, Chef«, wandte Tebworthy ein. »Im Augenblick sind wir an einem relativ sicheren Ort, aber zwischen uns und der Sojus liegt ein Bereich, in dem die Strahlung noch erheblich höher ist. Wir sollten die Sojus mit der Fernbedienung startklar machen, damit wir hinüberspringen, die Luke schließen, uns anschallen und sofort ablegen können.«

Doris bewegte sich zum Computer des Schutzraums und bearbeitete die Tastatur. »Okay, es ist besser, möglichst schnell zu verschwinden, ganz egal, wo wir herunterkommen. Ich glaube, es wird auf den Nordatlantik oder vielleicht Europa hinauslaufen. Dort gibt es keine Unwetter. Die Systeme werden schon hochgefahren und ... verdammt, verdammt, verdammt! Kann es denn sein, dass das System ausgerechnet jetzt abstürzt?« Frustriert hackte sie auf den Tasten herum, machte Fehler und versuchte hektisch, sie zu korrigieren. »Ich muss neu booten, dann habe ich es gleich ...«

»Vielleicht wird nichts daraus, Doris.« Carl Tanaka gab sich Mühe, ruhig zu antworten, doch die anderen beiden Besatzungsmitglieder konnten hören, unter welcher Anspannung er stand. »Auf allen Funkkanälen ist nur statisches Rauschen zu hören«, erklärte er. »Wir sind mitten im stärksten Strahlungssturm, den es je gegeben hat. Die Elektronik wird es nicht mehr lange machen. Das gilt natürlich ganz besonders für alles, was sich außerhalb des Schutzraums befindet.«

Doris hatte weiter am Computer gearbeitet, während sie dem Kommandanten zugehört hatte. »Verdammt auch. Also gut, es läuft jetzt wieder ... okay. Bis wir drüben sind, müsste alles hochgefahren sein.«

»Gut.« Carl Tanaka schwebte schon durch die Luke. »Dann lasst uns verschwinden.«

Das Rettungsboot der Station war eine Sojus-Kapsel von Curtiss, konstruiert auf der Grundlage der sowjetischen Raumkapseln, doch mit amerikanischen Werkstoffen und größerer Präzision gebaut. Normalerweise war sie abgeschaltet und verschlossen, doch sie konnte in weniger als zwei Minuten entweder von der Mannschaft im Innern oder per Fernsteuerung startklar gemacht werden.

Die drei Astronauten drängten sich durch den langen Gang, der zur angedockten Sojus-Kapsel führte. Als sie den Weg zur Hälfte geschafft hatten, war ein Geräusch wie Donner zu hören und die ganze Station bebte. Die Wände ruckten, dass ihnen fast übel wurde, und alle losen Gegenstände trieben auf die Wände zu, als wären diese plötzlich magnetisch geworden.

Ohne ein Wort zu verlieren stürzte Carl Tanaka weiter durch den Gang zur Luke der Sojus. Doris und Tebworthy folgten ihm. Keiner von ihnen wusste, was passiert war. Carl öffnete die Luke der Sojus-Kapsel und tauchte mit dem Kopf zuerst hinein. Die anderen beiden folgten ihm und quetschten sich auf ihre Plätze hinter dem Pilotensitz.

Auf der Schalttafel blinkten grüne und rote Lampen und die LCD-Anzeigen flackerten, wie sie es im Training nie getan hatten.

Tanaka hatte schon die Steuerung gepackt und rang mit den Hebeln, während er frustriert auf verschiedene Knöpfe drückte. Das Donnern war sehr laut geworden und die Kapsel schien sich zu drehen wie ein Kirmeskarussell. Wieder rang er mit der Steuerung und drückte auf Knöpfen herum, ohne dass etwas geschah. Dann überbrüllte er das Donnern. »Kehrt in den Schutzraum zurück. Ich komme gleich nach und erkläre euch, was passiert ist.« Als Tebworthy und Doris durch den Gang zurückkletterten, der auf einmal ein vertikaler Schacht geworden war, rief er ihnen nach: »Und schnappt euch die Dosimeter, die Messstreifen und den Geigerzähler.«

Als sie den halben Rückweg zum Schutzraum geschafft hatten, hörte das Donnern so unvermittelt auf, wie es begonnen hatte. In der Stille, die sich schlagartig ausbreitete, hörten sie Tanaka wütend fluchen.

Als sie den Schutzraum erreichten, hatte Tanaka sie schon wieder eingeholt und kroch direkt hinter ihnen hinein. Sobald sie alle wohlbehalten drinnen waren, setzte er sich. »Ich würde sagen, wir haben hier fast ein Zehntel Ge Schwerkraft. Es ist lästig, wenn man klettern muss statt zu schweben, was?«

Sie starrten ihn an. Er zuckte die Achseln und spreizte die Finger. »Leute, wir stecken in Schwierigkeiten. Als die Sojus hochgefahren wurde, wurden aufgrund einer Panne einige Steuerdüsen eingeschaltet. Das war das Donnern. Der Schub hat die ganze Station in eine langsame Drehung versetzt. Ich konnte die Düsen nicht abschalten. Sie haben den gesamten Treibstoff im Tank verbrannt. Selbst wenn wir die Sojus noch von der Station lösen könnten, wir könnten nicht mehr mit ihr manövrieren und das bedeutet, dass der Wiedereintritt nicht möglich ist. Selbst wenn wir einen Reservetank mit Treibstoff für die Steuerdüsen hätten – verdammt, warum haben wir eigentlich keinen? Ist das nicht bescheuert?« Der Kommandant starrte einen Moment die Hände an, ballte sie und öffnete sie wieder und versuchte, seine Wut unter Kontrolle zu bekommen. »Yeah, das ist wirklich dumm. Nun ja, auch wenn wir genügend Treibstoff hätten, um den Tank zu füllen, und wenn wir wüssten, dass die Düsen keine weitere Fehlfunktion haben, könnten wir wegen der Strahlung, die draußen herrscht, die Tanks nicht beschicken, ohne ein großes Risiko einzugehen. Dabei sind die Steuerdüsen nur das, was wir sofort kontrollieren konnten. Wer weiß, ob das Ding überhaupt noch fliegt? Ich würde sagen, unser Rettungsboot ist im Eimer. Ich glaube, wir würden es nicht einmal aus der Andockstelle lösen können.

Der Grund dafür, dass hier jetzt ein wenig Schwerkraft herrscht, ist die Tatsache, dass die Düsen der Station einen Impuls gegeben haben. Ich habe mir gerade die Hauptdüsen der Station selbst angeschaut, dort rührt sich überhaupt nichts mehr. Wir können die Station nicht stabilisieren, also werden wir uns weiter drehen. Es ist eine Präzessionsbewegung, die uns eine Schwerkraft von einem Bruchteil eines Ge beschert – und uns die Flucht aus der Station erheblich schwieriger macht, selbst wenn wir noch eine Sojus-Kapsel hätten.«

Er ließ die Worte einwirken und fragte schließlich: »Wie ist die Strahlung hier drinnen?«

Doris seufzte. »Beim augenblicklichen Stand haben wir hier drinnen im Schutzraum noch fünf Tage Zeit, bis die Strahlenkrankheit ausbricht und etwa zehn, bis wir tot sind. Die Intensität hat vor zwei Minuten den Höhepunkt überschritten und die Werte sinken jetzt wieder. Ich habe eine Idee. Wir haben doch Tonnen von Material, das wir innerhalb der Station bewegen können. Wenn wir es draußen vor die Wände des Schutzraums legen – besonders dichte Stoffe wie Wassertanks, Nahrung und Batterien und Baumaterialien –, dann können wir unsere Abschirmung verstärken. Wenn die Strahlung weiter fällt, wie sie es in den letzten Minuten getan hat, können wir einige Tage oder sogar Wochen überstehen.«

»Und dann?« fragte Tebworthy leise.

»Dann haben wir Zeit gewonnen und können hoffen und versuchen, mit Houston Kontakt aufzunehmen und ihnen erklären, wie schlimm unsere Situation ist«, sagte Doris. »Ich weiß nicht, ob sie uns holen können, aber sie werden es versuchen ... vielleicht ist auch eine Ariane startklar, die uns eine neue Sojus bringen kann. Vielleicht können sie über Fernsteuerung unsere kaputte Sojus untersuchen und eine Progress-Rakete einsetzen, um uns Ersatzteile für die Reparatur und Treibstoff zu schicken. Vielleicht fällt die Strahlung in drei Stunden wieder auf Null oder kleine grüne Männer mit fliegenden Untertassen erfahren von unserer Situation und retten uns. Das ist mir egal. Wir können nur hoffen, dass wir etwas Glück haben. Doch wir werden kein Glück haben, wenn wir einfach herumsitzen und warten, bis die Strahlung uns umbringt, oder?«

Nach einem raschen Imbiss und ein paar Schlucken Wasser legten sie die Dosimeter, die jetzt schon erschreckend hohe kumulierte Werte anzeigten, und die Filmdosimeter an und machten sich daran, die Station umzubauen und ihren Schutzraum so gut wie möglich abzuschirmen. Die künstliche ›Schwerkraft‹, die durch die Drehung entstand, reichte gerade aus, um ihnen das Leben schwer zu machen und dafür zu sorgen, dass die Dinge nicht dort blieben, wo sie aufgebaut wurden.

Als sie fertig waren, krochen sie durch den gewundenen Tunnel, den sie aus Kisten, Wasserbehältern, Aluminiumplatten und noch nicht ausgepackten Kojen gebaut hatten, ins Zentrum ihrer kleinen Wohnhöhle. Inzwischen waren die meisten Schaltungen zerstört, und sie mussten im Licht von Taschenlampen arbeiten. Die Luftzirkulation konnte manuell betrieben werden, aber hin und wieder musste jemand hinauskriechen und sich an die Arbeit machen, neue Sauerstofftanks anschließen und die Handpumpen betätigen. Lebensmittel und Wasser gab es genug, außerdem war in den Schutzraum eine ›Latrine‹ eingebaut worden.

Wütend, nachdem sie festgestellt hatten, dass kein einziges der Funkgeräte, die sie in den Schutzraum mitgenommen hatten, noch funktionierte, setzten sie sich hin und bauten nacheinander verschiedene Teile aus und wieder ein, um ein funktionierendes Gerät zu bekommen. Sie hofften, durch Probieren eine Kombination zu finden, in der alle Teile funktionierten. Es war eine mühsame, schwierige Arbeit, die sie im Dunklen mit Taschenlampen tun mussten, und es war eine Arbeit, für die sie nicht ausgebildet waren. Stephen Tebworthy zog den kurzen Strohhalm, stieg kurz in die Station hinaus und versuchte, anhand der Bodenformationen, die viel zu schnell an den Fenstern vorbeizogen, in etwa die Position und die Flugbahn zu bestimmen. Sie schätzten ab, wann sie Sichtkontakt mit Houston haben könnten, klemmten den Antennendraht an die Wand und hofften, die ganze Station würde als riesige Antenne wirken. So sendeten sie ihren Hilferuf. Sie wiederholten die einfache, zwei Minuten lange Nachricht wortgetreu eine halbe Stunde lang und hofften, jemand auf dem Boden könnte sie trotz der starken Störungen auffangen.

Drei Minuten nachdem sie aufgehört hatten, empfingen sie eine abgehackte, krachende und nur halb verständliche Antwort, der sie wenigstens entnehmen konnten, dass ihre

Botschaft angekommen war. Als die Gegenstelle die Antwort zu wiederholen begann, feierten sie stumm, weil sie Angst hatten, auch nur ein Wort zu verpassen. Sie hörten immer und immer wieder zu, tranken Wasser und saßen im dunklen Schutzraum, der sich um sich selbst drehte.

THALIA:

Wir erfuhren aus den Nachrichten, dass die Besatzung der Internationalen Raumstation überlebt hatte, dass die Station selbst jedoch stark beschädigt war. Das unsichtbare Bombardement der Protonen, die aus jedem Metallkörper Röntgenstrahlen und Gammastrahlen herausschlugen, legte die Mikroelektronik nach und nach lahm. Die Besatzung konnte noch eine Weile überleben - man rechnete mit einigen Wochen -, während es dunkel war und langsam kälter wurde, sie konnten auf Batterien und Brennstoffzellen zurückgreifen und hier und dort vielleicht ein System reparieren, was jedoch immer bedeutete, dass sie ihren ohnehin schon angeschlagenen Körpern noch mehr Strahlung zumuten würden. Insgesamt, auch wenn es niemand offen aussprechen wollte, sah es allerdings so aus, als würden sie nicht lange genug überleben, um sich Hoffnung auf Rettung machen zu können.

»In ein paar Jahren hätten wir die Möglichkeit gehabt, schnell zu reagieren«, sagte Nick bedrückt. »Im Augenblick müssten wir ein Shuttle oder die Russen eine Sojus-Kapsel startklar haben, und wir müssten immer noch wie die Irren arbeiten und würden es vielleicht trotzdem nicht schaffen. Da die Station sich um sich selbst dreht, kann man sowieso nicht andocken. Auch wenn sie überlebt haben, sie werden nicht mehr lange am Leben bleiben.« Er stand auf. »Die Lage wird sich allerdings nicht bessern, wenn wir noch länger warten und das Essen anbrennen lassen. Thally, ich schaffe es jetzt allein. Es geht jetzt nur noch darum, die Zutaten zu mischen und alles aufzuwärmen und zu servieren. In zehn

Minuten können wir essen.« Nick ging in die Küche. Ich nahm an, er wollte sich etwas Bewegung verschaffen, um sich zu entspannen.

Nachdem ich mit meinem Vater und meiner Tante aufgewachsen war, die beide Luftfahrtingenieure gewesen waren, wusste ich, dass kein Stress so schlimm ist wie der eines Ingenieurs am Boden, der auf eine Nachricht wartet, ob die Hardware versagt hat und ob Menschen getötet oder in Gefahr gebracht wurden. Es würde Nick sicher gut tun, wenn er sich eine Weile in der Küche beschäftigen und ablenken konnte. Bisher hatte er von seinem ›freien Tag‹ nicht viel gehabt. Ich hörte aus der Küche leises Klappern und Scheppern von Töpfen und Pfannen, dann das weiche Scharren eines Holzlöffels in der Pfanne, als er das Essen verteilte.

»Dad, hat Onkel Nick Recht? Können sie die Leute nicht einfach mit dem Shuttle holen, wenn die Strahlung aufhört?« fragte Amos.

Scott wedelte unsicher mit der Hand. »Es heißt, es könnte noch einen Monat dauern, bis man eine Mannschaft hinaufschicken kann, und da die Station schlingert und die Besatzung krank und schwach ist, müssten ein oder zwei Leute zur Station hinüber, um die Besatzung herauszuholen, falls man überhaupt so weit kommt. Ich glaube nicht, dass die Besatzung in ein paar Wochen noch aus eigener Kraft einen Weltraumspaziergang durchführen kann. Selbst wenn das Rettungsteam in einem Monat fertig sein will, müsste man sich noch unglaublich beeilen, um die *Atlantis* vorzubereiten, und wer weiß schon, wie viel Zeit die Überlebenden auf der ISS überhaupt noch haben. Normalerweise dauert es mehrere Monate, um ein Shuttle vorzubereiten. Selbst wenn sie sich beeilen, haben sie immer noch das Problem, dass sie zwischen dem Shuttle und der torkelnden Station eine Verbindung herstellen müssen, um die Verletzten zu bergen ... das ist eine Aufgabe, die jeder Techniker als verdammt dicken Hund bezeichnen würde.«

»Mom sagt immer, ich soll nicht fluchen.«

»Mom hat Recht«, sagte Scott, indem er mir einen entschuldigenden Blick zuwarf. »Aber es gibt Situationen, in denen man wie ein Erwachsener reden muss und dies ist eine davon. Jedenfalls wäre eine Rettungsmission so schwierig und so gefährlich, dass alles dagegen spricht, es überhaupt zu versuchen. Andererseits haben wir noch nie jemanden da oben sterben lassen, und ich hoffe, das wird auch nie geschehen. Es ist ein ungeschriebenes Gesetz, das in Kraft tritt, sobald du dich als Astronaut verpflichtest. Wenn du für eine Mission, die sie dir geben, deinen Hals riskierst, dann riskieren sie noch mehr Hälse, um dich wieder zurückzuholen. Wenn es jemanden gibt, der die Besatzung retten kann oder der auch nur eine Chance sieht, es zu versuchen, dann wird er es tun. Das gilt, solange es eine Hoffnung gibt. Doch leider weiß ich im Augenblick niemanden, der so eine Rettungsaktion versuchen könnte.«

Es war schon nach elf, als wir endlich aßen, doch weder mein Sohn noch mein Exmann beschwerten sich über die Verzögerung. Die Seeluft oder die Aufregung führten dazu, dass wir zulangten wie die Wölfe. Sogar ich verdrückte zwei Sloppy Joes. Nick dachte offenbar die ganze Zeit über die ISS nach, doch er war nicht mehr ganz so niedergeschlagen wie zuvor. Wahrscheinlich spielte er im Geiste verschiedene Rettungsmissionen durch.

Als wir gegessen hatten und am Tisch saßen, ohne zu reden und einfach nur das Gefühl genossen, es warm zu haben und angenehm gesättigt zu sein, sagte Nick: »Hmm, ich glaube, ich muss öfter herkommen. Wir haben den Strand für uns allein, und wie ihr ja wisst, werden nach dem dreizehnten September in dieser Kleinstadt sogar die Straßenlaternen eingemottet. Ich möchte wetten, dass wir jetzt die schönsten Nordlichter unseres Lebens sehen können. Hat jemand Lust auf einen kleinen Abendspaziergang am Strand?«

»Unbedingt«, sagte Scott. »Lass mich nur noch das Geschirr ins Becken stellen, damit es einweichen kann.« Er brachte Teller, Töpfe und Pfannen hinaus, kratzte die Reste ab und ließ sie in den Mülleimer fallen und verstaute das

Geschirr in einer großen Eisenwanne, die er auf den Holzofen setzte. Er füllte sie mit einem Schlauch, der mit dem Kran in der Küche verbunden war, und spritzte etwas Spülmittel in die Wanne.

Ein paar Minuten später traten wir, in Mäntel und Pullover gepackt, auf die hintere Veranda hinaus. Der Strand wurde von einem roten, grünen und blauen Flackern erhellt, als würde eine halbe Meile entfernt eine Scheune brennen. Am Nordhimmel waren auf halber Höhe riesige tanzende Vorhänge und Flächen zu sehen, gekrümmte bunte Linien, die sich ständig veränderten. Wände aus kaltem grünem und blauem Licht, durchzogen von roten Streifen, tauchten auf, wanden sich, verbogen sich und verschwanden wie von Geisterhand gelöscht. Das Nordlicht bedeckte den ganzen nördlichen Himmel und zog sich rechts neben der Deichsel des Kleinen Wagens zu einem wirbelnden Strudel zusammen, der hinter den wilden Lichtfontänen schwach schimmerte.

Scott erklärte Amos, was am Himmel vor sich ging. »Normalerweise wird das Nordlicht durch aufgeladene Teilchen verursacht, die der Sonnenwind in die oberen Atmosphäreschichten und ins Magnetfeld der Erde bläst. Wenn die geladenen Partikel die Atmosphäre berühren, dann prallen sie so fest gegen die Luftmoleküle, dass diese Licht abstrahlen. Die Protonenbombe hat viel mehr geladene Teilchen produziert als es der Sonnenwind normalerweise vermag, und was wir jetzt sehen, beruht darauf, dass so viele geladene Teilchen gleichzeitig ins Magnetfeld eindringen. Das ist ein großes Problem für die Welt, aber es ist ein wunderschöner Anblick.«

Wir standen und schauten viel länger zu, als wir eigentlich wollten. Es war einfach zu prächtig, um den Blick abzuwenden, auch wenn der Anblick Verlust und Zerstörung bedeutete. Als wir schließlich wieder ins Haus gingen, wagten wir kaum zu sprechen, als hätten wir gerade einen ganz besonderen Gottesdienst in der schönsten Kathedrale der Welt besucht.

Scott musste noch abwaschen, und ich wollte für das Frühstück am nächsten Morgen einiges vorbereiten, und so verbrachten wir eine Weile in der Küche und arbeiteten schweigend nebeneinander, wie wir es früher getan hatten, wenn wir vor Amos' Geburt und bevor das Leben so hektisch geworden war, das Sommerhaus der Blackstones benutzt hatten.

»Es tut gut, hier zu sein«, sagte ich nach einer Weile.

Scott schob einen Teller in den Ständer, wo er trocknen konnte. »Ja, es ist schön. Ich hätte nicht gedacht, noch einmal mit dir herzukommen. Besonders nicht im Herbst.«

»Nun ja«, sagte ich, »bisher ist es viel angenehmer als beim letzten Mal. Es spielt eine große Rolle, dass wir nicht krank sind und dass es nicht regnet.«

Er schrubbte einen Topf, während ich fürs morgige Mittagessen Tomaten und Zwiebeln in Scheiben schnitt. Nach einer Weile sagte er: »Ich dachte immer, du hättest es sportlich genommen.«

»Ich hab's versucht. Weil es doch wichtig für die Beziehung war und so weiter.«

»Yeah.«

Das Schweigen dehnte sich, bis wir endlich das Feuer löschten und uns bereit machten, ins Bett zu gehen. Inzwischen war es halb eins. Keiner von uns hatte darauf geachtet, was Nick und Amos getan hatten. Als wir nachsahen, stellten wir fest, dass sie die Kojen im Dachzimmer belegt hatten, Amos die obere. Er schlief und lächelte glücklich. Nick war eigentlich zu groß für die untere Koje, doch er hatte sich irgendwie zusammengerollt und schnarchte laut.

»Glaubst du, sie schlafen wirklich oder ist das nur ein Trick, um uns zu täuschen?«

»Wenn es ein Trick ist, dann ist es ein sehr überzeugender«, erwiderte ich. »So tief schläft Amos zu Hause kaum.«

»Bei mir auch nicht«, stimmte Scott zu. »Das Problem ist, dass wir jetzt nur noch das Doppelbett und die Couch haben. Ich tippe auf eine Intrige.«

»Ach, meinst du wirklich? Nick ist darin jedenfalls schlimmer als Amos. Also muss einer von uns auf die Couch ausweichen, oder ich verlasse mich darauf, dass du noch der Gentleman bist, der du früher warst. Ich habe einen Schlafanzug«, sagte ich.

»Ich auch. Ich bin dafür, dass wir ein Bett teilen und uns benehmen«, sagte mein Exmann. »Das ist auf jeden Fall wärmer.«

*

Als wir aufwachten, sahen wir einen wundervollen sonnigen Morgen, das Licht fiel durch weiße Vorhänge ins Zimmer, und wir hatten uns in der Nacht zusammengekuschelt und uns in den Arm genommen. Glücklicherweise sahen Nick und Amos nichts davon, so dass wir keine falschen Hoffnungen weckten. Als sie herunterstolperten, angelockt vom Geruch von Speck, Eiern und Kaffee, hatten wir schon das Bett gemacht und uns angezogen und damit sämtliche Beweise vernichtet. Scott und ich fanden die Situation etwas peinlich, doch es war irgendwie auch komisch und schließlich wurde es ein Privatwitz zwischen uns, über den wir den Rest des Tages lachten.

Am Sonnabend nahmen wir uns nach dem Mittagessen etwas Zeit, um den Fernseher einzuschalten und uns zu informieren, was aus der ISS geworden war. Es gab einige kurze Ausschnitte aus der Sendung der Crew, einige banale Kommentare und ein paar vorsichtige Beruhigungen. Ein Experte erklärte, die Strahlung im LEO sei abgeklungen und daher wären die Sendungen von der Raumstation jetzt besser zu empfangen. Andere Experten versicherten uns, dass die Situation von Ingenieuren auf der Erde überprüft werde, die den Astronauten erklären würden, wie sie impovisieren konnten. »Genau wie bei Apollo 13.«

Scott schnaubte empört. »Astronauten sind darauf trainiert, Anweisungen zu befolgen. Das müssen sie, weil sie sonst nicht überleben. Doch einen Mikrochip kann man nicht reparieren. Man kann nur einen neuen bauen. Im Augenblick gibt es jedoch keine Möglichkeit, eine Kapsel anzudocken und ihnen Ersatzteile zu bringen und wenn es eine solche Möglichkeit gäbe, dann hätten sie immer noch nicht die Elektronik, um die Kapsel zu steuern und außerdem ist die Strahlung immer noch viel zu stark für EVAs. Ich bin sicher, dass sie ein paar Dinge reparieren können, doch ich bin genauso sicher, dass sie nicht viel ändern können und so oder so dem Tod geweiht sind.«

Ich seufzte. »Irgendein PR-Offizier oder der Krisenstab der NASA, falls sie klug genug waren, sich einen zuzulegen, muss heute zeigen, dass er sein Gehalt wert ist. Sie ziehen so viele Parallelen zu Apollo 13, weil sie die Geschichte eine Weile aus den Schlagzeilen bekommen wollen. Sie erwecken den Eindruck, es wäre alles nur Routine – du weißt schon, Gene Kranz hat sie zurückgeholt, indem er ihnen sagte, was sie mit einer Rolle Klebeband alles anfangen konnten, als brauchte man im Notfall immer nur eine Rolle Klebeband zu benutzen. Das ist ein Haufen Scheißdreck, aber es ist ein Scheißdreck, der sich verflucht gut anhört.«

»Meine Eltern liefern mir heute aber 'ne Menge schmutzige neue Vokabeln«, sagte Amos grinsend.

»Ich halte mich an die gleichen Regeln wie dein Vater. Es ist in Ordnung, wenn die Situation es erfordert. Es sind allerdings die Erwachsenen, die entscheiden, wann eine solche Situation eintritt.«

»Amos, als Onkel und leuchtendes Vorbild sollte ich dich vielleicht dem Einfluss dieser grobschlächtigen, barbarischen Leute entreißen«, warf Nick ein. »Sollen wir am Strand mit dem Fußball werfen? Ich kann so tun, als könnte ich werfen, wenn du so tun kannst, als könntest du fangen.«

»Süß.«

Unter lautem Gepolter, lachend und sich neckend, gingen sie nach draußen.

»Nick hätte selbst Kinder haben sollen«, sagte ich, als wir ihnen kurze Zeit später nach draußen folgten.

Scott zuckte die Achseln. »Als Onkel ist er besser. Männer, die viel zu tun haben, können nicht tun, was Kinder wollen, nämlich ständig in der Nähe sein.«

»Spricht da die Stimme der Erfahrung?«

»Gut möglich. Frauen, die viel zu tun haben, dürften das Problem ebenfalls kennen, oder?«

»Yeah.« Wir hatten einen Streit gerade eben noch vermieden, und ich hatte keine Lust, mich noch weiter in diese Richtung vorzuwagen. Wieder entstand ein längeres Schweigen, während wir Nick und Amos zusahen, wie sie herumrannten und den Ball warfen. Große Wellen rollten auf den hellen kalten Strand, weiße flauschige Wolken zogen langsam aufs Meer hinaus und sammelten sich am Horizont.

»Weißt du«, sagte Scott, »die meisten leitenden Ingenieure, die ihren Beruf lieben, heiraten direkt nach dem College oder erst im Ruhestand. Die erste Gelegenheit hat Nick verpasst und bis die nächste kommt, wird viel Zeit vergehen. Vielleicht sollten wir uns verschwören, um Nick unter die Haube zu bringen. Es würde ihm recht geschehen, findest du nicht?«

»So ist es.« Ich lehnte mich ans Geländer der Veranda. Nick ließ gerade einen besonders festen Wurf los, den Amos beinahe gefangen hätte. »Glaubst du, die Besatzung der ISS muss sterben?«

»Eines Tages müssen wir alle sterben. Astronauten sterben häufig früher als andere Leute.« Er seufzte. »Ich will nur nicht, dass sie sterben, ohne dass hier unten wenigstens jemand versucht hat sie zu retten. Wie ich schon sagte, das ist ein Teil der Abmachung. An eine Lösung wie bei Apollo 13 kann ich nicht recht glauben. Ich war einmal bei einem Empfang für Jim Lovell, und er sagte, dass sie zu einem großen Teil auch einfach unglaubliches Glück gehabt hätten. Es hätte ebenso gut auch anders verlaufen können. Ich will, dass wir sie wieder auf die Erde bekommen, indem wir unseren Verstand, unsere Fähigkeiten, unseren Mut und unsere Willenskraft zur Geltung bringen.« Er starrte zum Meer hinaus. Es war ein schöner Tag, aber trotzdem recht kalt. »Natürlich wäre ich auch zufrieden, wenn sie einfach nur wegen irgendeines Glücksfalls wohlbehalten wieder auf die Erde kämen. Wollen wir uns einen schönen großen Pott Kaffee mitnehmen und am Strand spazieren gehen? Es wird kalt, wenn man nur hier herumsteht.«

»Gern.«

Wir redeten nicht mehr viel, während wir unterwegs waren, aber wir fühlten uns wohl miteinander.

Das Wochenende verging wie im Fluge. Wir machten lange Spaziergänge, betrachteten noch einmal das spektakuläre Nordlicht und redeten lange und starrten in die rote Glut des Holzofens. Es war mehr oder weniger so, wie Scott mir versprochen hatte, dass unser erstes Wochenende im Herbst am Strand vor so vielen Jahren hätte werden sollen.

Den Rest des Nachmittags verbrachten Nick und Amos zusammen. Sie machten, wie sie es ausdrückten, lauter Dinge, die große Jungs machen – sie warfen Steine ins Wasser, jagten sich den Strand hinauf und hinunter, und Nick erklärte Amos mit einfachen Worten die Funktionsweise von Raketen und die Mathematik von Umlaufbahnen. Beim Abendessen nervte Amos mich damit, dass er Modellraketen bauen wollte, und ich dachte, Scott oder ich müssten ihm zu Weihnachten einen Bausatz von Estes schenken. »Es sieht aus, als würden die Gene den Sieg davontragen«, sagte ich zu Scott, als wir uns auch in der zweiten Nacht im Bett zusammenkuschelten.

Scott zuckte zusammen und legte den Arm auf eine Weise um mich, die liebevoll sein sollte, ohne plump vertraulich zu wirken. Der Mann war schon immer ein Gentleman gewesen. »Das liegt den Blackstones wohl im Blut. Ich frage mich nur, ob er ein Pilot oder ein Gangsterboss wird.«

Mir fiel sofort eine passende Antwort ein, doch Scott war schon eingeschlafen und einen Augenblick später schlief auch ich. In der Ferne rauschte das Meer, an den Wänden schimmerte der wechselnde Widerschein des Nordlichts.

Neuntes Kapitel

NICK:

Am Montag nach der Zündung der Protonenbombe schien es, als wäre die Lage der Besatzung auf der ISS doch nicht ganz so aussichtslos wie angenommen. Man schätzte, die Mannschaft könne noch vier Wochen oben bleiben, ohne schwere gesundheitliche Schäden davonzutragen. Die *Atlantis* konnte nach Ansicht der ASU binnen neunzehn Tagen einsatzklar sein, außerdem würde man im Mannschaftsabteil eine Art improvisierten Strahlungsschild anbringen. Die Situation war demnach schwierig, aber keineswegs hoffnungslos.

Aus einer eMail von Ned Robertson, meinem leitenden Ingenieur beim Starcraft-Projekt, erfuhr ich, dass einer seiner Ingenieure eine Idee hatte, die ›für das ISS-Problem von Bedeutung sein könnte‹. Das bedeutete, dass ich vermutlich bald eine interessante Stunde erleben durfte. Bisher hatte ich jedes Gespräch mit Robertson und jede Präsentation, die er durchgeführt hatte, genossen. Da ich den folgenden Tag sowieso in Scorpion Shack verbringen wollte, konnte ich diesen Termin vielleicht noch am Morgen einschieben. Es würde mir an diesem sonst mit Sitzungen ausgebuchten Tag wenigstens eine angenehme Stunde schenken. Ich schickte Angie, meiner Sekretärin in Scorpion Shack, eine eMail und bat sie, für den nächsten Morgen ein Frühstückstreffen mit Robertsons Leuten anzusetzen.

Ich kam um sieben Uhr morgens im Büro in DC an, wo ein Papierstapel von den Ausmaßen eines kleinen Telefonbuchs auf mich wartete, dazu noch ein Megabyte eMails. Republic Wright hatte ein gewisses Interesse am Schicksal von etwa achtzig Kommunikationssatelliten, denn wir hatten die ganzen Satelliten oder mindestens ein wichtiges Teilsystem gebaut oder ihren technischen Betrieb gewährleistet. Darunter waren Wettersatelliten, militärische Aufklärungssatelliten und einige Einheiten des GPS-Systems. Abgesehen von den Satelliten, die tot waren und ersetzt werden mussten, wurden wir mit Eilaufträgen für Starts, um Ersatzgeräte hochzuschießen, förmlich überschüttet.

Zu jedem Satelliten, geplanten Start oder Gerät, an dem Republic Wright irgendwie beteiligt war, gab es eine etwa drei Seiten lange Aktennotiz, die man wie folgt zusammenfassen konnte: »Republic Wright muss das sofort wieder in Ordnung bringen.« Ich druckte alles aus, sortierte nach sehr dringend und dringend, verteilte die Stapel auf die Eingangskörbchen meiner Mitarbeiter, hinterließ handschriftliche Instruktionen auf jedem Berg Arbeit und rief ein Taxi.

Während ich wartete, trank ich einen großen, starken Kaffee. Um 8.30 Uhr stieg ich ins Taxi, fuhr zum Washington Reagan Airport und begann eine Reise, die über 5500 Meilen führen würde, bevor der Tag zu Ende war.

Im Flugzeug holte ich die Kopien der eMails auf meinen Laptop und las zuerst die Mitteilungen, die ich markiert hatte. Später am Nachmittag würde ich ein absolut klares Bild der Lage brauchen, wenn sich das obere Management in San Diego traf, um eine grobe Strategie zu formulieren.

Der einzige Silberstreif am Horizont, an dem sich ansonsten nur düstere Klagen und Forderungen ballten, war die Tatsache, dass ich jetzt möglicherweise mehr Geld und Leute bekommen würde, um das Starcraft-Projekt voranzutreiben, weil die Welt alles brauchte, was fähig war, Satelliten in die Umlaufbahn zu bekommen. Eine Flotte von sechs StarBooster-Raketen, verbunden mit StarCore-Einheiten, konnte die Satelliten schneller hochbringen als die Hersteller sie liefern konnten. Das war ein Potenzial, mit dem jeder rechnen musste.

Ich legte einen Zwischenstopp in Scorpion Shack ein, nicht um zu hören, wie es um bestimmte Projekte stand –

das wusste ich bereits, weil ich mich ständig auf dem Laufenden hielt –, sondern um eine Art Halbzeitberatung mit meinen Ingenieuren und Wissenschaftlern durchzuführen, damit sie sich bewusst machten, was wir erreichen konnten und wie gut und wie schnell es zu verwirklichen war.

Als die Maschine auf der Landebahn von Scorpion Shack aufsetzte und wir zur wartenden Limousine rollten, blieb mir nur noch eine Stunde, mich auf mein Treffen mit den Technikern vorzubereiten. Meine Sekretärin Angie wartete schon in der Limousine mit einem nach Prioritäten sortierten Stapel Papier und einem Zeitplan. Sie sah mich über die Ränder der Designerbrille hinweg an, schob die Strähnen der nicht ganz überzeugenden blonden Perücke zur Seite und wies mich mit einem Akzent ein, den man nur bekommt, wenn man sein Leben lang in Armstrong, Texas, gelebt hat. Sie sah aus, als wäre sie einem Cartoon von Gary Larson entsprungen, doch sie arbeitete seit fünf Jahren für mich und war eine äußerst effiziente Mitarbeiterin. »Einundzwanzig Routineunterschriften«, sagte sie. »Das sind Sachen, die Sie bereits genehmigt haben. Sie können unterschreiben, während Sie zuhören.«

Ich tat es.

»Frühstückstreffen mit Robertson morgen früh, großer Konferenzraum neben der Cafeteria, Viertel nach sieben. Etwa dreißig Teilnehmer. Er hat einen PowerPoint-Projektor bestellt. Was es auch ist, Sie werden eine nette Show sehen. Phil Tenn will mit Ihnen über den Weltraummüll und etwas reden, das er ›Starbaggie‹ nennt. Der Termin ist um zehn. In den letzten drei Stunden sind eine Menge eMails eingegangen, die Sie sich vor der Sitzung in San Diego ansehen sollten. Hier sind die Kopien.« Sie gab mir eine Diskette, die ich mir in die Jackentasche schob, während ich die letzten Unterschriften kritzelte.

»Bei der Geschwindigkeit, mit der die eMails hereinkommen, werde ich Ihnen eine weitere Diskette geben, wenn Sie abfahren, damit Sie auf dem letzten Stand sind. Ich werde mich noch einmal einmischen, um dafür zu sorgen, dass Sie rechtzeitig wieder starten können. Als Letztes habe ich hier noch eine Übersicht der letzten Berichte über Lieferungen und den Stand der Arbeiten, eine Liste mit Zuständigkeiten und einige Informationen aus dem Firmenhandbuch zusammengestellt. Ich dachte, Sie wollen vielleicht wissen, wofür man Sie verantwortlich macht, wenn Sie mit den Leuten reden.«

»Ausgezeichnet«, sagte ich. Ich hatte selbst nicht daran gedacht, aber es war genau das, was ich brauchte.

»Außerdem habe ich mir die Freiheit genommen, ein kaltes Büffet in Ihr Büro liefern zu lassen. Ich habe Ihre Garderobe überprüft, Sie haben dort noch einen Reserveanzug und andere Kleidung. Was Sie tragen, kann in die Reinigung, während Sie in San Diego sind, es wird dann heute Abend wieder in Ihrer Wohnung zur Verfügung stehen. Wir sorgen dafür, dass Sie präsentabel bleiben. Essen Sie bitte in den Sachen, die Sie tragen und ziehen Sie sich erst danach um. Oh, und dann gibt es noch einige persönliche Dinge. Ich habe die Anwältin Ihres Bruders angerufen, damit es keine Verzögerungen gibt, falls Sie mal zu beschäftigt sind, um die Schecks zu unterschreiben. Sie sagte, im Augenblick sei finanziell alles in Ordnung, und sie klang recht zuversichtlich. Ihr Neffe hat sich per eMail bedankt, es klingt aber so, als hätte Ihr Bruder die Nachricht diktiert.«

Ich lachte. Angie gestattete sich ein kleines Lächeln. »Ich hoffe, Sie haben Ihr freies Wochenende genossen. Bis zu Ihrer Sitzung werde ich alle Anrufe abfangen und Ihnen etwas Zeit geben, sich zu entspannen und nachzudenken. Außerdem habe ich alle Mitarbeiter gewarnt, dass sie sofort ins Gras beißen müssen, falls sie versuchen, Sie zwischen der Limousine und dem Büro abzufangen.«

Genau wie Angie es geplant hatte, wurde ich abgefüttert, geduscht und umgezogen und war bald darauf erfrischt und bereit für die Sitzung. An den Tischen saßen die aufgeregtesten Techniker, die ich je gesehen hatte. Der Anblick erfreute mein Herz, doch es gab nicht viel, über das wir uns freuen konnten. Ich hatte noch fünfundsiebzig Minuten

Zeit, bis Angie mich wieder in die Limousine stecken und wie eine Expresslieferung nach San Diego befördern würde.

»Also«, sagte ich, »ich würde gern darüber reden, wie diese Einrichtung und alle Mitarbeiter auf diese außergewöhnliche Situation reagieren sollten. Sie wissen sicher, dass das alte chinesische Symbol für ›Krise‹ gleichzeitig Gefahr und Chance bedeutet. Wir sollten uns jetzt vollständig auf die Chancen konzentrieren. Ich sehe die Dinge folgendermaßen. Die Welt stellt gerade fest, wie sehr wir von Satelliten und der Raumfahrt abhängig sind. Man wird zahlen, was immer notwendig ist, um die Systeme im Weltraum so schnell wie möglich wieder in Gang zu bringen. Wenn wir uns dieses Mal richtig verhalten, können wir es als durchgeplante, systematische Entwicklung durchspielen, statt noch einmal vierzig Jahre lang zu improvisieren. Wenn wir alles neu aufgebaut haben, werden wir in einer viel besseren Position für die zukünftige Expansion sein. So hektisch die nächste Zeit auch sein wird, ich möchte, dass Sie immer an folgendes denken: Wie können wir dieses Mal besser organisiert und systematischer in den Weltraum vorstoßen und uns dabei möglichst viele Wege offen halten?«

Ned Robertson, der leitende Ingenieur unter meinen Mitarbeitern und die treibende Kraft hinter Starcraft, meldete sich zu Wort. »Gibt es schon Informationen, wie wir die Mannschaft von der ISS zurückholen?«

»Nach den Nachrichten, die ich heute Morgen bekommen habe, ist die NASA noch bei der Lagebeurteilung, doch es sieht so aus, als könnten sie, wenn sie rund um die Uhr arbeiten, die *Atlantis* hochschicken, sobald die Strahlenfachleute sagen, dass es relativ ungefährlich ist. Mit einer zusätzlichen Abschirmung können sie vermutlich sogar früher fliegen. Aufgrund der ersten Einschätzungen, die ich bekommen habe, nehme ich an, dass sie es schaffen werden.«

Ned lehnte sich zurück, sah sich im Raum um und stellte eine Anschlussfrage. »Ich weiß nicht, ob Sie diese Frage überhaupt hören wollen, Nick, aber gibt es eigentlich einen Alternativplan? Beim Shuttle gibt es doch immer wieder Verzögerungen. Es wäre nicht ungewöhnlich, wenn sie sich um einen ganzen Monat verspäten, selbst wenn sie sich unglaublich beeilen. Und das könnte ein Monat mehr sein, als die Mannschaft auf der ISS hat.«

Ich dachte kurz darüber nach. Ich hatte viel zu erledigen und wenig Zeit, aber ich wusste, wenn Ned mich auf diese Weise anschaute - den Kopf schief gelegt und mich mit dem rechten Auge fixierend, die Lippen zusammengepresst und zu einem kleinen Lächeln verzogen -, dann hielt er etwas für wichtig, das ich aber vielleicht nicht hören wollte. Er wartete ab und wollte gefragt werden.

Jedes Mal, wenn ich diesen Gesichtsausdruck gesehen hatte, war schließlich etwas herausgekommen, das ich unbedingt wissen musste. Das bringt es wohl mit sich, wenn man begabte Leute einstellt, dachte ich.

»Wenn Sie eine Idee für einen Alternativplan haben, dann lassen Sie hören«, sagte ich.

»Nun, angenommen wir lassen im derzeitigen Entwicklungskonzept ein paar Schritte aus. Der StarBooster wurde zusammen mit der Athena getestet, und wir haben einen StarCore I fast fertig gebaut, zwei weitere sind in Arbeit. Wir könnten alle Tests zu einem einzigen verbinden - zwei StarBooster an einen StarCore klemmen - und sehen, was passiert. Wenn das Ding fliegt, reißen wir die StarBooster ab, bereiten sie so schnell wie möglich für den nächsten Flug vor, setzen auf den nächsten StarCore die StarRescue drauf und holen die Crew von der ISS herunter.«

»Sie sagen also, wir sollten ...« Ich hatte Mühe, ruhig zu sprechen. »Wir sollten mit einer wichtigen Komponente einen einzigen Test machen und dann einen zweiten Flug zusammen mit einer völlig ungetesteten Komponente plus menschlicher Besatzung ansetzen?«

»Ich habe nicht behauptet, es wäre eine besonders glückliche Lösung«, sagte Ned unverblümt. »StarRescue hat übrigens schon einige Abwurftests hinter sich. Es ist eine mindestens teilweise gestestete Komponente.«

»Ned, Ihre teilweise getestete Komponente ist ein komplettes Raumschiff. Ich bin gern bereit, mir alle Ideen – auch diese – morgen früh anzuhören«, sagte ich. »Vielleicht können Sie mich überzeugen, aber es wird sehr viel Überzeugungskraft erfordern.«

Robertson nickte, offensichtlich war er für den Augenblick zufrieden. Er musste nicht immer ein ›Ja‹ hören, er brauchte es nicht einmal besonders oft, doch es schien ihm wichtig zu sein, dass ich wenigstens zuhörte.

»Also gut«, sagte ich. »Auch wenn wir sie nicht für etwas so Dramatisches wie die Rettung der ISS-Mannschaft einsetzen, die Starcraft-Serie ist lebenswichtig. Ich glaube, wir werden mehr StarBooster 200 bauen, als wir uns je vorgestellt haben, und zusammen mit jeder nur denkbaren Konfiguration von Athena-Raketen und StarCore-Einheiten einsetzen. Die Frage ist nun, was wir sonst noch tun können. Ich weiß, dass wir weitere Raketenantriebe und Pakete in der Entwicklung haben. Es sind sogar eine ganze Menge. Ich möchte jetzt wissen, welche davon möglichst schnell mit dem Starcraft-System kompatibel gemacht werden können, um unsere Kapazität zu vergrößern.«

Phil Tenn räusperte sich. »Abgesehen von einigen Geräten für niedrige Flughöhen sind alle toten Satelliten jetzt Weltraumschrott, der noch lange im All herumfliegen wird. Wir haben für die Rüstung an einer luftgestützten Version von Starbaggie gearbeitet. Wahrscheinlich könnten wir zehn oder zwölf davon auf einmal mit einer StarBooster/Athena hochbringen, oder wir könnten sie je nach Transportkapazität einzeln mitschicken, um den verfügbaren Frachtraum möglichst gut zu nutzen. Da oben fliegt jetzt tonnenweise Müll herum, der auf kommerziell interessanten Umlaufbahnen wertvollen Platz blockiert.«

›Starbaggie‹ war ein Spitzname. Ursprünglich sollte es ein DARPA-Projekt werden, mit dem in Kriegszeiten Spionage- oder Kommunikationssatelliten ausgeschaltet werden konnten. Es sollte ähnlich wie das kommerzielle Pegasus-System von einem Flugzeug aus mit einer Rakete gestartet werden, einen Zielsatelliten ansteuern, ein Kevlar-Netz von einer

Meile Durchmesser auswerfen, den Satelliten mit dem Netz einholen und entweder einen kleinen Raketenmotor oder ein langes Schleppseil anbringen, um das Ding aus dem Orbit zu werfen.

Angie winkte mir von der Tür, und ich sah mich im Raum um. Wahrscheinlich wollten noch sechs weitere Teams Vorschläge machen, doch ich hatte im Augenblick einfach keine Zeit, sie alle anzuhören. Ich hob die Hand. »Also gut, Leute, ich weiß, dass ich mich auf eure Ideen, eure Kreativität und eure Fähigkeit, Probleme zu lösen, verlassen kann. Phil, wenn ich eine Gelegenheit bekomme, werde ich das Problem des Raummülls heute Nachmittag ansprechen. Es könnte sehr lukrativ für uns werden, wenn wir jemanden dazu bewegen können, uns für das Wegräumen des Mülls zu bezahlen. Ned, ich freue mich auf Ihre Präsentation morgen früh, aber bleiben Sie dabei so konservativ wie möglich. Ich werde in San Diego vorerst nichts darüber verlauten lassen. Und für alle gilt, dass ich Ihre Begeisterung und Ihre Unterstützung brauche. Und warnen Sie Ihre Mitarbeiter. Es könnte sein, dass wir morgen schon alles umstoßen müssen, also bleiben Sie kreativ und flexibel. Damit ist die Besprechung zu Ende.«

Fast alle wollten mir die Hand schütteln und ein paar Worte sagen. Angie hatte alle Mühe, mich loszureißen, damit ich rechtzeitig starten und zur Vorstandssitzung in San Diego fliegen konnte.

Im Flugzeug las ich die eMails, die sie mir auf Disketten mitgegeben hatte. Alle Angehörigen des oberen Managements bei Republic Wright versuchten, ihre Position zu stärken. Eine rasche erste Einschätzung ergab, dass es drei Gruppen waren. Eine Gruppe sah die Situation als Chance (ich nannte sie für mich die ›Aggressiven‹), eine sah sie als Bedrohung (für mich die ›Ängstlichen‹) und eine sah überhaupt nichts und wollte, dass die Firma so weitermachte wie bisher (das waren die ›Phantasielosen‹).

Es war entmutigend. Die Phantasielosen waren die größte Gruppe. Also mussten die Ängstlichen und die Aggressiven irgendwie eine Allianz schmieden.

Als wir außerhalb von San Diego auf dem Flugplatz der Firma landeten, stand bereits fest, dass ich zu spät kommen würde. Im Geiste bereitete ich schon eine Aktennotiz an den Vorgesetzten des Piloten vor, weil ich selbst für die Verzögerung verantwortlich war und der Pilot unterwegs noch mit starkem Gegenwind zu kämpfen gehabt hatte. Doch dann lief es darauf hinaus, dass ich mich beim Fahrer der Limousine bedankte, auch wenn ich nie wieder so schnell über einen so großen Autobahnabschnitt in Südkalifornien gefahren werden will. Mit reichlich freigesetztem Adrenalin, das ich durchaus zu meinem Vorteil nutzen konnte, traf ich im Sitzungszimmer ein.

Ich hatte mich gerade gesetzt, den Laptop aufgeklappt und den ersten Schluck heißen Kaffee getrunken, als Jagavitz kam, Platz nahm und sofort begann. »Also gut, meine Damen und Herren, ich habe ihre Aktennotizen und Mitteilungen gelesen. Ich kann es auf eine einfache Entscheidung reduzieren. Wir können drei verschiedene Wege beschreiten. Wir können losspringen und wie ein Tiger kämpfen, um einen möglichst großen Marktanteil zu ergattern. Wir können den Kopf einziehen wie eine Schildkröte und versuchen, nicht das zu verlieren, was wir schon haben. Oder wir können wie ein dämliches Reh im Scheinwerferlicht erstarren und warten, bis Curtiss uns schluckt.« Wie üblich, wenn er emotional engagiert war, wurde sein mitteleuropäischer Akzent stärker. »So werde ich es dem Aufsichtsrat erklären. Sie wissen, dass ich den Tiger und nicht die Schildkröte oder das Reh empfehlen werde. Der Aufsichtsrat wird mir entweder zustimmen oder mich feuern. Wenn ich nicht gefeuert werde, müssen alle hier es so sehen wie ich, oder sie müssen gehen.« Er sah sich im Raum um und sein Gesichtsausdruck sagte mir, dass der größte Teil meiner Befürchtungen und Sorgen hinsichtlich der Besprechung glücklicherweise erledigt war. Ich hatte gewonnen, noch bevor ich richtig angekommen war.

Jagavitz war noch nicht fertig. »Unsere Politik hinsichtlich unseres Konkurrenten Curtiss ist die, dass wir ihn überflügeln und auf lange Sicht in eine vorteilhafte Position kommen müssen. Wie auch immer die Situation vor einer Woche war, heute ist – wie drückt man das noch im Rugby aus? – ein Schicksalsspiel. Der Ball ist frei und jeder kann ihn sich schnappen. Wir werden ihn schnappen, und wenn wir dabei ein paar Nasen brechen müssen, dann vergrößert das nur den Spaß, den wir dabei haben.« Jetzt hatte er den berühmten Gesichtsausdruck, den *Business Week* als ›haiähnlich‹ und *Forbes* als ›beängstigend‹ beschrieben hatte.

»Also«, fuhr er fort, »also werden wir jetzt Geld verdienen. Wir werden Pionierarbeit leisten. Wir werden den anderen zeigen, wie man es anpackt. Kommen Sie mir nicht mit Dingen, die man Ihnen auf der Harvard Business School gesagt hat, solange ich dabei nicht erfahre, wie ich am besten tun kann, was ich tun will. In den nächsten paar Jahren schreiben *wir* das Buch und die Experten können dann *uns* studieren.«

Der kahle, mit Leberflecken übersäte Schädel wirkte wie ein Totenkopf, doch die Falten um die Augen sprachen von Vergnügen und Freude. »Ich will, dass jedes Raketensystem fliegt, das fliegen kann, sobald es gefahrlos möglich ist. Ich will, dass unsere Verkaufsabteilung in Aufträgen erstickt. So sieht das Programm aus, wenn der Aufsichtsrat mich behalten will. Wenn Sie glauben, dass ich nach dem Termin morgen früh immer noch CEO bin – und ich habe die feste Absicht, es zu sein –, dann sollten Sie sich darauf gefasst machen, härter, schneller und besser zu arbeiten, als Sie es je getan haben.«

Mein erster Gedanke war, dass ich um Erlaubnis bitten musste, ein Band oder eine Mitschrift der Ansprache in Scorpion Shack verteilen zu dürfen.

»Kommentare?« fragte Jagavitz.

Eine Hand am Ende des Tischs wurde gehoben – Andrew Riscaveau. Er gehörte nicht zum oberen Management, doch da ein so großer Teil unserer Arbeit der Geheimhaltung unterlag, nahm er beratend an unseren Sitzungen teil. Stimmrecht hatte er nicht und normalerweise meldete er sich nur zu Wort, wenn Sicherheitsfragen berührt wurden.

»Ich möchte nur anmerken, dass bei dieser Strategie schwerwiegende Auswirkungen auf die Sicherheit die Folge sein könnten. Zunächst einmal werden die Gelegenheiten für Spionage und Sabotage, sei es nun aus dem eigenen Land oder von fremden Mächten, stark zunehmen, wenn so viel Hochtechnologie aus dem Labor in die Produktion verlagert wird. Zweitens und noch wichtiger: Die Sicherheitsbehörden des Landes sind daran interessiert, eine stabile und produktive Luftfahrtindustrie zu erhalten. Ein solches Schnappen nach Marktanteilen schafft jedoch Unruhe ausgerechnet in einer Situation, in der das Land ein reibungslos funktionierendes System braucht. Ich glaube nicht, dass sie uns damit durchkommen lassen, wenn sie ihren Job ernst nehmen.«

Jagavitz starrte ihn an, als hätte er in Riscaveaus Mund gerade eine tote Ratte entdeckt. »Wir werden die Kapazität für Starts steigern und das ist genau das, was das Land jetzt braucht. ›Stabilität‹ ist nur ein Euphemismus für die Bequemlichkeit der Leute, die schon ganz oben stehen. Da wir im Augenblick nicht die Spitzenposition haben, sind wir an der Bequemlichkeit der Spitzenposition nicht interessiert. Was den Markt von Curtiss angeht: Den mögen sie behalten und bedienen, falls sie das können. Wenn sie es nicht können, machen wir das Geschäft. Und was den ersten Punkt angeht – ist es nicht Ihre Aufgabe, Spionage und Sabotage in der Firma zu verhindern? Haben Sie nicht gerade gehört, dass jetzt alle härter arbeiten müssen? Also arbeiten Sie härter. Sorgen Sie dafür, dass nichts passiert.«

Riscaveau hätte beinahe geschmollt. Statt so vernünftig zu sein, den Mund zu halten, schimpfte er noch eine ganze Minute herum und unterstrich, wie sehr er sich bemühte zu helfen, doch niemand könne verstehen, wie die Dinge sich aus dem Blickwinkel des Sicherheitsbeauftragten darstellten, und in einer High-Tech-Firma, in der sogar nationale Sicherheitsbelange berührt werden, sei letzten Endes alles eine Frage der Sicherheit.

Ich beobachtete Riscaveau, während er lamentierte. Meine

Manager und Ingenieure in Scorpion Shack hassten ihn. Auf jeder Sitzung, zu der er eingeladen werden musste - niemand lud ihn freiwillig ein, wenn man auf seine Teilnahme verzichten konnte -, gab er sich stets große Mühe zu betonen, dass er ein guter Sicherheitsbeauftragter sei, der sich in dieser Branche die Jobs aussuchen könne. Er wies voller Freude darauf hin, dass die Bewachung von Betrieben immer gleich aussieht und dass er der Beste sei, den man fragen könne, wenn man wissen wollte, wie man einen Betrieb bewacht. Besonders gern erinnerte er Ingenieure und Manager daran, dass ganz egal, was sie taten und wie weit sie die neuen Grenzen der Menschheit verschieben konnten, immer Riscaveau an der Vordertür stehen und ihre Ausweise kontrollieren würde.

Nach einer Weile hörte Riscaveau auf, unfähig, Jagavitz' Blicken noch länger standzuhalten. Ohne seine Verstimmung zu kaschieren, bat Jagavitz um weitere Kommentare und Fragen.

Einige unbedeutende Punkte wurden von Leuten angesprochen, die zu jung waren, um zu wissen, dass Jagavitz kein Mann fürs Detail war. Der Finanzdirektor gab einen Überblick, wie lange es sich die Firma erlauben konnte, mit Verlust zu arbeiten, bevor die neuen Einnahmen hereinkamen. Dann stand ich auf Jagavitz' Bitte auf und erklärte in allgemeinen Begriffen, welch gewaltige Ausweitung der Startkapazität durch Starcraft möglich sei. Schließlich schloss Jagavitz die Sitzung und ich erreichte noch einen Rückflug nach Scorpion Shack, wo ich um elf Uhr abends Ortszeit eintraf. Als die Limousine mich am Flughafen abholte, konnte ich zum ersten Mal an diesem Tag dem Fahrer sagen, er möge sich Zeit lassen. Es war ein Neunzehnstundentag gewesen, nach dem ich nur noch ins Bett fallen konnte.

Zehntes Kapitel

NICK:

Ein Frühstück mit Ingenieuren ist keine entspannte Angelegenheit. Wenn Techniker sich mit dem Management treffen, werden sie nervös, es gibt viel verkrampftes Lachen und drückendes Schweigen. Alle schlingen das angebotene Essen hinunter, als könnte man es ihnen wieder wegnehmen.

Die neun Mitarbeiter von StarBooster, StarCore I und II und StarBird entwickelten auf einmal ein leidenschaftliches Interesse für Muffins und Rührei. Mit Ned Robertson, den ich gut kannte, wechselte ich beim Frühstück einige Gemeinplätze und Höflichkeiten, während alle anderen in gespanntem Schweigen aßen. Als die Tabletts nach etwa zwanzig Minuten geleert, die Tische gesäubert, die Notebooks gezückt und alle Anwesenden mit Kaffee oder Tee versorgt waren, sagte ich: »So, dann berichten Sie mir bitte, welche Ideen Sie haben.«

Robertson nickte. »Ich sollte Sie warnen, Mr. Blackstone. Wir haben heute Nacht bis eins gearbeitet, um alles vorzubereiten, und die meisten haben einen Koffeinrausch. Wenn Sie an irgendeinem Punkt nach harten Beweisen fragen, müssen Sie damit rechnen, dass Sie die Beweise blitzschnell und mit großem Nachdruck präsentiert bekommen, bevor ich die Leute unter Kontrolle bringen kann.« Seine Ingenieure lachten leise. Wahrscheinlich hatte er sie angewiesen, sich nicht in technischen Details zu verheddern.

»Ich verstehe. Wenn ich Sie bitte, etwas zu beweisen, dann geschieht es mir ganz recht, wenn Sie mich anschließend mit Beweisen zuschütten.«

Sie lächelten mich an und wirkten für Menschen, die völlig erschöpft sein mussten, recht heiter.

Robertson begann. »Also, Mr. Blackstone, hier ist es in ein paar Sätzen: Wenn Sie unbegrenzte Überstunden genehmigen und uns erlauben, direkt auf einen kombinierten Start von StarBooster und StarCore I hin zu arbeiten, dann bekämen wir einen sehr guten Schwerlasttransporter. Wenn wir StarRescue oben drauf setzen, könnten wir die Mannschaft von der ISS holen. Möglicherweise sind wir sogar vor der *Atlantis* fertig.« Er projizierte ein Diagramm des Entwicklungsweges und deutete mit dem Laserpointer auf die wichtigen Punkte. »Die beiden Abwurftests mit StarRescue, bei denen Andre Johnston geflogen ist, sind reibungslos verlaufen. Die wichtigsten Teile von StarCore I sind erprobt und bestehen aus Standardelementen. Das vereinte System von StarBooster und StarCore I plus StarRescue wäre zwar ein neues Gesamtsystem, weil es in dieser Form noch nie geflogen ist, doch die Komponenten sind viel besser erprobt als alles andere, was wir sonst fliegen lassen. Geben Sie uns grünes Licht für einen gemeinsamen Test von StarBooster und StarCore I, und wir können in vier Tagen starten. Wenn der erste Test gut verläuft, können wir die Rettungsaktion für die ISS binnen einer Woche anlaufen lassen. Selbst wenn wir die Rettungsaktion nicht durchführen, beweisen wir mit einem erfolgreichen Flug, dass wir einen billigen, einsatzbereiten und schnellen Satellitentransporter haben, der schwere Lasten aufnehmen kann – mitten in der größten Nachfrage nach solchen Startdiensten, die es je gegeben hat. Falls der erste Test negativ verläuft, kehren wir zur normalen Testserie zurück und es ist kein großer Schaden entstanden. Also läuft es auf Folgendes hinaus: Lassen Sie uns den Test mit StarBooster und StarCore machen. Haben wir Erfolg, dann haben wir ein ganzes Jahr gewonnen und sind fähig, die ISS-Rettungsaktion zu übernehmen, falls bei der *Atlantis* etwas schief geht. Scheitern wir mit diesem Test, fallen wir höchstens um einen Monat zurück.«

Ich war wider Willen beeindruckt. »Gut, das waren überzeugende Argumente für einen frühen Test von StarCore.

Aber wie kommen wir von hier aus zu der Idee, StarRescue auf eine *bemannte* Mission zu schicken?«

»Richtig, das ist ein großer Schritt«, gab Robertson fröhlich zu. »Doch der einzige Abschnitt auf diesem Flug, der beispiellos ist, wäre die Rückkehr aus dem Orbit, aber auch das beruht auf einer bewährten Methode, weil es exakt so abgewickelt wird wie beim Shuttle. Wir haben sogar die Steuerung an die Raumfähren angepasst, damit ein erfahrener Shuttlepilot im Handumdrehen bei StarRescue oder StarBird eingesetzt werden kann. Ich sage nicht, dass wir es tun *sollten,* aber wenn das Shuttle ausfällt und die ISS-Mannschaft da oben sterben muss, dann könnten wir mit der Kombination aus StarBooster, StarCore I und StarRescue einspringen. Und wenn da oben Leute sterben, dann müssen wir versuchen, sie zurückzuholen, selbst wenn wir dabei ein großes Risiko eingehen.«

Robertson setzte sich und schaltete den PowerPoint-Projektor ab. Als das Summen erstarb, war es erstaunlich still im Raum. »So denken wir alle, Mr. Blackstone. Bald werden ein paar hundert Seiten triftige Gründe auf Ihrem Schreibtisch liegen, aber Sie wissen, dass wir Sie mit so etwas nicht hereinlegen würden. Wir glauben, dass wir es schaffen können. Wenn wir müssen, können wir sogar den Testflug gleich als Flug zur ISS ansetzen. Eine StarRescue, auf eine StarCore I gesetzt und mit zwei StarBoostern 200 angetrieben, müsste es schaffen.«

Ich sah mich im Raum um. »Also gut«, sagte ich. »Wer von Ihnen hat die stärksten Zweifel?« Caroline Ralston meldete sich nach kurzem Zögern. »Red Cheney ist unsicher.«

Cheney zuckte sofort die Achseln. »Ich denke, die Wahrscheinlichkeit, dass der Flug erfolgreich verläuft und alles klappt, liegt bei neunundneunzig Prozent«, sagte er.

»So hoch?« fragte ich. »Auf das Shuttle würde ich nicht einmal setzen, obwohl es seit zwanzig Jahren fliegt.«

»Yeah, ich weiß. Ich bin die Testdaten für StarBooster, StarCore I und StarRescue noch einmal ganz genau durchgegangen. Es gibt keine Komponente, vom Gehäuse von StarRescue abgesehen, die nicht schon unter größeren Belastungen als denen, die auf dieser Mission auftreten würden, erprobt worden ist. Abgesehen von Pech und menschlichem Versagen brauchen wir uns nur über negative Synergie Sorgen zu machen - dass zwei Teile, die einzeln gut funktionieren, auf nicht vorhergesehene, unerwünschte Weise aufeinander reagieren. Ich habe gewisse größere Zweifel als die anderen, ob wir alle solchen Gefahrenmomente rechtzeitig mit Computersimulationen finden und ausschalten können, doch der potenzielle Gewinn ist gewaltig und bei unerprobter Hardware kann man die Risiken sowieso kaum weiter drücken.«

Ich fragte noch zweimal nach, doch Red Cheney war offenbar wirklich derjenige, der die stärksten Zweifel hatte. Die anderen waren überzeugt, dass sie die von Robertson vorgeschlagene Konfiguration in drei Wochen flugfähig bekommen würden.

Robertson fasste es schließlich zusammen. »Wissen Sie, die Leute vergessen meist, dass die ersten Kapseln zwar getestet wurden, doch die ersten Astronauten sind damals im Grunde alle in handgefertigten Einzelstücken hochgeflogen und wieder zurückgekommen.«

»Sie hatten beinahe unbegrenzte Mengen an Geld und gutem Willen im Rücken«, wandte ich ein, »und das macht es leichter, ein Risiko einzugehen.« Aber man muss seine Mitarbeiter unterstützen, so weit es überhaupt möglich ist. Ich hätte ein äußerst unglückliches Team gehabt, wenn ich ihnen gesagt hätte, sie sollten die Idee vergessen. »Also gut, es kann nicht schaden, mit unserem Testprogramm rasch weiterzukommen. Ich gebe Ihnen grünes Licht für StarBooster und StarCore. Was StarRescue angeht, so hoffe ich, dass es nicht nötig wird, doch ich stelle mir nur ungern vor, die Möglichkeit verworfen zu haben, falls alles andere schief geht. Unterbreiten Sie mir detaillierte Vorschläge und Pläne und wenn Sie mich überzeugen können, dann gehe ich damit zu Jagavitz. Aber sehen Sie die Dinge nicht durch die rosa Brille, seien sie nicht übermäßig optimistisch und decken Sie alle Karten auf. Sagen Sie mir genau, wie weit wir gehen müssen und wie schnell wir arbeiten müssen, damit der Plan umgesetzt werden kann.«

Sie starrten mich an, bis Ned zu klatschen begann. Dann fielen sie alle ein. Ich hatte noch nie Applaus von einer Runde von Ingenieuren bekommen und war nicht sicher, ob mir das überhaupt angenehm war.

Robertson begleitete mich zu meinem Büro, um mich noch über einige Details zu informieren. Als wir dort ankamen, hatte Angie eine Neuigkeit. Jagavitz hatte den Kampf mit dem Aufsichtsrat mühelos gewonnen. Robertson, Angie und ich feierten fünf Minuten lang mit alkoholfreien Softdrinks aus dem Automaten, dann machten wir uns wieder an die Arbeit.

*

Scorpion Shack war in den nächsten Tagen wie verwandelt. Nur unsere ältesten Angestellten, die vor Jahrzehnten bei Apollo, Skylab, Stealth oder dem SSME mitgearbeitet hatten, konnten sich erinnern, in den Pausenräumen und auf den Fluren schon einmal so aufgeregte Gespräche gehört zu haben. Ich verbrachte so viel Zeit wie möglich mit meinen beflügelten, kreativen Ingenieuren und Wissenschaftlern, doch vornehmlich war ich damit beschäftigt, überall in der Firma Abteilungen, die es nur gut meinten, davon abzuhalten, die Zeit der produktiven Mitarbeiter mit Papierkram, Berichten, Evaluationen und Prognosen zu beanspruchen.

Den halben Mittwochmorgen verbrachte ich mit Telefonaten mit Barbara Quentin, der Vizepräsidenten und Leiterin des Issues Management. Normalerweise war sie eine vernünftige Kollegin, doch jetzt bestand sie darauf, wir müssten der Öffentlichkeit versprechen, dass die neuen Satelliten gegen Protonenstürme unempfindlich seien. Es dauerte eine Weile, bis ich ihr erklärt hatte, dass jedes Kilo Abschirmung, das man in den Orbit schickt, bedeutet, dass man ein Kilo Nutzlast nicht hinaufschicken kann. Wenn man tat, was sie verlangte, musste man mehrere Kilo Abschirmung für jedes Kilo Nutzlast mitschicken.

Nichts konnte die Satelliten der Erde schützen, wenn jemand darauf aus war, sie zu zerstören. Orbitalgeschwindigkeiten sind ungefähr dreißig Mal höher als die Geschwindigkeit einer Gewehrkugel. Ein Satellit, der mit einem Gegenstand zusammenprallt, bekommt einen etwa neunhundert Mal stärkeren Schlag ab als durch den Aufprall desselben Objekts, wenn es mit einem Gewehr abgefeuert würde. Wenn man eine Tonne Beton in die Flugbahn eines Satelliten schiebt, wird der Satellit beim Aufprall zerstört, selbst wenn man ihn panzert wie ein Schlachtschiff. »Auf lange Sicht ist die Vermeidung von Kriegen die einzige Möglichkeit, unsere Investitionen im Weltraum zu schützen.«

Der Anruf war ärgerlich, doch er war nichts im Vergleich zum folgenden, der von Andrew Riscaveau kam. »Wir haben eine interessante Situation.«

»Oh?« machte ich.

»Über Ihre private Leitung kommt ein Anruf herein, über den ich mit Ihnen sprechen muss, bevor Sie ihn annehmen«, sagte Riscaveau.

»Sie sollen meine Anrufe nicht abfangen.«

»Sie sind der Leiter von Scorpion Shack. Wir fangen alles ab, was hereinkommt oder hinausgeht. Normalerweise reden wir nur nicht darüber.«

Es war ein alter Streit, den ich nicht unbedingt aufwärmen wollte. »Ist der Anrufer noch in der Leitung?«

»Ich sagte ihm, er müsste warten, weil ich vorher mit Ihnen sprechen muss. Er weiß, dass es eine Weile dauern kann. Es ist Killeret von Curtiss.«

»Wissen Sie, was er will?«

»Ich habe ihn nicht gefragt.«

»Gibt es einen Grund dafür, dass ich nicht mit ihm reden sollte?«

»Eigentlich nicht.«

»Warum halten Sie uns dann beide auf? Warum zeichnen Sie das Gespräch nicht auf wie alle anderen und halten sich heraus?«

»Hören Sie, wir haben triftige Gründe zu der Annahme,

dass Mr. Killeret etwas vorschlagen wird, das, wie er glaubt, gut sei für Curtiss«, sagte Riscaveau. »Wir sind der Überzeugung, dass es auch im Interesse von Republic Wright sein kann.«

Ich hatte mich wirklich bemüht, mich zu beherrschen. »*Wir* sind der Überzeugung? Gab es eine Konferenz? Wer war dabei und was war das Thema?«

»Nun, es entspricht doch der Firmenpolitik, dass ...«

»Moment mal. Ich *mache* zusammen mit den anderen Angehörigen des oberen Managements die Firmenpolitik. Wir halten Sitzungen ab und beraten darüber. Wenn dies hier der Firmenpolitik entspricht, dann hätte ich bei der Sitzung sein müssen, auf der sie beschlossen worden ist.«

»Es ist keine Firmenpolitik in dem Sinne, dass es klare, schriftliche Anweisungen oder so etwas gäbe, Mr. Blackstone, doch es dient gewiss dem allgemeinen Interesse der Firma, wenn wir ...«

»Gibt es irgendeinen Grund für die Annahme, dass Sie das allgemeine Interesse der Firma besser einschätzen können als ich?«

»Nun, wenn es einen Interessenkonflikt gibt ...«

»Sind Sie sich bewusst, dass dies ein schwer wiegender Vorwurf ist und nicht nur eines der Schlagworte, mit denen Sie so gern um sich werfen?« So wütend war ich schon lange nicht mehr gewesen. Es brauchte einen Riscaveau, um diese Seite in mir zum Vorschein zu bringen.

»Führen Sie Ihr Gespräch«, sagte er steif.

Als Killeret sich meldete, sagte ich: »Zuerst einmal muss ich mich im Namen von Republic Wright für das ausgesprochen peinliche und unprofessionelle Verhalten unseres Sicherheitschefs entschuldigen, der sich in alle möglichen Angelegenheiten einmischt, mit denen er nichts zu tun hat.« Ich freute mich, dass Riscaveau das Gespräch aufzeichnete.

Killeret lachte. »Immer noch der alte Diplomat, Nick. Mein Sicherheitsbeauftragter wird sich übrigens ebenfalls in die Hosen machen, weil ich mit dir rede, aber ich muss dir etwas sagen, weil es unseren beiden Firmen nützt. Drüben in Ghost Town entwickeln wir eine neue Wegwerfrakete und wir haben nebenbei an einem neuen CRV gearbeitet, an einem Nachfolgemodell für die Sojus-Kapseln. Vier Mann Besatzung, kleiner als euer StarRescue, aber trotzdem ein schönes Fahrzeug für alle möglichen Aufgaben. Eine unbemannte Version wäre beispielsweise ein perfektes Frachtschiff, um Vorräte zur ISS zu schicken.«

»Wo sind jetzt die guten Nachrichten für uns?«

»Die gute Nachricht ist die folgende: Wenn unser CRV tatsächlich als Raumschiff fliegt, dann wird Curtiss ein Markt für den StarBooster sein, und wir werden einige davon bestellen, wenn ihr sie an uns verkaufen wollt. Die schlechte Neuigkeit ist die, dass wir vielleicht gar nicht mehr so weit kommen. Gestern gab es eine große Sitzung auf höchster Ebene. Die Hälfte der Gesichter kannte ich nicht. Wir hatten in letzter Zeit umfangreiche Veränderungen im oberen Management und in verschiedenen Schlüsselabteilungen, und die neuen Leute scheinen von überallher zu kommen, nur nicht aus der Luftfahrt, der Wissenschaft oder der Ingenieurswissenschaft. Ich hatte keine Ahnung, dass es schon so weit gediehen war. Die neuen Leute scheinen jedenfalls fest entschlossen zu sein, das Tempo zu drosseln. Die Firmenpolitik sieht so aus, dass wir es uns auf keinen Fall erlauben können, einen Fehler zu machen, nachdem in der Öffentlichkeit so starke Bedenken gegenüber der Raumfahrt aufgekommen sind. Deshalb müssten wir langsamer vorgehen, mehrere Monate für zusätzliche Tests einplanen und die ›Risiken‹, wenn wir eine neue Technik in das System einführen, noch genauer als bisher abschätzen. Sie wollen das neue CRV um Jahre verschleppen.«

»Neue Techniken?« fragte ich. »Einzelne Komponenten mögen neu sein, doch eine Kapsel auf der Spitze einer Wegwerfrakete, das ist im Grunde die gleiche Technik, mit der schon Yuri Gagarin in die Umlaufbahn gekommen ist.«

»Yeah«, seufzte Killeret. »Und jetzt muss ich dich um einen Gefallen bitten. Die guten Jungs können sich hier bei uns einfach nicht durchsetzen. Ich glaube, diese Verzögerungstaktik wird zur offiziellen Firmenpolitik erklärt werden. Ich denke nun, wenn du mit dem StarBooster etwas früher an die Öffentlichkeit gehen oder vielleicht sogar durchblicken lassen könntest, dass du im Markt für Wegwerfraketen wettbewerbsfähig werden willst ...«

»Wir werden bald ein Gerät testen, das alle deine Einmalraketen für eine ganze Weile ausstechen wird«, erklärte ich. »Du wirst dutzendweise StarBooster kaufen, wenn es so weit ist, um wieder ins Rennen zu kommen. In zwei Wochen werden wir die Sache aus einem ganz neuen Blickwinkel betrachten. Aber vielen Dank für die Vorwarnung. Es ist immer gut zu wissen, dass es einen potenziellen Markt gibt.«

»Tja, Nick, du weißt schon. Die Mars Four für immer.«

Ich lachte. »Wir waren übrigens am letzten Wochenende im Strandhaus. Wir hätten dich anrufen und einladen sollen.«

»Mach das doch beim nächsten Mal. Wie klappt es damit, Scott und Thally wieder zusammenzubringen?« Er wusste davon, weil ich es ihm bei einem unserer langen Telefonate in der vergangenen Woche gesagt hatte. Sobald wir nach Jahren des Schweigens wieder ins Gespräch gekommen waren, hatten wir uns auf einmal wieder viel zu erzählen.

»Ich mache Fortschritte«, sagte ich, »aber ich habe es mit zwei störrischen Menschen zu tun, denen die meisten meiner Verhandlungs- und Management-Tricks bekannt sind. Ich muss vorsichtig vorgehen.«

»Ich vertraue auf dich«, sagte er. »Und vielen Dank, dass du mit mir geredet hast. Ich habe heute Morgen einen Bericht über Jagavitz' Ansprache bei eurer Sitzung gelesen. Es muss Spaß machen, für eine Luftfahrtfirma zu arbeiten, die tatsächlich fliegen will.«

»Schick mir doch deine Bewerbung«, sagte ich. »Und pass auf dich auf. Die Mars Four für immer.«

»Darauf kannst du wetten. Bis bald dann.«

Wir legten auf, und ich setzte mich hin und notierte die Punkte, die ich Jagavitz bei unserem Termin am folgenden Tag vortragen wollte. Die Gespräche, die der CEO unter vier

Augen mit seinen Mitarbeitern führte, glichen eher einem Verhör. Es half, wenn man seine Gedanken vor dem Gespräch gut geordnet hatte. Ich hatte gerade die wichtigsten Punkte aufgelistet, als das Telefon läutete.

Ohne irgendeine Einleitung sagte Riscaveau: »Jetzt produzieren Sie aber wirklich ein Chaos, und ich komme nicht darum herum, es zu melden.«

Ich erschrak. »Sie sagten mir, ich sollte Ihrer Ansicht nach das Angebot, das Killeret mir macht, annehmen. Nun hat sich aber herausgestellt, dass er kein Angebot gemacht, sondern einen Bereich angesprochen hat, in dem uns eine Zusammenarbeit großen Nutzen bringen würde, und deshalb arbeite ich mit ihm zusammen. Ich müsste verrückt sein, es nicht zu tun. Wenn seine Fraktion bei Curtiss siegt, dann würde sich der Markt für den StarBooster verdoppeln. Sie hatten völlig Recht mit Ihrer Einschätzung. Was ist denn jetzt schon wieder?«

»Ich habe nicht angenommen, dass sich das Gespräch um dieses Thema drehen würde. Es hätte eigentlich etwas anderes sein müssen, mit dem Sie ebenfalls hätten rechnen müssen.« Seine Stimme klang eigenartig gespannt, als wäre ein schlichtes Missverständnis ein Grund, um Leib und Leben zu fürchten. »Ich dachte, er wollte Sie drängen, Curtiss' neues Angebot für Ihren Bruder anzunehmen. Curtiss will einen verbindlichen Vertrag anbieten und alle Zahlungen übernehmen, zu denen Ihr Bruder verurteilt werden könnte, so dass er sich auf eine außergerichtliche Einigung einlassen und den Fall abschließen und sich um andere Dinge kümmern kann.«

»Warum sollte Killeret mit so einem Angebot ausgerechnet zu mir kommen? Warum ruft er nicht Scott oder seine Anwältin an? Und warum sollte Scott sich jetzt noch außergerichtlich einigen, nachdem die neuen Beweise zeigen, dass die James' nichts in der Hand haben, um ihn zu verklagen?«

»Sie und Killeret sind alte Freunde und Ihre erste Loyalität gehört nicht Ihren Firmen. Sie übernehmen die Verfahrenskosten für Ihren Bruder und verstoßen damit gegen die Interessen von Republic Wright, ganz egal was Jagavitz sagt. Meinetwegen können Sie ihn anrufen und ihm berichten, dass ich dies gesagt habe. Ich habe es ihm selbst schon ins Gesicht gesagt. Ich kann nicht glauben, dass er darauf beharrt, diese ganze verrückte ...«

»Der Aufsichtsrat hat sich gestern hinter ihn gestellt und zwar mit überwältigender Mehrheit«, unterbrach ich ihn. »Sie haben außerdem meine Frage nicht beantwortet. Sie überschreiten Ihre Kompetenzen. Inwiefern werden hier überhaupt Sicherheitsaspekte berührt?«

Riscaveaus Stimme klang nach jener aufreizenden Herablassung, die Erzieher im Kindergarten manchmal zeigen, wenn sie darauf bestehen, dass die Kinder einen Mittagschlaf machen, ob sie nun müde sind oder nicht. »Weil Sie einen irregulären Kontakt mit einer geheimen Einrichtung eines wichtigen Konkurrenten pflegen. Weil das Unfallrisiko größer wird, wenn Sie die Entwicklung des StarBoosters beschleunigen, und weil ein solcher Unfall die Firma Zeit und Geld kosten wird und weil eine vorzeitige Freigabe von StarBooster den ohnehin schon labilen Markt für Startdienste völlig zerstören wird. Es liegt also im Interesse der Stabilität und einer geordneten Entwicklung, alles nach Plan laufen zu lassen, statt die Dinge zu überstürzen. Und wenn Sie es nun auf den Punkt bringen wollen, dann müssen Sie auch berücksichtigen, dass Republic Wright wichtige Hardware herstellt, die nationale Sicherheitsbelange berührt, und das bedeutet, dass sich bei allem, was die Firma tut, letztlich die Frage der Sicherheit stellt.«

Ich vergaß meine Vorsätze, mich zu beherrschen. »Nicht alles, was die Firma tut, ist geheim. Nur manche unserer Aktivitäten sind es. Und wenn es nicht um Fragen der Sicherheit geht, was sogar recht häufig der Fall ist, dann stecken Sie – und das gilt besonders für Scorpion Shack – Ihre Nase gefälligst nicht in Dinge, die Sie nichts angehen. Sie sind derjenige, der seine Kompetenzen überschreitet. StarBooster ist kein sicherheitsempfindliches Objekt. Es gibt keinerlei

Diebstähle, Geheimnisverrat, Brandstiftung oder sonst etwas. Also halten Sie sich - verdammt nochmal - heraus und lassen Sie uns in Ruhe!« Ich legte auf.

Wenn man in einer Firma eine hohe Position bekleidet, hat man das Privileg, sich genau dann beruhigen zu können, wenn man es braucht. Wäre ich immer noch Projektleiter eines Ingenieurteams gewesen, dann hätte ich in meiner Wut möglicherweise vor anderen Leuten etwas Dummes getan. Doch nun bat ich einfach Angie, alle Anrufe abzufangen, rannte aufgebracht im Büro hin und her und malte mir hässliche Dinge aus, die ich Riscaveau hätte an den Kopf werfen sollen. Nach ein paar Minuten ging ich in mein privates Bad und wusch mit das Gesicht. Dann holte ich mir eine Orange, eine Birne und eine große Flasche Quellwasser aus dem Kühlschrank und nahm, um mich zu beruhigen, einen Imbiss ein, während ich mehrmals Pachelbels Kanon hörte.

Eine halbe Stunde später war ich wieder ansprechbar. Seufzend - denn es war wundervoll ruhig gewesen und jetzt musste ich den Ärger wieder in mein Leben lassen - hob ich ab und sagte der Sekretärin, ich sei wieder da.

Angie sagte: »Ich habe zwei Anrufe von Andrew Riscaveau bekommen. Er bat sie, einen gewissen Clifford Welch nicht zurückzurufen. Mr. Riscaveau schien sehr aufgebracht zu sein. Ein Mr. Welch hat tatsächlich angerufen und seine Nummer hinterlassen.«

»Wer ist Clifford Welch?«

»Deep Blue. Er sagte, er müsste noch vor der StarBird-Vorführung heute Nachmittag mit Ihnen reden. Er meinte auch, er werde an der Vorführung teilnehmen und könne früher kommen und Sie persönlich aufsuchen, falls Sie nicht zurückrufen können.«

»Ich rufe zurück«, entschied ich. »Rufen Sie ihn an. Wenn er nicht sofort zu sprechen ist, warte ich.«

Wahrscheinlich hatten wir in den letzten Jahren in Scorpion Shack einen großen Teil unserer Arbeit in Wirklichkeit für Deep Blue gemacht, doch nicht einmal ich wusste genau, was oder wie viel es gewesen war. Alles, was mit Deep Blue zu tun hatte, war ›SCI‹ – Sensitive Compartmented Information. Das war ein Oberbegriff für ein ganzes Sortiment von Geheimhaltungsstufen, die allesamt erheblich über dem guten alten ›Top Secret‹ lagen, das für eher alltägliche vertrauliche Informationen galt. Die meisten Leute bei Scorpion Shack hatten die Freigabe für ›Geheim‹ und nicht wenige waren für die Stufe ›Top Secret‹ zugelassen. Ich hatte jedoch nur dreißig Mitarbeiter mit einer SCI-Freigabe, wobei jede SCI-Freigabe anders aussah, denn jede Freigabe umfasste nur die Erlaubnis, das sehen zu dürfen, was für die jeweilige Aufgabe unbedingt notwendig war.

Sogar das Organisationsdiagramm war geheim; vermutlich war Deep Blue ein Teil des National Reconnaissance Office. Das NRO war seinerseits komplett als SCI klassifiziert. Es war die Behörde, die sich mit Spionagesatelliten beschäftigte. Obwohl die Behörde schon von Präsident Kennedy eingerichtet worden war, gab erst die Bush-Administration in den letzten Wochen ihrer Amtsführung zu, dass die Organisation überhaupt existierte.

Deep Blue war sogar noch geheimer als das NRO. Wie viele Geheimprojekte nach dem Zweiten Weltkrieg verriet der Name rein gar nichts. Wenn ich damit zu tun bekam, dann ging es meist um einen heimlichen Start von der Anlage in Scorpion Shack oder um einen unserer experimentellen Starts aus einem Flugzeug. Missionen von Deep Blue hatten oft auch mit unseren Versuchen mit Radaranlagen zu tun, die Stealth-Abschirmungen durchdringen konnten, um die Flugbahn von Objekten zu verfolgen, die offiziell überhaupt nicht existierten. Einige Male hatten wir kleine Einheiten hochgeschossen, die erst wenige Stunden vor dem Start geliefert worden waren, und in Umlaufbahnen gebracht, die sich mit denen dieser ›Geister‹ überkreuzten.

Ich nahm an, Deep Blue sei die Spionageabwehr des NRO. Vielleicht schossen wir die Spionagesatelliten anderer Nationen ab, denn kurz nach den heimlichen Starts verschwanden diese Objekte gelegentlich von den Radarschirmen.

Ebenso gut konnte Deep Blue aber auch eine Abteilung der NSA oder der CIA sein oder vielleicht auch eine eigenständige Organisation, die direkt dem Präsidenten unterstand. Die Einheiten, die wir starteten, waren vielleicht auch gar keine Satellitenkiller, sondern Kuriere, die geheime amerikanische Satelliten anflogen, um Material abzuholen, das zu brisant war, um es auf anderen Wegen zu übermitteln, oder vielleicht auch Schlepper, die diese Satelliten an eine neue Position brachten, oder auch winzige Roboter, die Reparaturen durchführen sollten. Das Zeug, das die supergeheimen Einrichtungen benutzen, ist dem jeweiligen Stand der Technik um zwanzig bis fünfzig Jahre voraus, und sie sind die einzigen Organisationen auf der Erde, neben denen Scorpion Shack und Ghost Town rückständig wirken würden.

Wenn man berücksichtigte, dass Deep Blue genau wie viele andere Organisationen einige Dinge im Weltraum installiert hatte, konnte man davon ausgehen, dass sie umgehend einige dringende Starttermine benötigten, oder vielleicht hatten sie auch eine gehärtete Sonde vorbereitet, um durch Messungen zu ermitteln, wie stark die Strahlung im Orbit noch war. Es würde ihnen sicher einen Vorteil verschaffen, wenn sie dies vor allen anderen wussten. Während ich darauf wartete, dass Angie mich mit Welch verband, überlegte ich, was wir alles zur Verfügung hatten, um etwas in den Orbit zu schießen. Vielleicht konnten wir sogar schon den Test mit StarBooster und StarCore dazu benutzen, und möglicherweise würden wir die Testflüge auf diese Weise sogar bezahlt bekommen. Jedenfalls gab es einige Wochen nach einem Start für Deep Blue fast immer einen geheimnisvollen Zuwachs auf einem meiner Projektkonten.

Im Grunde brauchte ich nur zu wissen, dass es eine stehende Anweisung gab: »Deep Blue bekommt alles, was es will und nichts davon taucht jemals in den Büchern auf. Seien Sie nett zu Deep Blue, ganz egal, was es kostet, und irgendwie werden Republic Wright mehr als die Kosten gutgeschrieben.« So hatte Jagavitz es mir erklärt, als ich Scorpion Shack übernahm.

Das Telefon klingelte. »Ich habe Mr. Welch in der Leitung«, sagte Angie. »Sie können jetzt sprechen.«

»Mr. Welch?«

»Mr. Blackstone. Wir haben einige gemeinsame Bekannte, auch wenn wir uns nicht persönlich kennen. Ich arbeite für Deep Blue, bin aber in einem Bereich beschäftigt, mit dem Sie bisher noch nicht zu tun hatten. Was meinen offiziellen Status in den Geheimdiensten angeht, so kann ich Ihnen sagen, dass der Leiter von Deep Blue als Vizedirektor einer Bundesbehörde eingestuft ist und dass ich ihm direkt verantwortlich bin.«

»Alles klar«, sagte ich. Damit stand Welch drei Stufen unter dem Präsidenten der Vereinigten Staaten. Ich war gehörig beeindruckt.

»Ich will Ihnen sagen, was ich von Ihnen will. Ich werde einer der unauffälligen Anzugträger in der großen Delegation von Kongressabgeordneten und Bürokraten sein, die heute Nachmittag vorbeikommt, um sich StarBird anzusehen. Falls Sie die Absicht hatten, die Führung einem Stellvertreter zu überlassen, möchte ich Ihnen dringend empfehlen, die Anweisung rückgängig zu machen und die Delegation selbst zu empfangen.«

Ich seufzte innerlich. Ich hatte tatsächlich die Absicht gehabt, einen Mitarbeiter vorzuschicken und damit eine Stunde Zeit herauszuschinden, um mich mit geschäftlichen Dingen und Verwaltungsangelegenheiten zu befassen.

»Ich habe einen Agenten in der Delegation und einen weiteren im Hangar von StarBird untergebracht. Ich habe dies veranlasst, weil wir glauben, dass Sie von einer höchstwahrscheinlich gewalttätigen und aus dem Ausland finanzierten Organisation unterwandert worden sind. Wir haben Grund zu der Annahme, dass diese Leute mit der Entwicklung der Starcraft-Serie prinzipiell nicht einverstanden sind. Wir werden die Situation im Auge behalten. Es gibt einige Informationen, die ich von Ihnen brauche und einige Dinge, die Sie tun könnten, um uns zu helfen. Dies wäre uns sehr wichtig und deshalb rufe ich Sie heute an.«

»Sie meinen aber offenbar, ich soll mich nach außen zunächst normal verhalten?«

»Jedenfalls für den Augenblick, ja. Wir hielten es jedoch für sinnvoll, Ihnen einen Überblick über die Situation zu geben. Falls seltsame Dinge geschehen, sind Sie wenigstens darauf vorbereitet, und vielleicht hilft Ihnen das. Ich möchte Sie allerdings auch dazu anhalten, über zusätzliche Sicherheitsmaßnahmen nachzudenken.«

Mir fiel etwas ein. »Das ist eigenartig. Wir haben einen sehr energischen Sicherheitschef, doch er hat mich ausdrücklich gedrängt, Sie nicht zurückzurufen. Wenn Sie mich wirklich bitten, die Sicherheitsmaßnahmen zu verschärfen, dann müsste unser Mann sich doch eigentlich freuen.«

»Wirklich? Das ist *äußerst* interessant. Nun, falls er fragen sollte, ob Sie mit mir gesprochen haben – und er wird Sie fragen –, dann sagen Sie ihm, Sie hätten nicht mit mir gesprochen und hätten keine Ahnung, wer ich bin.«

»Gut.«

»Lenken Sie Andrew Riscaveaus Aufmerksamkeit keinesfalls auf Dinge, die mit Deep Blue zusammenhängen. Ich weiß, dass Sie normalerweise sowieso nicht über SCI-Material sprechen würden und diese ganze Unterhaltung einschließlich der Tatsache, dass sie überhaupt stattgefunden hat, ist als SCI einzuordnen. Wenn bei der StarBird-Vorstellung alles gut verläuft, werde ich etwa vierzig Minuten danach in Ihr Büro kommen, damit wir uns ausführlich unterhalten können. Dabei werden Sie vermutlich viele Dinge verstehen, die bisher für Sie sehr verwirrend waren. Ich danke Ihnen für Ihre Unterstützung.« Er legte auf, ohne meine Erklärung abzuwarten, ob ich ihn überhaupt unterstützen würde. Allerdings kam es mir so vor, als bliebe mir sowieso kaum etwas anderes übrig.

Ich fragte bei Angie nach, ob ich nicht doch schon jemand anders für den Empfang der Delegation eingeteilt hatte. Das war nicht der Fall, also konnte ich wie geplant weitermachen. Für eine Weile vergaß ich Welch, Riscaveau und alle anderen komplizierten oder ärgerlichen Dinge und kümmerte mich um den Papierkram, der Tag für Tag erledigt werden musste, auch wenn draußen die Welt in Stücke ging. Allmählich begann ich den monatlichen Überstundenbericht sogar zu schätzen, denn er hatte die angenehme Eigenschaft, meine Aufmerksamkeit zu erfordern, nicht wirklich wichtig zu sein und keinerlei Überraschungen zu enthalten.

Um dafür zu sorgen, dass die Führung glatt ablaufen würde, rief ich Robertson an. »Wir müssen den Besuchern etwas zeigen, über das sie staunen können«, sagte ich. »Wenn sie mögen, was sie sehen und hören, wird es für uns leichter. Wir müssen ihnen also eine gute Show bieten. Teilen Sie doch bitte Ihre Mitarbeiter in den nächsten Stunden entsprechend ein, damit es eine gute Show wird. Keine Ausnahmen, ganz egal, wie hoch die Prioritäten sind. Ist das klar?«

»Alles klar. Sie wissen ja, wie Ingenieure sind, aber ich werde sie schon zur Vernunft bringen.«

»Danke, Ned. Ich bin Ihnen wirklich dankbar. Die Arbeitsbereiche sollen nach Arbeit aussehen, aber nicht zu chaotisch. Wenn jemand unbedingt die Unterlagen für ein großes Projekt auf dem Schreibtisch verteilt haben muss, dann schaffen Sie den Schreibtisch raus, damit er nicht zu sehen ist. Sie können ihn wieder reinholen, sobald die Delegation weg ist. Lassen Sie das Raumschiff nicht mit heraushängendem Eingeweide herumstehen. Schließen Sie alle Öffnungen, Luken, Türen und Löcher. Und was besonders wichtig ist, sorgen Sie dafür, dass wir die Gäste auf einem absolut sicheren Weg herumführen können. Nichts ist schädlicher für einen besichtigten Betrieb als der Unfalltod eines stellvertretenden Ministers. Durchschnittliche Bürokraten haben keine Ahnung, wie gefährlich ein Laden wie der Shack ist.«

»Ich werde mich sofort darum kümmern, Mr. Blackstone. Sauber, nett und sicher soll es sein, und unser Vogel bekommt das beste Gefieder, das wir im verpassen können. Alle werden helfen, ob sie wollen oder nicht. Sonst noch etwas?«

»Wenn Sie das in ein paar Stunden schaffen können, wäre ich dankbar.«

»Was Sie nicht sagen. Aber wir werden es schaffen. Wann kommen Sie?«

»Etwa fünfzehn Minuten vor der Show, aber es wird vielleicht knapp.«

»Wir werden zwanzig vorher fertig sein.«

Ich legte auf und arbeitete mich weiter durch verschiedene Dokumente, die später viel kostbare Zeit fressen würden, wenn sie nicht sofort und ordentlich ausgefüllt wurden. Dabei musste ich daran denken, dass die Öffentlichkeit häufig falsche Vorstellungen vom Ingenieursberuf hat. Angeblich können Techniker nicht mit Menschen umgehen. Für manche trifft das wahrscheinlich zu, doch man wäre überrascht, wenn man feststellte, wie viele Manager und Berater in dieser Hinsicht sogar noch ungeschickter sind. Ich war ziemlich sicher, dass bei meiner Ankunft noch nicht alles fertig sein würde, aber Robertson würde wenigstens dafür sorgen, dass sein Team guter Dinge blieb. Niemand hasst Störungen mehr als ein Ingenieur, der nach einem straffen Zeitplan arbeitet.

Das Telefon klingelte.

Riscaveau hielt sich nicht mit Begrüßungsfloskeln auf. Er formulierte eine Aussage, die wie eine Mordanklage klang. »Ihre abgesicherte Leitung war in Betrieb, doch unser Computerprotokoll registriert keinen Anruf, und wir konnten nicht auf die Leitung zugreifen, um zu hören, was dort im Gange war.«

Demnach konnte Deep Blue eine der geheimsten Einrichtungen des ganzen Planeten anrufen, ohne dass der Anruf zurückverfolgt werden konnte, und das Gespräch konnte derart verworfelt werden, dass nicht einmal unsere eigenen Sicherheitsleute lauschen konnten. Ich war noch beeindruckter, als ich es ohnehin schon war.

»Dann ist entweder in Ihrem Computerprotokoll oder im Telefonsystem ein Fehler aufgetreten«, sagte ich. »Welchen Anruf meinen Sie?«

»Welchen Anruf ich meine? Sie haben eine halbe Stunde telefoniert.«

»Ich bin eigentlich sicher, dass ich keinesfalls so lange mit Ned Robertson telefoniert habe«, erwiderte ich.

»Ich meine nicht das Gespräch mit Robertson, sondern das davor.«

»Davor hatte ich eine ganze Reihe von Anrufen«, erwiderte ich ausweichend. Ich war vermutlich kein sehr guter Schauspieler, und wahrscheinlich konnte er mit einer Stimmanalyse sofort sehen, ob ich log. Also stellte ich mich dumm. »Ich hatte in den letzten zwei Stunden drei oder vier geschäftliche Telefonate, doch keines davon hat länger als zwei Minuten gedauert. Welches Gespräch meinen Sie?«

»Wie ich Ihnen gesagt habe, gibt es im Computerprotokoll keine Aufzeichnung und Ihre Leitung war besetzt ...«

»Oder das Telefonsystem hat die Leitung als besetzt gemeldet. Vielleicht habe ich nach dem Anruf meines Bruders den Hörer falsch aufgelegt und bin später daran gestoßen und habe die Leitung versehentlich wieder aktiviert.«

»Sie haben keinen Anruf von Ihrem Bruder bekommen!«

»Sie meinen, das Computerprotokoll zeigt ihn nicht.«

»Ach, zum Teufel mit Ihnen!« Er legte auf. Wenigstens hatte er mich nicht gefragt, ob ich mit Clifford Welch gesprochen hatte.

Ich durfte nicht vergessen, nach der Präsentation Welch über dieses Gespräch zu unterrichten, wenn wir uns persönlich trafen.

Ich unterschrieb die Überstundenabrechnung und klappte den wöchentlichen Etatbericht auf.

Wieder klingelte das Telefon, und meine Sekretärin meldete sich. »Ihr Bruder ist dran.«

»Stellen Sie ihn durch.«

»Nick?«

»Ja, Scott?«

Es klang, als wäre er wütend. »Ich habe gerade einen Anruf von einem nervigen kleinen Kerl bekommen, der sagte, er wäre dein Sicherheitsbeauftragter. Er schien zu glauben, ich dürfte dich nicht anrufen, oder er wollte mir anscheinend sagen, dass ich dich nicht anrufen soll oder dich niemals wieder anrufen darf oder so etwas. Ich sagte dem Mistkerl, ich würde dich anrufen, wann immer ich Lust dazu hätte, heute Nachmittag oder an sonst einem Nachmittag, und wenn du nicht mit mir reden willst, kannst du ja immer noch auflegen.«

Ich unterdrückte ein Lachen. Als Scott und ich Jugendliche waren, hatte er manchmal ›wütender Mann‹ gespielt. Er hatte einen armen Geschäftsmann wegen einer völlig aus der Luft gegriffenen Beschwerde angerufen und die Geschichte aufgebauscht, bis die Opfer endlich den Mut hatten aufzulegen. Genau diese ›wütender Mann‹-Stimme hörte ich jetzt wieder heraus. Ich hatte keinen Zweifel, dass es jetzt an Riscaveau war, ausgesprochen wütend zu werden, falls er zuhörte. »Ich hoffe, ich habe dir keine Probleme gemacht.«

»Nur solche, die ich gern habe«, erwiderte ich. »Danke, dass du mir Bescheid gesagt hast. Ich werde dafür sorgen, dass der Mann für sein unberechenbares Verhalten eine entsprechende Notiz in seine Personalakte bekommt. Mars Four für immer.«

»Mars Four für immer. Hoffentlich hast du bald Zeit, damit wir dich mal wieder zu sehen bekommen, Nick.«

»Ich hoffe es auch, aber es sieht nicht danach aus.«

Als wir aufgelegt hatten, lehnte ich mich zurück und lachte aus vollem Herzen. Mein jüngerer Bruder hatte noch nie im Leben jemanden verpetzt. Wenn irgendeine Amtsperson verlangte, er solle irgendeiner Behauptung von mir widersprechen, dann sah er den Leuten ungerührt in die Augen und bestätigte ausdrücklich, was er dementieren sollte. Ganz besonders dann, wenn er den Eindruck hatte, es könne nicht wahr sein. Genau dies hatte er jetzt wieder getan.

Angies aufmerksame Bewachung verschaffte mir weitere anderthalb Stunden, in denen ich Tonnen von trivialen Akten von produktiven Menschen fernhalten und einen Haufen administrativer Hindernisse wegräumen konnte. Ich hatte eine beinahe sadistische Freude daran, die kleinen Fallen und Barrieren zu zerstören, die graue Mäuse im Management gegen den Fortschritt errichtet hatten. Nach meinem Kahlschlag sollte der Strom der Ideen und der kreativen Einfälle wieder frei fließen und alles wegspülen, was im Weg war. Als ich vom Monitor aufschaute, stellte ich fest, dass ich meine Zeit fast verbraucht hatte, doch ich war voller Energie und konzentriert wie ein Laser und hatte das Gefühl, noch ewig arbeiten zu können.

Trotzdem zwang ich mich, ein paar Minuten Pause zu machen. Ich streckte mich, holte mir einen kalten Orangensaft und spritzte mir am Waschbecken etwas Wasser ins Gesicht. Das Leben meinte es wirklich gut mit mir, dachte ich, als ich den leeren Eingangskorb und den überquellenden Ausgangskorb betrachtete.

Es wurde Zeit, zur Vorführung zu gehen. Der November ist im südlichen Panhandle ein schöner Monat. Ich beschloss, zum Hangar von StarBird zu laufen. Ich gab Angie Bescheid, wohin ich ginge, und ließ sie jetzt schon wissen, daß ich nach meiner Rückkehr für mindestens zwei Stunden nicht zu sprechen sei, denn für das Treffen mit Clifford Welch wollte ich mir genügend Spielraum lassen.

Ich wusste selbst nicht, warum ich so guter Dinge war. Vielleicht lag es einfach daran, dass ich mir ein paar Augenblicke Zeit genommen hatte, um über die Situation der ISS nachzudenken. Ich war darauf gekommen, dass die Ereignisse für die ganze Welt eine Katastrophe waren, dass es aber kaum eine bessere PR für die Raumfahrt geben konnte als diese. Die Rettungsaktion würde die Affäre um MJs Tod aus den Nachrichten verdrängen und ganz neue Zeichen setzen.

Vielleicht war der Grund auch der, dass ich beschlossen hatte, die Präsentation selbst durchzuführen. In jedem Projektmanager steckt ein kleiner Angeber und nichts freut uns mehr als die Möglichkeit, vor einem staunenden Publikum ein großartiges neues Projekt aus dem Hut zu zaubern. Diese Präsentation war einer der ersten Schritte, die schließlich zur vollständigen Veröffentlichung unserer Pläne führen würde. Die Bürokraten, Kongressabgeordneten und Mitarbeiter in der Delegation würden alle möglichen Details durchsickern lassen - vorteilhafte Details, wie wir hofften -, und mit etwas Glück würden dadurch einige für uns günstige Gerüchte entstehen, die uns den Weg ebneten. Nicht mehr lange, und wir würden auch Reporter empfangen und die Kampagne ernsthaft in Gang bringen. Dieses Stadium eines Projekts liebte ich ganz besonders.

Möglicherweise war ich auch einfach nur deshalb so munter, weil ich bei schönem Wetter einen Spaziergang machen konnte. Es war etwa zwanzig Grad warm, kein Wölkchen stand am dunkelblauen Himmel und alle Farben strahlten. Der fünfzehnminütige Spaziergang von meinem Büro zu Star-Bird war der privateste Augenblick, den ich an diesem Tag überhaupt bekommen sollte. Einige Male wurde ich von Elektrokarren voller Ingenieure überholt, die mir anboten, mich mitzunehmen, doch ich winkte ab, genoss den Spaziergang und kam erfrischt und munter fünf Minuten zu früh an.

Vielleicht war das gute Gefühl auch mit der Vorfreude zu erklären, die ich immer empfand, sobald ich mich dem Hangar näherte.

Ich schritt durch die Tür und hielt den Atem an. Wahrscheinlich steckt irgendwo in mir immer noch ein zu groß geratenes Kind. Wann immer ich eines der Flugzeuge oder Raumschiffe betrachte, die in Scorpion Shack entwickelt werden, habe ich das Gefühl, es sei eine Art von Zauberei im Spiel. Vielleicht ist es nur das Wissen, dass es bisher noch nichts Vergleichbares in der Welt gab, dass es das erste Exemplar ist, dass in unseren Hangars ein Stück Zukunft darauf wartet, flügge zu werden wie ein neugeborener Adler. Vielleicht sind es auch die aerodynamischen Formen, die für extreme Bedingungen gebaut werden und manchmal wie eine Idee aus einem Comic-Heft anmuten. Was der Grund auch war, als ich den Hangar betrat, in dem die Star-Bird I inmitten eines Geflechts von Daten- und Stromkabeln stand, ich empfand eine gewisse Ehrfurcht.

»Die Showbeleuchtung?« fragte Ned Robertson, der unvermittelt neben mir aufgetaucht war.

»Unbedingt die Showbeleuchtung«, sagte ich.

Robertson winkte jemandem. Hangars sind groß und selbst wenn helle Lampen brennen, gibt es noch viele dunkle Ecken. Gleich darauf wurden die stärksten Scheinwerfer abgeschaltet und die schwächeren Deckenlichter konnten den Raum nur unzureichend erhellen.

Rings um StarBird flammten jetzt Dutzende kleiner Scheinwerfer auf, die das Flugzeug mit seinen eleganten Kurven in ein kühles, weißes Licht tauchten. Es war ein wundervolles Fluggerät, da gab es keine Frage. Ein langer, schlanker Rumpf mit kurzen Flügeln hinten. Vorn ragten kleine Entenflügel heraus – die Tragflächen von StarRescue, das abgetrennt werden und selbständig zur Erde zurückkehren konnte. Es sah aus wie eine Kreuzung aus einer Concorde und einem Shuttle, jedoch erheblich eleganter als beide. Wir hatten es weiß lackiert und an der Seite einen schwarzen Streifen angebracht. Der aus einem Stück bestehende ›Kiel‹ aus hitzebeständigem Verbundstoff war stahlblau. Das war die natürliche Farbe, denn wir hatten keinen Anstrich gefunden, der bei den Belastungen halten würde.

Seitlich war außerdem der Schriftzug REPUBLIC WRIGHT STARBIRD 100 angebracht, weil wir hofften, mehr als einhundert davon zu bauen. Ich erinnerte mich, dass Robertson mir gesagt hatte, wir hätten doch eigentlich ›0001‹ schreiben sollen, damit wir genug Spielraum für die Tausender hatten. Darüber prangte das Abzeichen, auf das wir uns geeinigt hatten: ein stilisierter Adler, der sich aus einer Spirale entwickelte, die ihrerseits aus einem Stern entsprang.

Im Augenblick war es nur eine Attrappe oder höchstens ein Versprechen der Dinge, die noch kommen würden, doch einige Teile waren beinahe vollendet. Das Passagierabteil, das StarBirds Bug bildete, war fertig und hatte bereits drei Testflüge absolviert. Es war die StarRescue-Einheit, die wir schon benutzt hatten, um den StarBooster im Flug zu erproben. In diesem Test hatten wir die Spitze eines StarBooster-

Prototyps durch die StarRescue ersetzt und die Vorrichtung von einer Boeing 747 abgeworfen. Andre Johnston hatte den Apparat zu unserer Landebahn gesteuert und damit die Flugtauglichkeit von StarBooster und StarBird bewiesen, was unsere Entwicklungszeit um Jahre verkürzt hatte. Außerdem hatte Johnston mit StarRescue allein zwei weitere Abwurftests aus einem B-52 absolviert. Das erste Fünftel von StarBird - StarRescue - war also bereits erprobt. Wenn es mit Treibstoff versorgt und in eine Umlaufbahn geschossen wurde, konnte es jederzeit aus eigener Kraft zurück zur Erde fliegen.

Auch der Hitzeschild aus Verbundmaterial unter dem Bauch, eine Weiterentwicklung der Kacheln der Raumfähren, war längst erprobt. Vor zwei Tagen hatten wir einen alten SSME samt Sauerstofftank mit dem Heck verbunden und festgeschraubt. In gewisser Weise war der uralte SSME der am besten erprobte Bestandteil des ganzen Systems, denn er war viele Male im Weltraum gewesen und hatte viele Shuttles angetrieben. Wir würden ihn zu gegebener Zeit natürlich durch einen neuen ersetzen, sobald StarBird 001 in den Weltraum flog. Für die Tests, die im Augenblick liefen, war diese Lösung jedoch billig und praktisch.

In einigen Tagen würden wir genügend Elektronik in die StarBird 001 einbauen, um einen Rolltest zu machen. Wir würden das Gerät langsam auf der Landebahn herumfahren lassen, um zu sehen, ob etwas herunterfiel. Dabei wurden auch Schubsteuerung und Fahrgestell geprüft - relativ einfache Teile, die jedoch ein Experimentalflugzeug beim Start oder bei der Landung zerstören konnten, wenn sie versagten.

Ich fand es wundervoll, wie es da im Hangar stand, und dank der Showbeleuchtung würde hoffentlich jeder sofort sehen, wie schön das Flugzeug war.

Doch wahrscheinlich war das eine müßige Hoffnung. Delegationen aus Washington bestehen meist aus Leuten, die sehr unterschiedlich reagieren. Einige sind wie Kinder nach einer Aufführung von *Star Wars*, einige sind entschlossen, uns zu zeigen, dass sie sowieso alles besser wissen, und ein kleiner Prozentsatz bemüht sich tatsächlich, etwas Neues zu lernen.

»Wenn es so gut fliegt, wie es aussieht«, sagte Robertson neben mir, »dann könnte das die größte Publicity-Aktion werden, die RW oder das Weltraumprogramm seit langer Zeit gesehen hat.«

Eine Mitarbeiterin kam zu uns gelaufen und fragte, ob wir bereit seien. Wir bejahten, und sie drehte sich um und rannte zur Tür. Nach weniger als einer Minute kam die Abordnung herein.

Es waren ungefähr vierzig Teilnehmer, überwiegend Männer in konservativen Anzügen und Frauen in dunklen Kleidern mit passenden Jacken. Als sie hereinkamen, konnte ich hören, wie einige »Oh« und »Oh, Mann« machten und leise pfiffen. Es sah aus, als wären sie recht aufgeschlossen. Als alle drinnen waren und die ersten Eindrücke sich etwas gesetzt hatten, sagte ich zu Robertson: »Okay, für die Präsentation brauchen wir wieder die normale Beleuchtung.« Er sagte etwas in sein Funkgerät und gleich darauf wurden die hellen Hangarlichter wieder eingeschaltet, vertrieben die Dunkelheit in die hintersten Winkel und ließen die Gäste blinzeln.

Ich trat vor und begann mit dem üblichen Vortrag. Ich beschrieb unsere Entwicklungslinie von StarBooster über StarCore zu StarBird, unsere Absicht, in kleinen Schritten vorzugehen und das Endergebnis, ein umfassendes, durchdachtes System für den Raumflug zu konstruieren und so weiter. Als ich zehn Minuten später fertig war, gab ich einem Techniker, der neben mir stand, ein Zeichen, dass die große Projektionsleinwand abgesenkt und das erste Dia gezeigt werden konnte. Robertson trat vor und ließ die Bilder in jenem Rhythmus von drei Dias pro Minute aufeinander folgen, der am besten geeignet ist, die Aufmerksamkeit der Leute wach zu halten. Dabei gab er eine erstaunlich wenig fachspezifische Begründung dafür, dass StarBird ein viel besseres Raumschiff als das Shuttle sein würde, während es dennoch fast vollständig auf bewährte Verfahren zurückgriff.

Hinten in der Menge wurde eine Hand gehoben. »Ja, bitte?« sagte Robertson.

Mir drehte sich der Magen um, als ich sah, dass es Bingo Rasmussen war, der ein wenig vortrat, um seine Frage zu stellen. Er musste erst in letzter Minute dazugekommen sein, denn seinen Namen hätte ich auf der Gästeliste sicher nicht übersehen.

Mit dem sarkastischen und für den Mittleren Westen so typischen trägen Tonfall, den dank C-SPAN inzwischen die ganze Raumfahrtindustrie fürchten gelernt hatte, formulierte Rasmussen seine Frage. »Dann ist dieses Ding also besser als das Shuttle, benutzt aber keine neuen Techniken?«

»Es benutzt *kaum* neue Techniken«, berichtigte Robertson. »Manchmal ist es natürlich auch am billigsten, wenn man ein besseres Material oder Design findet als das bisherige. Sie werden sich beispielsweise an die Kacheln des Hitzeschilds erinnern, die immer ein Problem waren, als die ersten Raumfähren zu fliegen begannen. Wir konnten jetzt zu einem neuen, aus einer einzigen Schicht bestehenden Verbundwerkstoff wechseln, der viel stärker und wirkungsvoller ist und dennoch einen geringeren Aufwand an hoch spezialisierter Wartung benötigt. Es wäre dumm gewesen, wenn wir beim alten Verfahren geblieben wären, obwohl ein neues so leicht umzusetzen war. Doch überwiegend haben wir uns tatsächlich an Dinge gehalten, die gut erprobt sind.«

»Tja, dann möchte ich Sie fragen, Sir, warum Sie das Shuttle nicht gleich von Anfang an ordentlich gebaut haben.« Er formulierte es nicht als Frage, sondern als zitierfähige Bemerkung, die in den nächsten Monaten in Capitol Hill die Runde machen und dazu beitragen sollte, für jedes Raumfahrtprojekt die Atmosphäre zu vergiften. Ich holte tief Luft und war unsicher, was ich sagen sollte, doch ich wusste, dass ich in einer solchen Situation eingreifen musste.

Robertson kam mir zuvor. »Der Grund dafür, dass wir die

Werkstoffe, die bei hohen Geschwindigkeiten wirksame Aerodynamik und alle anderen Verfahren, die bei wiederverwertbaren Raumfahrzeugen eine Rolle spielen, heute so gut verstehen, ist darin zu sehen, dass wir etwa zwei Jahrzehnte lang Erfahrung mit dem Betrieb des Space Transport System sammeln konnten. Das STS wurde bereits unter Nixon entwickelt. Damals konnte man bei den meisten Bauelementen nur raten und hoffen. Heute können wir auf Jahrzehnte realer Erfahrungen im Betrieb der Raumfähren zurückblicken, und wir wissen, was gut und was weniger gut funktioniert hat und was verbessert werden könnte. Wir können unsere heutigen Entwürfe also auf einer viel größeren Wissensbasis aufbauen. Außerdem hat sich in den letzten dreißig Jahren die Möglichkeit, Entwürfe mit Hilfe des Computers durchzurechnen und als Simulationen zu testen, stark verbessert. Dazu kommen noch alle anderen Hilfsmittel, die darauf beruhen, dass wir gewaltige Mengen billiger Rechenzeit bekommen können. Auch die Materialwissenschaft hat große und tiefgreifende Fortschritte gemacht. Es gibt inzwischen bessere Werkstoffe, auf die man bei der Produktion zurückgreifen kann. Wir haben heute also ein größeres Wissen, wir können erheblich bessere Werkzeuge einsetzen und wir können besseres Material benutzen. Jede Wette, dass wir damit einen Ingenieur, der am Zeichenbrett mit dem Rechenschieber gearbeitet hat, wie es üblich war, als Sie zur Schule gegangen sind, ziemlich alt aussehen lassen.«

Ich entspannte mich sofort. Robertson hatte Rasmussen als Dummkopf hingestellt und nicht als Stimme des gesunden Menschenverstandes. Ich merkte mir vor, Robertson unbedingt öfter vor wichtigem Publikum sprechen zu lassen. Ein guter Ingenieur, der um Antworten nicht verlegen ist und pointiert zu formulieren versteht, ist ein Pfund, mit dem man wuchern kann.

Rasmussen wusste, wann er verloren hatte. Er nickte und wich einen Schritt in die Zuschauergruppe zurück.

Ich gab anschließend einen raschen Überblick und wies darauf hin, dass eine Flotte von sechs StarBooster-Modulen, von denen jeweils zwei mit einer StarCore I in den Orbit flogen, für jede wichtige Einrichtung in einer Umlaufbahn die Ersatzteile schneller abliefern würden, als sie unten gebaut werden konnten, und dass man in weniger als drei Jahren die gesamte menschliche Infrastruktur zurück in den Weltraum bekommen könnte - immer vorausgesetzt, Republic Wright durfte in einem kommerziellen und profitorientierten Umfeld arbeiten, wobei die Regierung eher als wichtiger Auftraggeber denn als Geldgeber und Kontrolleur in Erscheinung treten sollte. Wenn wir sogar zehn StarBooster und zwei weitere StarBird-Module einsetzten, konnten wir die Zahl der Leute, die wir zu jeder gegebenen Zeit zur ISS schicken konnten, sogar verdoppeln. »Der Grund sind die kurzen Umschlagzeiten«, erklärte ich. »Die meiste Zeit würde StarBird wahrscheinlich mit weniger Personen fliegen als das Shuttle, doch im Gegensatz zum Shuttle muss es nicht jedes Mal Wochen oder Monate zur Überholung auf dem Boden bleiben. Wir landen einfach, nehmen den Motor heraus, schieben einen anderen hinein, überprüfen ihn und setzen den nächsten Flug an.«

»Bedeutet dies, das wir wenigstens die Shuttle-Flotte am Boden behalten und aufhören können, dafür zu zahlen?« fragte Rasmussen.

»Das glaube ich nicht. Das Shuttle kann auf einen Schlag eine große Mannschaft und zwanzig Tonnen Fracht befördern. StarBird kann höchstens Handgepäck transportieren. Wenn Sie zusammen mit der Mannschaft Fracht schicken wollen, müssen Sie ein Rendezvous mit einer unbemannten StarCore einplanen. Wenn Sie eine große Menge Fracht und eine große Crew zur gleichen Zeit am gleichen Ort brauchen, gibt es nichts anderes als das Shuttle und auf diese bewährte Methode können wir uns verlassen. Doch für Vorgänge wie routinemäßige Besatzungswechsel in der ISS ist die StarBird äußerst konkurrenzfähig, und es kann zahlreiche StarBird-Flüge innerhalb eines Jahres geben, so dass der Betrieb von Raumstationen bequemer und einfacher wird«, erklärte ich. »Die Kombination von StarBooster und Star-

Core kann dagegen jede Fracht befördern, die nicht von Menschen begleitet werden muss. Dies zusammen ergibt mehr, als jedes andere System für sich genommen erreichen kann.«

»Warum schicken Sie nicht einfach diese StarBird da rauf und holen die ISS-Crew ab?« wollte eine junge Frau wissen. Der ältere Mann neben ihr, wahrscheinlich ihr Vorgesetzter, schien peinlich berührt.

»Weil mehrere wichtige Systeme noch nicht eingebaut sind«, erklärte ich. »Im Augenblick ist der Rumpf noch ziemlich leer. StarRescue - das Mannschaftsabteil, das aus eigener Kraft zurückfliegen kann, wenn es Probleme gibt - ist fast vollendet, muss jedoch noch gründlich erprobt werden. Der Rumpf ist, wie Sie sehen können, fertig. Wir bringen gerade den Hitzeschild an und vor zwei Tagen wurde der Motor eingebaut. Es gibt aber viele Dinge, die wir damit noch nicht tun können. Beispielsweise können wir es nicht steuern.«

»Jetzt verstehe ich, warum es nicht geht«, sagte die Frau lächelnd. Ihr Boss, oder wer es auch war, wirkte sichtlich erleichtert.

Robertson gab mir einen Schutzhelm und setzte sich selbst einen auf. Er nahm eine kleine drahtlose Videokamera, schaltete sie ein und richtete sie auf mich.

Auf dem großen Bildschirm tauchte mein zwanzig Fuß hohes Abbild auf. Es war mir unangenehm, mich selbst auf diese Weise zu sehen, doch nach ein paar Proben hatte ich mich schließlich daran gewöhnt. »Test«, sagte ich, um mich zu vergewissern, dass das mit dem Helm verbundene Mikrophon funktionierte. Ich kam gut rüber, eine leichte Rückkopplung hallte etwas nach. Robertson und ich gingen zur StarBird, und nachdem wir hinter den Lautsprechern des Bildschirms verschwunden waren, begann ich so natürlich wie möglich mit der Erläuterung. »Das Innere von StarBird I ist noch im Bau. Dieser Bereich darf nur mit Schutzhelm betreten werden, deshalb können wir Sie nicht hereinbitten, auch wenn eigentlich genug Platz wäre. Beobachten Sie also bitte den großen Bildschirm, dort bekommen Sie wenigstens einen virtuellen Rundgang geboten.«

Robertson und ich wechselten uns mit der Kamera und den Beschreibungen ab, während wir herumgingen. Das Drehbuch sah vor, dass wir einen raschen Rundgang durch den Rumpf machten. Wir begannen mit dem neu eingebauten Motor und dem Sauerstofftank, dann verbrachten wir die meiste Zeit im Mannschaftsabteil, wo es viele Dinge gab, die fürs Publikum interessant waren. »So und soviel Tonnen Schub« klingt beeindruckend, aber »hier wird die Crew ihre Mahlzeiten aufwärmen« sagt dem Laien einfach mehr.

Wir standen hinter StarBird und schauten in den riesigen Trichter der SSME. StarBird hatte insgesamt die Ausmaße eines mittelgroßen Flugzeugs, was jedoch erst klar wurde, als wir so nahe waren, dass die Zuschauer ein Gefühl für den Maßstab bekamen. »Wir werden uns jetzt das Antriebsmodul ansehen, die SSME. Die Abkürzung steht für ›Space Shuttle Main Engine‹, also Hauptmotor der Raumfähre. Damit setzen wir in einem wichtigen Bereich von StarBird eine erprobte Technik ein, und nach all den Jahren ist dies immer noch einer der beeindruckendsten Raketenantriebe, die Sie je zu sehen bekommen werden. Danach werden wir noch einmal außen herumgehen und uns zum Abschluss die StarRescue ansehen. Zuerst aber sollten Sie sich den wahrscheinlich innovativsten Bestandteil von StarBird anschauen, nämlich den aus einem einzigen Stück Verbundwerkstoff bestehenden Kiel, der als Hitzeschild dient.«

Ned ging rückwärts vor mir und hielt die Kamera auf mich gerichtet. Ich ging vorwärts, bis Ned unter dem Heckflügel stand. Ich folgte ihm und ging auf ihn zu. Ich empfand die gleiche Ehrfurcht wie immer, als das Heck des großen Flugzeugs meine Sicht zum Hangardach weit über mir versperrte. Es war erstaunlich, dass etwas so Großes jemals von der Erde abheben konnte. »Hier sehen Sie, wie wir es konstruiert haben«, sagte ich, als Ned den eigenen Scheinwerfer der Kamera einschaltete und das Objektiv auf die glänzende blaue Fläche über unseren Köpfen richtete.

Plötzlich gab es einen Knall, als wäre in einer Mülltonne ein Gewehr abgefeuert worden. Metall stöhnte und kreischte. Ich hatte gerade noch einen Augenblick Zeit, um nach oben zu schauen und zu verstehen, was passierte. Die Unterseite von StarBird kippte direkt vor mir zur Seite weg. Dann traf mich die Metallfläche, und ich wurde gegen den Boden gepresst. Ich wollte mich unter dem gewaltigen Gewicht freikämpfen, konnte aber nicht einmal einen Arm herausziehen, um mich wegzuschleppen. Nach ein paar Sekunden, die mir vorkamen wie Stunden, wurde es dunkel und still.

Elftes Kapitel

THALIA:

Wir drei waren gerade von einem frühen Film zurückgekehrt, als das Telefon klingelte. Es war Angie, Nicks Sekretärin, die uns mitteilte, dass Nick verletzt worden war. Natürlich machte ich mir große Sorgen um ihn - ich konnte die unterdrückten Tränen und die Anspannung in Angies Stimme hören -, doch sie erklärte rasch, dass Nick nicht ernstlich verletzt worden sei. Er hatte das Bewusstsein verloren und eine Menge Prellungen abbekommen, aber keine Gehirnerschütterung und keine inneren Blutungen und es war nicht einmal ein Knochen gebrochen.

Als ich so weit informiert war und Scott und Amos unterrichtet hatte, machte ich mir keine Sorgen mehr um Nick, aber dafür umso mehr um Scott. Er rannte in meinem Wohnzimmer hin und her wie ein Wachhund, der vor zwei Stunden etwas Seltsames gehört hat und es auf keinen Fall verpassen will, wenn es noch einmal passiert.

Eine Stunde nach dem ersten Anruf meldete sich das Krankenhaus von Scorpion Shack und teilte offiziell mit, dass Nick wohlauf sei. Er habe schnell das Bewusstsein wiederlangt und beschwerte sich bereits darüber, dass man ihn noch einige Tage dort behalten und beobachten wollte. Sie ließen Scott kurz mit ihm telefonieren, und das beruhigte mich endgültig.

Scott hatte dreimal das Space Shuttle gelandet und war mit einer 747 von entlegenen Pisten in der dritten Welt gestartet, doch als er hörte, dass sein großer Bruder einen Unfall erlitten hatte, war er außer sich vor Sorge. Er zog sofort die Schlussfolgerung, es müsse mit den Drohanrufen und der Brandstiftung an meinem Auto zu tun haben und es sei alles seine Schuld.

Als den Verantwortlichen klar wurde, dass Scott eine Sicherheitsfreigabe hatte, die ihm den Zugang zum Krankenhaus von Scorpion Shack erlaubte, luden sie ihn sofort ein, nach Texas zu kommen und Nick Gesellschaft zu leisten. Damit fühlte sich auch Scott erheblich besser, und als ich mit den zuständigen Leuten sprach, las ich zwischen den Zeilen heraus, dass sie in Wirklichkeit wohl nur etwas suchten, um Nick abzulenken, der sich schon wieder viel zu gut fühlte, um still im Krankenhausbett liegen zu bleiben. Mrs. Blackstone hatte immer gesagt, sie sei froh darüber, zwei Jungen bekommen zu haben, denn genau wie kleine Katzen seien nur Jungen aktiv genug, um sich gegenseitig zu beschäftigen.

Der Arzt war ziemlich sicher, dass Nick, als er eingeklemmt worden war, höchstens eine Minute nicht geatmet hatte, bis jemand kam und mit einem Wagenheber das wegräumte, was auf seiner Brust gelandet war.

Als wir aufgelegt hatten, wies ich Scott darauf hin, dass Nick vermutlich schlechte Laune hatte und versuchen würde, aus dem Krankenhaus zu fliehen, sobald Scott dort eintraf. Er lachte und stimmte mir zu.

Eine Stunde später fuhren wir auf dem Reagan Airport in den privaten, RW vorbehaltenen Bereich. Scott sollte mit einer der Firmenmaschinen fliegen, die Nick immer benutzte. »Ein gereizter Nick ist wahrscheinlich schwerer zu nehmen als ein verletzter«, erklärte Scott. »Wenn ich schon nicht ihm selbst helfen kann, dann wenigstens seinen Schwestern und Ärzten. Sag Amos, dass ich bald zurück bin, und er soll sich wegen Nick keine Sorgen machen. Ich rufe an, sobald ich weiß, wann ich zurückfliege.«

Er küsste mich zum Abschied, schnappte seine Tasche und war weg. Ihn an Flughäfen abzusetzen, war im Laufe unserer Ehe eine so alltägliche Erfahrung für mich geworden, dass mir die Situation sehr vertraut vorkam, als würde sie eine Lücke in meinem Leben füllen. Ich hatte den Flughafen schon halb verlassen, als mir bewusst wurde, dass sich inzwischen einiges geändert hatte.

Ich selbst musste zum Bahnhof. Mein Gepäck lag bereits im Kofferraum, denn ich wollte möglichst frühzeitig mit dem Zug nach New York fahren, um morgen an den Anhörungen teilzunehmen. Amos war wie immer, wenn Scott und ich gleichzeitig verreisen mussten, in Mrs. Talberts Gästezimmer untergebracht.

Vor mir sprang eine Ampel auf Gelb um, und ich ermahnte mich, es langsam anzugehen. Der Wagen mit dem Leibwächter hinter mir musste mithalten können. Der leichte Nieselregen hatte wieder eingesetzt, und es war sowieso besser, vorsichtig zu fahren. Die Scheibenwischer glitten hin und her, und ich dachte über meine nicht ganz normale Familie nach. Mir fiel nichts ein, was ich nicht schon hundertmal gedacht hatte.

*

Die Anhörungen am Dienstag in New York verliefen recht gut, auch wenn sie bis Mittwoch verlängert werden mussten. Nach stundenlangem Hin und Her konnten die Anwälte von BB&C und ich den Richter davon überzeugen, dass die Ursache der *Columbia*-Katastrophe nicht von einem Prozess um die Verantwortung für den Unfall ausgeschlossen werden durfte. Wieder begann ich zu hoffen, dass wir Scott noch vor der Weihnachtspause endgültig herausgehauen hätten.

Auch in Hinblick auf die öffentliche Meinung schlugen wir uns ganz gut. Am Mittwochabend waren die Berichte für uns sehr positiv. Der einzige Bericht, der AnnaBeth James überhaupt zeigte, brachte Bilder aus einer Talkshow, als sie die Nerven verloren und einen Anrufer angebrüllt hatte. Am nächsten Tag veröffentlichte die *Times* einen Leitartikel, in dem es hieß, das Verfahren sollte eingestellt werden, weil es sich offenbar um einen kriegerischen Akt gehandelt habe. Abstimmungen unter Radiohörern gingen sieben zu vier zu unseren Gunsten aus. In allen Umfragen lagen wir eindeutig vorn.

Als ich im Hotelzimmer packte, um am nächsten Morgen früh mit dem Zug nach DC zurückzufahren, war ich müde und einigermaßen genervt über die institutionalisierte Dummheit der Zivilgerichte, doch ich fühlte mich sehr gut, weil wir gekämpft und gesiegt hatten. Scott hatte angerufen und mitgeteilt, dass Nick entlassen worden sei und wieder an die Arbeit gehen konnte, also war auch dieses Problem gelöst. Es war schön, dass ich am folgenden Morgen wieder nach Hause fahren konnte. Ich hatte kurz darüber nachgedacht, einen Nachtzug zu nehmen, doch damit wäre ich erst so spät nach Hause gekommen, dass Amos auch gleich bei Mrs. Talbert hätte bleiben können.

Wieder klingelte das Telefon, dieses Mal war es Nick. Ich hatte seit dem Unfall drei oder vier Mal mit ihm telefoniert, doch im Grunde gab es nicht viel zu bereden. Wir handelten die üblichen Höflichkeiten ab. Nick konnte jetzt in seiner Wohnung in Scorpion Shack und nicht mehr im Krankenhaus erreicht werden und fühlte sich gut, ›oder jedenfalls nicht schlimmer als wenn man mich ein bisschen zusammengeschlagen hätte‹. Ich berichtete ihn von unseren Etappensiegen und sagte: »Ich glaube allmählich, dass Jasper Haverford nur von einem Fall abzubringen ist, wenn man ihn vor Gericht schlägt. Er hat heute Nachmittag keinerlei Neigung gezeigt, die Klage fallen zu lassen, obwohl er doch inzwischen wissen muss, dass er scheitern wird. Möglicherweise hat ihn ja die James-Familie gedrängt, auf jeden Fall weiterzumachen, doch er sollte ihnen eigentlich raten, es bleiben zu lassen und sich darauf zu beschränken, das Gesicht zu wahren.«

»Vielleicht hat er noch eine Trumpfkarte im Ärmel?«

»Ich wüsste nicht, welche das sein sollte. Durch die Bombe in der Kamera wird es zu einem kriegerischen Akt und vor diesem Hintergrund kann man keinen der augenblicklichen Prozessgegner mehr verklagen. Wenn sie herausfinden, wer die Bombe eingebaut hat, können sie diese Leute belangen, aber das war's dann auch.«

»Du hast doch immer angenommen, er hätte außer der James-Familie noch einen geheimen Unterstützer, der das Verfahren auf jeden Fall durchziehen will. Wenn du den findest, dann findest du auch die Motive.« Er hielt inne. »Davon mal abgesehen, wollte ich dir vor allem Bescheid sagen, dass Clifford Welch sich bei dir melden wird«, fügte er hinzu.

»Wer ist das?«

»Er ist sauber, er hat mit den Geheimdiensten zu tun und er wird dir alles erklären, was du wissen musst. Es gibt in diesem Fall einen Aspekt der nationalen Sicherheit, über den du informiert werden solltest. Er kommt in einer Stunde in La Guardia an. Er neigt dazu, aus heiterem Himmel einfach anzurufen oder aufzutauchen, ich wollte dich also warnen, nicht zu früh ins Bett zu gehen.«

»Gute Idee, denn genau daran hatte ich gedacht. Kannst du mir schon irgendetwas sagen?«

»Nur so viel, dass du glauben kannst, was er dir erzählt. Wahrscheinlich wird er vorschlagen, dass du noch einen Tag in New York bleibst. Er will mit dem Richter reden, der in Scotts Verfahren den Vorsitz hat, und alle Anwälte dabei haben. Vielleicht kannst du dein Zimmer noch einen Tag behalten. Auf jeden Fall ist das, was er zu sagen hat, für unsere Seite von Vorteil. So viel darf ich dir verraten.«

»Okay, ich bin sicher, dass ich das Zimmer noch behalten kann. Aber verdammt, Amos wird enttäuscht sein.«

»Ich gebe dir Scott, damit du mit ihm darüber reden kannst.«

Gleich danach meldete sich mein Exmann. »Hi, Thalia. Ich wollte dir nur sagen, dass ich morgen am frühen Nachmittag wieder zu Hause bin, ich kann also Amos abholen und zu mir mitnehmen. Braucht er noch etwas aus deinem Haus?«

»Saubere Sachen, falls du bei dir keine mehr hast.«

»Die habe ich. Ich habe auch schon mit ihm und Mrs. Talbert verabredet, wann ich ihn abhole, also ist alles geregelt.«

»Klasse«, sagte ich, und ich meinte es auch so. Eine Sache

weniger, über die ich mir Gedanken machen musste, und Amos würde sich freuen, mit Scott beisammen zu sein.

»Äh ... hör mal, das mit dem Kuss tut mir Leid. Ein Flashback oder so etwas. Wir haben uns ja so oft am Flughafen verabschiedet.«

»Yeah, das dachte ich mir schon. Ist schon gut«, stammelte ich. »Es war ja kein besonders traumatisches Erlebnis. Ich meine, nicht, dass ich erwartet hätte, dass es das sein würde. Mach dir deshalb keine Sorgen.«

»Na ja, ich war so unsicher. Aber es hatte nichts zu bedeuten. Äh ... nicht, dass ich jetzt herumlaufe und alle möglichen Leute küsse, so ist das auch wieder nicht. Aber es war ... na ja, die alten Gewohnheiten.« Es klang, als wollte er möglichst schnell wieder vom Telefon wegkommen, und das entsprach recht genau meinen eigenen Gefühlen.

»Genau.«

»Richtig. Also, es freut mich, dass du das verstehst.«

»Oh ... yeah. Danke, dass du es erwähnt hast.«

Wir redeten noch eine unendlich lange, unbehagliche Minute über Amos und seine Hausaufgaben und legten schließlich auf. Ich war noch nie im Leben so froh gewesen, ein Telefongespräch beenden zu können.

Ich reise immer mit Reservekleidung für zwei Tage. Man weiß nie, wann man bei einem Prozess mitten im Land hängen bleibt und den Aufenthalt verlängern muss. Dieser Punkt war also kein Problem. Vorsichtshalber konnte ich noch ein paar Sachen reinigen lassen, die tags darauf fertig sein würden. Ich rief den Portier an, buchte das Zimmer für einen weiteren Tag und ließ zwei Kostüme und ein paar andere Kleidungsstücke in die Reinigung bringen. Dann packte ich meine Siebensachen wieder aus und verstaute alles in Schränken und Schubläden. Ich schaltete den Fernseher ein und sah einen Teil eines albernen SF-Films. Irgendein Geschäftsmann, der versuchte, die Kontrolle über eine Alien-Bibliothek zu bekommen, die auf dem Mars zurückgelassen worden war. Ich hatte gerade zum Wetterkanal umgeschaltet, als das Telefon klingelte.

»Miss Thalia Blackstone? Hier ist Clifford Welch. Hat Nick Ihnen gesagt, dass ich anrufen würde?«

»Ja, das hat er.«

»Ich bin in meinem Club, nur wenige Blocks von Ihrem Hotel entfernt. Ich schicke Ihnen ein Taxi, wenn es Ihnen recht ist, dann können Sie rüberkommen und wir können reden. Falls Sie noch nicht gegessen haben, lade ich Sie gern ein.«

Ich wollte eigentlich einwenden, dass ich keinen Hunger hätte, doch in diesem Augenblick begann mein Magen zu knurren. »Ja, das wäre schön.«

»Das Taxi müsste in etwa fünfzehn Minuten bei Ihnen sein, wenn das passt. Sie können für den Club anziehen, was immer Sie wollen. Der Club ist ein Ort des Rückzugs, kein Ort, um sich zu produzieren. Das Essen ist hervorragend, Vertraulichkeit ist garantiert und ich bin sicher, dass Sie das, was ich Ihnen zu sagen habe, interessant finden werden. Also kommen Sie, wie Sie sind, genießen Sie das Essen, und ich kann vielleicht einige Geheimnisse für Sie lüften.«

»Abgemacht. Ich bin in fünfzehn Minuten unten am Eingang. Danke.«

»Ich habe Ihnen zu danken, Ms. Blackstone.«

Ich überprüfte meine Erscheinung im Spiegel. Ich trug eine anständige Hose und eine Bluse, also warf ich mir nur noch eine passende Jacke über die Schultern und zog bequeme flache Schuhe an, beschäftigte mich noch einen Augenblick mit meinen Haaren und befand, dass ich mindestens eine Spur besser gekleidet war als ›egal was‹. Ich rief den Leibwächter an, der das Nachbarzimmer belegt hatte, und erzählte ihm, was ich vorhatte. Ich ließ ihn mit herunterkommen und mich beobachten, bis das Taxi kam. Er war nicht begeistert, dass ich allein fahren wollte. Wenn man bezahlt wird, um auf jemanden aufzupassen, lässt man ihn nicht gern aus den Augen. Ich musste ihm versprechen, dass ich anrufen würde, bevor ich auf dem Rückweg ins Taxi stieg, damit er mich in der Lobby erwarten konnte.

Das Taxi fuhr vor, anscheinend auf die Sekunde pünktlich, der Fahrer stieg uns und rief: »Miss Blackstone?«

»Die bin ich«, sagte ich.

Ich lief durch den Nieselregen und stieg ein. Der Fahrer schloss hinter mir die Tür und rannte eilig um den Wagen herum. Der Regen war nicht stark, doch die New Yorker Version eines Novemberregens ist kalt und widerwärtig. Ich war froh, dass die Heizung im Wagen lief.

»Zum Skitta-lee Club, nicht wahr?«

»Ja, das wird wohl stimmen. Den Namen des Clubs hat Mr. Welch mir allerdings nicht gesagt.«

»Yeah, wenn es für Mr. Welch ist, dann ist das richtig.«

Drei Blocks weiter, nachdem wir ein Stück über die Fifth Avenue gefahren waren, bog er kurz vor der Thirtieth Street abrupt nach rechts in eine kleine Seitenstraße ab. Er fuhr einen Block weit in die Sackgasse hinein, bis wir ein verschlossenes Eisentor erreichten. Direkt davor ging es noch einmal nach rechts und in einem weiten Bogen um einige kleine Bürogebäude herum, bis wir ein orangefarbenes Vordach erreichten, auf dem in weißen Buchstaben SKYTALE CLUB stand. Unter dem Namen waren alte Symbole zu sehen: ein offenes Auge mit einem Dolch dahinter, umschlossen vom Zeichen für eine Quadratwurzel. »Da wären wir«, sagte er. »Ich weiß auch nicht, warum, aber Mr. Welch verlangt immer mich, wenn seine Gäste gefahren werden müssen.«

»Vielleicht glaubt er, dass Sie Ihre Sache besonders gut machen.«

»Er gibt gutes Trinkgeld«, stimmte der Fahrer zu. Wir hielten an, er stieg aus, trabte um den Wagen und hatte mir schon die Tür geöffnet, ehe der Türsteher ganz herausgekommen war. Als ich ausstieg, gab der Portier dem Fahrer einen Umschlag, der Fahrer stieg wieder ein, winkte freundlich und fuhr ein paar Sekunden später weg.

»Ich nehme an, Sie sind Ms. Blackstone, Mr. Welchs Gast?«, sagte der Türsteher. Es war ein muskulöser Typ, der ein wenig nach einem Bodybuilder aussah und sich auf eine

Art und Weise bewegte, die mir das Wort ›Militärlaufbahn‹ buchstabierte.

»Ja.«

»Hier entlang, bitte.« Er führte mich hinein und übergab mich an ›Miss Marx‹, eine kleine schwarze und noch recht junge Frau, die sich federnd bewegte wie eine Leistungssportlerin. Sie hatte die Körperhaltung, die man bei guten Boxern und Fechtern beobachten kann. Ich folgte ihr durch einen langen Gang und durch einen großen Salon, in dem viele Lehnstühle standen, dann durch einen weiteren Gang und eine Treppenflucht hinauf. Unterwegs bemerkte ich, dass dieser Club im Gegensatz zu vielen anderen verschwiegenen Clubs in New York bunt gemischt war. Auf den Stühlen saßen Menschen aller Hautfarben und beiderlei Geschlechts, die von Abendgarderobe bis zu Jeans alle Arten von Kleidung trugen.

Die Art und Weise, wie sich die Angestellten bewegten, verriet mir, dass sie entweder aus einer kämpfenden Einheit beim Militär stammten oder ehemalige Cops waren.

Dann dämmerte es mir. Der Fahrer hatte den Namen wie ›Skitta-lee‹ ausgesprochen. Es war kein Fliegerclub, dessen Name aus ›sky‹ und ›tale‹ zusammengesetzt war und wo man sich, dem Namen entsprechend, Geschichten übers Fliegen erzählen konnte. Der Club war vielmehr nach der Skytale benannt, einem alten griechischen Verschlüsselungsgerät, das im Grunde nur aus einem Holzstab bestand, mit dem Geheimbotschaften übermittelt wurden. Wahrscheinlich war es die erste jemals erfundene ›Chiffriermaschine‹. Die meisten Gäste hier mussten auf irgendeine Weise mit den Geheimdiensten zu tun haben.

Nun, dann waren wenigstens die Sorgen meines Leibwächters unnötig gewesen. An einem besser gesicherten oder verschwiegeneren Ort als diesem konnte ich mich kaum aufhalten.

Welch wartete in einem kleinen, gemütlichen Zimmer. Ein Tisch für zwei war mitten im Raum gedeckt, in einer Ecke stand ein Kartentisch, die Wände wurden von Bücherregalen voller dicker alter Bände eingenommen. Die Holzvertäfelung war dunkel, beinahe schwarz, die marmorierte dunkelrote Tapete kaum heller. In einem mit Gas betriebenen Kamin brannte ein kleines Feuer. Es war gemütlich und heimelig, angenehm düster und ganz sicher ein Ort, an dem man geheime Informationen austauschen konnte.

»Miss Blackstone«, begrüßte er mich, »ich erkenne Sie aus dem Fernsehen wieder. Allerdings wird Ihnen der Bildschirm nicht gerecht.«

Ich lächelte ihn an. »Das Fernsehen hat sich noch nie um Gerechtigkeit gekümmert. Manchmal denke ich sogar, genau dazu ist es auch da.«

»Gut gesagt.« Er sah recht gut aus und war dennoch auf eine seltsame Weise unauffällig. Würde man ihm auf einer großen Party begegnen, dann würde man sich am nächsten Tag nicht mehr an seine Erscheinung erinnern. Die Haare waren eisengrau, die Hornbrille gab ihm das Aussehen von Clark Kent, Supermans Alter Ego. Er war mittelgroß und normal gebaut. Das Auffälligste an ihm war die Stimme. Er sprach mit großer Präzision. »Ich habe einen leichten Rotwein, eine heiße Platte mit gemischtem Fleisch und die Kürbiscremesuppe bestellt. Die müssen Sie unbedingt probieren, sie ist hervorragend. Dazu Brot, Käse und eine Gemüseplatte. Wir können uns zuerst in Ruhe unterhalten und uns kennen lernen. Sie wollen sicher erst einen Eindruck von mir bekommen, bevor Sie sich entscheiden, wie viel Sie von dem, was ich Ihnen zu sagen habe, glauben wollen.«

Alles an Welch war ruhig und würdevoll und sprach von großer Intelligenz. Er bestand darauf, dass wir uns beim Essen nicht über Geschäftliches unterhielten. Also redeten wir über alltägliche Dinge und sprachen eine ganze Reihe verschiedener Themen an. Er war aufmerksam und höflich und schien in seinen Urteilen sehr scharfsinnig zu sein. Sein Interesse erstreckte sich auf viele Dinge, und er überraschte mich damit, dass er auch über die Gefängnisreform eine Menge wusste. Als ich ihm deshalb ein Kompliment machte, lächelte er freundlich. »Ich habe während meines Fluges hierher einige Nachforschungen über Sie angestellt. Ihre Positionen sind äußerst gut durchdacht. Falls Gefangene und Opfer zu meinem Aufgabenbereich gehören würden, würde ich mich höchstwahrscheinlich Ihres Rates versichern.«

Nach dem Essen gab es Kaffee und schließlich sagte er: »Nun, dann wird es Zeit fürs Geschäftliche. Ich glaube, Sie haben in diesem Verfahren eine bemerkenswerte Arbeit geleistet, Miss Blackstone. Ich meine es völlig ernst, wenn ich Ihnen sage, dass Sie dieses Spiel gut beherrschen, und ich wünschte, wir hätten mehr begabte Menschen wie Sie, die in der Raumfahrtpolitik tätig sind.«

»Danke.«

»Ich möchte beginnen, indem ich Ihnen einen Gedanken vortrage. Falls die Kamerabombe das Werk einer ausländischen Macht gewesen wäre - und Sie können mir glauben, dass es so war - cui bono?«

Wem nützt es? Das ist die grundlegende Frage, die sich jeder Jurist früher oder später stellt, wenn er über Motive nachdenkt. Wer ist nach der Tat besser dran als vorher? »Ich weiß es wirklich nicht«, musste ich zugeben. »Wir haben alle geglaubt, es wäre eine internationale Terrororganisation, vielleicht unterstützt von einem Schurkenstaat wie Nordkorea oder dem Iran.«

Er nickte. »Meiner Ansicht nach lag es in der Absicht der Täter, dass es für fast jeden genau danach aussah. Oder vielleicht auch nach einem unzufriedenen NASA-Angestellten oder etwas Ähnlichem. Doch der Terrorismus sucht sich kein Ziel wie dieses aus. Sie brauchen nicht Michael James im Weltraum zu töten, um Publicity zu bekommen, wenn es fünfzigmal einfacher ist, eine große Zahl von Passagieren in einem Flugzeug umzubringen. Vor allem macht man so etwas nicht und hält danach den Mund. Die erste Bewegung, die eine terroristische Organisation nach einem Anschlag macht, ist der Griff zum Telefon, um die Medien zu unterrichten, wer dafür verantwortlich war. Außerdem zielen die Terroristen meist auf das Publikum in der Dritten Welt, das wenig Gründe hat, Amerika zu mögen. Deshalb sind die Opfer fast immer anonyme, unwichtige Zivilisten. Sie sind einfachere Ziele und da man sie in der Dritten Welt nicht kennt, können die Menschen dort sagen: ›Aha, dieses Mal hat es die Amerikaner erwischt. Geschieht ihnen recht.‹ Michael James war aber auf der ganzen Welt ein Held und er war vor allem in Schwarzafrika beliebt, weil er dort Goodwill-Touren gemacht und soziale Projekte unterstützt hat. MJ war eine bekannte und beliebte Persönlichkeit, die für Terroristen niemals als Ziel in Frage gekommen wäre. Sie hätten damit keine Freunde gewonnen und sich viele neue Feinde gemacht. Das Ereignis ist also als terroristischer Anschlag nicht erklärbar. Was die Wahrscheinlichkeit angeht, dass es sich um einen unzufriedenen RW-Angestellten handelt – ich würde sagen, die liegt bei Null. Wenn irgendetwas noch weniger wahrscheinlich ist als der internationale Terrorismus, dann ist es dies. Ein Ingenieur oder Techniker, der gut genug geschult wäre, um eine derartige Waffe zu bauen, wäre zu gut, um unzufrieden zu sein. Er würde irgendwo eine Viertelmillion im Jahr verdienen und ein Haus mit einer Hypothek haben. Er hätte einen guten Job und eine Familie und alle möglichen Dinge, die einen Mann dazu bringen, den Frieden zu lieben. Die Menschen, die von einem Tag auf den anderen beschließen, eine Menge anderer Leute abzuknallen, sind immer Verlierer – Verrückte wie der Unabomber oder Tim McVeigh. Geistesgestörte Randexistenzen, Rechtsradikale oder religiöse Spinner. Sie bauen einfache Geräte und die einfachen Geräte funktionieren nicht sehr gut. Doch die in die Kamera eingebaute Bombe war ein brillanter Entwurf für ein panzerbrechendes Geschoss und zudem in der Hülle einer echten Kamera versteckt. So etwas ist nicht leicht herzustellen. Es braucht eine Menge gute Ingenieursarbeit, um so etwas zum Funktionieren zu bringen und man muss irgendwo ein paar Schüsse zur Probe abfeuern. Ich würde nicht sagen, dass ein Hobbybastler so etwas nicht im Keller bauen könnte, aber es müsste ein unglaublich geschickter Bastler mit einem extrem gut ausgerüsteten Keller sein. Wie viele Heimwerkermaschinen können Wolfram mit so geringen Toleranzen bearbeiten? Und selbst wenn jemand so eine Ausrüstung hat, ohne ein Testgelände, um die Vorrichtung auszuprobieren, konnte er die Konstruktion nicht überprüfen und verbessern und musste blind hoffen, dass sie beim ersten Mal funktioniert. Das Gerät hat jedoch perfekt funktioniert, wie wir wissen. Die Ereignisse passen also nicht zu den besonders nahe liegenden Hypothesen. Die Auswahl der Opfer lässt mich vermuten, dass es keiner der üblichen Verdächtigen aus dem Verbrecheralbum des internationalen Terrorismus war. Die Methoden des unbekannten Feindes lassen mich außerdem schließen, dass es höchstwahrscheinlich kein unzufriedener Angestellter von RW oder der NASA war. Irgendjemand muss aber trotzdem einen Vorteil davon haben. Die Frage ist jetzt: Wer hat davon welchen Vorteil?«

Ich dachte darüber nach. »Nun, die Shuttle-Flotte ist um ein Viertel dezimiert.«

»Genau«, bestätigte er, während er sich Kaffee nachschenkte. »Und dies ist unmittelbar vor einem Unfall geschehen, der alles, was im Weltraum herumgeflogen ist, zerstört hat. Wir brauchen ein Jahr, um das Shuttle wieder in Ordnung zu bringen - wenn es wie geplant verlaufen wäre, hätten wir es sogar ganz verloren -, und somit ist unsere Startkapazität nur wenige Wochen, bevor die Welt mehr Starts braucht als zu jedem anderen Zeitpunkt zuvor, erheblich vermindert. Wer hat etwas davon? Jedes Land, das in der Lage ist, Starts anzubieten. Vor allem wenn es neue, verbesserte Geräte anzubieten hat. Wenn Sie so etwas haben, können Sie für die ersten Starts weit höhere als nur kostendeckende Preise fordern und das Geld, das Sie in die Entwicklung gesteckt haben, sofort zurückbekommen, indem Sie dem Kunden die Kosten für Ihre Neuentwicklung aufbürden. Wir haben die entsprechenden Produktionsstätten, doch ich kann mir nicht vorstellen, dass eine amerikanische Firma das Shuttle zerstört, um die eigenen Marktanteile zu vergrößern. Bei der Ariane gibt es gute Ingenieure, doch sie arbeiten in kleinerem Maßstab. Die japanische NSDA ist sogar noch kleiner. Die Russen haben in mancher Hinsicht die besten Geräte, die es gibt. Sie sind Meister darin, in kleinen Schritten vorzugehen und das Gerät mit jeder Generation um einige Stufen zu verbessern. Bisher hat es funktioniert, doch man sieht heute noch die Hand des verstorbenen Korolew bei allem, was dort fliegt, und man sieht auch, dass sie keinen neuen Korolew haben, der sie ins neue Jahrhundert führen könnte. Alles, was fliegt, ist Jahrzehnte hinter dem zurück, was möglich wäre, ihre Kosten sind erheblich höher als nötig, und sie erreichen weniger als das, was möglich wäre. Doch die raumfahrenden Nationen haben einen so großen Vorsprung, dass sie den riesigen potenziellen Markt einfach besetzen und reichlich Geld einnehmen können, ohne sich groß um Innovationen zu kümmern.«

»Warum haben wir es verschlafen?« fragte ich. »Ich meine, warum gibt es bei uns keine Innovationen? Der Weltraum ist doch ein riesiges Geschäft. Würde sich besseres Startgerät nicht sehr schnell bezahlt machen?«

»In einer Welt, in der es starke Konkurrenz gibt, wäre das so, doch im Grunde besteht die ganze amerikanische Raumfahrtindustrie nur aus Curtiss und Republic Wright und deren einzige echte Konkurrenten sind Staatsmonopole. In so einer Umgebung ist der Ansporn, etwas zu leisten, nicht besonders groß. Die alten Raketenmodelle, die in den fünfziger, sechziger und siebziger Jahren die Lasten in den Weltraum befördert haben, funktionieren auch heute noch. Die Kunden bezahlen den Preis, den man zahlen muss, um sie einzusetzen. Dazu einen saftigen Aufschlag, der als Profit eingestrichen wird. Wenn Sie Preise verlangen können, die dreißig Prozent über den Gestehungskosten liegen, warum sollten Sie dann die Kosten um drei Viertel senken, selbst wenn Sie es könnten? Vielleicht ist der Markt für neue Satelliten am Ende doch nicht so groß. Vielleicht lösen Sie damit einen Preiskampf aus, der dazu führt, dass die anderen Seite noch billiger arbeitet. Wenn Sie ein großes Segment des Weltmarktes in der Tasche haben, warum sollten Sie alles aufs Spiel setzen, indem Sie mehr beanspruchen? Kehren wir zu der Frage zurück, die ich eingangs gestellt habe. Es gibt eine raumfahrende Nation, die ich noch nicht erwähnt habe und die den alten, beschaulichen Markt für Startdienste lieber heute als Morgen auf den Kopf stellen würde. Ein kleiner Akteur, der erst spät ins Spiel gekommen ist, der jedoch recht gute Startkapazitäten hat und der, wenn unsere Geheimdienststudien glaubwürdig sind, kurz davor steht, mit ganz hervorragenden Angeboten an die Öffentlichkeit zu gehen.«

»Das kann nur China sein.«

»So ist es. Berücksichtigen Sie, was wir über die Rolle Chinas bei der pakistanischen Protonenbombe erfahren haben. Es sieht so aus, als hätte ein Team von chinesischen Beratern mit falschen Zahlen gearbeitet und den Start durchgeführt, ohne die Pakistanis über die Details zu informieren. Auch ohne das Unglück auf der *Columbia* hätte die Protonenbombe jeden, der ein gutes, zuverlässiges und preiswertes Startsystem hat, in eine hervorragende Position gebracht. Wenn Sie ein gutes Pferd besitzen, wenn aber die anderen Pferde einen Vorsprung haben, dann kann Ihnen nichts Besseres passieren, als dass das Rennen von der Startlinie aus neu aufgenommen wird. Addieren Sie die Protonenbombe zu dem Anschlag auf die *Columbia* und nehmen Sie eine Reihe von anderen Dingen in den letzten Monaten dazu, und schon steht das chinesische Raumfahrtprogramm blendend da. Und nicht nur das. Was uns wirklich misstrauisch macht, ist die Tatsache, dass die Chinesen anscheinend schon vorher gewusst haben, wie gut sie dastehen würden. Ich habe Berichte, aus denen hervorgeht, dass sie schon seit einigen Monaten ›Langer Marsch‹-Raketen so schnell produzieren, wie es nur irgend möglich ist, doch sie haben nicht erklärt, was sie damit tun wollen. Wenn wir nun noch ein paar Tests in Hainan dazunehmen, die so aussehen, als hätten sie die Langer Marsch II fast fertig gestellt und wenn man ihr Interesse berücksichtigt, in der chinesischen Fabrik von Curtiss in Sanxian eine Raketenabteilung in Betrieb zu nehmen, dann sieht das Gesamtbild so aus, als würden sie jetzt verwirklichen, was von langer Hand geplant war. Vielleicht spielt sogar Rache eine gewisse Rolle. Die Langer Marsch-Starts waren eine sehr lukrative Quelle für Devisen, und die sind in kommunistischen Ländern immer knapp, weil sie so viel High-Tech einkaufen müssen und so wenig produzieren, was exportfähig ist. Sie haben Startdienste für alle möglichen westlichen Firmen und Organisationen angeboten, bis einige Leute in meiner Behörde schließlich Clintons Gefolge überzeugen konnten, dass dies keine gute Sache ist. Als wir keine Starts mehr bei ihnen geordert haben, waren die Chinesen sehr unglücklich.«

Er starrte ins Leere. Ich hatte den Eindruck, er erinnerte sich an eine ganze Serie von Informationen, Hinweisen, Puzzleteilen und kleinen, nicht überprüfbaren Details. »Jetzt will ich aber zu dem Punkt kommen, zu dem ich Sie um Gedanken und Anmerkungen bitten möchte. Die Klage in Zusammenhang mit MJ ist eine ganz andere Art von Tiefschlag für das amerikanische Raumfahrtprogramm. Sie könnte dazu führen, dass die Raumfahrt jegliche Unterstützung in der Öffentlichkeit verliert, weil dumme Vorschriften übereilt erlassen werden, weil vielleicht sogar die Shuttles aus politischen Gründen am Boden festgesetzt werden. Diese Sache kann enorme Mengen Zeit und Kraft binden, die besser anderswo verwendet werden sollten. Kostbare Arbeitszeit von Ingenieuren und Wissenschaftlern, die dringend schöpferisch arbeiten müssten, könnte für Aussagen als Sachverständige draufgehen und so weiter. Wenn die Chinesen also wirklich gegen unser kommerzielles Raumfahrtprogramm vorgehen, dann müsste man die entsprechenden Fingerabdrücke finden können, denn die Chinesen arbeiten normalerweise grob und tollpatschig. Wenn man aber betrachtet, wie diese Operation durchgeführt wurde – falls es überhaupt eine Operation ist –, scheint sie nicht zur Vorgehensweise der Chinesen zu passen. Sie sind in der Spionage recht gut und sie können geschickte überfallartige Spezialeinsätze auf die Beine stellen. Fragen Sie nur mal einen Soldaten in Taiwan oder Vietnam danach. Doch sie gehen bei ihren verdeckten Operationen meist nicht besonders raffiniert vor. Es sieht eher nach dem Vorschlaghammer aus. Wenn es um systematische Geheimoperationen geht, sind sie nicht sehr gut. Sie sind ungeschickt, ungeduldig und haben normalerweise nicht sehr viel Verständnis dafür, welche Voraussetzungen zu welchen Konsequenzen führen. Ich verstehe immer noch nicht ganz, wie sie getan haben sollen, was sie allem Anschein nach getan haben: nämlich Ermittlungen behindern und die Raumfahrtindustrie durch Zivilklagen lähmen. Es sieht eher nach einer aggressiven, skrupellosen amerikanischen Firma aus, die mit harten Bandagen kämpft, und nicht nach einer Nation, die über ein paar hundert mehr oder weniger gut identifizierte Agenten Einfluss zu nehmen versucht.«

»Und wenn sich nun jemand mit Kontakten zu den Chinesen bei Curtiss in die Geschäftsführung drängt?« wandte ich ein. »Vielleicht ein leitender Mitarbeiter oder jemand, der bei Neueinstellungen eine Rolle spielt?« Ich erzählte ihm, was ich von den Gesprächen mit Killeret behalten hatte, und er beugte sich vor und nickte lebhaft.

»Ja, so etwas ... das ist wirklich interessant. Man braucht nicht einmal chinesische Agenten einzuschleusen, sondern man braucht nur übervorsichtige Manager anzuheuern. Typen, die von Natur aus eher bremsen. Leute mit steifem Hemdkragen, deren Ängste man leicht schüren kann. Die Luftfahrtkonzerne leiden sowieso schon an Arterienverkalkung, und die Chinesen brauchen nichts weiter zu tun, als die Aktivitäten noch etwas weiter zu drosseln. Das ist allerdings immer noch raffinierter als die Vorgehensweise, die ich von ihnen kenne ... doch andererseits habe ich auch Grund zu der Annahme, das es nicht die Leute sind, mit denen ich bisher zu tun hatte.«

Er legte Daumen und Mittelfinger um das Kinn und streichelte langsam mit dem Zeigefinger die Wange, den Blick in weite Ferne gerichtet. So hatte Professor Dunbar ausgesehen, bevor er sich im Fach Verfassungsrecht alptraumhafte Fragen einfallen ließ.

Schließlich fuhr Welch fort. »Tja, wir haben immer gewusst, dass es eine Stärke, aber auch eine verwundbare Stelle ist, wenn wir einen großen Teil unserer High-Tech-Entwicklung in private Hände legen. Das führt dazu, dass ein Bürokrat die guten Ideen nicht behindern oder unter Verschluss halten kann, es bedeutet aber auch, dass ein Unternehmen die Besitzer wechseln kann, ohne dass jemand fragt, welche Folgen das für die Politik hat. Curtiss hat eine Menge Kontakte nach China, denken Sie nur an die riesige Fabrik, die sie in Sanxian gebaut haben. Sie mussten alle möglichen Technologien transferieren, um den Chinesen so viele Flugzeuge verkaufen zu können. Dabei durfte es natürlich nicht um hochmoderne oder militärische Dinge gehen, doch die Clinton-Regierung hat sich sehr bemüht, um jeden Preis Handelsabkommen zu schließen, und wir versuchen heute noch herauszufinden, was sie alles weggegeben hat. Wenn Curtiss also beispielsweise mit den Chinesen ein gemeinsames Projekt für ein modernes Startsystem aufgelegt hat, wenn der Lange Marsch II vielleicht sogar teilweise eine Entwicklung von Curtiss ist, wenn Curtiss erfreut die Vorzüge chinesischer Produktionsstätten akzeptiert hat, wo es keine Gesundheits- und Sicherheitsbestimmungen gibt, die mit unseren vergleichbar wären ... und wenn Curtiss einen großen Teil seiner Zukunft dort drüben gesehen hat ... nun ja. Das würde mindestens drei Dinge erklären. Erstens die Tatsache, dass die Chinesen so schnell zuschlagen konnten, zweitens, warum die Tarnung so wichtig ist, und drittens, was am wichtigsten ist, erklärt es, warum Curtiss sich benimmt, als wollten sie den Leiter ihrer Forschungsabteilung lieber heute als morgen hinauswerfen.«

Er schenkte uns beiden Kaffee nach, rührte aber seinen nicht an. Er stand auf und wanderte langsam im Raum umher, als suchte er die Antworten in den deutschen und französischen Enzyklopädien aus dem neunzehnten Jahrhundert. Schließlich blieb er am Kamin stehen. Das orangefarbene Flackern ließ tiefe Schatten in seinem Gesicht entstehen und seinen entschlossenen Gesichtsausdruck dunkel und böse erscheinen, fast wie ein Wasserspeier an einer gotischen Kirche. Jetzt war er alles andere als durchschnittlich.

Schließlich sagte er: »Wenn dies wirklich das letzte Teil des Puzzles ist, diese neuen Leute, die von überall her zu Curtiss kommen, und es scheint hervorragend zu passen ... nun ja, mein Gott, mein Gott. Vielleicht reden wir gerade über das größte Sicherheitsleck seit Jonathan Pollard oder Aldrich Ames, vielleicht seit Klaus Fuchs. Ich bin wirklich froh, dass ich mit Ihnen gesprochen habe.«

»Aber dies ist doch nicht der Grund dafür, dass Sie mich hierher gebeten haben, oder?«

»Nein«, gab Welch lächelnd zu. »Das war nicht der Grund. Ich habe allerdings herausgefunden, dass ich über alle möglichen und unmöglichen Dinge ganz hervorragende Informationen bekomme, wenn ich alles weitergebe, was ich weitergeben darf. Wir hatten Grund zu der Annahme, dass Curtiss der Geldgeber hinter der MJ-Klage war, doch wir konnten keinen Grund dafür erkennen, warum eine Firma heimlich dafür zahlen sollte, dass sie selbst verklagt wird. Die Antwort darauf ist wahrscheinlich die, dass die Leute, die es tun, ganz direkt auf Anweisung der Chinesen tätig werden. Das passt sehr gut ins Bild, und Ihre Bemerkungen haben mir geholfen, etwas Licht ins Dunkel zu bringen. Vielleicht mache ich mir auch unnötige Sorgen. Ich arbeite seit dreißig Jahren in einem Gewerbe, in dem Paranoia zum Handwerk gehört. Ich weiß nicht, ob irgendetwas von dem, was ich gerade umrissen habe, tatsächlich zutrifft. Es sind nicht mehr als Spekulationen, die allerdings gut erklären, was wir an Fakten haben. Ich denke, ich sollte dem Generalstaatsanwalt, dem Direktor der NASA, der CIA, der NSA und dem FBI ein paar Informationen zukommen lassen und sehen, ob sie den Chinesen nicht vielleicht ein wenig auf die Füße treten können, wobei sie sich durchaus auf das beziehen dürfen, was bei Curtiss Aerospace im Gange ist. Selbst wenn die Chinesen sich hier nicht eingemischt haben und Curtiss sich einfach nur aus Dummheit so benimmt, haben sich die Chinesen in der letzten Zeit einige Dinge geleistet, die mir überhaupt nicht gefallen. Sie brauchen so oder so eine deutliche Ermahnung, dass es sie einiges kosten kann, wenn sie die harte Tour fahren. Außerdem ist in der Luftfahrt und anderen High-Tech-Bereichen Ärger für die Chinesen gleichbedeutend mit guten Nachrichten für uns.«

Er setzte sich wieder. »Also gut, jetzt müssen wir aber auf das kommen, was ich eigentlich von Ihnen wollte. Verzeihen Sie mir die lange Abschweifung. Nachdem ich mir jetzt einen Eindruck von Ihnen verschafft habe, bin ich zu dem Schluss gekommen, dass wir auch über einige vertrauliche Dinge reden können. Ich kann doch darauf bauen, dass ich Sie fragen darf, falls ich jemals in einer Angelegenheit der nationalen Sicherheit Ihre diskrete Hilfe brauche?«

Ich nickte.

»Gut. Manchmal fühle ich mich wie der Pate, doch die große Zahl von Menschen, die bereit sind, mir zu helfen, ist tatsächlich meine schärfste Waffe. Also, hier ist nun das Drehbuch für Ihr Verfahren. Morgen früh, etwa um zehn Uhr, werden Sie einen Anruf vom Richter bekommen. Sie und alle anderen Prozessbeteiligten sollen sich um ein Uhr mittags versammeln. Dann werde ich einige ausgewählte Dokumente vorlegen, aus denen hervorgeht, dass beim *Columbia*-Unglück verschiedene Aspekte eine Rolle spielen, die aus Gründen der nationalen Sicherheit geheim bleiben müssen. Nachdem Mr. Haverford gebührend herumgebrüllt und protestiert hat, damit seine Klienten zufrieden sind – dies ist bereits arrangiert –, wird der Richter die Klage abweisen. Sie dürfen dann mit einer Menge öffentlicher Kritik und einiger Unruhe rechnen, doch die ausgezeichnete PR-Arbeit, die Sie in den letzten Wochen geleistet haben, müsste eigentlich dafür sorgen, dass Sie, nachdem die ersten Proteste verstummt sind, immer noch ganz gut dastehen. In einigen Monaten dürfe der Weltraumtourismus in der Öffentlichkeit wieder einen positiven Ruf genießen.«

»Warum schalten sie sich überhaupt in den Fall ein?« fragte ich. »Wir sind ziemlich sicher, zu gewinnen, und jeder andere Anwalt außer Haverford hätte schon vor Wochen das

Handtuch geworfen. Warum lassen Sie uns nicht einfach ein paar Wochen Zeit, den Prozess auf regulärem Wege zu gewinnen? Dann wird der Aufschrei erheblich leiser ausfallen, weil es nicht nach einer abgekarteten Sache aussieht.«

Er lächelte. »Normalerweise hätten Sie Recht. Allerdings gibt es für die Verbindungen zwischen den Chinesen und der Bombe in der CO-Kamera erheblich mehr Beweise als diejenigen, die bisher öffentlich bekannt geworden sind. Einige dieser Beweise sind relativ leicht zu finden. Wenn Sie versuchen, Ihren Prozess zu gewinnen, könnten Sie dabei eine internationale Situation heraufbeschwören, in der dem Präsidenten die Hände gebunden sind. Wir können das Problem hinter den Kulissen erheblich besser und in aller Stille lösen, als das Justizministerium es öffentlich und über die Gerichte zu tun vermag. Wenn vor Gericht etwas herauskommt, dann ist das Justizministerium gezwungen sich einzuschalten. Und da die Verfahren in unserem Land prinzipiell und Gott sei Dank öffentlich sind, darf diese Sache niemals vor Gericht verhandelt werden.«

»Ich bin natürlich jedem, der an einem einzigen Abend den größten Teil meiner Probleme verschwinden lässt, sehr dankbar«, erwiderte ich. »Außerdem haben Sie Recht, mit dem Geschrei werden wir schon fertig.«

Er stand auf, und ich folgte seinem Beispiel. Offenbar war das Gespräch beendet. Er musterte mich kritisch, als überlegte er, ob er noch etwas sagen sollte, dann hatte er sich entschlossen und sprach es aus. »Wenn das, was wir als mögliche Erklärung für die Situation herausgearbeitet haben, tatsächlich zutrifft, dann müssen wir der Sache nachgehen, und die Verantwortlichen müssen geschnappt und aufgehalten werden. Die erste Maßnahme wird die sein, dass sie ab sofort unter Beobachtung stehen, dass sie unter Druck gesetzt und in die Enge getrieben werden. Falls ich richtig liege - nun ja, Menschen, die bis zum Hals in Schwierigkeiten stecken, machen oft Dummheiten. Möglicherweise habe ich Sie und Ihre Freunde einer erheblichen Gefahr ausgesetzt.«

Daran hatte ich noch nicht gedacht, doch ich würde jetzt nicht mehr zurückschrecken. »Wir können schon auf uns aufpassen«, sagte ich. »Gehen Sie einfach der Sache auf den Grund. Da muss man wirklich etwas unternehmen.«

Welch rief Miss Marx, die mich nach draußen begleiten sollte. Als sie mich durch den großen Salon führte, sah ich über der Tür zum Eingangsflur eine seltsame Dekoration hängen – seltsam war sie, weil alles andere in diesen Räumen ruhig, zurückhaltend und gut in Schuss war. Dies jedoch war ein schreiend gelb bemaltes Schild aus Stahl, rostig und verbogen, nachdem man es von einer Mauer oder einem Zaun abgerissen hatte. Eine verrostete Schraube, an dem noch die Mutter hing, baumelte in der unteren rechten Ecke im verzogenen Blech. In schwarzen Buchstaben stand auf dem Schild:

WAS DU HIER SIEHST
UND WAS DU HÖRST
SOLL HIER BLEIBEN
WENN DU GEHST

»Das ist das Original«, erklärte Miss Marx mir, als wäre es ein Picasso.

»Was für ein Original?«

»Das Original vom Manhattan Project. Es hing in Los Alamos über dem Tor. Es ist eine Art inoffizieller Wahlspruch des Skytale Clubs. Deshalb können sich unsere Mitglieder hier entspannen.«

»Das glaube ich gern«, sagte ich. Ich wusste nicht recht, was ich darauf erwidern sollte. Sie führte mich hinaus, schüttelte mir die Hand und sagte: »Es war mir eine Freude, Sie hier begrüßen zu dürfen, Miss Blackstone.« Als sie sich umwandte und wieder ins Haus ging, fuhr das Taxi vor, mit dem ich gekommen war.

»Die langweiligsten Leute der Welt«, bemerkte der Taxifahrer, als er Gas gab. »Die Bezahlung ist gut, aber da geht kaum mal ein interessanter Mensch ein und aus. Da die Fahrgäste die reinsten Schlaftabletten sind und meistens sowieso nicht mit mir reden, bleibe ich wenigstens mit den Radionachrichten auf dem Laufenden. Der schlappste Club in New York.«

»Das Essen ist gut«, wandte ich ein.

»Yeah, das will ich wohl glauben. Es wäre ja dumm, wenn man nicht wenigstens gut isst, wenn man schon reich ist, nicht wahr?« Er bog auf die Hauptstraße ein. »Also, weil Sie jetzt da drinnen waren, haben Sie wahrscheinlich noch nichts von der Explosion am Cape gehört?«

Mein Magen sackte nach unten wie ein Klotz aus Blei. »Nein, davon habe ich nichts gehört. Wurde jemand verletzt?«

»Es sieht nicht danach aus. Es war wohl irgendeine Rakete oder so, die irgendwo gelagert war oder gewartet wurde. Es gab eine Explosion oder vielleicht dachten sie auch nur, das Ding könnte gleich explodieren. Wegen des lahmen Funkverkehrs kriege ich hier im Wagen manches nicht so gut mit.«

Als er mich absetzte, gab ich ihm ein ordentliches Trinkgeld und rannte zum Fahrstuhl, wobei ich mich unsanft durch eine Gruppe von Touristen drängte. Irgendwo auf meiner Flugbahn schloss sich mir der Leibwächter an. Auch er rannte und blieb mir dicht auf den Fersen. Als die Aufzugtür sich schloss, entspannte er sich etwas. »Wo sind sie?« fragte er, während er in die Jacke griff.

Ich brauchte einen Augenblick, um zu verstehen, was in ihm vorging. »Oh«, sagte ich. »Entschuldigung. Nein, mich hat niemand verfolgt oder so. Ich habe nur gerade eine verrückte Geschichte über einen Vorfall in Cape Canaveral gehört ...«

»Die Meldung über die Feststoffraketen?« sagte er. »Ja, das ist schon beängstigend.«

»Was ist da los?«

»Oh, nun ja. Eine geringe Menge Festtreibstoff ist in Utah, wo diese Raketen hergestellt werden, in die Luft geflogen. Ein anonymer Anrufer behauptet, er hätte den Treibstoff manipuliert, damit er explodiert, und er hätte im Laufe der letzten Wochen oder Monate auch andere Partien Feststreibstoff präpariert. Dadurch weiß jetzt niemand mehr, welche Feststoffraketen noch zuverlässig sind und welche nicht. In Utah laufen noch die Untersuchungen. Ein Mann sagte im Fernsehen, man könne in Festtreibstoff nichts hineintun, was nicht sofort auffällt, aber jemand anders meinte, naja, schon, doch man müsste wissen, wonach man suchen muss, und jetzt diskutieren Horden von Fachleute darüber.«

Das war immerhin etwas klarer als das, was der Taxifahrer berichtet hatte. Wenigstens hatte es im KSC keine Explosion gegeben. Die Aufzugtüren öffneten sich, und ich dankte dem Leibwächter für seine Wachsamkeit.

Ich ging auf mein Zimmer und schaltete CNN ein. Die Berichte entsprachen in etwa dem, was ich gerade gehört hatte. Eine chemische Analyse sei im Gange, um zu bestätigen, dass die Partie, die explodiert war, tatsächlich manipuliert worden war. In zwei weiteren Partien hatte man Verunreinigungen entdeckt und die Chemiker waren der Ansicht, dass die Zutaten den Festtreibstoff in eine hochexplosive Masse verwandelten. Wie die Ingenieure erklärten, konnte man allerdings nicht mehr feststellen, ob bereits Raketentriebwerke mit dem manipulierten Treibstoff beschickt worden waren. Falls der Stoff tief im Innern der Triebwerke verteilt war, würde man es erst merken, wenn er explodierte und einen Unfall wie bei der *Challenger* auslöste.

»Es ist nicht sicher, ob der Täter den Katalysator in eine Ladung bringen konnte, die anschließend tatsächlich für eine Rakete verwendet wurde«, erklärte ein Sprecher. »Doch der Festtreibstoff verhält sich nicht wie eine Flüssigkeit. Wir können nicht einfach wie beim Auto das Benzin ablassen, den Tank ersetzen, sauberen Brennstoff einfüllen und den Motor starten. Man muss sich einen mehrere Stockwerke hohen Turm aus massivem Plastik vorstellen, das sehr schnell verbrennen soll. Wenn der Treibstoff noch schneller verbrennt als vorgesehen – ich darf Ihnen zwar nicht sagen, was es war, doch der eingebrachte Stoff ist tatsächlich ein bekannter Katalysator, der die Verbrennung beschleunigt –, dann ist es keine Verbrennung mehr, sondern eine Explosion. Jeder Raketenmotor muss, wenn er effektiv arbeiten soll, knapp unterhalb des Wirkungsgrads einer Bombe arbeiten. Es braucht nicht viel, um das Gleichgewicht so weit zu verschieben, dass der Motor tatsächlich zu einer Bombe wird. Ja, die Drohung ist glaubwürdig, und da wir die Triebwerke nicht zerlegen und überprüfen können, ohne sie zu zerstören, bedeutet dies, dass wir praktisch keine SRB mehr für das Shuttle haben.«

»Und ohne diese SRB ...«

»Ohne diese Feststoffraketen kommt die Raumfähre nicht in den Orbit. Ich weiß nicht, wie wir die ISS-Crew abholen können, ich weiß nicht einmal, wie wir es versuchen könnten. Ich kann Ihnen nur sagen, dass wir auf keinen Fall die *Atlantis* einsetzen können.«

*

Die Inszenierung am nächsten Tag lief weitgehend so, wie Welch es vorhergesagt hatte. Die relevanten Papiere, Fotos und Dokumente wurden gezeigt und eidesstattliche Erklärungen wurden verlesen, die belegten, dass nach Ansicht maßgeblicher Leute bei nationalen Geheimdiensten der Anschlag selbst und wahrscheinlich auch der Prozess der James-Familie ›von Mächten finanziert und gefördert werden, die vom Standpunkt der nationalen Sicherheit aus als feindlich eingestuft werden müssen‹. Auch der Rest lief ab wie vorgesehen. Der Richter erklärte, er werde die Klage abweisen, Jasper Haverford erhob eine Menge Einwände, AnnaBeth James weinte - ich glaube, das stand so nicht im Drehbuch - und schließlich verkündete der Richter seinen Beschluss. Alle taten so, als hätten sie noch nie etwas von Clifford Welch gesehen oder gehört, also hielt ich mich auch daran.

Draußen auf dem Flur sagte Haverford leise zu mir: »Nur damit Sie es wissen, nach der Veröffentlichung des NASA-Berichts habe ich Mrs. James gewarnt, dass wir verlieren würden. Aber manchmal sind die Klienten eben sehr störrisch.«

»Das kenne ich«, sagte ich.

»Außerdem, und das können Sie mir jetzt glauben oder nicht, nach dem Material, das gerade eben präsentiert worden ist, weiß ich jetzt, dass ich aus dieser Quelle sowieso kein Geld mehr angenommen hätte. Ich halte mich für einen guten Anwalt, auch wenn die meisten Leute sagen, ich wäre hinterhältig. Mag sein, doch ich bin ganz sicher kein Anwalt, der Landesverrat begeht. Wir sehen uns dann vor einem anderen Gericht, Sie haben sich gut geschlagen.«

Er schüttelte mir die Hand und wandte sich ab, um seinen Klienten beizustehen. Ich hatte zweierlei Empfindungen. Ich fühlte mich geschmeichelt und hatte gleichzeitig das Bedürfnis, mir die Hände waschen zu müssen.

Zwölftes Kapitel

SCOTT:

Ich war froh zu hören, dass die Klage abgewiesen worden war, und es war schön, Thalia im Hochgefühl ihres Sieges zu erleben. Amos bot freiwillig an, am Abend zu Mrs. Talbert zu gehen, damit Thalia und ich feiern konnten. »Das ist aber ziemlich durchsichtig, mein Junge«, sagte ich, als ich ihn absetzte.

»Es war Onkel Nicks Idee«, gab er fröhlich zurück, während er seinen Schulrucksack schnappte und ins Haus lief.

Es ist schwer, auf einen älteren Bruder, der sich in Ihr Leben einmischt, nicht wütend zu werden, besonders wenn Sie schon ein eigenes Leben und Kinder haben. Als ich in die Einfahrt des Hauses einbog, das einmal unser Haus gewesen war, kam sie gerade heraus. Sie trug das dunkle Kleid, das ich immer besonders gemocht hatte, und ein Halsband, das ich ihr geschenkt hatte.

Auf dem Weg zum Restaurant, es war ein Lokal in Baltimore, das es wert war, die Fahrt auf sich zu nehmen, beugte Thalia sich vor und schaltete das Radio ein. Sie suchte herum, bis sie einen Nachrichtensender gefunden hatte. »Um den Angehörigen der James-Familie etwas Zeit zu geben, damit sie sich zurückziehen können und in Ruhe gelassen werden«, erklärte sie, »und aus verschiedenen anderen Gründen, die Clifford Welch ihm ins Ohr geflüstert hat, wollte der Richter die offizielle Verlautbarung bis 19.30 Uhr hinausschieben.«

»Dann dauert es noch fünfzehn Minuten«, erklärte ich. »Ich stelle die Uhr im Auto immer zehn Minuten vor.«

»Wenn du das absichtlich machst«, sagte sie, »dann weißt

du doch, dass sie vorgeht und dann ziehst du die zehn Minuten gleich wieder ab.«

»Normalerweise wäre es so, aber bei mir funktioniert es.«

Wir hörten bis ungefähr zwanzig vor acht zu, doch die Sabotage der Feststoffraketen und die schreckliche Aussicht, dass die Besatzungsmitglieder der ISS festsitzen würden, bis sie schließlich an der Strahlenkrankheit starben, bestimmten die Meldungen. Aus der Sicht unserer eigenen PR war das gut, aber ich vermochte mich nicht darüber zu freuen.

Nach einer Weile schaltete ich das Radio wieder ab. »Welch ist wirklich ein eigenartiger Typ. Ich bin ihm zweimal in Scorpion Shack begegnet, und ich glaube, er hat öfter mit Nick zu tun. Er scheint wirklich über merkwürdige Verbindungen zu verfügen.«

»Das stimmt.« Thalia erzählte mir von ihrem Besuch im Skytale Club. »Ich habe schon fast damit gerechnet, dass er mir am Ende des Gesprächs einen falschen Pass, eine Perücke und eine Zyankalikapsel geben würde«, sagte sie. »Was die ganze Angelegenheit so beängstigend macht, ist die Tatsache, dass alles so selbstverständlich und ruhig abläuft.«

Wir redeten noch ein paar Minuten, dann sagte ich: »Weißt du, es gibt da etwas, über das ich öfter nachgedacht habe. Nicht die ganze Zeit natürlich, aber hin und wieder mal. Ich fand es wirklich schön, dich in den letzten Wochen häufiger zu sehen. Das ist das einzige Gute, das bei diesem ganzen Schlamassel herausgekommen ist. Also ... äh ... nun ja, ich will nur sagen, wie schade ich es finde, dass das Verfahren jetzt zu Ende geht, weil ich dich vermissen werde, wenn ich dich nicht mehr sehe.«

Sie kicherte. »Scott, das ist süß. Und naiv. Die Klage ist abgewiesen, aber es ist noch lange nicht vorbei. Wir haben noch Monate voller Arbeit vor uns, falls du jemals wieder einen anständigen Job in der Luftfahrtindustrie bekommen willst. Wir wissen jetzt, was passiert ist, aber die Medien wissen es nicht, und die Klageabweisung stinkt nach einem faulen Trick. Ich habe keinen Zweifel, dass in Talkshows, im Internet und überall sonst haufenweise Anschuldigungen auftauchen werden. Wir müssen herausfinden, wie viel von der Wahrheit wir veröffentlichen dürfen und die Veröffentlichung auf höchst glaubwürdige Weise bewerkstelligen, bis du schließlich als das dastehst, was du bist – ein unschuldiger Mann, der von irgendwelchen Leuten aus ganz bestimmten Gründen als Sündenbock vorgeschoben worden ist.« Sie seufzte. »Manchmal, Kerlchen, bist du ein Unschuldsengel. Nicht, dass es mir etwas ausmacht. Aber dein Glaube an die Gerechtigkeit ist selbst für eine erfahrene Anwältin rührend.«

»Willst du mich denn weiter unterstützen?«

»Ich höre normalerweise nicht auf halbem Wege zu kämpfen auf, und ich lasse auch nicht den Vater meines Kindes im Stich.« Sie zögerte. »Aber andererseits ... ich sehe dich auch gern und es ist schön, dass wir uns besser verstehen, doch mir ist klar, dass mein Leben ohne Mann besser läuft. Es gibt keinen anderen Mann, aber ich glaube nicht, dass du in der nächsten Zeit romantische Anwandlungen bekommen solltest. Ich liebe meine Unabhängigkeit.«

Das gab mir einen Stich, doch ich musste zugeben, dass das Leben mit mir wohl nicht so erfüllend und interessant gewesen war wie das Leben ohne mich. »Nun ja, dann sind wir eben Freunde«, sagte ich. »Es tut gut, nicht die ganze Zeit wütend zu sein.«

»Yeah«, sagte sie. »Und es ist gut für Amos. Es tut mir nur Leid, dass mir nicht danach ist, etwas Ernsthaftes anzufangen.«

»He, es gibt nichts Ernsteres als die Mars Four«, sagte ich.

»Ich finde es etwas beängstigend, dass du damit sogar Recht haben könntest.« Wir lachten und schwiegen danach, aber es war kein unbehagliches Schweigen.

Auch um acht Uhr kamen keine Meldungen über unser Verfahren. Thalia vermutete, der Richter könnte die Verkündung seiner Entscheidung sogar noch weiter verschoben haben.

Im Restaurant unterhielten wir uns dann über weniger ernsthafte Dinge. Meist sprachen wir über Amos, über die alten Zeiten und wie anstrengend es gewesen war, meinen großen Bruder im Krankenhausbett zu halten, bis die Ärzte ihm erlaubten, wieder aufzustehen. »Seine Ingenieure waren überhaupt keine Hilfe«, berichtete ich. »Sie waren die ganze Zeit in seiner Nähe. Sie wollten einen Testflug verschieben, damit er ihn sehen konnte. Doch er sagte, sie sollten ihm einen Monitor ins Zimmer stellen, ›damit ich den Test verfolgen kann, und das müsste doch ausreichen, weil alle anderen den Test doch auch nur über Monitore sehen können‹.«

»Hätten sie nicht den Testflug benutzen können, um dringend benötigte Dinge an die ISS zu liefern?« fragte sie.

»Äh ...« Ich senkte die Stimme und erzählte es ihr. »Die Leute da oben sind ziemlich krank. Luft, Essen oder Wasser werden ihnen allerdings sicher nicht ausgehen, denn wenn wir ihnen nicht helfen, werden sie nicht einmal lange genug leben, um die Vorräte zu verbrauchen. Selbst unter normalen Bedingungen könnte dort jetzt niemand einen Weltraumspaziergang machen. Die Station rotiert unkontrolliert, und die Besatzung kann keine Lieferung in Empfang nehmen. Und wenn sie es könnte, wir könnten ihnen doch nichts schicken, was ihnen helfen würde. Selbst wenn wir eine Sojus hätten, könnten wir sie nicht einsetzen, weil die Raketen, die getestet wurden, zu klein sind, um oben drauf noch eine Sojus zu tragen. Davon abgesehen, ist die Crew sowieso nicht in der Verfassung, Raumanzüge anzulegen und nach draußen zu gehen. Irgendwie muss man ihnen eine Rettungsmannschaft schicken.«

»Das klingt aber nicht so, als würdest du davon ausgehen, das es geschieht.«

»Ich glaube auch nicht daran. Aber ich weiß nicht alles. Vielleicht hat irgendwo jemand ein Geheimprojekt, und der Präsident redet schon mit den Leuten. Vielleicht wird irgendwo in Scorpion Shack oder in Ghost Town etwas gebaut. Vielleicht können sie auch mit einem Roboter etwas machen, das mir noch nicht klar ist.«

»Was ist ... äh ... was ist mit dem Ding, das auf Nick gefallen ist?«

»Die StarBird I. Die Maschine ist alles andere als fertig. Antrieb, Flugzeugzelle und eine Menge Elektronik sind eingebaut. Aber noch keine Wasserstofftanks, und es fehlen noch Steuersysteme und ... von außen sieht es prächtig aus, doch bisher wissen wir noch nicht einmal, was passiert, wenn das Gerät bis zum Ende der Startbahn rollt. Ganz zu schweigen davon, dass es bei dem Anschlag stark beschädigt wurde.« Ich zuckte die Achseln. »Ich habe das verbeulte Metall gesehen. Wer es auch war - yeah, es war tatsächlich Sabotage -, er hat die Sprengsätze gezündet, die die StarRescue vom StarBird trennen. Die StarRescue ist dabei nach vorn auf die Nase gekippt. Sie müssen einige Instrumententafeln ersetzen, mehr ist nicht passiert. Es ist ein gutes kleines Schiff, wirklich solide gebaut, und wenn es fliegt wie im Simulator, gibt es kaum eine angenehmere Möglichkeit, aus dem Orbit wieder herunterzukommen. Doch der StarBird I ist mehr oder weniger ein Totalschaden. Als die Maschine auf Nick gekippt ist, hat sich der SSME gelöst und alles in der Nähe zerschmettert. Im Hitzeschild ist ein Riss von einem Meter Länge. Selbst wenn die Maschine bereit gewesen wäre - sie war es nicht -, dann wäre sie jetzt nutzlos. Hast du eigentlich gehört, was Nick zu dem Arzt gesagt hat, der noch einmal ein CT von seinem Kopf machen wollte?« Ich versuchte, das Gespräch auf angenehmere Themen zu lenken. Auch wenn sie vorher gesagt hatte, der Fall sei noch nicht abgeschlossen, war ich nicht sicher, ob wir uns weiterhin so häufig sehen würden wie bisher, und ich wollte ihr diesen Abend so angenehm wie möglich machen.

Es half, dass sie darauf einging. Wir lächelten und lachten häufig und vergaßen auf dem Heimweg sogar, das Radio einzuschalten und waren eine Stunde zu spät dran, um Amos abzuholen. Nur gut, dass Mrs. Talbert so nachsichtig war.

Wegen der Drohungen und des Brandanschlags auf ihr Auto hatte ich in den letzten Wochen häufig auf Thalias Couch übernachtet. Für den Fall der Fälle hatte ich mir von

Amos einen Baseballschläger ausgeliehen, den ich neben der Couch unter dem Kaffeetisch griffbereit liegen hatte. Amos ging fröhlich ins Bett, weil er wusste, dass ich auch diese Nacht bleiben würde. Thalia und ich blieben noch auf, um die Nachrichten zu sehen. Ich hoffte immer noch, die Klageabweisung würde als kleine Meldung ohne weitere Reaktionen laufen, doch bei CNN Headline kam es als Aufmacher.

Nach ein paar Minuten schüttelte sie den Kopf. »Du hast auf jeden Fall einen gewissen Eindruck hinterlassen.«

Die Erklärung, dass die Klage abgewiesen werden sollte, hatte genau den Aufruhr ausgelöst, den die Medien liebten – oder den sie sogar selbst erst erzeugen, wenn man das so sehen will. MJ war ein Held gewesen, ein äußerst beliebter Mensch und weltberühmt; also eine Kombination, die meiner Ansicht nach eher selten vorkommt. Die Folge war, dass eine sehr große Zahl anderer berühmter Menschen traurig und zornig über seinen Tod war. Deshalb war es für jeden Reporter jederzeit möglich, einen Schauspieler, Politiker, Sportler, Sänger, Aktivisten oder was auch immer vor die Kamera zu bekommen, der öffentlich erklärte, da sei wohl etwas faul.

»Es stinkt nach einem faulen Deal, und ich weiß nicht, ob wir jemals Gerechtigkeit für Michael bekommen werden«, empörte sich ein Rapper.

»Ich dachte, es sei ein Unfall gewesen, eines dieser schrecklichen Dinge, die manchmal einfach passieren, aber jetzt, nachdem die Klage einfach aus heiterem Himmel abgewiesen wurde, kommt es mir vor wie ein abgekartetes Spiel«, sagte eine ›Schauspielerin/Autorin‹ in *Politically Incorrect*.

Der Richter hatte lediglich erklärt, es seien Aspekte der nationalen Sicherheit betroffen und die Akten würden zum frühestmöglichen Zeitpunkt freigegeben. Damit hatte Jay Leno wundervolles Material in der Hand. Er meinte, im kommenden Jahr würde die Zahl der Spiele, die die Rams verloren hatten, zur Geheimsache erklärt werden und dazu natürlich »alle überdurchschnittlichen Schläge in der Eastern Division der National League. Gott weiß, was passieren kann, wenn diese Informationen in die falschen Hände fallen.« Die Meldung, dass die James' die Situation akzeptiert hatten, und der Verweis auf die nationale Sicherheit gaben Howard Stern die Gelegenheit, einige geschmacklose Witze über MJs geheime Mission im All zu reißen. Ich war ihm dankbar, weil er damit etwas Druck von mir, ShareSpace und allen anderen Angeklagten nahm.

Als ich am nächsten Morgen meinen Anrufbeantworter mit der Fernabfrage überprüfte, waren vierundsiebzig neue Nachrichten eingetroffen. Einundsechzig von Medienleuten, zehn wütende Drohungen und drei von Vermögensberatern, die mich fragten, ob ich nicht die Finanzierung meines Hauses überdenken wolle. Ich spielte wieder eine Standardansage auf, und Nick stellte noch etwas Geld zur Verfügung, damit sich ständig zwei Leibwächter im Haus aufhalten konnten. Die Demonstranten draußen vor dem Tor waren für meinen Geschmack manchmal etwas zu lebhaft. Ich selbst blieb unterdessen bei Thalia. Es ist eine Sache, ein Raumschiff zu landen, aber wenn es um aufgebrachte Menschenmengen geht, bin ich nicht mutiger als jeder andere auch.

Als ich am Spätnachmittag die Meute vor meinem Haus sah, wurde mir klar, dass es sich um eine eigenartige Mischung handelte. Einige Meinungsführer waren politische Aktivisten, die der Ansicht waren, einer schwarzen Familie werde ihr gutes Recht verwehrt. Doch die meisten Leute waren keine Anhänger dieser ›Anführer‹. Der größte Teil der Menge bestand aus Sportfans, die glaubten, sie würden etwas für ihren Helden tun. Dazu kam noch einmal eine gleich große oder sogar noch größere Zahl von Menschen, die einfach nur mitmischen wollten, sobald es auf der Straße Ärger gab.

»Wären es nur Aktivisten, dann würde es besser aussehen«, erklärte Thalia mir. »Die meisten sind Profis. Sie wissen genau, dass sie dein Grundstück nicht betreten dürfen und normalerweise verstoßen sie auch nicht gegen die

Lärmschutzbestimmungen. Außerdem wollen sie im Fernsehen nicht wie Rüpel dastehen. Es sind auch höchstens zwei Dutzend von dieser Sorte. Wenn du willst, könntest du zu ihnen hinausgehen, ihnen einen heißen Kaffee geben, weil es kalt draußen ist, und mit ihnen plaudern. Sie stehen zwar vor deinem Haus herum, aber du brauchst vor ihnen keine Angst zu haben. Es ist überall das Gleiche. Wenn du willst, dass etwas ordentlich erledigt wird, dann musst du dir Leute mit Erfahrung suchen. Leider haben die meisten Demonstranten vor deinem Haus so etwas noch nie gemacht und wissen nicht, wie man sich zu verhalten hat. Deshalb benehmen sie sich auch wie ein Haufen Amateure, und die Polizei hat mehr Arbeit mit ihnen.« Sie legte zwei Sandwiches auf meinen Teller. »Ich hoffe, du bleibst auch heute Nacht hier. Die Leibwächter werden dafür bezahlt, sich mit diesem Theater zu befassen, du nicht. Aus irgendeinem Grund haben sie den bösen Geschäftsmann und nicht seine böse Anwältin aufs Korn genommen, also ist es hier bei mir ziemlich still.«

Ich sah noch einmal zum Fernseher, wo eine kurze Wiederholung der Tagesereignisse vor meinem Haus lief. Es gab eine knappe Erklärung, halbwegs zusammenhängend und meiner Ansicht nach dennoch unfair, von einer älteren Frau, die ein Schild mit der Aufschrift ›Gerechtigkeit IST nationale Sicherheit‹ hochhielt. Sie war der Ansicht, ›sie‹ kämen mit irgendetwas ungeschoren davon, und meinte: »Wir müssen sie aufhalten.« Thalia hatte Recht. Die Frau sah wenigstens wie jemand aus, mit dem man reden konnte.

Dann schwenkte die Kamera auf die Vertreter einer Studentenverbindung, die sich in einer Reihe aufgebaut hatten. Jeder hatte sich einen roten Buchstaben auf die nackte Brust gemalt. Sie standen an diesem Novemberabend in der Kälte, schwenkten die Arme über dem Kopf und kreischten, als wären sie bei einem Basketballspiel. GERECHTIGKEIT FÜR MJ WIR LIEBEN MJ lautete der Text. Wahrscheinlich rechneten sie fest damit, dass sie im Fernsehen gezeigt wurden, denn gleich nachdem die Kamera auf sie geschwenkt worden war, begannen sie zu hüpfen, so dass der Text schwerer zu lesen war. Als das Mikrophon in die Nähe eines Buchstabens kam, sprang der Mann vor und brüllte: »Wir sind hier, um MJ zu unterstützen, absolut!« Dann brüllten sie wieder so laut, dass der Reporter nicht einmal mehr dazu kam, seine Frage zu stellen, wie auch immer sie gelautet hätte. Als der Reporter seinen Beitrag beendete, stimmte die Menge einen gedehnten Sprechgesang an: »MJ! MJ! MJ!«

»Ich bin froh, dass er das nicht mehr sehen muss«, sagte ich. »Es wäre ihm sicher sehr peinlich.«

»Das glaube ich auch«, meinte Thalia. Sie wollte schon den Fernseher abschalten, doch dann hielt sie inne. Der Sprecher fuhr fort: »Bisher gibt es weder einen Kommentar des Weißen Hauses oder vom State Department zu den sich rasch verbreitenden Gerüchten, dass das FBI und amerikanische Geheimdienstkreise den Unfall auf der *Columbia* eindeutig mit einer vorsätzlichen Sabotage der Chinesen in Verbindung bringen können, noch gibt es eine Stellungnahme zum Kommentar von General Hofstadter vom Air Force Space Command, der heute Abend bei einem Dinner für Offiziere im Ruhestand erklärte, der Vorfall sei ›ein wichtiger Schachzug in einer durchgängigen Strategie‹, zu welcher auch die Explosion der Protonenbombe gehört habe, die vor einem Monat alle Satelliten im Orbit zerstört hat.« Der Nachrichtensprecher sah uns aus dem Bildschirm heraus an und sprach mit einer seriösen Stimme, wie man sie sonst nur aus der Werbung kennt. »Aus den eMails, die wir empfangen, und aus vielen Telefonanrufen wissen wir, dass dies eine Angelegenheit ist, die alle Amerikaner sehr beschäftigt, aber leider können wir Ihnen nicht mehr geben als das, was wir gerade berichtet haben. Der einzige sachverständige Zeuge, der etwas sagen könnte, ist General Hofstadter, doch der General ist seit seiner Erklärung nicht mehr für Kommentare verfügbar. Wir werden Sie weiter informieren, sobald etwas Neues geschieht.« Dann drehte er sich nach links und setzte ein breites, gezwungenes Lächeln auf. »Und jetzt zu einem etwas angenehmeren Thema. Wie ich hörte, Betty, soll das große Weihnachtsspielzeug dieses Jahr rosa und flauschig sein?«

»Genau Jack, wir werden nämlich ...«

Thalia schaltete ab. »Hmm. Es sieht so aus, als würde das PR-Glück weiter auf deiner Seite stehen. Allerdings schwanke ich, ob man es wirklich Glück nennen kann, wenn du von Neuigkeiten aus den Schlagzeilen verdrängt wirst, die auf den dritten Weltkrieg hinauslaufen könnten. Ich habe den Eindruck, dass Welch die Hand im Spiel hat. Wenn die Geschichte noch eine Weile verbreitet wird, dürfte die Meute vor deinem Haus verschwinden und sich vor der chinesischen Botschaft aufstellen. Und MJ wird der größte Held des neuen Jahrhunderts.«

»Held?« fragte ich. »Er war wirklich ein netter Kerl und ein großartiger Sportler, aber davon abgesehen, hat er einfach nur an der falschen Stelle gestanden, als eine Bombe explodiert ist.«

»Glaube mir«, sagte sie, »wenn die Medien bestätigen, dass diese Geschichte wahr ist, dann werden sie es darstellen, als wäre MJ den Heldentod gestorben, um Amerika zu retten. Sie werden es als Tod im Dienst fürs Vaterland verkaufen und darauf drängen, dass er posthum die Ehrenmedaille verliehen bekommt. Wahrscheinlich wird man sogar den Papst unter Druck setzen, damit MJ heilig gesprochen wird. Ich wette um drei Wochen Verpflegung im Ferienhaus im nächsten Sommer, falls wir Zeit haben hinzufahren.«

»Solange wir zusammen fahren, soll es mir recht sein«, sagte ich.

Daraufhin entstand ein äußerst unbehagliches Schweigen, und dann stellten wir beide fest, dass das Haus unbedingt gereinigt und aufgeräumt werden musste. Doch sie schien nicht wütend zu sein, weil ich es gesagt hatte. Sie meinte nur, in diesem Fall müssten wir zwei Betten aufstellen. »Du schnarchst immer noch«, sagte sie, »und das hätte ich lieber im Nachbarzimmer als direkt an meinem Ohr.«

*

Als Amos nach Hause kam, entschied die Leibwächteragentur, einen ›heimlichen Abgang‹ zu inszenieren. Es war eine recht alberne Darbietung, die Bobbi, die kräftige und große Leiterin der Truppe, als einen alten Trick beschrieb, »der normalerweise funktioniert, wenn das Licht nicht zu gut ist.«

Dave, ein Leibwächter, der mir entfernt ähnlich sah, rüstete sich mit einem Sweatshirt und einem Hut von mir aus und setzte eine große dunkle Sonnenbrille auf, die den größten Teil des Gesichts bedeckte. Der Fahrer der Firma sollte uns zu meinem Haus bringen und wir würden rasch nach drinnen laufen, wobei sich mein ›Double‹ zwischen mir und dem Mob halten würde. Drinnen würde ich Sweatshirt, Mütze und Sonnenbrille anziehen und wieder nach draußen laufen, als wäre ich der Leibwächter. Amos fand es lustig, mir und meinem Double Dave dabei zuzusehen, wie wir das Wechseln der Kleidung übten, bis wir es in weniger als dreißig Sekunden schafften.

Es ging glatt. Als das Auto in die Straße einbog, begannen die Leute zu schreien und rannten los, einige besonders überschwängliche Typen trommelten aufs Autodach und riefen: »MJ! MJ!« Dave wirkte sehr angespannt, und Bobbi, die auf dem Beifahrersitz saß, griff unwillkürlich nach dem Schulterhalfter.

Wir fuhren in die Einfahrt und waren schlagartig aus der Menschenmenge heraus, als zwei Leibwächter aus dem Haus kamen und die Leute zurückdrängten. Wir hielten so dicht wie möglich vor dem Eingang und Dave gab das Kommando. »Los jetzt!«

Ich rannte die Verandatreppe hoch und stürzte durch die Haustür. Die Menschenmenge machte einen unglaublichen Lärm, als wäre es eine Art Karneval. Neben mir knallte eine Flasche an die Garagentür. Dave hielt sich groß und aufrecht zwischen mir und dem Mob, während ich die Treppe hoch lief und im Haus verschwand. Als wir drinnen waren, wechselten wir die Kleidung, und ich rannte wieder zur Tür hinaus, die Treppe hinunter und stieg ein. Der Fahrer setzte sofort zurück, langsam genug, damit er rasch anhalten konnte und schnell genug, damit die Leute uns Platz machten. Nicht mehr als ein paar Hände und Füße donnerten gegen den Wagen, bis wir auf die Straße einbogen. Unterwegs konnte ich beobachten, wie einer der Leibwächter, die im Haus geblieben waren, im oberen Stockwerk mehrere Lampen einschaltete. Ein Ziegelstein landete nur Zentimeter neben einem Fenster auf dem Dach.

»Es sieht aus, als hätten wir sie hereingelegt«, meinte ich.

Bobby grunzte. »Die alten Tricks sind manchmal die besten«, erklärte sie. »Wir machen das oft für Musiker. Wenn Sie nichts dagegen haben, fahren wir jetzt zum Fuhrpark der Agentur, damit wir auch die Wagen wechseln können, ehe jemand über Thalia Blackstones Haus nachzudenken beginnt. Wie auch immer, wir dürften Ihnen damit eine relativ friedliche Nacht verschafft haben.«

»Vielen Dank.«

»Dafür werden wir bezahlt.« Sie zögerte, dann fuhr sie fort. »Darf ich Sie etwas fragen? Aber antworten Sie nicht, wenn es vertraulich ist.«

»In Ordnung.«

»Ist es wirklich wahr, dass die Chinesen unser Raumfahrtprogramm stören wollten und dass MJ nur zufällig in die Schusslinie gekommen ist? Und dass Sie persönlich eigentlich gar nichts damit zu tun haben?«

»Äh ... ich weiß nicht, ob es vertraulich ist. Ich bin auch selbst nicht besonders gut informiert. Aber viele Leute, die es eigentlich wissen müssten, scheinen zu glauben, dass es die Chinesen waren.«

»Da bin ich froh«, sagte sie. »Es tut mir Leid, dass Mrs. James ihre Klage verloren hat und so weiter, aber ich bin froh, dass nicht Sie oder irgendeine amerikanische Firma dahinter steckt.«

Irgendetwas an ihrem Ton machte mich neugierig. »Kennen Sie AnnaBeth James?«

»Ich habe sie letzte Woche beschützt. Sie ist eine nette alte Dame und sehr traurig.«

Wir fuhren schweigend weiter, bis wir den Fuhrpark der Firma ereichten. Der Fahrer und ich wechselten in einen neutralen Minivan, wie sie überall in den Vororten zu sehen sind, und wir fuhren wieder zum Haus meiner Exfrau. Der Fahrer gab sich schweigsam, doch als wir uns dem Haus näherten, meinte er: »Ich wollte Ihnen noch alles Gute und eine ruhige Nacht wünschen, Sir.«

»Danke, ich kann beides gebrauchen.«

»MJ war wirklich ein guter Mann, was? Ich glaube, Sie kannten ihn ziemlich gut.«

»Ja, ich kannte ihn. Er war einer der besten Männer, die mir je begegnet sind. Es ist ein schrecklicher Verlust.«

»Tja, wenn es nun die Chinesen waren, dann hoffe ich, dass jemand einen Weg findet, es den Bastarden heimzuzahlen. Selbst wenn die Öffentlichkeit es nie erfährt.«

»Das hoffe ich auch.«

Als er mich am Haus absetzte, hatte Amos seine Hausaufgaben erledigt. Es war inzwischen stockdunkel, Thalia hatte eine Pizza geordert und machte Vorschläge für das abendliche Filmprogramm. »Ich wollte eigentlich *Moonraker* nehmen und chinesisches Essen bestellen«, erklärte sie, »aber ich war nicht sicher, ob wir die Ironie würdigen könnten. Also gibt es eine große Gemüsepizza und den ersten *Star Wars*-Film, bis wir ins Bett müssen, und danach *Harry und Sally,* bis die Erwachsenen ins Bett müssen.«

Auch darin hätte ich eine gewisse Ironie erkennen können, doch ich hielt es für besser, mir die Bemerkung zu verkneifen. Wir waren alle müde und überfordert und sahen mehr oder weniger schweigend die Filme an. Nach *Star Wars* wollte Amos noch aufbleiben, doch nach einer halben Stunde Liebesfilm war er fix und fertig und wollte von selbst ins Bett. Danach sahen wir uns zu zweit den Film zu Ende an. Es war lange nicht mehr so unterhaltsam wie damals, als wir frisch verliebt waren.

*

Der Schuss direkt vor dem Fenster weckte mich. Ich lag auf dem Sofa und tastete sofort nach dem Baseballschläger. Sekunden später sah ich draußen vor dem Fenster flackernden Feuerschein. Einer der Leibwächter eilte an mir vorbei und zischte: »Unten bleiben!«

Ich gehorchte. Ich hörte, wie die anderen Leibwächter Thalia und Amos weckten und ihnen sagten, sie müssten nach unten kommen, dürften aber kein Licht einschalten und müssten sich still verhalten. Draußen auf der Wiese entspann sich ein Wortwechsel, nach einer Weile hörten wir eine Polizeisirene und dann das Heulen eines Krankenwagens. »Was ist da los?« flüsterte ich, aber der Leibwächter, der uns drei bewachte, zuckte nur die Achseln. Er wusste es nicht, und sein Job sah nicht vor, uns mit Neuigkeiten zu versorgen, sondern uns zu beschützen.

Nach einigen Minuten hörte ich Wasser laufen. Offenbar hatte jemand den Gartenschlauch angeschlossen und löschte die Flammen. Wieder war draußen Lärm zu hören, als der Krankenwagen eintraf, dann diskutieren Leute, die nach Cops klangen, mit mehreren anderen Leuten. An der Wanduhr konnte ich ablesen, dass es in dieser Art etwa eine halbe Stunde weiterging. Gegen drei Uhr morgens schienen sich fast alle gleichzeitig zurückzuziehen. Ich hörte den Lärm der abfahrenden Autos: Motoren, die angelassen wurden, knirschende Reifen auf der Zufahrt, Scheinwerfer, die kurz durchs Fenster strahlten.

Schließlich kam der Chief oder der Captain oder wie man einen leitenden Leibwächter nennt, zu uns herein. »Einer von denen ist ausgeschaltet, keiner von uns. Es scheint, als wäre es eine Angelegenheit der nationalen Sicherheit. Deshalb wird gleich noch jemand kommen, der sich mit Ihnen unterhalten will.«

Wir setzten uns auf die Couch, dann fiel mir ein, dass ich ebenso gut auch in die Küche gehen und die Kaffeemaschine einschalten konnte, die schon für den Morgen geladen war. Der vertraute Duft und die Geräusche halfen, diesen bizarren Traum abzuschütteln.

Draußen auf der Wiese vor dem Haus war etwas Wichtiges passiert. Auf der Wiese, die ich gemäht und wo ich Amos beigebracht hatte, einen Football zu werfen. Ich wusste nicht genau, was geschehen war, aber da ›einer von denen ausgeschaltet‹ worden und da Polizei und Krankenwagen angerückt waren, musste es etwas Gewalttätiges gewesen sein.

Während ich in der Küche war, hörte ich, wie die Vordertür einige Male geöffnet und geschlossen wurde, dann waren leise Stimmen zu hören.

Ausgerüstet mit einem Tablett und acht Tassen Kaffee, weil ich dachte, dass sicher jeder einen brauchen würde, kam ich aus der Küche. Clifford Welch saß inzwischen im Sessel gegenüber der Couch. Auch er schien etwas müde. Ich stellte das Tablett auf den Tisch und nahm mir eine Tasse, Thalia nahm sich eine weitere und auch Welch und der Leiter der Leibwächter bedienten sich. »Vielleicht sollten Sie den anderen Leibwächtern und meinem Mitarbeiter draußen in der Garage ebenfalls etwas Kaffee bringen«, meinte Welch.

Der Leibwächter verstand den Wink, nickte und ging mit dem Tablett hinaus. Vermutlich würde er erst zurückkommen, wenn man es ihm ausdrücklich befahl.

»Es sieht wohl so aus, als müsste auch Amos eine Weile in seinem Zimmer verschwinden«, sagte Thalia.

Welch nickte. »Amos, wenn du noch aufgeregt bist und lieber hier bei uns bleiben willst, dann könntest du dir doch vielleicht einen Kopfhörer aufsetzen und etwas Musik hören oder den Fernseher einschalten?«

Ohne ein Wort des Widerspruchs hockte Amos sich hin und verband den Kopfhörer mit dem Fernseher. Ich wollte ihm schon sagen, dass er nichts Gewalttätiges und keine Schmuddelfilme einschalten sollte, doch er war mir voraus. Er hatte einen fünfzig Jahre alten Zeichentrickfilm mit singenden Blumen und Bienen entdeckt und war sofort hingerissen. Als ich sah, dass er für den Augenblick versorgt war, fragte ich: »Was ist hier überhaupt los?«

Welch grunzte. »Also, beinahe wäre die Situation außer Kontrolle geraten. Wir hatten Glück, dass es nicht noch schlimmer ausgegangen ist. Ich bin mit einem Mann hergekommen, um Ihr Haus im Auge zu behalten, und habe festgestellt, dass Ihre Wächter sehr aufmerksam waren. Wir haben eine Weile gebraucht, um an ihnen vorbeizuschleichen, bis wir uns vor der Garage im Schatten auf die Lauer legen konnten. Dann rannte ein Mann mit etwas Brennendem durch Ihren Vorgarten. Es stellte sich heraus, dass es ein Molotow-Cocktail war. Es gab keine andere Möglichkeit, ihn schnell genug aufzuhalten, also schoss ich auf ihn. Er stürzte und landete auf dem Molotow-Cocktail, der explodierte, bevor wir den Mann erreichen konnten. Kleidung und Haare standen sofort in Flammen.«

»Ist er tot?« fragte Thalia.

»Noch nicht, doch falls er bei Bewusstsein ist, wird er sich wohl wünschen, er wäre es. Gott, was für ein entsetzliches Schicksal. Er hatte Verbrennungen am ganzen Körper, und es sieht so aus, als hätte mein Schuss ein Schlüsselbein gebrochen. Falls sie sein Leben retten können, wird er ihnen nicht dankbar dafür sein.« Er seufzte. »Aber ich habe schon schlimmer verletzte Menschen gesehen, die trotzdem überlebt haben.«

»Warum sind Sie heute Nacht überhaupt hergekommen?« fragte ich.

Welch lächelte etwas verkniffen. »Ich war als zusätzliche Rückendeckung hier, falls Andrew Riscaveau auftauchen würde. Wir dachten, er würde entweder zur chinesischen Botschaft laufen oder so schnell wie möglich das Land verlassen. Es war eine instinktive Eingebung oder so etwas. Ich hatte so ein Gefühl, dass er noch etwas versuchen würde, ehe er sich absetzte. Ich glaube, es war tatsächlich Riscaveau. Ich habe ihn vorher nicht gut genug sehen können, also könnte es theoretisch auch jemand anders sein, doch Größe und Gewicht passen, und ich kenne keinen anderen Menschen, der einen Grund hätte, so etwas zu tun.«

Es dauerte einen Augenblick, bis mir dämmerte, was er

gesagt hatte. »Aber ... äh ... Riscaveau ist oder war doch bei Republic Wright als Sicherheitsbeauftragter beschäftigt ...«

»Genau. Und außerdem ist er ein Verräter oder er hat mindestens einen Verrat geplant. Um an Geld zu kommen, glauben wir. Hohe Unterhaltszahlungen, Spielschulden, eine Tochter auf dem Smith College, eine Menge Bewegungen auf den meisten seiner Konten in den letzten drei Jahren, die nicht zu den Ausflügen in die Spielcasinos passen. Außerdem gehe ich jede Wette ein, dass wir bei ihm auch eine Drogenabhängigkeit feststellen oder vielleicht auch ein Verhältnis mit einer teuren Prostituierten. Andrew Riscaveau war einfach nur einer von diesen Fällen, wo ein Mann bis über beide Ohren in Schwierigkeiten steckt und abgesehen von seiner Karriere für nichts und niemanden mehr eine Verpflichtung empfindet.« Welch seufzte. »Ganz egal, wie oft solche Leute von der Spionageabwehr hochgenommen werden, wir sind immer wieder überrascht, wenn nach einer Weile der Nächste auftaucht. Es sind immer die gleichen Typen, die sich nur in Details voneinander unterscheiden. Ein Mann steht unter Druck, ihm wird bewusst, dass er seine finanziellen Probleme lösen könnte, indem er ein paar Informationen verkauft. Was soll's, sagt er sich, die andere Seite hat ja sowieso schon alle Informationen, also verrate ich ihnen nichts, was sie nicht schon wissen. Außerdem erkennt niemand an, wie hart ich arbeite. Diese Leute sehen sich als politische Realisten und denken, dass die beiden Seiten einander ohnehin sehr ähnlich seien. Sie reden sich alle die gleichen Dinge ein. Wir konnten Riscaveau mit dem Brandanschlag auf Ihr Auto in Verbindung bringen, Thalia. Es sind keine Beweise, die vor einer Grand Jury Bestand hätten, doch Riscaveau war in der Stadt, sein Aufenthaltsort lässt sich für die entsprechenden Zeiten nicht ermitteln, und er hatte als Jugendlicher mal eine Verurteilung wegen einer kleinen Brandstiftung. Wahrscheinlich war er auch derjenige, der den Anschlag auf den StarBird verübt hat. Auf den Listen der Verdächtigen war er jedenfalls der Einzige, dessen Name doppelt auftaucht. Wir haben ihn überprüft und festgestellt, welche Schulden und Ausgaben er hat. Es sah wirklich so aus, als hätte er vor drei Jahren dringend eine Viertelmillion steuerfreie Einnahmen brauchen können und als hätte er eine solche Möglichkeit gefunden. Kurz nach einem Urlaub in Thailand, von dem man eigentlich meinen sollte, dass er ihn sich nicht leisten konnte, gab es einige interessante Einzahlungen auf seinen Bankkonten, meist Überweisungen aus dem Ausland. Also wollten wir uns im Washingtoner Büro der Sicherheitsabteilung von Republic Wright mit Mr. Riscaveau unterhalten und ... er hat sich abgesetzt. Er sah uns auf den Parkplatz fahren und ist sofort durch den Hinterausgang verschwunden. Er ist in einen Zug der Metro gesprungen, hat mit falschen Papieren und falschen Kreditkarten einen Mietwagen genommen und sich so schnell wie möglich verdrückt. Wir dachten, er würde sofort zu seinen chinesischen Auftraggebern laufen, doch wir konnten nicht sicher sein.«

»Aber warum wollte er dieses Haus anzünden?« fragte Thalia.

»Dafür könnte es mehrere Gründe geben. Sie können sich einen aussuchen, doch ich bin sicher, dass wir den wahren Grund nie erfahren werden. Es könnten persönliche Gründe sein. Ihre Familie ist ihm zu oft in die Quere gekommen, und er war wütend auf Sie. Vielleicht hoffte er auch, Sie würden alle nach draußen rennen, die Leibwächter würden verwirrt sein und er könnte einen von Ihnen als Geisel nehmen. Am wahrscheinlichsten finde ich allerdings die Erklärung, dass er zu einer letzten Aktion gezwungen wurde. Die Chinesen treiben ihre Agenten unerbittlich an und betrachten sie als ersetzliche Mitarbeiter. Ich kann mir vorstellen, dass sie ihm gesagt haben, er müsste noch eine Sache für sie erledigen, bevor sie ihn außer Landes schaffen. Selbst wenn er überlebt, glaube ich nicht, dass er Informationen hat, die für uns nützlich sind. Aus der Sicht der Chinesen war es jedenfalls besser und vor allem billiger, ihn noch einmal einzusetzen, vor allem wenn wir ihn dabei töteten und ihnen den Ärger ersparten, sich um ihn kümmern zu müssen. Für sie stand nichts weiter auf dem Spiel als dass sie einen Mitarbeiter verlieren konnten, der ihnen nichts mehr zu bieten hatte.«

Ich schauderte. »Wie kann man nur für solche Leute arbeiten?«

Welch spreizte die Finger und lächelte leicht. »Sie sind sehr großzügig, solange Sie etwas haben, das sie brauchen. Wenn Sie sich zwischen der Lösung Ihrer drängenden finanziellen Probleme in der nächsten Woche oder Ihrer möglichen Enttarnung in zwei Jahren entscheiden müssen - nun, in dieser Situation entscheiden sich die meisten Leute für Ersteres. Wir sind noch nicht sicher, dass es wirklich Riscaveau war, aber es passt ins Bild. Außerdem haben wir uns bereits ein paar zwielichtige Typen bei Curtiss vorgenommen, doch das wird erheblich schwieriger. Man sieht es einem Mitarbeiter nicht an, ob er die Dinge verschleppt, weil er seine Befehle aus Peking bekommt, oder ob er nur träge ist und in einer saturierten Firma mit einer ebenso dummen wie zufriedenen Geschäftsleitung sitzt, die keine Veränderungen mag. Ich glaube aber, wir werden die ganze Bande erwischen. Die Chinesen hätten diesen Coup nicht ohne Verbündete in unserer Regierung, bei Curtiss und RW durchziehen können. Sie sind so schnell und knallhart vorgegangen und haben ihr Blatt so sehr überreizt, dass die meisten ihrer Agenten hier Mühe hatten, das Tempo mitzuhalten. Jetzt brauchen wir uns nur noch umzusehen, wer hier in der letzten Zeit aus welchen Gründen nervös geworden ist. Ich sollte Sie auch warnen, dass Sie niemals völlig sicher sind, wenn die andere Seite unbedingt etwas gegen Sie unternehmen will. Jeder Geheimdienst da draußen kann fast alles schaffen, wenn es ihm nichts ausmacht, hinterher damit belastet zu werden. Während des Kalten Krieges hätte der KGB jederzeit den Präsidenten erschießen können, wenn man bereit gewesen wäre, die Empörung danach zu ertragen. Zum Glück für uns gab es nie eine Situation, in der die andere Seite dachte, es wäre die Sache wert. Unsere klugen Freunde in Peking - oder wohl eher in Hainan - haben wohl geglaubt, sie könnten so viel dabei gewinnen, dass es sich trotzdem lohnte. Wie es jetzt aussieht, werden sie aber nicht sehr viel dabei gewinnen ... und sie müssen die Rechnung begleichen.« Er stand auf. »Ich möchte Ihnen dringend empfehlen, ins Bett zu gehen und auszuschlafen. Scott, Sie werden morgen um drei zu einer Besprechung erwartet. Ziehen Sie den guten Anzug an.«

Ich war so erledigt, dass ich mir kaum noch Gedanken darüber machte, wenn man mich irgendwohin beorderte. Erst als Welch schon fast an der Tür war, kam ich auf die Idee, nach Einzelheiten zu fragen. »Äh ... wo ist dieser Termin denn eigentlich?«

Er lächelte. »Im Weißen Haus. Ich werde dort sein, außerdem Ihr Bruder Nick und einige andere Leute, die Sie kennen. Wir haben einen Job für Sie.«

Dreizehntes Kapitel

NICK:

Das Telefon klingelte um sechs Uhr morgens, als ich gerade aus der Dusche kam. Es war Jagavitz. »Nick, ich muss mich mit Ihnen und Robertson um sieben Uhr in Ihrem Büro besprechen. Ich habe Frühstück bestellt. Ziehen Sie sich einen Ihrer guten Anzüge an, weil wir am Nachmittag mit ein paar wichtigen Leuten reden müssen. Die gute Nachricht ist, dass ich heute den letzten Tag in Ihrem Büro sitze.«

Es war typisch für Jagavitz, dass er nach meinem Unfall vorübergehend selbst die Leitung von Scorpion Shack übernommen hatte. Er beaufsichtigte den ersten reibungslosen Start von StarCore I, den Wiedereintritt in die Atmosphäre und die Bilderbuchlandungen der beiden Star-Booster. Er behauptete, er hätte seit Jahren nicht mehr so viel Spaß gehabt. Nicht mehr seit der Zeit, als er noch für ein kleines Startup-Unternehmen gearbeitet hatte. Ob es stimmte oder nicht, als ich endlich wieder in mein Büro durfte und mich vergewisserte, wie die Dinge liefen, hatte er den Laden tiptop in Schuss, und es gab keinen Arbeitsrückstand, über den ich mir den Kopf zerbrechen musste.

»Ich werde da sein«, versprach ich. »Wann und wo ist die Sitzung?«

»Um 14.30 Uhr in DC. Nach unserem Frühstück steigen wir sofort in den Flieger. Bringen Sie also Ihre Sachen mit. Schaffen Sie das in einer Stunde?«

»Ich lebe sowieso aus dem Koffer«, sagte ich. »Wir sehen uns dann um sieben.«

Ein paar Minuten später rollte ich in einem der Elektrokarren der Firma den weiß gestrichenen Asphaltweg hinunter, Reisetasche und Aktenmappe neben mir auf dem Sitz. Der Fahrer war nicht sehr gesprächig, was angesichts der frühen Stunde aber nicht überraschend war. Die Sonne ging gerade auf, sie stand knapp über dem Horizont. Um elf würde es warm und drückend sein.

Ich schätzte, dass es ein Zwanzigtausendmeilen-Monat werden würde. Vielleicht konnte ich noch ein Abendessen mit Thalia und Scott einschieben, bevor ich zurückfliegen musste.

Jagavitz und Robertson waren schon da. Es war zu früh am Morgen für ausgedehnte Höflichkeiten. Wir schnappten uns einfach die Bagel, das Müsli und den Kaffee und brachten den Blutzuckerspiegel auf ein verhandlungsfähiges Niveau. Um Viertel nach sieben setzten wir uns, jeder mit einem großen Stapel Papier bewaffnet, zur Besprechung an den Konferenztisch.

»Nach Ihrem Unfall«, begann Jagavitz, »bin ich hier herüber gekommen, um für Sie einzuspringen. Dabei habe ich Neds kurzen Bericht über die Kombination von StarBooster, StarCore I und StarRescue gesehen. Ich musste mit Ihnen beiden übereinstimmen. Ned hatte Recht damit, dass es eine mehr als fünfzigprozentige Erfolgschance gibt, und Sie hatten Recht, dass es dennoch zu risikoreich war, solange es noch andere Möglichkeiten gab, die Rettungsaktion durchzuführen. Doch nach dem Ausfall der Feststofftriebwerke für die *Atlantis* habe ich Ned gebeten, seinen Vorschlag etwas ausführlicher zu formulieren.«

Ned setzte einen großen Stapel Papier vor mir ab und grinste auf eine Art und Weise, die mich noch nervöser machte als die Tatsache, dass ich ihn in einem formellen Anzug ohne Stifte in der Brusttasche sah. »Sie müssen das nicht jetzt gleich lesen«, sagte er. »Wir können es auf dem Flug zusammen durchgehen. Schlagen Sie zunächst nur die erste Seite auf.«

Ich tat es. Ich sah die Abbildung einer StarCore I, mit der eine StarRescue und ein Servicemodul verbunden waren.

Ein Käfig, der nach einem Laufstall für Riesen aussah, war rings um die Centaur-Stufe aufgebaut.

»Oh, Mann«, sagte ich. »Sie machen Witze.«

»Nein, das ist kein Witz«, sagte Robertson. Er lehnte sich bequem an und verschränkte die Hände hinter dem Kopf. »Die StarRescue ist beim Unfall nicht beschädigt worden. Sie ist betriebsbereit und hat bereits eine Reihe verschiedener Flugtests hinter sich. Die Kombination von StarBooster und StarCore I hat soeben einen erfolgreichen Testflug in den Orbit absolviert. Die Überprüfung der StarBooster nach dem Testflug vor zwei Tagen hat ergeben, dass nicht einmal Kleinigkeiten zu reparieren waren. Dieses Servicemodul ist nichts als eine Aluminiumhülle, die einige der großen Triebwerke enthält, die wir schon seit Jahrzehnten verwenden. Der einzige ungeprüfte Bestandteil ist der Käfig aus T-Trägern rund um die Centaur und dieser Teil ist bereits gebaut, Nick. Wir hatten genügend altmodische Werkstattingenieure in der Nähe und genügend gute Mechaniker. Sie haben rund um die Uhr gearbeitet. Das Ganze wird draußen auf Startrampe Zwei direkt hier in Scorpion Shack zusammengebaut.«

»Es ist die einzige Hoffnung, die Leute noch rechtzeitig von der ISS zu bekommen«, sagte Jagavitz. »Wäre es Ihnen lieber, wir würden es gar nicht erst versuchen?«

Ich starrte das Ding an. Vor meinem geistigen Auge und beinahe gegen meinen Willen konnte ich erkennen, dass es funktionieren würde. Außerdem waren ein guter Ingenieur und mein Boss genau dieser Ansicht. »Ich glaube, ich kann es innerlich akzeptieren«, erklärte ich, »aber es wird noch ein paar Stunden dauern, bis ich es verdaut habe. Emotional gesehen vielleicht sogar ein paar Tage. Ich nehme an, wir können die Pläne im Detail auf dem Flug durchgehen?«

»Ja.« Robertson blätterte zwei Seiten weiter und zeigte mir den nächsten Entwurf.

Es war eine rasch hingeworfene Skizze von sechs Astronauten, die sich im Mannschaftsabteil von StarRescue aufhielten und von einer riesigen Amöbe gefressen wurden. Ich starrte es lange an, bis ich endlich die Bildunterschrift sah: UMHÜLLENDER STRAHLENSCHUTZ MIT WASSER.

»Ihr wollt ...«

»Im Grunde ist es ein Wasserbett«, erklärte Ned. »Große, flache Plastikbeutel, die mit Wasser gefüllt sind. Auch die sind inzwischen fast fertig. Wir werden alle Innenflächen damit verkleiden. Ihr nehmt als Strahlenschutz eine Tonne Wasser mit. Der Pilot fliegt das Ding mit einer Tastatur und einer Art Simulator, der über ein Kabel mit dem eigentlichen Steuerpult verbunden ist, weil auch das Pult abgedeckt werden muss. Der Beutel vor dem Fenster ist durchsichtig und es gibt eine kleine Pumpe, um das Wasser hinein und heraus zu pumpen, damit der Pilot auf direkte Sicht umschalten kann, wenn es nötig ist. Da dies ein Haufen zusätzliche Masse ist, die mitfliegen muss, haben wir noch ein nettes kleines Gerät vorgesehen, das es euch erlaubt, das Wasser abzuwerfen, bevor ihr beim Wiedereintritt von der Luft abgebremst werdet. Es ist eine Kreiselpumpe von einem alten Flüssigraketenprojekt, das eingestellt wurde. Im Augenblick laufen gerade die Drucktests für die Teile, die bereits fertig sind.«

Ich seufzte. »Das ist wohl besser als nichts.«

»So ist es«, sagte Robertson.

»Ich sage es nur ungern«, fügte Jagavitz hinzu, »weil ich es lieber gehabt hätte, wenn es eine allein von RW durchgeführte Operation geworden wäre, aber die Leute drüben in Ghost Town, die der wichtigste Vertragspartner der ISS sind, kennen die Station viel besser als wir. Sie haben ein Gerät entwickelt, das euch hilft, die Station zu stabilisieren, wenn ihr dort seid, denn die Besatzungsmitglieder sind nicht mehr in der Lage, mittels EVA auszusteigen und aus eigener Kraft zu euch zu kommen. Ihr müsst also mit dem Piloten und dem Vertreter von Curtiss hochfliegen, die ISS ansteuern, den Stabilisator installieren, die Station zum Stillstand bringen, die Sojus von der Andockstelle entfernen, die Star-Rescue andocken, die ISS-Mannschaft einladen und dann nach Hause fliegen. Macht zusammen eine Strahlenbelastung, die etwa fünfzehn Röntgenaufnahmen beim Zahnarzt entspricht. Das Blutbild könnte danach eine Weile komisch aussehen, aber weiter dürfte nichts passieren. Ist doch alles ganz einfach, oder?« In seinen Augen war ein seltsames Funkeln.

»Das klingt«, sagte ich, »als meinten Sie, ich sollte selbst mitfliegen. Und jetzt wird mir bewusst, dass Ned sich gerade ganz ähnlich ausgedrückt hat.«

Jagavitz zuckte die Achseln. »Wir haben uns überlegt, wen wir schicken können. Die Liste ist recht kurz, um ehrlich zu sein. Curtiss hat anscheinend nur einen Mann, der dieses Wunderding von Stabilisator völlig durchschaut. Es ist der leitende Ingenieur dort, also muss er mit. Wir konnten genau einen qualifizierten Piloten finden, der bereits über die politische Situation informiert ist – also muss auch der mit. Das war wichtig, weil wir nicht noch einen weiteren Piloten einweihen wollten. Diese Mission wird gegen meinen ausdrücklichen Rat im Stil der Sowjets als geheime Mission geflogen. Wenn es klappt, werden sie es bekannt geben, wenn es nicht klappt, haben sie nie von uns gehört. Ich halte es für eine Dummheit, es auf diese Weise zu tun, aber ich bin ja auch nur Geschäftsmann und kein Politiker. Aus Sicherheitsgründen dachten wir, es sollte außerdem jemand mitfliegen, der die gesamte Systemarchitektur kennt und der im Notfall eingreifen kann. Ein Ingenieur, der das ganze System kennt, die StarBooster und StarCore und StarRescue. Sie erkennen jetzt vermutlich das Problem, vor dem wir gestanden haben?«

Ich verstand es. »Kaum jemand hat den großen Überblick. Praktisch alle unsere Ingenieure sind jeweils nur auf einen Aspekt spezialisiert. Einen guten Überblick haben, oh, höchstens sieben oder acht Leute. Die vier Ingenieure im leitenden Entwicklerteam, Ned und meine beiden Abteilungsleiter. Also sieben, würde ich sagen.«

»Acht«, widersprach Jagavitz. »Sie selbst gehören dazu. Außerdem sind Sie der Einzige, der einen Pilotenschein hat und eine beachtliche Zeit Düsenflugzeuge gesteuert hat.

Drei Ihrer leitenden Ingenieure und ein Manager sind schon älter als sechzig und haben Herz- oder Blutdruckprobleme. So etwas bringt einem ein Schreibtischjob mit reichlich Stress ein. Es erspart Ihnen, später in den Orbit geschossen zu werden, was?« Er kicherte, und es klang nicht gerade beruhigend. »Nick, Sie wissen, dass wir Ihnen nicht den Befehl dazu geben können, aber von allen Ingenieuren, die mitfliegen könnten, sind Sie der Einzige, der einerseits keine Angehörigen hat und andererseits ein umfassendes Wissen über das ganze System besitzt und keine Sammlung von Spezialwissen, das schwer zu ersetzen wäre. Das bedeutet nicht, dass Sie nicht wertvoll wären ...«

»Aber es bedeutet, dass ich der beste Kandidat bin«, sagte ich. »Ich fühle mich nicht beleidigt. Also läuft es darauf hinaus, dass ich als Reparaturtrupp und allgemeiner Notnagel mitfliege?«

»Offiziell wird man Sie wahrscheinlich als Flugingenieur bezeichnen.«

Ich dachte eine Weile darüber nach. »Wann soll ich anfangen?« fragte ich.

»Heute noch. Sie verbringen drei Tage mit Lernen, und wir lassen Sie mit dem Flugsimulator spielen. Dann fliegen Sie. Die Crew da oben hat nicht mehr viel Zeit.«

»Nur damit Sie es wissen«, fügte Robertson hinzu, »ich habe angeboten, selbst zu fliegen, aber man hat mich darauf hingewiesen, dass ich zu hohen Blutdruck und vierzig Pfund Übergewicht und außerdem zwei schulpflichtige Kinder habe. Trotzdem beneide ich Sie, Sie Glückspilz. Wenn wir jemals große Raumschiffe mit Touristen zum Fliegen bringen, werde ich mir für das allererste ein Ticket kaufen.«

»He, das kaufe ich Ihnen«, sagte ich.

»Ich bedaure Ihnen außerdem sagen zu müssen, dass Sie ein paar Stunden damit verbringen werden, sich von Caitlin Delamartin und Barbara Quentin einweisen zu lassen, wie Sie sich auf der anschließenden Pressekonferenz verhalten sollen.«

Ich zuckte die Achseln. »Oh, das gehört wohl heute zum

Showgeschäft.« Dann fiel mir etwas ein. »Ich weiß noch gar nicht, wer der Pilot ist.«

Robertson grinste. »Vergessen Sie nicht, dass die ganze Aktion als SCI läuft. Jeder weiß nur das, was er unbedingt wissen muss, und nur Leute, die schon etwas wissen, werden überhaupt beteiligt. Die Steuerung der StarRescue wurde absichtlich dem Shuttle nachempfunden, damit ein Pilot, der das eine Gerät kennt, auch das andere fliegen kann. Allerdings wird StarRescue wohl beinahe wie ein Betonklotz zu fliegen sein. Es gibt einen fürs Shuttle qualifizierten Piloten, der von Anfang an in die meisten Ereignisse eingeweiht war und der außerdem mit allen Fragen der nationalen Sicherheit, die hier eine Rolle spielen, vertraut ist. Zugegebenermaßen steht er auf der Reserveliste, weil er jetzt Zivilist ist ...«

Jetzt dämmerte es mir. »Oh, mein Gott. Sie meinen Scott.«

»Hmm-hmm«, machte Robertson. »Wenn er Sie nicht gerade im Krankenhaus besucht hat, haben wir ihn mit dem StarRescue-Simulator spielen lassen. Er ist sehr geschickt, er denkt schnell, er hat eine hervorragende Auffassungsgabe. Genau die Eigenschaften, die man von einem Testpiloten erwartet. Wenn ihr wieder da seid, werden wir ihm einen Job anbieten, und ich hoffe er nimmt an.«

Ich schüttelte einige Male den Kopf, um zu mir zu kommen. »Natürlich ist er qualifiziert. Wenn Scott fliegt, werde ich mich absolut sicher fühlen. Aber ... hat der arme kleine Trottel eigentlich schon erwähnt, wie es war, als er einen Tag lang in Bangladesh im Urwald festgesessen ist?«

Vierzehntes Kapitel

SCOTT:

Nick genoss den Anblick, als mir der Unterkiefer herunterfiel, während der Präsident der Vereinigten Staaten mir erklärte, dass ich StarRescue fliegen sollte, aber dann riss Nick selbst die Augen auf, als er Eddie Killeret hereinkommen sah, der als drittes Crewmitglied vorgestellt wurde. Das war natürlich völlig logisch. Der Präsident wollte, dass es eine kleine, überschaubare Operation wurde, denn wenn sie fehlschlug, sollte niemand etwas erfahren. Ich war schon drauf und dran, ihn daran zu erinnern, dass die Präsidenten in den letzten dreißig Jahren durch Heimlichkeiten erheblich mehr Ärger bekommen hatten als durch Offenheit, aber ich wollte es nicht darauf anlegen.

Ein wichtiges Argument hatte er allerdings. Er wollte nicht so stark auf den Weltraum festgelegt sein, wie es Reagan nach dem Unglück der *Challenger* gewesen war. »Mr. Reagan hatte ein paar Jahre lang sogar Mühe, die Wartung der Einheiten zu finanzieren und musste einige Flüge absagen. Wenn der Kongress sich jetzt gegen mich wendet und Starts streicht oder verschiebt, werden wir unsere Position im Weltraum nie wieder so aufbauen können, wie sie war«, sagte er. »Es wäre schlimm, die Mannschaft auf der ISS sterben zu sehen, doch es wäre noch schlimmer, wenn die Öffentlichkeit sieht, wie ein Rettungsversuch scheitert.«

*

Weniger als zweiundsiebzig Stunden danach hatte ich StarRescue im Simulator achtzehn Mal sauber gelandet und sechzehn tadellose Rendezvous-Manöver durchgeführt. Beide Male hatte ich jeweils zwanzig Versuche gehabt, und so verwendete ich den letzten Tag darauf, das Rendezvous noch weiter zu üben. In der gerade laufenden Sitzung war ich bei vier erfolgreichen von vier Versuchen und wollte gerade mit Nummer Fünf beginnen, als der Probelauf, wie es schon häufiger geschehen war, wegen einer Einsatzbesprechung unterbrochen wurde.

Killerets ›Tarantel‹ war endlich aus Ghost Town eingetroffen, und er und Nick übten schon damit. Sobald sie das zentrale Trägersegment der ISS erreicht hätten, würden sie die erste Steuerdüse neben den Sonnenkollektoren anbringen. Dann würden sie am Segment ›nach oben‹ klettern (da die Zentrifugalkraft gegen sie arbeitete, würden sie den Eindruck haben, es ginge nach oben), um an einer vorher festgelegten Strebe die erste Kamera zu befestigen. Von dort aus sollte es zu den zentralen Modulen weitergehen, wo sie die zweite Kamera und eine weitere Steuerdüse zusammen mit der CPU unterbringen würden. Dann ging es ›hinunter‹ zum zweiten Trägersegment, wo eine weitere Kamera in der Mitte und eine weitere Schubdüse am Ende angebracht werden sollten. Nach einigem Hin und Her hatte man beschlossen, nicht sofort ein Rendezvous mit StarRescue die versuchen. Zunächst sollten die Männer einfach in die ISS klettern und warten, bis die Station zum Stillstand gebracht worden war. Die Tarantel hatte in Simulationen nie länger als fünfzehn Minuten gebraucht, um die Schlingerbewegung abzubremsen.

Man hatte das Gerät ›Tarantel‹ getauft, weil die Kameras und Steuerdüsen, die über lange Koaxialkabel mit der CPU verbunden waren, dem Gerät das Aussehen einer Tarantel gaben. Mit Hilfe eines Navigationsprogramms sollte die CPU die Schlingerbewegung bremsen und die Station in die bestmögliche Position bringen. Ich war nervös, weil ein Computerprogramm eine so wichtige Aufgabe übernehmen würde, doch es hatte sich in den Simulationen besser geschlagen als ich. Außerdem konnten Nick und Eddie, falls sie es für nötig hielten, die Steuerdüsen auch manuell bedienen und die

Station in eine Position bringen, die es mir erlaubte, Star-Rescue anzudocken.

Nicks Ingenieure hatten im Hangar eine originalgetreue Nachbildung des neunzig Fuß langen Trägerelements gebaut und auf eine Plattform montiert, die von einem Motor in Drehung versetzt wurde. Nick und Eddie kletterten hinauf und hinunter und zählten die Streben ab, um sich die Stellen einzuprägen, wo die Teile der Tarantel befestigt werden mussten. Soweit ich es sehen konnte, war genau dies der schwierigste Teil für die beiden, die noch keine Erfahrungen mit Weltraumspaziergängen hatten. Sie schienen Spaß daran zu haben, doch ich hätte lieber zwei erfahrene Astronauten dabei gehabt, denen die beiden von der Erde aus über Funk erklärten, was sie zu tun hatten.

Schließlich durfte ich wieder Simulationen fliegen. Ich schaffte hintereinander drei korrekte Rendezvous-Manöver und erklärte den Ingenieuren, besser könne ich mich kaum vorbereiten. Sie meinten, Nick und Eddie sollten noch eine Probe in einem Wassertank machen, um das Befestigen bei ›Schwerelosigkeit‹ zu üben, dann müssten auch sie bereit sein. Das nächste Startfenster, um die ISS anzusteuern, würde am nächsten Morgen kommen. Sie legten mir eindringlich ans Herz, gut zu Abend zu essen und früh ins Bett zu gehen.

Ich wollte mich schon hinlegen, aber dann griff ich doch noch zum Telefon und rief Thalia an. Sie und Amos wussten inzwischen, was im Gange war, und Welch hatte erklärt, die Leitung sei abgesichert, so dass wir frei reden konnten. Ich unterhielt mich eine Weile mit Thalia, und sie meinte, wenn die Mission erfolgreich verliefe, dürfte aus der Sicht der PR mein Name so sauber sein, wie man es sich nur wünschen konnte. Dann redete ich noch einen Augenblick mit Amos. Es war ein seltsam befangenes Gespräch, bis er herausplatzte: »Dad, wenn du nicht zurückkommst, werde ich dich sehr vermissen.«

»Ich weiß«, sagte ich. »Aber weißt du, jeder hat jemanden, um den er sich Sorgen macht. Früher oder später passiert es eben, dass man jemanden nicht wiedersieht und dann vermisst man ihn. Doch wenn man ihn vorher nicht geliebt hat, dann hätte man *alles* verpasst. Ich werde mich bemühen zurückzukommen, aber bist du nicht froh, dass wir bisher schon eine schöne Zeit zusammen hatten?«

»Vielleicht bin ich ja gierig. Ich will mehr davon«, schniefte er.

»Dann bin ich auch gierig.« Es schien mir eine gute Idee zu sein, mich ganz beiläufig von ihm zu verabschieden, als wäre nichts weiter dabei. »Also, bis später dann«, sagte ich. Ich streckte mich auf dem Bett im Gästehaus von Scorpion Shack aus und bemerkte erst jetzt, dass mir die Tränen über die Wangen liefen. Aber das war wohl ganz natürlich. Ein paar Minuten später war ich fest eingeschlafen.

*

Wir befanden uns in der Kabine der StarRescue, in der man jetzt saß wie in einem zusammengerollten Wasserbett. »Eigentlich hätten sie uns ruhig ein paar Goldfische ins Wasser setzen können, damit es uns nicht so langweilig wird«, bemerkte Eddie.

»Nein, das wäre keine gute Idee gewesen«, erklärte Nick. »Wir sind Menschen, wir würden uns an sie gewöhnen und hätten Hemmungen, das Wasser abzulassen, wenn es so weit ist.«

»Zum Teufel mit diesen menschlichen Gefühlen«, sagte Killeret. »Beim nächsten Mal arbeite ich mit trainierten Affen.«

Ich beschäftigte mich mit Checks. Angeblich die zweite Prüfung der Systeme, doch in Wahrheit war es bereits die fünfte. Das Ausmaß meiner Paranoia überraschte mich selbst. Die erste Generation der Astronauten hatte fast ausschließlich aus Testpiloten bestanden. Sie waren daran gewöhnt, in ungeheuer komplizierte Apparate zu steigen, die niemand zuvor geflogen hatte, und einfach auszuprobieren, was passieren würde. Dies war meine erste Erfahrung dieser Art.

Für mich war es auch völlig ausreichend, ein einziges solches Erlebnis gehabt zu haben. Und es reichte völlig aus, um mir den Zugang zum exklusivsten Umkleideraum der Welt zu gewähren.

Nick und Eddie hatten eigene Checklisten abzuarbeiten. Irgendwann knackte es in der Sprechanlage und jemand sagte: »T minus vierzig, Countdown läuft. Alle Systeme im grünen Bereich.«

»Seltsam, dass sie uns das nur alle zehn Minuten sagen«, bemerkte ich. »Obwohl der Countdown schon so weit ist.«

»Es ist ein einfaches System, das wir genau so haben wollten«, erklärte Nick. »Die Phase des Countdowns wird nur noch für zusätzliche Tests benutzt. Die Systeme waren schon heute Morgen um sieben Uhr startklar. Wenn wir nicht auf das Startfenster um 8.43 Uhr warten müssten, hätten wir schon vor einer Stunde abheben können.« Irgendetwas erregte auf dem Bildschirm, den er vor sich hatte, seine Aufmerksamkeit, doch was es auch war, mehr als ein kurzes Stirnrunzeln und ein paar Eingaben über die Tastatur erforderte es offenbar nicht. Er sprach gleich danach weiter. »Meinst du, wir werden irgendwann so weit kommen, dass wir keinen Countdown mehr brauchen? Meinst du, eines Tages wird Mission Control nur noch sagen: ›Abfertigung zum Abflug in Terminal Zwei, Flugsteig Sechs?‹«

»Niemals«, sagte Killeret. »Verkehrsflugzeuge müssen kein bewegliches Ziel treffen, Raumschiffe dagegen immer. Wenn sich das Ziel bewegt, gibt es ein Startfenster, an das man sich halten muss.«

»Außerdem sind da noch Faktoren wie Romantik und Tradition«, fügte ich hinzu.

»Piloten«, murmelte Nick halblaut.

Der Countdown lief weiter und nach wie vor lief alles einwandfrei, soweit es uns die Instrumente verraten konnten. Gelegentlich hörten wir Bemerkungen wie »Alles Gute« und »Viel Glück« von verschiedenen Abteilungen, die immer mit einem kurzen »Danke« quittiert wurden. Als ich lange danach das Band noch einmal anhörte, bemerkte ich, dass ich mich beim Präsidenten der Vereinigten Staaten und der Sekretärin meines Bruders auf exakt die gleiche Weise bedankt hatte. Ich glaube aber nicht, dass einer von ihnen deshalb beleidigt war.

Wenn alles gut verlief, würde diese Checkliste vorläufig die letzte Aufgabe sein, die ich als Pilot auszuführen hatte. Während des Starts und Aufstiegs war ich nur ein Passagier, zum Fliegen würde ich erst später kommen. Bei einer eiligen Mission wie dieser und angesichts der geringen Zeit, die wir zum Trainieren gehabt hatten und da wir sowieso hauptsächlich über amerikanischem Territorium bleiben würden, wo es reichlich Radar- und Sendeanlagen gab (wir würden fast parallel zur Golfküste und dann über Memphis, Columbus und Montreal fliegen), war es sinnvoll, den Aufstieg und den ersten Teil des Fluges vom Boden aus zu steuern. Sie würden uns bis in den Orbit bringen, wo wir die Centaur-Stufe abwerfen, das Servicemodul hochfahren und den Rest des Fluges selbständig durchführen würden.

Unter uns erwachten die StarBooster zum Leben. Es waren zwei erste Stufen von Atlas-Raketen, die uns vom Boden empor trugen. Ein lautes Dröhnen, und wir starteten. Der Start verlief eleganter als beim Shuttle. Die ersten anderthalb Minuten spürten wir eine starke Beschleunigung und wurden auf die Liegen gepresst, als hätte man uns mit Sandsäcken zugedeckt. Der Himmel wurde rasch dunkler und färbte sich violett. Die Stimme in meinem Kopfhörer ratterte eine Litanei von Komponenten herunter, die einwandfrei arbeiteten.

Das Abwerfen der Booster fühlte sich beinahe an, als hätte jemand einen Schalter umgelegt und die Schwerkraft ausgeschaltet. Die StarBooster stellten gleichzeitig die Arbeit ein und lösten sich von der StarCore. Ich konnte es nicht sehen, doch ich wusste, dass sie von uns wegkippten und sich drehten, um die Bäuche der Erde zuzuwenden und den Gleitflug zurück nach Scorpion Shack zu beginnen. Wir waren jetzt in achttausend Metern Höhe und bewegten uns mit fünffacher Schallgeschwindigkeit in den Orbit.

Fünf Sekunden lang, bis die Raketenstufen weit genug von uns entfernt waren, wurden wir durch die bloße Masseträgheit, im freien Fall und daher schwerelos, weitergetrieben. Mir kam die Zeit viel länger vor.

Dann schaltete sich die Castor 120 ein, der Antrieb der ersten Stufe von StarCore. Wir hatten wieder ein Gewicht und wurden rasch schneller. Nach anderthalb Minuten wurde mit einem kurzen Beben die erste Castor 120 abgeworfen und die nächste gezündet. Wir brauchten noch neunzig Sekunden Schub, inzwischen war der Himmel nachtschwarz. Wir waren nun knapp hunderttausend Meter hoch und flogen mit beinahe zwanzigfacher Schallgeschwindigkeit. Wir hatten die Erdatmosphäre fast verlassen.

Die Schwerkraft wurde wieder ›abgeschaltet‹, als die zweite Castor-Maschine abgetrennt wurde und den Adapter mitnahm, der die Raketenstufen miteinander verband. Fast eine halbe Minute lang schwebten wir in der Schwerelosigkeit und trieben weiter nach oben, während der Flüssigwasserstoff für den Start des Centaur-Triebwerks heruntergekühlt wurde. Mission Control las uns erneut eine lange Liste mit Dingen vor, die einwandfrei liefen und sagte, wir wären klar zum Einschwenken, was bedeutete, dass wir die Centaur-Stufe zünden und endgültig in die Umlaufbahn aufsteigen sollten, statt die Stufe abzuwerfen und den Rückflug einzuleiten. Sie hatten kaum die Freigabe erteilt, als die Centaur auch schon zündete und der Schub uns ein letztes Mal auf die Liegen presste. Die Centaur ist eine Hochleistungsrakete, die ursprünglich als letzte Stufe der Atlas-Raketen entwickelt wurde. Sie entwickelt eine enorme Schubkraft. Vier Minuten Brenndauer und der Motor schaltete wieder ab. Wir waren gewichtslos und hatten den Orbit erreicht.

»Scorpion Peripheral«, sagte eine Stimme in meinem Ohr, »hier ist Scorpion Central. Sie sind auf Kurs fürs Rendezvous. Werfen Sie die überflüssigen Teile in drei Minuten ab. Sind Sie bereit, auf Handsteuerung zu gehen?«

»Ja, Central, wir sind bereit.«

Clifford Welch und seine Jungs hatten sich Sorgen gemacht, jemand könnte uns mit einem Scanner abhören, deshalb hatten wir uns irreführende Codenamen einfallen lassen. Für mich war Scorpion Central natürlich immer noch ›Mission Control‹. Ich konnte nur hoffen, dass ich sie nicht versehentlich ›Houston‹ nannte. Es gefiel mir nicht, dass mein Raumschiff als ›Peripheral‹ geführt wurde. Das klang mir zu sehr nach einem Peripheriegerät wie einem Diskettenlaufwerk.

Auf meinem Pult war alles grün, langsam wurde die verbleibende Zeit bis zum Rendezvous heruntergezählt. »Wie geht es euch?« fragte ich meine Gefährten.

»Prima«, meinte Eddie Killeret. »Nur dass ich immer noch nicht ganz glauben kann, dass ich hier bin.«

»Mir geht's gut«, sagte Nick. »Die Strahlung ist sogar etwas niedriger als wir befürchtet hatten.«

Ich wartete, bis sich die Stimme in meinem Ohr wieder meldete. »Alles klar, jetzt sind Sie dran, Peripheral.«

Ich überprüfte unser Servicemodul. Alles in Ordnung. Ich beugte mich vor und legte den ersten Schalter um, der das Abwurfsystem scharf machte. Als die grüne Lampe aufflammte, sagte ich: »Centaur wird abgestoßen.« Ich legte den zweiten Schalter um.

Es gab einen Ruck, den man in der ganzen StarRescue spürte. Die Centaur, die in einem Käfig aus Stahlträgern steckte, wurde abgetrennt und blieb torkelnd hinter uns zurück. In dieser niedrigen Umlaufbahn war sie der Erde nahe genug, um innerhalb weniger Tage von selbst abzustürzen. Ich war unterdessen mit Scorpion Central beschäftigt, um die Daten für den ersten Brennvorgang abzufragen, der uns in eine höhere Umlaufbahn und damit letztlich in die Nähe der ISS bringen würde. »Bleibt angeschnallt«, sagte ich den anderen beiden überflüssigerweise. »Ihr bekommt noch genügend Zeit, mit der Schwerelosigkeit zu spielen, sobald wir unterwegs sind.«

*

Etwas mehr als zwei vollständige Umläufe und drei Stunden später näherten wir uns der ISS. Weniger als 500 Meter entfernt und riesig stand die Raumstation vor uns, seltsam verzerrt durch den Wassersack, durch den ich sie anschaute. Der zentrale Bereich bestand aus einer Reihe großer Zylinder, jeder von der doppelten Größe eines geräumigen Wohnwagens, die zu einem T zusammengefügt waren. Auf beiden Seiten ragte das Trägersegment hervor, das im Querschnitt dreieckig, an jeder Seite einen Meter breit und dreißig Meter lang war. An den Enden waren die Sonnenkollektoren befestigt, die sich wie starre, rechteckige Flügel ausbreiteten, neben denen sogar die große Raumstation winzig wirkte.

Ich hatte die beschädigte Station betrachtet, während aus StarRescue der Druck abgelassen wurde. Glücklicherweise rotierte sie nicht sehr schnell, aber trotzdem ... zwischen den Sonnenkollektoren hineinzufliegen und die Geschwindigkeit auf einen Sekundenbruchteil genau an einen Teil des Trägersegments anzupassen – und dann wieder herauszukommen, ohne irgendwo anzustoßen –, war ein interessantes kleines Problem. »Öffnet die Tür«, sagte ich, als der Kabinendruck auf Null war. »Ich will nicht unversehens weggedrückt werden, wenn ich ein präzises Manöver durchführe.«

Killeret tat es, und wir drei waren in unseren Druckanzügen dem Vakuum des Weltraums ausgesetzt.

»Lasst uns loslegen«, sagte Nick.

»Ich bin auch bereit«, stimmte Killeret zu. »Wir können es in ein paar Minuten hinter uns haben.«

»Immer mit der Ruhe«, bremste ich sie. »Ich will das Ding erst einmal genau beobachten.«

Sie bereiten hinter mir den Beutel vor, in dem die Tarantel verstaut war, und hakten ihn an Nicks Gürtel. Nick selbst verband sich über ein drei Meter langes Kabel mit Killeret, und Killeret, der beim Üben mit dem Fanghaken besser abgeschnitten hatte, stand schon in der Tür. »Wie nahe kommen wir heran, Scott?«

»Sehr nahe«, sagte ich. »Es wird kein weiter Wurf. Warte

auf mein Kommando, ich sage dir Bescheid, wenn wir nahe genug dran sind.«

Die ISS torkelte und präzessierte. Ich suchte nach einer Stelle, wo ich nahe genug heran konnte, ohne von den gewaltigen Sonnenkollektoren getroffen zu werden, die vorbeizogen wie riesige Tennisschläger, für die wir der Ball gewesen wären. Ich flog näher heran und manövrierte uns mit kleinen, kurzen Schüben dicht an die ISS, um schließlich die Restgeschwindigkeit durch Gegenschub aufzuheben. Schließlich standen wir nur fünf Meter vor einem gedachten Kreis, der von den Außenkanten der riesigen sich drehenden Flügel beschrieben wurde, relativ zur Raumstation bewegungslos im Weltraum. Ich beobachtete sie weiter, erfasste den Rhythmus und sagte: »Ich kann wahrscheinlich direkt durchfliegen, damit ihr euch über Kopf einhaken könnt. Das ist vorher etwas gefährlicher, dafür wird es hinterher umso leichter. Also gut, wir versuchen es ... wir starten ... JETZT!«

Ich legte das kleine Raumschiff schräg, wartete, bis ein Sonnenkollektor in der Position war, die ich für richtig hielt, und gab noch einmal Schub. In weniger als einer halben Minute hatten wir den kritischen Bereich hinter uns gelassen.

Wir waren jetzt so nahe heran, dass das Trägersegment direkt über unserer Türöffnung vorbeiziehen würde. Killeret stand Rücken an Rücken mit Nick bereit, und Nick hatte sich die Tarantel auf die Brust geschnallt. Sie wollten vermeiden, sich draußen vor der Tür zu verheddern.

»Okay, Eddie«, sagte ich. »Dein Wurf in fünf, vier, und drei, zwei und ... eins – los!« Ich zählte unregelmäßig, weil ich mich noch nicht ganz auf das Taumeln der Raumstation eingestellt hatte, deren gefährliche Ausleger dicht über uns vorbeizogen.

Als ich »los« rief, warf Eddie den Enterhaken aus dem Handgelenk. Er verfing sich im Trägersegment, und als Killeret sah, dass er fest saß, sagte er: »Gut.«

Nick stieß sich sachte mit beiden Beinen ab und beförderte sich und Killeret aus der Tür. Als Reaktion lief ein kleiner Ruck durch StarRescue. Unter ihnen glitt lautlos der Flügel vorbei, nachdem sie sich vom Raumschiff gelöst hatten. Ich ließ mich vom Bewegungsimpuls außer Reichweite der wirbelnden ISS tragen, dann hob ich die relative Geschwindigkeit mit ein paar kurzen Schüben aus den Steuerdüsen auf. Danach drehte ich die StarRescue um 180 Grad, um die ISS ständig durchs Fenster beobachten zu können. Ich war jetzt wieder zwanzig Meter außerhalb der Reichweite der Sonnenflügel, aber immer noch nahe genug, um deutlich sehen zu können, was Eddie und Nick taten. Sie pendelten noch am Kabel, das mit dem Trägersegment verbunden war. Es hatte sich ziemlich weit draußen in der Nähe der Sonnenflügel verhakt. Eddie kletterte gleichmäßig Hand über Hand, zog sich zum Trägersegment, hakte sich dort noch einmal ein und zog Nick und die Tarantel hinter sich her.

»Scorpion Central, das Team ist auf dem Träger, es sieht gut aus«, sagte ich ins Mikrophon. »Könnt ihr mich hören, Jungs?«

»Wir sind da, Peripheral«, antwortete Nick. »Bei uns sieht es auch gut aus. Wir machen uns jetzt an die Arbeit. Wir melden uns, wenn wir bereit sind.«

Wenn sie vor einigen Wochen hier einen solchen Weltraumspaziergang gemacht hätten, wären sie in kürzester Zeit gestorben. Die Strahlung war inzwischen stark abgeklungen, aber immer noch erheblich höher, als man es einem Menschen über längere Zeit zumuten konnte. Im Augenblick hatte ich den sichersten Sitzplatz und konnte nichts weiter tun außer warten und zuschauen.

NICK:

Ich habe mit Hunderten von Piloten und Ingenieuren zusammengearbeitet und jeder hat mir früher oder später versichert, dass die Realität ganz anders ist als das Training, dass die Theorie sich von der Praxis und die Zeichnung sich vom fertigen Produkt unterscheiden. Ich hätte schwören können, dass ich es so gut wusste wie sie, doch ich glaube, ich konnte es erst wirklich begreifen, als Killeret und ich begannen, die Tarantel zu installieren. Im Prinzip wusste ich, dass wir über den Träger mehr oder weniger wie über eine Leiter klettern mussten, doch kein Training hätte mich auf das Problem vorbereiten können, unter der leichten Zentrifugalkraft, die auf uns beim Klettern einwirkte, nicht den Halt zu verlieren. Zwischen Stiefel und Trägersegment gab es relativ wenig Haftung und wir rutschten und glitten ständig aus. Man will den Fuß auf die nächste Sprosse setzen, aber auf einmal fliegt das Bein nach draußen und schlenkert herum, weil die Körpermasse es vom Träger weggerissen hat. Himmel und Erde drehten sich langsam um uns, während wir immer wieder die Füße auf den Träger zurückbringen und noch einmal von vorne beginnen mussten. Aus Sicherheitsgründen waren wir ständig mit einer kurzen Leine verankert. Es war erstaunlich, wie viel schwerer es hier als im Hangar von Scorpion Shack war, den Haken umzusetzen.

Dennoch brachten wir den Weg wohlbehalten hinter uns, und dann konnte ich vorsichtig den Beutel öffnen. Killeret griff hinein und nahm die Steuerdüse und die Kameras heraus, die ganz oben lagen. Alles war sorgfältig verpackt, damit die Geräte in der richtigen Reihenfolge herauskamen und sich nicht verhedderten. Wir hofften es jedenfalls. Das Kabel entrollte sich ohne Probleme. So weit, so gut.

Ich verschloss den Beutel, befestigte ihn am Träger und zählte zweimal die Streben, bis ich sicher war, die richtige erreicht zu haben. Dann schlang ich die Unterschenkel um die Stangen und brachte die Schubdüse an einer Verstrebung an. Trotz der Klammern, die sich eigentlich von selbst anziehen sollten und daher keine Gegenkraft auf den Körper ausüben, wurde ich einem erheblichen Drehmoment ausgesetzt und verlor beinahe den Halt. Ich brauchte doppelt so lange wie auf dem Boden und war an allen möglichen unangenehmen Stellen wund gerieben, bevor ich fertig war.

Etwas wie Kampfgeist erwachte in mir, als ich sah, dass Eddie seine Kamera noch nicht angebracht hatte. Während ich ihn beobachtete, konnte er sie endlich grunzend und schwitzend festklemmen. »Okay, also weiter«, sagte er. Wir stiegen weiter den Träger hinauf, um die nächste Kamera und die nächste Steuerdüse anzubringen.

Es gab noch einmal eine Verzögerung, als sich direkt nach dem Steuercomputer der Tarantel etwas im Beutel verhedderte, doch wir brauchten nur sieben oder acht Minuten, um alles wieder in Ordnung zu bringen. Die Hauptachse der ISS war ein seltsamer Ort, um diese Arbeiten auszuführen. Die Schwerkraft lag praktisch bei Null, doch das änderte sich sehr schnell, wenn man nur den Arm ausstreckte. Auf Füße und Kopf wirkten ganz unterschiedliche Kräfte ein. Das war verwirrend, und die Desorientierung wurde noch verstärkt durch Sonne, Erde und Mond, die sich wild um uns drehten. Die anschließende Kletterei zum anderen Ende des Trägers war dagegen wieder leichter, was vielleicht daran lag, dass wir inzwischen etwas Übung hatten. Die übrigen Kameras und Steuerdüsen konnten wir ohne Probleme anbringen.

»Okay, Scott«, sagte ich ins Mikrophon, »wir wollen jetzt zurückklettern und einsteigen und dann kannst du die Tarantel starten. Hoffentlich wird sie dieses wilde Schlingern beenden.«

»Roger.«

Wir stiegen den Ausleger hinauf zur Luftschleuse. Sie war so konstruiert, dass sie von beiden Seiten manuell bedient werden konnte. Stephen Tebworthy hatte sich vor ein paar Stunden in den ungeschützten Teil der Station begeben und hatte sichergestellt, dass die innere Tür verschlossen war. Wir drängten uns in die Luftschleuse – in Druckanzügen und fast gewichtslos war es, als würden wir uns in Taucheranzügen in eine Telefonzelle zwängen –, schlossen die Außentür und betätigten die innere Verriegelung. Der Druck stieg rasch auf normale Werte, und wir konnten nach kurzem Warten die Innentür öffnen und in den Gang hinaussteigen, der sich vor uns schwindelerregend drehte.

Hier drinnen war es schlimmer als draußen, weil man die

Drehbewegung nicht mit den Augen verfolgen konnte. Außerdem kam hier das einzige Licht von den improvisierten Stirnlampen in unseren Druckanzügen. Wir hatten den Ablauf jedoch viele Male geübt, und zu meiner großen Erleichterung konnten wir ohne die Orientierung zu verlieren die Stelle erreichen, wo die Sojus angedockt war. Wir hatten uns überlegt, dass diese Position für den nächsten Schritt der beste war, denn wenn etwas schief ging, könnten wir leicht die Übersicht verlieren und wild herumgeworfen werden. Wir wollten nicht mehr Zeit verlieren als unbedingt nötig.

»Hältst du dich gut fest, Eddie?«

»Ja.«

Ich vergewisserte mich noch einmal, dass ich mich auch selbst gut verankert hatte. »Alles klar, Peripheral, wir können jetzt die Tarantel aktivieren.«

Scotts Stimme kam knackend aus dem Kopfhörer. »Tarantel wird gestartet ... Checks laufen ... Zündung in fünf, vier, drei, zwei, eins ... jetzt.«

Es gab eine Reihe von wilden Erschütterungen und Rucken, als die Steuerdüsen die ISS bremsten und in die ideale Ausrichtung auf die Sonne brachten. Das Rucken und Beben und Schütteln hielt etwa fünf Minuten lang an, während der Steuercomputer nacheinander die Düsen aktivierte, um die Kameras zuerst am Horizont und dann auf die Sonne auszurichten. Wir spürten, dass die Manöver Erfolg hatten, denn jeder Ruck war schwächer als der vorhergehende und die Pseudoschwerkraft, die durch die Zentrifugalkraft entstand, ließ nach. Am Ende schwebten wir gewichtslos im Dunklen.

»Das war's, Scott«, sagte ich. »Hier bei uns ist alles klar.«

»Bei mir auch«, gab er zurück. »Dann lasst uns den nächsten Schritt in Angriff nehmen. Wir haben noch etwa einen Umlauf Zeit bis zum nächsten Fenster für den Rückflug, und wir wollen doch so schnell wie möglich von hier verschwinden.«

Der nächste Teil des Plans war recht einfach. Zunächst mussten wir die tote Sojus aus der Andockstelle werfen. Wir hofften, dass es mit dem manuellen Auswurfsystem klappte, das im Grunde nichts weiter war als ein Hebel, der die Kupplungen voneinander löste. Da wir die tote Kapsel nicht wieder in Betrieb nehmen konnten, sollte Scott nahe herankommen, die Tür von StarRescue öffnen, das Sonnensegel der Sojus mit einer großen Seilschlinge aus einem steifen Kabel wie mit einem Lasso einfangen und mit Hilfe seiner Steuerdüsen die ganze Kapsel sanft von der Station wegschleppen. Wenn sie erst einmal in Bewegung war, würde sie von selbst weiterfliegen und uns nicht mehr im Weg sein.

Die Kupplungen lösten sich problemlos, und wir gaben die gute Nachricht über Funk an Scott weiter. Etwa eine Minute später hörten wir ein leichtes Kratzen, als die tote Kapsel von der Station weggezogen wurde.

»Ich habe die Sojus in Bewegung gesetzt«, meldete Scott über Funk. »Junge, ich fühle mich wie ein Cowboy. Ich bin jetzt fünfzig Meter jenseits der Station und werde das Schleppkabel abtrennen. Die Sojus werden wir nicht wiedersehen. Es wird noch ein paar Minuten dauern, bis ich den Druck wieder aufgebaut habe und zum Andocken bereit bin. Übrigens habe ich durchs Schleppen die Station wieder in eine leichte Taumelbewegung versetzt, also haltet euch fest ... die Tarantel zündet noch einmal in fünf, vier, drei, zwei, eins ... Feuer.«

Es gab ein leichtes Rumpeln, dann waren wir wieder stabil und schwerelos.

Weniger als fünf Minuten später wurde mit einem Knall die Luke der StarRescue mit der ISS verbunden. »Okay, ihr könnt jetzt öffnen«, sagte Scott.

Wir öffneten die Luke, und er schwebte herein und schleppte die medizinische Ausrüstung und drei spezielle Druckanzüge, die zusammengefaltet in Beuteln steckten, hinter sich herein. Er konsultierte den Luftprüfer. »Alles klar, die Luft hier ist atembar.«

Wir klappten die Helme auf.

Der Gestank war entsetzlich. Die Strahlung zerstört allmählich die Haut und führt zu Flüssigkeitsverlust durch alle

Körperöffnungen. Die Crewmitglieder waren immer schwächer geworden und immer weniger fähig, sich gegenseitig zu versorgen und zu waschen. Schließlich hatten sie kaum noch die Eimer mit dem Abfall in andere Teile der ISS bringen können. Wir würgten, Killeret übergab sich.

Um die Strahlenbelastung möglichst gering zu halten, war die Crew der ISS angewiesen worden, im Bunker zu bleiben und zu warten, bis wir sie holten. Die Leute hatten nicht mehr viel Toleranz für zusätzliche Strahlung.

Wir arbeiteten uns im Zickzack durch die improvisierten Strahlenschilde, die sie aus allem gebaut hatten, was sich leicht bewegen ließ. Da sich die Strahlung geradlinig ausbreitet, hatten sie die Hindernisse in der Weise aufgebaut, dass es keinen direkten Weg zum Bunker gab.

Als Vorbereitung auf das, was wir hier oben vorfinden könnten, hatte man uns Fotos von der Besatzung der *Lucky Dragon,* von einigen Arbeitern aus Tschernobyl und von Louis Slotkin gezeigt, der einen sehr hässlichen Tod gestorben war. In allen diesen Fällen war es zu starken Strahlenvergiftungen gekommen, die mit dem, was wir hier finden konnten, vergleichbar waren. Die ISS-Crew sah schlimmer aus als manche Fotos und besser als einige andere, aber nichts konnte einen auf die Realität vorbereiten, auf das aufgedunsene Fleisch, das wir durch die dünnen Handschuhe unserer Anzüge spürten, auf den Gestank nach Blut und Kot und Erbrochenem, auf die ausgefallenen Zähne, die neben den Betten lagen, auf die kleinen schwebenden Kleckse flüssiger Grässlichkeiten, auf den Schmier an den Wänden, auf die Haarbüschel, die durch die statische Aufladung und die klebrigen Körperflüssigkeiten an unseren Handschuhen hängen blieben und vor allem auf die zuckenden, vor Schmerzen verzerrten Gesichter der Menschen.

Carl Tanaka war am übelsten dran. Er hatte auf seine Rechte als Kommandant gepocht und mehr Ausflüge als die anderen in die gefährlichen Außenbereiche unternommen. Er war aufgedunsen und hatte ein rotes Gesicht, als wäre er von einem Bienenschwarm gestochen worden. Aus Hunderten kleiner offener Stellen sickerte Blut, die Haare lösten sich in Büscheln vom Kopf, als wir ihn bewegen wollten. So sachte wie möglich säuberten wir ihn mit antibakteriellen Tüchern und versuchten, einen Teil des Kots, des Bluts und Schleims zu entfernen, ohne die geschundene Haut zu zerreißen oder zu quetschen. Dann puderten wir ihn vorsichtig und steckten ihn in seinen Anzug. Er verlor das Bewusstsein, während Killeret und ich ihn behandelten. Wahrscheinlich war es auch besser so.

Doris McIntyre und Stephen Tebworthy konnten sich weitgehend aus eigener Kraft säubern und pudern. Doch auch sie verloren Haare und Blut und hatten rohe Hautstellen, die aussahen wie die schlimmste Verbrennung durch Giftefeu, die man sich nur vorstellen kann. Scott half ihnen bei der Behandlung und hatte sie bereits in die Druckanzüge gesteckt, als wir den bewusstlosen Carl Tanaka versorgt hatten. »Vitalfunktionen sehen nicht gut aus«, sagte Killeret mit einem Blick zum Monitor. »Können wir es noch bis zum ersten Rückflugfenster nach Edwards schaffen, Scott?«

»Yeah, wenn wir uns beeilen«, sagte er. »Wenn er verpackt ist, dann lasst uns aufbrechen. Ihr könnt ihn tragen, ich helfe Doris und Stephen.«

Ich weiß nicht genau, welche Schwierigkeiten Scott hatte, als er seine beiden Schützlinge durch den Gang zum Dock begleitete; aber ich glaube, es ging ganz gut, weil er sie recht schnell angeschnallt hatte und zurückkehrte, um Killeret und mir mit dem bewusstlosen Kommandanten zu helfen. Carl Tanakas Körper war völlig schlaff, wurde manchmal jedoch von Krämpfen geschüttelt, die leicht dazu führen konnten, dass er mit dem Kopf oder den überlasteten Nieren gegen die Metallwände schlug, die uns umgaben. »Wahrscheinlich hat das Nervensystem gelitten«, murmelte Eddie, als wir den Bewusstlosen um eine Gangbiegung bugsierten. Eddie schwebte voraus, Scott und ich sorgten dafür, dass sich Tanakas Arme und Beine nirgends verfingen oder verklemmten.

Da wir uns sehr vorsichtig bewegen mussten, brauchten

wir fünf Minuten für eine Strecke von lediglich zwanzig Metern, doch Scott erklärte, wir hätten noch genug Zeit, »... wenn wir uns jetzt beeilen ...«, als wir den immer noch bewusstlosen Tanaka anschnallten. Wir klappten die Helme zu und schnallten uns auch selbst an. »Fertig«, meldete ich, genau wie Eddie Killeret es einen Augenblick vorher getan hatte.

»Scorpion Central, hier ist Scorpion Peripheral. Schaffen wir das Fenster noch?«

»Ich schicke die Daten. Die Antwort lautet ja. Die Details werden in den Schiffscomputer geladen ... alles klar, Scott. Unsere Anzeige sagt, Sie hätten alle Daten bekommen.«

»Übertragung erfolgreich«, bestätigte er. »Alles klar, wir kommen nach Hause.«

SCOTT:

Ein sich schließendes Fenster für einen Anflug zu verwenden, ist prinzipiell nicht schwieriger als jeder andere Wiedereintritt, nur dass man eben nach allen Seiten geringere Toleranzen für Fehler hat. Doch jeder gute Pilot versucht ohnehin, den sichersten Punkt genau in der Mitte zu treffen, also spielt es keine Rolle, wo all die falschen Punkte liegen, die man sowieso nicht berühren will.

Ich benutzte die Steuerdüsen des Servicemoduls, um uns aus der Andockstelle zu lösen. Der Schub drückte uns herum, bis unser Heck in die Flugrichtung zeigte. Dann überließ ich dem Computer die Steuerung. Dieser Brennvorgang musste präziser abgestimmt werden, als ich es mit Hand und Hirn ohne technische Unterstützung tun konnte.

Scorpion Shack übernahm den Countdown für mich, doch in Wirklichkeit arbeitete der Computer völlig selbständig. Genau bei Null begannen die großen Düsen zu brüllen und schüttelten die StarRescue volle zehn Minuten lang durch. Der Schub wurde gegen unsere Umlaufbahn ausgeübt und leerte die Tanks bis auf einen kleinen Rest. Unsere

Geschwindigkeit wurde nur um ein Prozent verringert, doch dies reichte aus, um den Sinkflug zur Erde einzuleiten.

Die ISS kreist etwa in einer Höhe von dreihundertdreißigtausend Metern um die Erde. Nachdem wir mit dem Bremsschub unsere Geschwindigkeit verringert hatten, schwenkten wir auf eine exzentrische, niedrigere Umlaufbahn ein, die uns durch die obersten Atmosphäreschichten führen würde. Dort konnten wir die Luft als Bremse benutzen und den Sinkflug weiter beschleunigen. Vorsichtig drehte ich uns über zwei Achsen um jeweils neunzig Grad, bis unser Bug direkt hinunter zur Erde zielte. Unter uns lag die weite blaue Fläche des Südpazifik, Samoa zog am Fenster vorbei wie der Gegenverkehr auf dem Highway.

Eine halbe Stunde später breitete sich rechts am Horizont die gezackte Küstenlinie von Baja California aus, und ich wartete darauf, dass die kalifornische Küste auftauchen würde. StarRescue hatte jetzt die Hälfte des Abstiegs hinter sich. Wir waren noch einhundertfünfundzwanzig Kilometer über der Erde, immer noch im Weltraum, doch in raschem Sinkflug begriffen. Noch konnte man die Erdkrümmung sehen, über uns war der Himmel pechschwarz, während die Erde unter uns in hellem Tageslicht lag. Ich zündete die Schubdüsen des Servicemoduls zum letzten Mal, zog den Bug von StarRescue um vierzig Grad nach oben, in den richtigen Anstellwinkel für den Wiedereintritt, der gewährleistete, dass der Hitzeschild nach vorn wies und uns schützte.

Als ich sicher war, dass alles passte, sagte ich: »Jetzt kommt der Abwurf ...« und drückte auf den Knopf. Ein kleiner Ruck, und das Servicemodul blieb hinter uns zurück. Ohne Hitzeschild und mit geringerem Luftwiderstand als wir ihn hatten, war es der Hitze beim Wiedereintritt schutzlos ausgeliefert. Es würde schneller sinken als wir und rasch verglühen.

Zwanzig Minuten später waren wir bis auf achtzigtausend Meter herunter. Das ist etwa die Höhe, in der sich der Luftwiderstand bemerkbar macht. Unter den Flügeln und dem Rumpf begann es zu knattern. Die Schwerkraft kehrte zurück und wurde stärker, während der Bremsvorgang begann und einen Druck von drei Ge auf uns ausübte. StarRescue kehrte zur Erde zurück.

»Jetzt wollen wir mal sehen, wie gut deine Klempner sind«, sagte ich zu Nick. Im Weltraum hatte es keine Rolle gespielt, dass wir mehrere Tonnen Wasser als Strahlenschutz mit an Bord hatten. Doch in der Atmosphäre machte es die zusätzliche Masse unmöglich, einen regelgerechten Sinkflug durchzuführen - eine etwas geschraubte Ausdrucksweise für die Tatsache, dass wir einfach zu schwer waren und abstürzen würden wie ein Stein. Deshalb hatte Nicks Team verschiedene Pumpen und Röhren eingebaut, mit denen wir die ›Wasserbetten‹ leeren konnten. Ich legte den Schalter um und das Schütteln und Rattern von StarRescue wurde noch heftiger. Doch rings um uns schrumpften die Beutel, während das Wasser in die Atmosphäre abgelassen wurde. Nach drei Minuten war es versprüht - über Hunderte Meilen von Himmel und viel höher, als sich Wolken bilden können. Ich war in diesem Augenblick zu beschäftigt, um mir vor Augen zu halten, dass wir den größten Kondensstreifen aller Zeiten über den klaren blauen Pazifikhimmel zogen. Der Streifen zielte in nordwestliche Richtung nach Los Angeles - ein tausend Meilen langes Band, das noch einige Tage nach Osten treiben sollte, ehe es sich auflöste.

In sechzigtausend Metern Höhe, der Himmel war noch schwarz und die Erdkrümmung vor uns gerade noch sichtbar, flatterten Streifen hoch erhitzter Luft vor der Frontscheibe. Wir sanken weitere zwanzig Kilometer hinunter und waren vorübergehend isoliert, weil das weiße Plasma jeglichen Funkverkehr blockierte.

Als wäre ein Schalter umgelegt worden, wurde das Fenster in vierzigtausend Metern Höhe wieder klar, und ich sah einen dunkelblauen Himmel. Wir rasten immer noch viermal schneller als die schnellsten Düsenjäger dahin und waren höher als die Blackbird-Aufklärungsflugzeuge aufsteigen konnten, doch wir flogen jetzt und waren nicht mehr im Orbit, und damit waren wir der Heimat einen großen Schritt näher. »Hallo, Scorpion Central«, sagte ich. »Es sieht aus, als würden wir gut herunterkommen.«

»Freut mich zu hören, Peripheral. Sie fliegen Edwards an. Wenig Wind heute, also können Sie wie vorgesehen die Landebahn ansteuern, wenn Sie das wollen.«

»Roger.«

StarRescue war nicht gebaut, um wie ein Shuttle geflogen und gelandet zu werden. Im Grunde war es nur ein Rettungsboot, mit dem man die Passagiere an einen sicheren Ort bringen konnte, von dem man sie abholen würde. Es gab kein Fahrwerk und bei unserer Sinkgeschwindigkeit wäre eine Ladung ohnehin zu gefährlich gewesen.

Vielmehr sollte es in der Weise ablaufen, dass wir so tief wie möglich sanken und dann einen Gleitschirm auswarfen, der im Grunde nichts anderes war als ein großer, lenkbarer, rechteckiger Fallschirm, der uns wohlbehalten das letzte Stück bis zum Boden tragen würde. Da kein Wind wehte und nichts im Weg war, konnte ich ohne weiteres die Landebahn der Shuttles ansteuern. Sie war ein riesiges Ziel und leicht zu treffen und befand sich auf ebenem Untergrund, auf dem die Landung sicherer war als anderswo. Vor allem aber war sie dazu ausgerüstet, ein landendes Flugzeug mit Rettungsfahrzeugen zu betreuen.

Der Rest des Fluges mit Hilfe der Tragflächen unterschied sich nicht wesentlich von der Landung eines extrem schnellen Düsenflugzeugs oder eines Gleiters. Ich zielte in die richtige Richtung, hielt uns auf dem Leitstrahl und wartete, bis es Zeit wurde, etwas zu korrigieren. Die Erdkrümmung wurde zu einer Geraden, der Himmel wurde heller, nach einer Weile zogen Catalina und San Clemente unter uns vorbei und dann war der große braune Klecks zu sehen, der Los Angeles hieß.

Als die Shuttle-Landebahn riesig vor der Frontscheibe stand und wir nur noch tausend Meter hoch waren, zog ich am Hebel, und der Gleitschirm wurde ausgestoßen. Ein harter Ruck, als hätte uns ein riesiger Hund wie eine Frisbeescheibe geschnappt, und die Geschwindigkeit sank auf

230 km/h. Ich arbeitete mit dem Seitenruder und der mechanischen Steuerung, die mir nicht ganz so gut vertraut war, und setzte uns knirschend und holpernd auf dem Asphalt auf. Dann sprengte ich den Gleitschirm ab, der vor uns wie eine riesige Qualle herunterkam. Als wir die Tür öffneten, standen die Sanitäter schon bereit. Sie kamen gerannt und nahmen die ISS-Crew unter ihre Fittiche, sobald wir Platz gemacht hatten. Nick, Eddie und ich kletterten aus der StarRescue, nahmen die Helme ab und standen blinzelnd im grellen Licht der kalifornischen Wüstensonne. Eine kleine Weile, bis wir uns wieder umgestellt hatten, war uns bewusst, wie viel Schwerkraft es hier unten doch gab.

Fünfzehntes Kapitel

THALIA:

Scott und Nick hatten Amos und mir kein Wort darüber verraten dürfen, was sie vorhatten und wohin sie fliegen würden. Wir erfuhren nur, dass es sich um einen Notfall und einen wichtigen Einsatz handelte und dass beide in ein paar Tagen wieder da wären. Am Wochenende bekam ich dann aber einen Anruf von Clifford Welch, der fragte, ob Amos und ich vielleicht Lust hätten, uns auf der Edwards Air Force Base etwas anzuschauen. Damit konnte ich zwei und zwei zusammenzählen. Dort landen häufig die Raumfähren, Nick hatte mit dem Bau eines neuen Raumschiffs zu tun, das Shuttle konnte die Rettungsaktion auf der ISS nicht rechtzeitig durchführen, und Scott war ein qualifizierter Pilot und hatte sich gerade eben eine Weile in Scorpion Shack aufgehalten. Ich stimmte sofort zu, dass wir es uns gern ansehen würden, und wir flogen mit Welch hinüber.

Als wir ankamen, war die Mischung aus Heimlichtuerei und VIP-Behandlung mehr als genug, um mir auch den Rest der Geschichte zu verraten. Schließlich legten die Techniker sogar eine Leitung in unsere Gästezimmer, so dass wir die meiste Zeit des Fluges praktisch Scott über die Schulter schauen konnten.

Als Scott die Raketentriebwerke zündete und die Rückkehr zur Erde begann, klopfte es an der Tür. Es war Welch. »Wir dachten, Sie wollen vielleicht zur Landebahn hinaus, wo er herunterkommen wird«, sagte er.

Der Bus hielt unterwegs noch einige Male vor weiteren Gästeunterkünften an. Wir holten Eddie Killerets Vater ab und dann eine größere Gruppe, die sich aus Angehörigen der ISS-Mannschaft zusammensetzte.

Während wir im großen Bus zur Landebahn fuhren, konnten wir den Funkverkehr zwischen der Bodenstation und StarRescue mithören. Die Funkstörung während der heißesten Phase war natürlich beunruhigend, doch es war im Grunde nicht anders als das, was ich während dreier Shuttle-Landungen erlebt hatte. Als der Bus anhielt und uns entließ, hatte die Mannschaft der StarRescue schon wieder den Funkverkehr aufgenommen und kam sauber herunter.

Eine Zeitlang gab es außer einem riesigen weißen Streifen im südwestlichen Himmel nichts weiter zu sehen. Es war ein gewaltiger Kondensstreifen, wie er nur entstehen kann, wenn man in der Thermosphäre in gerader Linie eine Tonne Wasser abwirft. »Ich möchte wetten, dass das von Baja bis Vancouver zu sehen ist«, bemerkte Welch.

Amos sah den kleinen Punkt aus glänzendem Metall als Erster. Er stand auf und rief mich. Ich stellte mich neben ihn, dann sahen es auch die anderen. Das Objekt kam ziemlich schnell herein und war recht hoch. Es sank rasch, bis wir erkennen konnten, dass es Flügel und ein Leitwerk hatte. Als es noch näher war, konnten wir den Umriss der Stummelflügel, die stumpfe Nase und die Frontscheibe erkennen. Dann breitete sich dahinter etwas aus, das im ersten Augenblick aussah wie eine orangefarbene Rauchwolke. Der Gleitschirm öffnete sich, StarRescue wurde langsamer und schwebte sachte herab.

»Solange wir die Krankenwagen nicht behindern, hat sicher niemand etwas dagegen, wenn wir hinüberfahren«, sagte Welch zum Fahrer.

Wir parkten neben einem Dutzend weiterer Busse, die in einer Reihe standen. Welch, der neben dem Fahrer saß, drehte sich zu uns um. »Wir wollen sie natürlich alle sofort begrüßen, doch es wird noch ein paar Minuten dauern. Nur für den Fall, dass im letzten Augenblick noch etwas passiert, bleiben wir zunächst alle hier im Bus. Die Fenster sind groß genug, so dass Sie alles beobachten können. Wenn sie gelandet sind, wird der Gleitschirm abgeworfen und eine Mannschaft läuft hinaus und fängt ihn ein, damit er nicht herumflattert und Unfälle verursacht. Gleichzeitig holen die Krankenwagen die ISS-Besatzung ab. Ich fürchte, sie müssen direkt ins Krankenhaus gebracht werden, aber die Angehörigen können später mit diesem Bus ins Krankenhaus fahren und mit den Ärzten sprechen, die für die Behandlung zuständig sind. Sie können Ihre Angehörigen besuchen, sobald die Ärzte es erlauben. Für diejenigen, die Angehörige und Freunde im Rettungsteam haben, sieht es ein wenig anders aus. Wenn die Krankenwagen wegfahren, wird vor uns noch ein anderer Bus hinfahren und die Mannschaft begrüßen. Das dürfte aber nicht länger fünf Minuten dauern. Dann wird unser Bus hier hinfahren, damit Sie selbst die Crew begrüßen können. Der Bus wird Sie absetzen und dann die Angehörigen der ISS-Crew ins Krankenhaus bringen. Sie haben ungefähr fünf Minuten für die Begrüßung, dann müssen die Mitglieder der Rettungsmannschaft etwa eine halbe Stunde lang Hände schütteln und mit Pressevertretern reden, und schließlich werden Sie alle zusammen mit dem Bus zum Stützpunkt fahren. Ist allen klar, wie es laufen soll?«

Falls jemand zustimmte, so ging die Zustimmung unter, weil im gleichen Augenblick alle zu den Fenstern stürzten, um den letzten Teil des Landeanflugs zu beobachten, wie die StarRescue auf die Landebahn herunterkam. An einem riesigen Fallschirm hängend, kam sie steil, fast senkrecht und anscheinend nicht schneller als ein Fahrstuhl herein. Ohne nachzufedern setzte sie auf und der Fallschirm wurde schlaff und kippte zur Seite. Aus dem Augenwinkel konnte ich die Bodencrew sehen, die zum zusammenfallenden Fallschirm rannte, doch vor allem beobachtete ich die Luke neben dem Bug. Sie wurde nach innen geklappt und ein rundes Loch von der Größe eines Küchentischs entstand ungefähr einen Meter über dem Boden. Mitarbeiter des Bodenpersonals rannten hin und stellten eine kleine Treppe davor.

Scott, der noch den Druckanzug trug, den Helm jedoch

schon abgenommen hatte, stieg heraus. Zwei andere Mannschaftsmitglieder, die ich als Eddie Killeret und Nick erkannte, folgten ihm. »Wow«, schnaufte Amos neben mir. Ich musste ihm zustimmen. »Du hast Recht, Junge. Wow.«

Die Sanitäter stiegen mit einer Trage hinein und holten zuerst Major Tanaka heraus. Die nächsten Helfer stiegen ein und ein paar Minuten später tauchte Doris McIntyre auf. Sie wurde auf beiden Seiten von Sanitätern gestützt. Stephen Tebworthy war der Letzte. Auch er wurde von Helfern gestützt, schaffte es aber, ein Winken anzudeuten. Sobald ein Krankenwagen beladen war, fuhr er ab und raste zum Krankenhaus.

Als der Krankenwagen mit Tebworthy nur noch ein kleiner Punkt am Ende der Straße war, löste sich ein Kleinbus aus der Reihe der wartenden Fahrzeuge und steuerte zur Crew hinüber, die noch vor der StarRescue stand.

»Mom, warum dürfen die Leute da im Bus vor uns mit Dad reden?« wollte Amos wissen. »Ich weiß ja, dass sie die Kranken in die Krankenwagen legen müssen, aber warum ...?«

Dann sahen wir, wer aus dem Bus stieg, um mit der Mannschaft zu sprechen, und er verstummte. »Tja«, sagte ich, »immerhin ist er der Präsident und es ist ein großer Tag.«

Im Funkgerät knackte es, und wir hörten die letzten Worte, die der Präsident zur Besatzung sagte. »... so viel für die dankbare Nation geleistet haben, sondern ehren sie auch, weil sie auf unserem Weg zu dieser neuen Grenze wichtige Marksteine gesetzt haben. Ich danke Ihnen allen, Gott segne Sie und willkommen daheim.« Das Gefolge applaudierte, der Präsident zog sich zurück und fuhr davon.

Dann waren wir an der Reihe. Erst als die Bustür sich öffnete, wurde mir klar, dass ich keine Ahnung hatte, was ich Scott sagen sollte. Amos schoss vor mir hinaus, und als ich ihn eingeholt hatte, klammerte er sich schon sehr, sehr fest an seinen Vater. Ich überlegte kurz und dachte, wenn Scott es nicht mochte, dann konnte ich immer noch behaupten, es sei aus alter Gewohnheit geschehen. Ich ging zu ihm und verpasste ihm einen langen Kuss. Nach anfänglicher Überraschung erwiderte er den Kuss. Als wir aufhörten, war ich ziemlich sicher, dass es ihm gefallen hatte. »Und jetzt?« fragte er.

»Das war's«, sagte ich. »Ich habe nicht die Absicht, es irgendwo hinführen zu lassen. Ich dachte nur, an einem Tag wie diesem hättest du mehr als ein Händeschütteln verdient.«

*

Am Tag nach Thanksgiving – den Feiertag hatten wir in unserem Haus verbracht, Nick hatte gekocht und Eddie Killeret war zu Besuch gekommen und deshalb war es die erste echte Wiedervereinigung der Mars Four – nahm AnnaBeth James endlich Jasper Haverfords Rat an und zog ihre Klage endgültig zurück.

Die Schreihälse, die »Gerechtigkeit für MJ« gefordert hatten, verstummten allmählich. Das miese Wetter, die Feiertage und die Neigung der Presse, Geschichten zu vergessen, sobald interessantere da sind, forderten ihren Tribut. Die Rettung der ISS-Mannschaft stellte die alten Nachrichten in den Schatten, und MJ wurde zu einer weniger wichtigen Geschichte im Hintergrund, ähnlich wie die Berichte über Prinzessin Diana – sie liefen immer noch und jeder wusste sofort, worum es ging, doch sie wurden mit der Zeit immer seltener veröffentlicht.

Genau so hatte ich es mir vorgestellt.

Am Tag nach Thanksgiving ist normalerweise nicht viel los. Die meisten Berichte drehen sich darum, wie stark die Einkaufszentren und Läden in der Stadt frequentiert werden und welches Spielzeug besonders gefragt ist. Doch am Nachmittag dieses Tages präsentierte Jasper Haverford im Algonquin Hotel in New York seine Mandantin AnnaBeth James einer eilig zusammengetrommelten Pressemeute, und die alte Dame setzte sich hin und gab eine Erklärung ab.

Sie trug ein schlichtes, beinahe strenges schwarzes Seidenkleid. Die Haare waren zurückgekämmt und obwohl das Gesicht heute trocken war, sah sie aus, als hätte sie ein ganzes Jahrhundert geweint. Sie begrüßte die Reporter mit einem Nicken. »Als ich die Klage eingereicht habe, wussten wir vieles noch nicht. Wir wussten nicht, ob Michael aufgrund von Fahrlässigkeit gestorben war oder ob jemand ihn belogen hatte. Wir wussten nicht, dass es ein terroristischer Anschlag war und dass eigentlich das ganze Shuttle zerstört werden sollte, ohne dass es Spuren gab. Manchmal strengt man auch einen Prozess an, um zu erfahren, warum etwas so Schreckliches überhaupt geschehen konnte. Und jetzt, so scheint es mir, jetzt weiß ich es. Außerdem war ich zornig. Ich war zornig, dass niemand uns darauf vorbereitet hatte, dass so etwas geschehen konnte. Ich war zornig auf uns selbst, weil wir nicht versucht haben, Michael zurückzuhalten, ich war zornig über unseren Verlust ... auch der Zorn kann eine mächtige Triebfeder sein. Irgendwann kann dann auch das Gefühl entstehen, man würde ihn betrügen und man würde ihn endgültig fertig machen und endgültig umbringen, wenn man es nicht durchzieht, auch wenn die Klage vielleicht nicht mehr sehr aussichtsreich ist. Mein Gott, es war wirklich schwer, ihn loszulassen. In den letzten Wochen haben wir, seine Angehörigen, immer wieder unsere Herzen gefragt, was jetzt das Richtige wäre, denn Michael James hat es auch selbst immer so gehalten. Er wollte immer wissen, was das Richtige war, bevor er eine Entscheidung traf. Wir haben gebetet und geredet und viele alte Aufnahmen mit ihm angesehen ... ich möchte den Leuten bei den Sendern dafür danken, dass ihr uns so viele Kopien überlassen habt, das war für uns wirklich ein Trost ... und schließlich mussten wir uns fragen: Was wäre ihm wohl am liebsten? Womit würde Michael sich am besten fühlen? Ich glaube, ich weiß es jetzt. Ja, ich weiß es. Ich glaube, er hatte den Blick immer nach oben gerichtet, er wollte immer, dass die Leute nach den Sternen greifen und sich bemühen, das hat er selbst auch getan, und er wollte, dass auch alle anderen es tun. Und wenn ich jetzt die Klage weitertreiben würde ... die Leute, die Michael ermordet haben, sind noch auf freiem Fuss, und wir alle wissen das. Doch dies sind nicht die Leute, die das Shuttle gebaut oder geflogen haben. Es sind auch nicht diejenigen, die ihm das Ticket verkauft haben. Es gibt Leute, die glücklich wären, wenn die ganze Menschheit einfach für immer daheim bliebe. Es gibt Leute, die würden alles tun, um Amerika zu schaden und wahrscheinlich gibt es auch Leute, die glauben, ein schwarzer Mann oder ein Zivilist oder sonst etwas, das Michael eben war, dürfte nicht zu den Sternen fliegen. Doch das sind nicht diejenigen, die selbst nach den Sternen greifen. Diejenigen aber, die nach den Sternen greifen, sind auch diejenigen, die sich wünschen, dass Michael noch da wäre, dass er mit ihnen arbeiten und seine Zeit mit ihnen verbringen könnte. Wenn ich diese Klage weitertreibe, dann, fürchte ich, würde ich seine Freunde verletzen und den Leuten helfen, von denen er sich gewünscht hätte, dass wir sie bekämpfen.«

Sie sah sich im Raum um. »Und ich bin sicher, dass ich dies auch dann sagen würde, wenn man mir nicht erlaubt hätte, einige geheime Informationen unserer Regierung anzuschauen. Ich vertraue und glaube den Männern, die mir berichtet haben, was sie herausfinden konnten, auch wenn ich hier nicht darüber sprechen darf. Es ging um die nationale Sicherheit, und es war gut, die Klage zurückzuziehen. Nachdem ich nun mehr darüber weiß, da ich jetzt weiß, wie es wirklich geschehen ist und warum es geschehen ist, ist mir klar, dass es in diesem Fall keine Gerechtigkeit geben kann. Ich schäme mich nicht und es tut mir nicht Leid, dass ich die Klage eingereicht habe, als wir dies alles noch nicht wussten, doch ich müsste mich schämen und es müsste mir Leid tun, wenn ich jetzt noch weitermachen würde. Wie ich schon sagte, das würde dem Andenken an Michael nur schaden. Deshalb habe ich nicht widersprochen, als die Klage abgewiesen wurde und deshalb bitte ich jetzt auch alle Menschen, die uns so großzügig geholfen haben und die den Wunsch hatten, dass Gerechtigkeit geübt werden solle ... meine Freunde, ihr habt das Herz auf dem richtigen Fleck, und ich bin, o ja, ich bin euch wirklich sehr dankbar für eure Bereitschaft, euch für MJ einzusetzen. Doch wir tun das, was er sich auch selbst gewünscht hätte, wenn wir diese Sache jetzt fallen lassen. Es ist vorbei. Bitte, keine Demonstrationen mehr, keine Protestmärsche mehr. Akzeptiert einfach, was geschehen ist. Es ist schrecklich, aber manchmal erreicht man die Sterne eben doch nicht, wenn man nach ihnen greift. Das ist ein Preis, den man zahlen muss, und MJ war bewusst, dass er diesen Preis vielleicht zahlen musste, und so kam es eben dazu, dass er ihn tatsächlich zahlen musste. Ehrt ihn, indem ihr seine Träume weiterleben lasst. Danke.«

Es gab nur einige wenige, meist sehr höfliche Fragen von den Reportern über ihre Zukunftspläne (sie hatte so gut wie keine; Michael James hatte seine Familie in seinem Vermächtnis großzügig bedacht, und keiner seiner Verwandten musste jemals wieder arbeiten). Sie gab noch einige kurze Erklärungen ab, bedankte sich bei Haverford und bekundete ihre Erleichterung, dass die ISS-Besatzung gerettet worden war. Sie forderte die Zuschauer auf, für Carl Tanaka zu beten, der am folgenden Tag eine Rückenmarktransplantation bekommen sollte.

Als Nick schließlich den Fernseher ausschaltete, saßen wir eine Weile schweigend und nachdenklich im Wohnzimmer. »Wisst ihr«, sagte er, »ganz egal, wie gut jemand mit einer Tragödie umgeht, ich muss immer denken, wie viel angenehmer es gewesen wäre, die Leute bei einem freudigen Anlass zu sehen.«

Scott nickte. »Vielleicht sollten wir darüber nachdenken, wie MJ überhaupt zu MJ geworden ist. Oh, wir werden weitermachen und versuchen, eine bessere Welt zu erschaffen, aber ich frage mich, wie viel besser sie sein könnte, wenn wir all die Herausforderungen im Weltraum meistern und Erfolg haben könnten – und Michael James wäre noch mit dabei.«

Epilog

THALIA:

»Hat er nicht gesagt, wen er mitbringt?« fragte Scott.

»Nein«, antwortete ich. Ich warf einen kurzen Blick zu Nick, der gerade auf dem Grill, den wir auf der Veranda aufgebaut hatten, diverse Steaks und Hähnchenkeulen wendete. »Ist es wirklich eine gute Idee, damit schon anzufangen, bevor sie da sind?«

Nick lächelte. »Es wäre das erste Mal, dass Killeret zu spät kommt. Außerdem braucht das Fleisch noch eine Weile.« Er sah auf die Armbanduhr. »Er wird innerhalb der nächsten acht Minuten kommen. Garantiert. Ich gehe jede Wette ein.«

»Mit dir wette ich nicht«, sagte Scott. »Ich habe ihn gesehen, als wir geflogen sind. Nach dem Mann kannst du die Uhr stellen. Ich möchte nur gern wissen, wen er mitbringt.«

»Es ist schön«, sagte ich, »dass die Mars Four hier im Ferienhaus und vor allem im Sommer wieder einmal zusammen kommen«, sagte ich. Seit Weihnachten hatten wir uns etwa einmal im Monat getroffen, meist in einem Restaurant, das für alle gut zu erreichen war, um gemeinsam zu essen und uns zu unterhalten. »Eddie sagte, wenn er seinen Gast wieder nach Hause gefahren hat, kommt er noch einmal her und bleibt eine ganze Woche in einem Strandhaus in der Nähe.«

Ende Juni ist es an der Küste von Virginia sehr schön, wenn man große Temperaturunterschiede verkraften kann. In der Sonne kann es am Strand recht heiß werden, doch der Atlantik ist immer noch kalt. Nur Touristen und Kinder sind wirklich scharf darauf, ins Wasser zu gehen. Amos planschte im flachen Wasser herum und spielte ein kompliziertes

Spiel mit einigen Kindern, denen er sich angeschlossen hatte. Es war schön, dass er endlich wieder gleichaltrige Freunde fand und sich nicht immer nur an Scott und mich hängte. Gerade kamen die Kinder, schnatternd nach dem kalten Bad, wieder an den Strand und ließen sich in der Sonne auf die Handtücher fallen. Ich konnte sie schreien hören, verstand aber nicht, was sie sagten.

»Da wir nun einmal die Mars Four waren, was wird dann aus uns, wenn wir fünf sind?« fragte Scott beiläufig.

Nick drehte zwei riesige Steaks um und pinselte Soße aufs Fleisch. »Wahrscheinlich die Mars Five. Trotz der vielen Durchbrüche, die wir heute erleben, dürfte es noch zwanzig oder mehr Jahre dauern, bis tatsächlich jemand zum Mars fliegen kann. Sobald wir gelernt haben, interplanetarische Entfernungen und Expeditionen von mehreren Jahren zu bewältigen, können wir uns nach und nach das ganze Sonnensystem erschließen ... der Mars ist aber für mindestens eine Generation oder sogar noch länger die äußerste Grenze. Das ist auch ganz in Ordnung so. Eine solche Grenze ist für eine Zivilisation immer eine Herausforderung, und solange die alte Grenze noch da ist, brauchen wir keine neue.«

Draußen auf dem Kies knirschten Reifen. Nick sah auf die Uhr und sagte: »Zwei Minuten zu früh.« Scott und ich sprangen auf und liefen durchs Haus, um Eddie Killeret und seinen Gast zu empfangen. Eddie kam schon die Treppe zur vorderen Fliegentür herauf, und direkt hinter ihm folgte sein Gast. Es war Clifford Welch in Schlips und Anzug, was angesichts der Tatsache, dass wir anderen einschließlich Eddie Turnhosen und T-Shirts trugen, etwas seltsam wirkte. »Ich hatte leider am Spätnachmittag noch einen Termin in Washington«, sagte er. »Mr. Killeret war aber so freundlich, mich für die nächsten Tage in sein Strandhaus einzuladen, und ich habe gerade beschlossen, die Einladung anzunehmen.«

Ich spielte eine Weile die Gastgeberin und sorgte dafür, dass die Neuankömmlinge mit kühlen Drinks versorgt wurden, dann gingen wir nach draußen und setzten uns hin, um Nick beim Grillen zuzuschauen. Er hatte inzwischen damit begonnen, klein geschnittenes Gemüse auf den Grill zu werfen und eine Spezialsoße darüber zu sprenkeln. »In etwa zwanzig Minuten ist das Essen fertig«, verkündete er.

Welch nickte und trank einen Schluck Eistee. »Genaugenommen bin ich hergekommen, weil Ed mir gestern, als wir uns trafen, gesagt hat, Sie seien alle hier. Das schien mir eine gute Gelegenheit, Sie alle gleichzeitig über einige Dinge zu informieren, über die ich jetzt sprechen darf. Wenn es noch zwanzig Minuten bis zum Essen dauert, dann haben wir reichlich Zeit, alles zu klären, bevor Amos wieder da ist.«

Nick nickte. »Ich kann beim Grillen zuhören. Was gibt es Neues?«

»Zuerst einmal ein Detail, das öffentlich bekannt ist. Die Regierung hat ihre Bestellungen für StarBooster auf zwölf Stück erhöht. Die vier, die im Augenblick zusammen mit StarCore I-Einheiten im Einsatz sind, funktionieren wundervoll, und die NASA und die Air Force bemerken gerade, dass sie damit ihre Haut retten können, also sind sie sehr darauf bedacht, diesen Vorteil auch wahrzunehmen. Vier weitere StarBooster gehen an die NASA, noch einmal vier an die Air Force. Vielleicht gibt es auch einen Vorschuss, um die StarBooster 350 zu entwickeln. Außerdem wird, wenn alle die Position beibehalten, die sie jetzt gerade vertreten, aus dem Kongress die Aufforderung kommen, StarCore II und StarBird vorrangig weiterzuentwickeln. Daher dürften mindestens zwei von Ihnen hier auf lange Sicht sichere Jobs haben. Die zweite Information ist ebenfalls interessant, wird aber in den Medien nicht erwähnt werden. Vor zwei Nächten haben die Chinesen in Hainan, wo die Langer Marsch II entwickelt wird, einen tragischen Unfall erlitten. Aus unerfindlichen Gründen behaupten sie, es wäre Sabotage oder ein Kommandounternehmen von Taiwan, Vietnam oder den Philippinen gewesen. Sie haben Probleme, die wahren Schuldigen zu finden und zu klären, was nun eigentlich passiert ist. Der Grund dafür könnte sein, dass dort nicht mehr viel übrig geblieben ist. Die für Langer Marsch II vorgesehenen Booster, die Ende der Woche den ersten Testflug absolvieren sollten, sind in die Luft geflogen, als eine Gruppe von hohen Funktionären und Spezialisten dort herumgeführt wurde. Unter den Opfern waren auch drei Männer, bei denen ich mir ziemlich sicher bin, dass sie den Plan geschmiedet und angeordnet haben, dem MJ zum Opfer fiel, und zwei Physiker, die in Pakistan als Berater tätig waren. Die chinesische Regierung hat eine Reihe hässlicher Behauptungen in die Welt gesetzt, für die es jedoch keinerlei Beweise gibt. Ich denke nicht, dass unsere Presseorgane sich überhaupt die Mühe machen werden, darüber zu berichten. Jedenfalls nicht, wenn sie in den nächsten zwanzig Jahren noch einmal an Insiderwissen gelangen wollen. Damit komme ich zu den streng vertraulichen Informationen. Wir haben unsere Ermittlungen auf den ohne großes Bedauern verstorbenen Mr. Riscaveau und seine Freunde in der chinesischen Botschaft konzentriert. Es scheint so, als wäre Mr. Riscaveau sein Leben lang ein notorischer Lügner gewesen. Er hat bei jeder Bewerbung für einen neuen Job einige Unterlagen gefälscht, bis er schließlich Sicherheitsbeauftragter bei RW wurde. Einige Manager von RW haben anscheinend mehrere gute Gründe dafür übersehen, dass er besser nicht in diese Position hätte berufen werden sollen. Wir prüfen noch, ob es Inkompetenz, erfolgreiche Täuschung durch Mr. Riscaveau oder Erpressung war ... oder vielleicht sogar etwas noch Schlimmeres. Bevor seine Unfähigkeit auffiel, hat er auf seinem kleinen Ausflug nach Thailand eine sehr lukrative Freundschaft aufgebaut. Die Chinesen waren für ihn aber mehr als eine Einkommensquelle. Geheimdienste wissen normalerweise eine Menge über alle möglichen Arten von Spionen, und sie haben immer ein paar Spione und Spitzel in den eigenen Reihen, die sie dringend loswerden wollen. Riscaveau bekam alle paar Wochen von den Chinesen eine Liste mit Leuten, die er ›fangen‹ konnte, um sich einen guten Namen zu machen.«

»Das ist ihm anscheinend gelungen«, sagte Nick. »In der Firma haben alle gesagt, er sei nicht besonders helle und eine schreckliche Nervensäge, doch sei gegen seine Erfolge nichts einzuwenden. Er hat Spione erwischt wie niemand sonst.«

»Ein Trick, den auch Aldrich Ames eingesetzt hat«, sagte Welch. »Und außer ihm ein Dutzend andere Doppelagenten in der Geschichte. Es funktioniert, solange die Vorgesetzten genügend kleine Mitläufer haben, die sie opfern können. Vielleicht sind ihnen die kleinen Verräter und die rivalisierenden Spione ausgegangen, und sie hatten niemanden mehr, den sie opfern konnten, so dass sie beschlossen haben, dem Spiel ein Ende zu setzen. Noch wahrscheinlicher ist, dass Riscaveau ihnen nicht mehr nützlich war und dass sie ihn mit einer letzten großen Aktion beseitigen wollten. Wie auch immer, als die *Columbia* die Landung schaffte, die Beweise an Bord und der größte Teil der Besatzung noch am Leben, drohte der Plan aufzufliegen, und alle möglichen anderen Aktionen, darunter die pakistanische Protonenbombe, wurden beschleunigt. Dies führte auch dazu, dass ein enormer Druck auf Mr. Riscaveau ausgeübt wurde, alles unter Verschluss zu halten und dafür zu sorgen, dass ein paar Wochen lang niemand etwas unternehmen konnte. Ein klügerer Mann als Riscaveau hätte vielleicht einen Weg gefunden, doch Andrew Riscaveau brüstete sich damit, wie gut er die Standardprozeduren beherrschte und dass er jederzeit fähig sei, die Dinge routinemäßig zu erledigen, selbst wenn es sich um höchst außergewöhnliche Ereignisse handelte. Ich glaube, es war Isaac Asimov, der einmal gesagt hat, Gewalt sei das letzte Mittel des Unfähigen, doch darin hat er sich geirrt. Der wirklich Unfähige greift zur Gewalt, bevor dies nötig ist oder wenn sie überhaupt nicht nötig ist. Es hätte Hunderte subtiler und raffinierter Möglichkeiten gegeben, die Klage der James-Familie zu unterstützen und das Starcraft-Projekt zu behindern, doch wenn ein Mann sein Leben lang wie ein Ganove denkt, dann fällt ihm natürlich außer Drohungen, Brandstiftung und Sabotage nicht viel ein. Ich vermute, wenn Riscaveau es tatsächlich bis nach China geschafft hätte, dann hätten sie ihn nach ein paar Jahren selbst erschossen, weil er ihnen zu unbequem geworden wäre. Soweit wir es sagen können, hat er mit Hilfe, aber nicht auf Befehl der Chinesen gehandelt; er war allein. Es gibt keine große Verschwörung und keinen Kreis von Helfern, die darauf aus sind, Thalia und Scott zu erwischen. Ihr könnt also die Leibwächter abbestellen, wenn ihr das wollt.«

»Da nach Riscaveaus Tod nichts mehr passiert ist«, meinte Nick, »haben wir sie schon vor einem Monat abgezogen.«

Welch zuckte die Achseln und lächelte. »Ihr seid alle ein Haufen Amateure. Wahrscheinlich ist es gut, dass wir in einer Welt leben, in der ihr Amateure sein könnt. Aber kein Foul, kein Problem, wie MJ gesagt hätte. Ich wünschte nur, er hätte die Chance bekommen, es selbst zu sagen. Also gut, jetzt kommen noch einige Information für euch. Das Schönste habe ich mir bis zum Schluss aufgehoben und danach habe ich noch eine einfache Frage. Die Neuigkeit ist diese: Im Juli oder Anfang August wird der Präsident eine Rede zur Weltraumpolitik halten. Er wird eine ganze Reihe von verbindlichen Erklärungen abgeben. Er wird darüber sprechen, dass es nötig sei, die Gesetze zu vereinfachen und die Bürokratie einzudämmen, damit es leichter als bisher möglich ist, Startdienste zu kaufen. Die Bundesbehörden werden ein bestimmtes Kontingent pauschal für ihre Zwecke buchen, so dass es eine garantierte Mindestabnahme für solche Angebote gibt. Er wird sich darauf festlegen, von Republic Wright die ganze Starcraft-Serie einschließlich StarBird II und StarCore III zu erwerben. Amerikanische Firmen werden Hotels im Weltraum bauen und Passagiermaschinen mit hundert Plätzen werden die Gäste zu den Hotels bringen. Bis zum Ende des Jahrzehnts wird sich die Zahl der Amerikaner, die in den Weltraum geflogen sind, vermutlich verzehnfacht haben. Bis 2015 werden wir umfassende Erfahrungen mit dauerhaften Siedlungen im Weltraum gesammelt haben und genug wissen, um eine mit fünfzig oder hundert Teilnehmern bemannte Mars-Mission auf die Reise zu schicken. Die meisten werden Wissenschaftler sein, die mehrere Jahre auf dem Mars bleiben und echte Forschungsvorhaben durchführen werden. Wenn alles gut läuft, könnten sie im Jahre 2019, dem fünfzigsten Jahrestag der ersten Mondlandung, dort eintreffen. Die Grenze ist wieder offen.«

Nick seufzte. »Tja«, sagte er. »Da werde ich wohl noch auf einige Urlaubsreisen verzichten müssen.«

»Andererseits gibt es jetzt nur noch ein Mitglied der Mars Four, das noch nicht im Weltraum war«, erklärte ich, »und diese Ideen von kommerziellen Passagierflügen und Hotels im Weltraum klingen doch ganz so, als wäre das eine echte Chance für mich.«

»Seltsam, dass Sie das jetzt erwähnen«, sagte Welch. Er lehnte sich bequem zurück und wirkte, was selten genug geschah, völlig entspannt. »Als wir Riscaveaus verschlüsselte Unterlagen geknackt und seinen Informationsaustausch mit den Chinesen untersucht haben, fanden wir heraus, dass er in den letzten Monaten, die er vor seinem Tod für sie gearbeitet hat, absolut sicher war, dass ein Geheimprojekt im Gange sei, ein großer Sprung in der amerikanischen Technologie oder ein militärisches Projekt, das den Namen Mars Four trage. Er und seine chinesischen Vorgesetzten haben Stunden um Stunden damit verbracht herauszufinden, was hinter diesem Projekt steckte und wer damit zu tun hatte und so weiter. Sie dachten, Nick oder Ed müssten die Leiter sein, und ihr wärt alle daran beteiligt. Sie haben eine lange, lange Liste mit Ideen aufgestellt, was es sein könnte und wie es durchgeführt würde, und ich würde annehmen, dass jeder zehnte chinesische Agent in den USA auf dieses Problem angesetzt war. Nun weiß ich aber zufällig, dass es kein Regierungsprojekt mit dem Namen Mars Four gibt, doch bin ich natürlich in einer besseren Position als die Chinesen, um so etwas eindeutig zu klären. Diese Fiktion hat allerdings in den letzten Monaten sehr gut für uns gearbeitet, weil jeder, der herausfinden wollte, was es mit Mars Four auf sich hat und wo es angesiedelt ist, unweigerlich ein chinesischer Agent war. Wir sind jetzt imstande, einen großen Teil ihres Agentennetzes auszuheben und den Rest in den nächsten Jahren mit allen möglichen Fehlinformationen zu füttern.

Nennen Sie es eine kleine Rache für ihr schlechtes Benehmen in letzter Zeit.«

Ich hatte Mühe, nicht laut herauszuplatzen. Auch Scott hustete erstickt und lief rot an. Ed Killeret und Nick Blackstone konnten sich kaum noch beherrschen. Welch sah sich um, lächelte breit und fuhr fort. »Es scheint so, als wären die Chinesen davon überzeugt, dass Mars Four ein supergeheimes High-Tech-Projekt ist, das uns für mehrere Generationen in die Spitzenposition in der Raumfahrt bringt, beinahe schon Magie und kaum noch Technik zu nennen, wenn Sie verstehen, was ich meine. Wahrscheinlich sind sie auf diese Ideen gekommen, weil Mr. Riscaveau dazu neigte, die eigene Wichtigkeit überzubewerten und die Wahrheit ein wenig zu strapazieren, und außerdem neigen Geheimdienste sowieso dazu, alles, was sie nicht infiltriert haben, für eine besonders wichtige Operation zu halten. Mehr des Spaßes halber haben wir den Begriff ›Mars Four‹ in das Füllmaterial einfließen lassen, das wir routinemäßig mit unseren verschlüsselten Nachrichten herausschicken, und wir haben noch einige weitere Dinge getan, damit es so aussieht, als hätten einige unwichtige Wetterstationen an entlegenen Orten und die Grundlagenforschung in den Labors der Regierung mit Mars Four zu tun. Wir möchten nun aber gern wissen, was es wirklich ist. Sie vier tauchen besonders häufig in Andrew Riscaveaus Notizen über das Thema auf. Nachdem Sie jetzt alle lachen, nehme ich an, dass Sie es mir wahrscheinlich verraten können.«

Also erzählten wir es ihm stückweise und ergänzten beim Essen den einen oder anderen Vorfall, der uns noch einfiel. Amos und ein paar seiner Freunde waren inzwischen zu uns gekommen und tuschelten miteinander. Ich fragte mich, ob Scott mit der Einschätzung Recht hatte, dass wir die Gründung einer neuen Geheimgesellschaft beobachten konnten.

Das Essen endete damit, dass alle sich überfressen hatten – schwer zu vermeiden, wenn Nick das Kochen übernahm. Die Erwachsenen setzten sich am Nachmittag etwa eine Stunde lang auf die Veranda und sahen den Wellen zu, die vom blaugrünen Atlantik heranrollten, und redeten, bis Welch nach DC zurückgebracht werden musste. Welch ging sogar so weit, die Jacke und Weste abzulegen und den Schlips in die Tasche zu stecken. »Sehen Sie«, sagte er grinsend. »Wenn ich das nächste Mal herkomme und bei Ed wohne, dann werde ich sogar Turnschuhe und vielleicht sogar eine kurze Hose und eine Baseballmütze mitbringen.«

Eine Weile sahen wir den Kindern zu, die hin und her liefen und schrien, und ließen den Blick dazwischen immer wieder zum Horizont wandern. Ich war nicht sicher, ob überhaupt noch jemand Lust hatte, sich weiter zu unterhalten.

»Seltsam«, meinte Welch nach einer Weile. »Die Chinesen dachten, wir würden den Sprung zu den Sternen planen, und es müsste irgendwo ein Superprojekt geben, in dem alles zusammengefasst wäre. Dabei tun wir diesen Sprung überhaupt nicht. Wir machen langsam einen Schritt nach dem anderen, wir entwickeln bessere Booster, bessere Endstufen, bessere Orbiter. Jedes neue Element ist gerade so viel besser als der Vorgänger, dass sich die Kosten und das Risiko für die Entwicklung rechnen, jedes verkörpert nur eine kleine Verbesserung. Wir haben gelernt, dass es besser ist, nicht den Supermann zu spielen, wir springen nicht mit einem einzigen Satz auf ein Hochhaus. Wir klettern langsam, Fuß über Fuß und Hand über Hand hinauf und sorgen dafür, dass wir die ganze Zeit gut verankert sind. Wir wussten schon immer, das dies der richtige Weg ist, und genauso tun wir es jetzt.«

»Die Chinesen haben nur deshalb so intensiv nach Mars Four gesucht, weil sie sicher waren, dass es existiert«, überlegte Nick. Er beugte sich vor und deutete auf die Kinder, die sich im Kreis versammelt hatten, um etwas anzuschauen, das von der Brandung angespült worden war. Offenbar war eine heftige Diskussion darüber entbrannt. »Aber mehr war wirklich nicht dahinter.« Wieder deutete er zu den Kindern, die sich um das drängten, was sie gefunden hatten.

Welch beugte sich vor. »Vielleicht lagen sie ja in gewisser Weise gar nicht so weit daneben. Nehmen Sie ein Kind, geben Sie ihm viel Zeit und Aufmerksamkeit und einen sicheren Ort, wo es sich zu Hause fühlen kann, und viel Zeit, um seine Welt zu erforschen. Lassen Sie dem Kind den Raum, alle möglichen Herausforderungen zu finden, zu straucheln und Fehler zu machen und zu lernen, wie man wieder auf die Beine kommt. Nach einer Weile haben Sie einen Menschen vor sich, der zu den Sternen fliegen kann. Sicher, Sie bekommen auf diese Weise auch unzählige Kinder, die ihre Zeit und Freiheit benutzen, um vor dem Fernseher zu hängen und ihre Geborgenheit und die Sicherheit als bequeme und gemütliche Selbstverständlichkeit zu betrachten. Doch wenn Sie einfach die Tür offen lassen, die hinaus in die große weite Welt führt – dann werden einige Kinder die Schwelle überschreiten. Genau wie die Mars Four. Sie werden lernen, was kleine Schritte und große Fehlschläge sind und wie man seine Selbstsicherheit und die Zweifel zu etwas Positivem einsetzt. Und am Ende werden sie wissen, dass es nichts gibt, was sie nicht tun oder herausfinden können. Vielleicht haben meine Gegenstücke drüben auf der anderen Seite der Welt jetzt den Namen oder einen der Namen herausgefunden, die unser Geheimnis trägt. Sie wussten nur nicht, was für eine Art von Geheimnis es war.«

Amos kam vom Strand zu uns gerannt, gefolgt von seinen vier Freunden. »He, Dad, kannst du dir mit uns mal was ansehen und uns sagen, was es ist?«

»Ich sehe es mir gern an«, sagte Scott. Er stand auf, zog die Sandalen an und lief die Holztreppe zum Strand hinunter, wo ihn die Kinder sofort in Beschlag nahmen. »Das ist immer der erste Schritt. Und was danach kommt – wer weiß?«

Glossar

Englischsprachige Internetseiten sind mit (E) gekennzeichnet.

Aldrin, Buzz

Der zweite Mann auf dem Mond. Er wurde 1930 geboren und betrat am 20. Juli 1969 nach Neil Armstrong als zweiter Astronaut die Mondoberfläche. Nach dem Ausscheiden aus dem aktiven Dienst als Astronaut baute Aldrin eine Stiftung auf, die es sich zum Ziel gesetzt hat, den Weltraum für Touristen zu erschließen. Außerdem gründete er eine Firma, die sich mit der Entwicklung der Star-Booster beschäftigt, die in diesem Buch erwähnt werden.

http://www.buzzaldrin.com/ (E)
http://www.starbooster.com/ (E)

Ames, Aldrich H.

Ein Agent, der längere Zeit für Russland beziehungsweise die ehemalige Sowjetunion spioniert hat. Er wurde 1994 vom FBI verhaftet, nachdem er 31 Jahre im Dienst der CIA gestanden hatte. Ames bekannte sich schuldig und wurde zu einer lebenslänglichen Haftstrafe, seine Frau als Komplizin zu 63 Monaten Gefängnis verurteilt.

http://www.fas.org/irp/congress/1994_rpt/ssci_ames.htm (E)

Apollo 13

Die dreizehnte Apollo Mission hätte durch eine Explosion beinahe ein tragisches Ende gefunden. Eine Folge des Vorfalls war eine gefährlich hohe Konzentration von Kohlendioxid in der Atemluft der Astronauten. Dieses Problem konnte jedoch durch ein mit Hilfe von Klebeband improvisiertes Gerät gelöst werden. Auf dieser Mission und in der recht erfolgreichen Verfilmung mit Tom Hanks fiel der berühmte Satz: »Houston, wir haben ein Problem.«

http://www.dem.de/entertainment/kino/107/107821.html (D)
http://www.ksc.nasa.gov/history/apollo/apollo-13/apollo-13.html (E)

Astronomie und Raumfahrt

Ein sehr guter und umfassender Überblick über Raumfahrt und Astronomie

http://www.raumreise.com

AVG - Flying Tigers

Die AVG (American Volunteer Group, auch ›Flying Tigers‹ genannt) wurde 1941 durch eine Verfügung des Präsidenten Roosevelt gegründet. Die legendäre Spezialeinheit, die zunächst aus hundert Piloten und zweihundert Mechanikern und anderen Mitarbeitern bestand, wurde während des Krieges in Asien eingesetzt. Den Spitznamen ›Flying Tigers‹ (die fliegenden Tiger) bekam die Einheit von den dankbaren Chinesen, deren Versorgungswege die Truppe gegen die Japaner verteidigt hatte. Bereits im Juli 1942 wurde die AVG wieder aufgelöst.

http://www.flyingtigersavg.com/ (E)

AFROTC - Air Force Reserve Officer Training Corps

Ausbildungseinheit für Reserveoffiziere der amerikanischen Luftwaffe. Auf dieser Web-Site gibt es auch eine Aufschlüsselung einiger militärischer Abkürzungen.

http://www.afrotc.com/ (E)
http://www.afrotc.com/faq/terms/index.htm (E)

Challenger

Am 28. Januar 1986 explodierte die amerikanische Raumfähre *Challenger* nur wenige Sekunden nach dem Start. Sieben Astronauten kamen dabei ums Leben.

http://www.fas.org/spp/51L.html (E)
http://www.raumreise.com/raumfahrt/shuttle.htm (D)

Chicago Seven

Ein berühmtes Verfahren gegen sieben politische Aktivisten. Zu den Angeklagten zählten Abbie Hoffman und Jerry Rubin, als Zeugen der Verteidigung wurden u.a. Judy Collins, Arlo Guthrie, Phil Ochs, Timothy Leary, Norman Mailer und Jesse Jackson benannt.

http://www.law.umkc.edu/faculty/projects/ftrials/Chicago7/chicago7.html (E)

CM - Command Module

Das Kommandomodul, das den Mond weiter umkreist hat, während das **LM** (Lunar Module) auf dem Mond gelandet ist.

CRV - Crew Rescue Vehicle

Ein Rettungsmodul für die Besatzung der ISS

http://www.dlr.de:8000/oeffentlichkeit/presse/presseinfo/tetra/pm47_2001.htm

ESA - European Space Agency

Die europäische Raumfahrtbehörde

http://www.esa.int/export/esaCP/Germany.html

EVA - extravehicular activity

Außenbordaktivitäten, ein ›Weltraumspaziergang‹ außerhalb des Raumfahrzeuges.

Issues Management

Ein Issues Manager sollte ›zugleich Advocatus diaboli und Diplomat‹ sein. Die Vertreter dieses in Deutschland noch fast unbekannten Berufs sind dafür zuständig, möglichst frühzeitig Trends und Entwicklungen in der Gesellschaft zu erkennen und ihre Firma anzuregen, angemessen darauf zu reagieren.

http://www.spiegel.de/unispiegel/jobundberuf/0,1518,146076,00.html

LEO - Low Earth Orbit

Niedrige Erdumlaufbahnen in jener Höhe, in der sich auch die internationale Raumstation **ISS** bewegt.

LBNP - lower body negative pressure

Ein spezieller Anzug, der die untere Körperhälfte einem Unterdruck aussetzt, um in der Schwerelosigkeit die Blutzirkulation zu beeinflussen. Das Gerät wurde in Deutschland entwickelt.

http://www.dlr.de:8000/pressestelle/mi10_98lbnp.htm (D)

LM - Lunar Module

Das Landemodul oder die Mondfähre, die auf dem Mond gelandet ist, während das Kommandomodul (**CM**) weiter den Mond umkreist hat.

Lucky Dragon

Das japanische Fischerboot *Lucky Dragon* geriet am 1. März 1954 in den nuklearen Fallout eines Atombombentests, den die Amerikaner auf dem Bikini-Atoll durchgeführt hatten. Die Besatzungsmitglieder wurden stark verstrahlt, ein Mann starb am 23. September 1954.

http://www.american.edu/ted/LUCKY.HTM (E)

Mercury Seven

Die ersten sieben von der NASA ausgewählten Astronauten, zu denen John Glenn und Alan Shepard gehörten. Die Gruppe wurde am 9. April 1959 der Öffentlichkeit vorgestellt. Die Astronauten wurden in der Presse und in der Öffentlichkeit als Helden gefeiert.

http://history.nasa.gov/40thmerc7/intro.htm (E)

NASA – National Aeronautics and Space Administration

Die amerikanische Raumfahrtbehörde

http://www.nasa.gov/ (E)

Servicemodul

In diesem Roman eine Rakete, die mehrmals gezündet werden kann und die z. B. eingesetzt wird, um endgültig in eine Umlaufbahn einzuschwenken und sie wieder zu verlassen; der Begriff wird auch für bestimmte Bestandteile der Raumstation ISS benutzt.

ShareSpace Foundation

Eine von Buzz Aldrin geleitete Stiftung, die der breiten Öffentlichkeit Reisen in den Weltraum ermöglichen will.

Shepard, Alan

Shepard war der erste Amerikaner im Weltraum und einer von nur zwölf Menschen, die einen Fuß auf den Mond gesetzt haben. Sein Erstflug fand am 5. Mai 1961 mit einer Mercury-Kapsel statt. Shepard starb am 21. Juli 1998 nach einer langen Krankheit.

http://www.nasa.gov/shepard.html (E)

Slotkin, Louis

Slotkin kam 1946 bei einem Experiment im Rahmen des Manhattan Projekts durch radioaktive Strahlung ums Leben.

http://www.nuclearfiles.org/bios/p_t/slotkinlouis.html (E)

Space Shuttle

Der SPIEGEL hat im Internet eine Artikelserie zum Raumflug und zu den Raumfähren veröffentlicht.

http://www.spiegel.de/wissenschaft/0,1518,96658,00.html

SSME - Space Shuttle Main Engine

Haupttriebwerk der Raumfähren

SRB - solid rocket boosters

Feststoffraketen

StarBooster

Ein System wiederverwertbarer Raketenmodule

http://www.starbooster.com/

Starfish-Experiment

Atombombentests in der oberen Atmosphäre, die von den USA 1962 im Pazifik durchgeführt wurden. Die Starfish-Tests haben mehrere Satelliten zerstört.

http://www.osti.gov/historicalfilms/opentext/data/0800062.html (E)
http://www.eas.asu.edu/~holbert/eee460/tiondose.html (E)

Von Buzz Aldrin & John Barnes erschien
in der Reihe HEYNE SCIENCE FICTION & FANTASY:

Begegnung mit Tiber · 06/6364
Die Rückkehr · 06/8309

Von John Barnes erschien in der Reihe
HEYNE SCIENCE FICTION & FANTASY:

Eine Million offener Tore · 06/5421
Die Mutter aller Stürme · 06/5422
Orbitale Resonanz · 06/5423
Das kaleidoskopische Jahrhundert · 06/5424